Black Summer 2

Liebesroman

Any Cherubim

Texte: © Any Cherubim
Umschlaggestaltung: Alexander Kopainski /
www.alexanderkopainski.de
Lektorat/Korrektorat: Sandra Nyklasz und Anja Horn

http://www.bookrix.de/-anita75
http://www.anycherubim.de/

Alle Rechte vorbehalten.
Jede Verwertung oder Vervielfältigung dieses Buches – auch auszugsweise – sowie die Übersetzung dieses Werkes ist nur mit schriftlicher Genehmigung der Autorin gestattet. Handlungen und Personen im Roman sind frei erfunden. Ähnlichkeiten mit lebenden oder verstorbenen Personen sind rein zufällig und nicht beabsichtigt.

Copyright © Any Cherubim

ISBN: 978-3-7396-8545-8

www.bookrix.de

Für meine Geschwister Sandra und Bubi

Geschwister sind nie alleine, sie tragen immer den anderen im Herzen

Kapitel 1

Wie viel konnte ein Mensch ertragen? Entsetzliche Panik durchflutete mich, schnürte mir die Kehle zu. Holly, mein kleiner, unschuldiger Keks, war in den Klauen dieser schrecklichen Männer. Der Gedanke daran ließ meinen Magensaft hochkochen. Mir war speiübel. Das Medikament, das der Sanitäter mir gespritzt hatte, lähmte meine Empfindungen, sorgte dafür, dass ich nicht ausflippte oder wahnsinnig wurde. Das unkontrollierte Zittern und das Gefühl, keine Luft mehr zu bekommen, ließen langsam nach, aber ich spürte deutlich, wie der Horror unter meiner Haut weiter lauerte und nur darauf wartete, mich völlig zu verschlingen.

Ich konnte nicht aufhören zu weinen und presste Mr. Floppy verzweifelt an mich. Nur er war mir geblieben – Floppy, das Plüschschaf, das Holly seit ihrer Geburt ständig bei sich getragen hatte. Er roch nach ihr – süß und gleichzeitig frisch, eine Mischung aus Waschmittel und Vanille.

Wenn ich die Augen schloss, sah ich ihr Gesicht vor mir. Mit ihren großen rehbraunen Knopfaugen, ihrem langen, schönen Haar und ihrem zauberhaften Lachen, das so ansteckend war. Die unzähligen Operationen und die vielen Monate im Krankenhaus, bestimmten von Anfang an ihr Leben, und trotzdem hatte mein Keks niemals den Kampfgeist verloren. Sie war das letzte Geschenk, das Mum uns hinterlassen hatte. Sie jetzt zu verlieren, würde mich umbringen, mich zerstören.

Deutlich hörte ich die Musik des Karussells und Hollys fröhliches Kinderlachen. Glücklich hatte sie uns von ihrem Pony aus zugewunken und ihre Augen hatten dabei geleuchtet. Es war lange her, dass ich meine kleine Schwester so zufrieden gesehen hatte.

Parkers Stimme hallte in meinen Ohren nach und ließ meinen Puls sofort in die Höhe schnellen: ›*Du musst es für dich behalten und darfst niemandem vertrauen. Hast du mich verstanden?*‹ Ich war so durcheinander, konnte keinen klaren Gedanken fassen. *Die graue Eminenz* hatte nun ein Gesicht; eines, das mir bekannt war und nahestand – das meines Vaters. Er hielt sie alle zum Narren, aber was hatte das für uns zu bedeuten? Was bezweckte er mit dieser Täuschung? Alles war so verworren. Die Angst um Holly ließ die Wahrheit, die ich über Dad herausgefunden hatte, im dichten Nebel meines Hirns verschwinden.

Der Krankenwagen schunkelte leicht, während wir durch die Straßen von Virginia fuhren. Mein Körper entspannte sich, wurde schwerer, doch ich weigerte mich, die Kontrolle ganz abzugeben. Ich wollte nicht einschlafen und konzentrierte mich auf den FBI-Agent, der neben mir auf einer Bank saß. Schweigend starrte Special Agent Murphy auf sein Handy. Er mied meinen Blick, weil er wusste, dass ich auf eine erlösende Nachricht wartete. Seine Miene blieb ausdruckslos. Es gab keine Worte, die mich trösten konnten, nichts, was mich beruhigte. Holly war in Lebensgefahr. In jeder Minute ohne ihre Medikamente und einer relativ keimfreien Umgebung, war sie einem hohen Risiko ausgesetzt, ernsthafte Probleme zu bekommen. Sie war stark und ihr Körper hatte schon viele Male eine Infektion überstanden.

Der Rettungshelfer stand breitbeinig mit dem Rücken zu uns an einem Einbauregal. Erst jetzt bemerkte ich seine mit Schlamm verdreckten Slipper.

Slipper? Ich runzelte die Stirn. Ein Sanitäter trug während seiner Dienstzeit Slipper? Merkwürdig! Vielleicht hatte er noch eine Verabredung nach seiner Schicht? Wer wusste schon, was Rettungssanitäter in ihrer Freizeit taten?

Er war lieb und einfühlsam gewesen, hatte sanft mit mir gesprochen, und doch machte sich ein seltsames Gefühl in meiner Brust breit. Wahrscheinlich stand ich kurz vor einem Nervenzusammenbruch oder wurde verrückt. Kein Wunder, nach allem, was ich herausgefunden hatte.

Ich drückte Mr. Floppy noch etwas enger an mich und sog tief seinen Duft ein, der sich beruhigend und vertraut um mein Herz legte. Wir waren auf dem Weg ins Krankenhaus, um von dort aus in ein neues *Safe House* zu gelangen. Allein die Vorstellung, dass man mich von Virginia fortbrachte, jagte mir Angst ein. Holly war bestimmt noch in der Nähe, da konnte ich doch nicht einfach weg! Es fühlte sich an, als würde ich sie im Stich lassen.

Ein metallenes Geräusch riss mich aus meinen Gedanken. Ich sah auf und mir stockte der Atem. Der Sanitäter richtete eine Pistole direkt auf Murphys Schläfe. Noch bevor wir begriffen, was geschah, drückte der Kerl im weißen Kittel ab. Ein Knall donnerte durch das Wageninnere. Erschrocken kreischte ich auf. Blut spritzte gegen die Wände und Agent Murphy brach tot zusammen. Mein Herz raste und meine Lungen rangen nach Luft. Todesangst lähmte mich, als der Typ die Waffe drohend auf mich richtete.

»Ganz ruhig, Prinzessin! Wenn du tust, was ich sage, darfst du ein wenig länger leben.« Er grinste teuflisch und polterte zweimal kräftig gegen die Wand, hinter der der Fahrer saß. Augenblicklich gab der Krankenwagen Vollgas. Es holperte und rumpelte, als hätten wir die asphaltierte Straße verlassen. Keinen Moment ließ er mich aus den Augen, und ich war mir sicher, dass mein Leben an einem seidenen Faden hing. Der Typ trat den toten Körper des Agents von der Bank und nahm darauf Platz.

Ich zitterte und konnte mich kaum beruhigen. Mein Gott!

Eine gefühlte Ewigkeit verging, während er mich eiskalt anstarrte und schweigend mit der Waffe bedrohte.

Plötzlich kam der Krankenwagen zum Stehen. Die Türen wurden aufgerissen und mehrere schwerbewaffnete Männer standen davor. Mein Gurt wurde gelöst. »Vorwärts! Wir haben nicht den ganzen Tag Zeit, Prinzessin!«

Zitternd kletterte ich heraus, wurde grob von zwei fiesen Gestalten aufgegriffen und zu einem Wagen gebracht.

»Wo ist meine Schwester? Sie braucht dringend ihre Medikamente«, wimmerte ich.

»Halt gefälligst dein Maul und steig ein«, herrschte mich einer der Männer mit einem mexikanischen Akzent an. Das waren Suárez' Männer! Unsanft wurde ich in den Wagen gedrückt, und Sekunden später rauschten wir mit hoher Geschwindigkeit durch den Wald. Ein Typ mit kurzen dunklen Haaren brüllte etwas auf Spanisch, das ich nicht verstand, und warf einen Strick nach hinten. Man fesselte und knebelte mich, was ich widerstandslos hinnahm. Ich dachte an Holly. Leise Hoffnung keimte in mir auf, dass sie mich zu ihr bringen würden. Mit ein bisschen Glück würden wir zusammen sein. Fest kniff ich die Augen zu und betete, dass sich dieser letzte Wunsch erfüllen würde.

»Mierda!«, fluchte der Fahrer, als wir den Wald verließen und uns wieder auf der Landstraße befanden. Mit laufendem Motor hatte er den Wagen angehalten. Wir blickten vor uns auf die Fahrbahn. Von Weitem flimmerte eine Straßensperre der Polizei auf dem Asphalt.

Lautstark diskutierten die Kerle und schrien sich gegenseitig an. Aus dem Wald dröhnten die Polizeisirenen immer näher – sie saßen in der Falle. Nervös brüllten sie durcheinander, bis ihr Anführer sie mit einem schrillen Pfiff zum Schweigen brachte. »Conduce a toda marcha no pares por la barricada«, befahl er. »Conduce a toda marcha no pares por la barricada!«

Augenblicklich verstummten seine Leute. Mein Herz hämmerte wie verrückt. Was hatten sie vor?

In der Ferne verschanzten sich mehrere Polizisten mit Waffen hinter den Autos und warteten. Als der Fahrer den Motor ein paarmal aufheulen ließ, begriff ich, was sie vorhatten.

Nein! Das können sie nicht mit mir machen, doch es war zu spät. Der Fahrer gab Vollgas und ich wurde in den Sitz gedrückt. Mit hoher Geschwindigkeit rasten wir direkt auf die Sperre zu. Immer schneller kam uns die Barriere entgegen. Mein Blut preschte durch meine Adern und als wir nur noch wenige Meter bis zum Crash vor uns hatten, hielt ich den Atem an, kniff fest die Augen zusammen und erwartete meinen sicheren Tod.

Krachend rammten wir die Polizeiwagen und schoben sie ruckartig beiseite. Der Aufprall war gewaltig, das Geräusch von aufeinander knallendem Metall ohrenbetäubend. Alles geriet durcheinander. Glas splitterte, Schüsse flogen durch die Luft und wir kamen ins Schleudern. Der Fahrer verlor die Kontrolle. Wir glitten von der Fahrbahn ab und überschlugen uns mehrmals.

Es wurde dunkel. Eine sanfte Stille breitete sich in mir aus – vollkommene Ruhe, Frieden – leicht und unbeschwert. Es war schön sich darin treiben zu lassen. Erinnerungen und Bilder durchfluteten mein Hirn. Mum, Dad ... Cathrin!

Der nervige Ton der Sirenen störte meinen Schlaf und ein stechender Geruch zerrte mich aus der Tiefe. Ich zwang mich, die Augen zu öffnen, und blinzelte. Vorsichtig hob ich meinen Kopf, spürte den dumpfen Schmerz hinter meiner Stirn. Alles war verschwommen, nur langsam klärte sich mein Blick. Ich stöhnte, riss mich aber zusammen, presste die Zähne aufeinander. Ich wollte mich bewegen, doch irgendwie war ich eingekeilt. Der Wagen stand Kopf. Irgendwo zischte es leise und es roch nun deutlich nach Benzin.

Ich musste hier raus. Ich versuchte den Kerl, der bewusstlos oder tot auf mir lag, mit aller Kraft von mir zu drücken. Meine Hände waren noch immer gefesselt und der Knebel erschwerte das Atmen. Unter größter Anstrengung schaffte ich es, meine Beine zu befreien. Kurz schaute ich zu ihm und musste schwer schlucken. Die Metallspitze eines Regenschirms ragte aus seiner Brust und Blut lief in kleinen Rinnsalen aus seinem Mund und den Ohren. Seine Augen starrten tot ins Leere. Panik ergriff mich, doch ich beherrschte mich, wimmerte leise vor mich hin.

Ächzend vor Anspannung drängte und drückte ich mich zwischen den Körpern und Glassplittern aus dem Wrack. Als ich es fast geschafft hatte, vernahm ich von außen Stimmen. Sanitäter rissen mit Gewalt an der verbeulten Tür des Wagens und zogen mich heraus. Sofort befreiten sie mich von dem Knebel und den Fesseln und brachten mich umgehend zu einem Krankenwagen. Ehe ich mich versah, war das Autowrack von Polizisten und Rettungsleuten umringt. Es wurde hektisch. Sie versuchten, einen der Männer zu reanimieren. Ängstlich blickte ich mich um. Ich war völlig durcheinander und zitterte, aber außer meiner schmerzenden Schulter, ein paar Schrammen und Prellungen schien mir nichts zu fehlen.

»Sie haben großes Glück gehabt, Miss.« Ein Arzt überprüfte gerade meinen Puls.

»Was ist mit meiner Schwester?«, brachte ich leise hervor.

»Dazu kann ich Ihnen leider nichts sagen.« Der Arzt gab einem Sanitäter die Anweisung, sich um meine Verletzungen zu kümmern, dann wandte er sich wieder an mich. »Ich werde Ihnen jetzt etwas zur Beruhigung spritzen. Danach fühlen Sie sich bestimmt besser. Entspannen Sie sich.« Noch bevor ich protestieren konnte, spürte ich schon die Nadel in meiner Haut. Kurze Zeit später wurde mein Körper schwer und ich sank in einen tiefen Schlaf.

***

Mit dem faden Geschmack einer alten Socke im Mund wachte ich auf. Sofort stürmten etliche Erinnerungen an die jüngsten Ereignisse auf mich ein und mein Magen verkrampfte sich schlagartig, wenn ich an Holly dachte. Mein Hals war staubtrocken und jeder einzelne Muskel in meinem Körper brannte wie Feuer. Meine Schulter tat weh und ich fühlte mich furchtbar. Noch ein wenig benommen, öffnete ich die Augen. Wo war ich?

Es war dunkel, nur schemenhaft konnte ich Möbel erkennen. Gedämpft drangen die Geräusche eines Fernsehers und Männerstimmen zu mir. Schwerfällig richtete ich mich auf. Mein Kopf brummte grauenvoll und leichter Schwindel befiel mich, als ich mich aufsetzte. Noch etwas schwach auf den Beinen schleppte ich mich zur Tür.

Das grelle Licht im Flur tat weh und verstärkte die Kopfschmerzen. Es dauerte eine Weile, bis ich mich daran gewöhnt hatte. Barfuß folgte ich den Geräuschen, bis ich an der Schwelle eines großen Wohnzimmers stand. Die Frontseite bestand aus einem Panoramafenster, das mit langen Lamellen verhangen war. Zwei Männer saßen auf einem riesigen Sofa, während Director Bennet an einem massiven Tisch lehnte, mit einem seiner Männer irgendwelche Papiere durchging und nebenbei telefonierte. Als er aufsah und mich entdeckte, beendete er hastig das Gespräch. »Joy! Schön, dass du wach bist! Wie geht es dir?« Er wirkte gestresst und um seine Augen lagen dunkle Schatten. Alle Köpfe fuhren herum und musterten mich neugierig.

Plötzlich wurde ich von einer inneren Panik überwältigt. Meine Sicherungen brannten durch, als ich Director Bennet ansah. Er war der Boss – der, der angeblich alles unter Kontrolle hatte. Wie hatte er zulassen können, dass Cathrin entführt wurde? Es war wie eine Flut, die über mich hereinbrach. Kopflos lief ich auf ihn zu und schrie ihn an. »Wo ist sie? Wieso haben Sie das nicht verhindert?« Mit meinen Fäusten trommelte ich gegen seine Brust. Ich wollte ihn schlagen, ihn verletzen, ihn für diesen ganzen Mist verantwortlich machen. Meine Gefühle sprudelten über und ich begann zu weinen.

Er hielt mich an den Handgelenken fest. »Joy! Beruhige dich! Wir kriegen deine Schwester wieder, versprochen.« Blind vor Tränen nahm ich seine Worte wie durch Watte wahr. »Es wird alles gut werden.«

Ich wehrte mich, wollte mich von ihm losreißen, nur um weiter auf ihn einzuschlagen, aber ich hatte keine Kraft mehr und sackte in seinen Armen zusammen. Die Tränen wollten nicht versiegen, strömten aus mir heraus, bis ich schließlich ruhiger wurde und mich an seine Worte klammerte.

»Es wird alles gut werden«, redete er leise auf mich ein und streichelte mir übers Haar. »Schsch ... ist ja gut.«

Es dauerte eine Weile, bis ich mich wieder unter Kontrolle hatte. Er löste sich von mir. »Geht es wieder?« Er sah mich an und reichte mir ein Taschentuch. Nickend nahm ich es und schnäuzte die Nase. Die Männer starrten mich an, standen etwas unbeholfen da und sahen dabei zu, wie Director Bennet mich tröstete. Es war unangenehm, doch Bennet bemerkte mein Unbehagen. Er nahm mich bei den Schultern und drehte mich zu den Männern herum. »Alles in Ordnung.«

Ich schluckte und riss mich zusammen. »Ja.«

»Das sind Special Agents Steven Tucker, Tom Murder und Gregory Founder. Sie sind ab jetzt für deinen Schutz zuständig.« Die Männer nickten mir grüßend zu.

»Keine Sorge, wir kriegen die Schweine«, rief mir einer der Agents zu. Ein anderer gab ihm grimmig nickend Recht. Sie schienen sich ihrer Sache sicher zu sein, was mich hoffen ließ. Bennet gab ihnen mit einer Kopfbewegung den Befehl, den Raum zu verlassen.

Erst als wir allein waren, führte er mich zu einem Stuhl. »Komm, setz dich erst mal. Du wirst bestimmt hungrig sein.« Auf dem Tisch lag eine offene Schachtel mit Muffins und Donuts. Ich hatte tatsächlich Hunger. Er schenkte mir eine Tasse Kaffee und ein Glas Wasser ein. Gierig trank ich das Wasserglas in einem Zug aus.

»Greif zu. Der Arzt sagte, du musst essen, wenn du aufwachst.«

Ausgehungert biss ich in einen Donut.

»Ich bin sicher, dass du deine Schwester bald wieder in deine Arme schließen kannst. Du musst uns vertrauen und noch ein wenig Geduld haben.«

Mein Appetit verpuffte. Allein der Gedanke, wie verängstigt und verzweifelt mein Keks sein musste, schnürte mir die Kehle zu und trieb mir erneut die Tränen in die Augen. Ich legte den Donut beiseite.

»Sei ganz ruhig, Joy. Deine Schwester ist für diese Kerle nur ein Mittel zum Zweck. Wir kriegen sie auf alle Fälle zurück. Sie ist nicht die Person, die sie haben wollen, verstehst du?«

Ich blinzelte die Tränen fort und erwiderte seinen Blick. Sie wollten Dad. Es war ein netter Versuch, mich zu trösten, trotzdem war jede Minute, die Holly bei diesen Verbrechern verbrachte, zu viel.

»Sie werden uns kontaktieren, und sobald sie das tun, verhandeln wir.«

»Das waren Suárez' Männer, hab ich Recht?«

»Ja. Bei dem Unfall konnten wir sie identifizieren.«

Sofort hatte ich die blutigen Bilder im Kopf. »Sind ... sind sie tot?«

»Zwei kamen ums Leben, die anderen beiden liegen auf der Intensivstation. Du hattest großes Glück, Joy. Ich bin sehr froh, dass dir nichts passiert ist.«

Ich hatte bei dem Unfall wirklich einen Schutzengel gehabt. Auch, wenn jeder Muskel in meinem Körper brannte und der Schmerz in meinem Kopf wütete, war das alles nichts gegen das Leid und die Angst in meinem Herzen.

»Wir arbeiten auf Hochtouren daran, Holly so schnell wie möglich zu befreien. Dein Vater hat die Nacht an einem anderen Ort verbracht und wird in den nächsten Stunden eintreffen. Vorerst müsst ihr hier untertauchen.«

»Wo genau sind wir?«

»In Milwaukee, Wisconsin, direkt am Milwaukee Bay. Dieses Safe House ist eine Penthouse-Wohnung und mit Überwachungskameras ausgestattet. Du bist also absolut sicher.«

In Milwaukee? Das war ein ganzes Stück von Virginia entfernt. Bennet ging zum Panoramafenster und schob die Lamellen beiseite. »Von hier aus hast du einen fantastischen Blick aufs Wasser und oben auf dem Dach ist ein Pool mit einer noch besseren Aussicht. Ich habe mir sagen lassen, dass die Sonnenuntergänge spektakulär sein sollen.« Er rang sich ein Lächeln ab, um mich aufzuheitern, damit scheiterte er aber kläglich. Das hörte sich so an, als könnte es Tage dauern, bis Holly befreit war. Ich würde keine ruhige Minute haben, bis sie wieder bei mir war. Krampfhaft versuchte ich, die Angst zu unterdrücken, und schloss die Augen. »Wie lange? Holly braucht ihre Medikamente, sonst ...« Ich schluckte und brachte kein weiteres Wort mehr über meine Lippen.

»Ich weiß, Joy. Wir tun, was wir können. Nimm ein Bad, versuche dich zu entspannen. Sobald ich neue Informationen habe, erfährst du es sofort, versprochen. Wir haben dir frische Kleidung besorgen lassen. Deine persönlichen Dinge werden im Laufe des Tages gebracht.«

»Was ist mit Parker und Mike? Konnten sie eine Spur entdecken?«

Bennets Lächeln verschwand und seine Miene wurde ernst. »Was deinen Freund Mike betrifft: Er ist ein Zivilist und darf sich nicht weiter in Gefahr begeben. Wir haben ihn nach Hause geschickt. Parker und Logan wurden suspendiert und vom Fall abgezogen.«

Was?! Sie wurden suspendiert? Irritiert starrte ich ihn an. »Warum?«

Genau in diesem Augenblick klingelte Bennets Handy. Er blieb mir eine Antwort schuldig. Hatte Parker sich nicht versetzen lassen wollen? Bedeutete eine Suspendierung nicht, dass sie unfreiwillig beurlaubt worden waren? Das hieß wohl, dass ich Chris so schnell nicht wiedersehen würde – vielleicht sogar nie wieder. Ich hatte gewusst, dass das bald auf mich zukommen würde, aber mit der Wucht der plötzlich zunehmenden inneren Leere hatte ich nicht gerechnet. Es fühlte sich so endgültig an, die Menschen, die mir am wichtigsten waren, verloren zu haben.

Bennet beendete das Gespräch, kam zum Tisch zurück und trank den letzten Schluck aus seiner Kaffeetasse. »Wir schaffen das, okay?« Ich hätte gerne etwas von seinem Optimismus gehabt, aber die Angst lähmte mich weiter. Ich würde verrückt werden, so viel stand fest. Ich war nicht der geduldigste Mensch. Gerade was Holly anging, war mein Nervenkostüm nicht das stärkste. Ich musste mich ablenken, mich irgendwie beschäftigen. Wie gerne hätte ich jetzt meine Ledermappe mit den Zeichnungen bei mir gehabt!

»Ruh dich ein wenig aus, Joy. Du hast in den letzten Stunden viel durchgemacht. Nachher musst du mir alles erzählen; ich muss jedes Detail wissen. Alles könnte von großer Wichtigkeit sein. In Ordnung?«

Nickend stand ich auf und lief ins Zimmer zurück. Jemand hatte die Lamellen zurückgezogen und das Fenster geöffnet. Auf dem Doppelbett, in dem ich geschlafen hatte, entdeckte ich Mr. Floppy. Das Plüschschaf lag traurig und verlassen zwischen den Kissen. Sofort nahm ich es und drückte es fest an mich. War Mr. Floppy alles, was mir von Holly bleiben würde? Ein Schauer fuhr mir den Rücken hinunter. Ich musste mich zwingen, nicht an ein solches Ende zu denken. Holly war stark und eine Kämpferin, das hatte sie schon mehr als einmal in ihrem kurzen Leben bewiesen. Sie war zäh und willensstark – ich musste einfach daran glauben.

Ich blickte an mir hinunter. Ich trug immer noch das Kleid vom *Bar-B-Que*. Es war an einigen Stellen aufgerissen und Blut und anderer Schmutz klebten an mir. Ekel überkam mich.

Ich öffnete vorsichtig die Schiebetür des Schrankes und fand tatsächlich frische Kleidung darin. Hinter einer Tür vermutete ich ein Badezimmer und war erleichtert, es diesmal allein nutzen zu können.

Lange ließ ich literweise Wasser an meinem Körper hinunterrauschen, seifte mich dreimal ein, bis sich endlich das Sauberkeitsgefühl einstellte. Das Wasser tat meinen geschundenen Muskeln gut und ich entspannte mich ein wenig. Ich wusch mein Haar und putzte mir anschließend gründlich die Zähne. Danach fühlte ich mich besser, doch jeder Gedanke an Holly ließ meine Angst und Ungeduld größer werden.

Die Suspendierung verunsicherte mich. Warum hatte Bennet Chris abgezogen? Parkers Worte hallten in mir nach: ›*Du darfst es niemandem erzählen. Hörst du, Joy? Du musst es für dich behalten. Du darfst niemandem vertrauen ... niemandem vertrauen ...*‹ Wir beide waren hinter Dads Geheimnis gekommen, kurz bevor Holly verschwunden war. Mein Vater war *die graue Eminenz* – er hatte die tätowierten Wurzeln, unsichtbar und nur durch ultraviolettes Licht zu erkennen, von denen Chris' Vater vor seinem Tod gesprochen hatte. Je länger ich darüber nachdachte, desto weniger verstand ich den Sinn. Wieso gab sich Dad für einen Handlanger aus, wenn er selbst hinter dieser Identität steckte? Und wieso wollte Chris, dass ich niemandem die Wahrheit verriet? War es nicht wichtig, dass das FBI darüber informiert wurde?

Einige Zeit später stand ich Director Bennet Rede und Antwort. Ich erzählte ihm in allen Einzelheiten, was sich während des *Bar-B-Ques* ereignet und bei der Entführung im Krankenwagen zugetragen hatte. Es war alles viel zu schnell gegangen. Nur den Sanitäter, der auch Special Agent Murphy ermordet hatte, konnte ich etwas genauer beschreiben. Am Ende meines Berichts flossen zahlreiche Tränen, weil die Erinnerungen an mir nagten. Hollys Lachen auf dem Karussell hallte in meinen Ohren nach.

»In Ordnung. Wie waren die Tage vor dem *Bar-B-Que*?«

Ich runzelte die Stirn. »Was meinen Sie?«

»Ist dir da etwas aufgefallen? Haben sich Parker oder Smith anders verhalten als sonst?«

Ich schüttelte den Kopf und spürte den Blick von Tucker auf mir. Bisher hatte er sich im Hintergrund gehalten, doch mit Bennets Frage schien seine Aufmerksamkeit plötzlich voll und ganz auf mir zu ruhen. Ich schätzte Special Agent Tucker auf dreißig. Er wirkte verschlossen und ruhig. Durch seine Brille erinnerte er mich an Harry Potter. Sie passte zu ihm. Zusammen mit seinem dunklen Haar und dem sprießenden Bart sah er eher aus wie jemand, der seine Nase lieber in Bücher steckte als in Polizeiermittlungen. Vielleicht war seine Erscheinung auch nur Tarnung. Er war neugierig, was Chris betraf, das sah ich ihm deutlich an. Die ganze Zeit über hatte er auf seine Notizen geblickt, doch bei der Erwähnung von Parkers Namen hatte er aufgesehen und mich gemustert.

»Nein. Nicht, dass ich wüsste.« Vieles war anders geworden seit der Sache in der Boutique. Natürlich schoss mir sofort die Schamesröte ins Gesicht. Verdammte Scheiße! Wieso konnte ich nicht lügen?

Bennet bemerkte meine Unsicherheit. »Tucker, lassen Sie uns einen Augenblick allein.«

Der Agent nickte. Ihm war deutlich anzumerken, dass er lieber geblieben wäre, doch ich war froh, dass er ging. Der Director lehnte sich zurück und musterte mich. Nervös nestelte ich mit den Fingern unterm Tisch. Ich kam mir wie ein kleines Mädchen vor. Wo war bitte meine Selbstsicherheit?

»Joy, sprich ganz frei. Ich weiß über deine Beziehung zu Parker Bescheid. Es ist wichtig, dass du mir alles erzählst.«

Für einen Moment schloss ich die Augen. Mir war klar gewesen, dass meine Affäre und ihre pikanten, peinlichen Details irgendwann ans Licht kommen würden. Der Gedanke daran ließ meine Haut sofort prickeln. Schnell schob ich meine Gefühle beiseite, öffnete die Augen und hob ein wenig trotzig mein Kinn. »Und wenn schon? Das hat wohl nichts mit Hollys Entführung zu tun, oder?«

»Und was, wenn es vielleicht eine ganze Menge damit zu tun hat?«

Ich runzelte die Stirn und sah ihn verwirrt an. »Wie meinen Sie das?«

»Darüber darf ich nichts sagen, Joy. Deshalb ist es wichtig, dass du mir alles erzählst, auch wenn es dir unangenehm ist. Hat er sich manchmal merkwürdig verhalten? Hat er dir etwas anvertraut oder gesagt?«

Ich hielt den Atem an und war wie zu Stein erstarrt. Parker war für mich schon immer ein gewisses Mysterium gewesen, aber so, wie Director Bennet redete, schien er ihm nicht voll und ganz zu vertrauen. Warum? War Chris nicht so etwas wie ein Sohn für ihn? Was ging hier eigentlich vor sich? Wieder hörte ich Parkers Stimme in mir nachhallen. ›*Du darfst es niemandem erzählen. Hörst du, Joy? Du musst es für dich behalten. Du darfst niemandem vertrauen ... niemandem vertrauen ...*‹ Dann fielen mir Parkers Telefonate ein, die ich heimlich belauscht hatte. Schon damals hatte ich deren Inhalt seltsam gefunden. Ich war hin- und hergerissen, wusste nicht, was ich tun sollte.

»Ist es wegen der Affäre? Da kann ich Sie beruhigen. Noch bevor Holly entführt wurde, hat er sie beendet. Er wollte sich sogar versetzen lassen.«

Bennet kniff die Augen zusammen und sah mich an. »Ja, das weiß ich, aber ehrlich gesagt, habe ich seinen Antrag auf Versetzung nicht ernstgenommen. Ich kenne Chris sehr gut – er wollte das nicht wirklich.«

Wieso wurde ich das komische Gefühl nicht los, dass es hier um mehr ging als um unser Sexabenteuer? »Warum wurde Parker suspendiert?«, hakte ich noch einmal nach und hoffte auf eine Antwort.

Er fuhr sich durchs Haar und blickte mich nachdenklich an. »Eigentlich darf ich dir das gar nicht erzählen, aber ... Parker ist bei Weitem kein unbeschriebenes Blatt beim FBI. In der Vergangenheit gab es immer mal wieder Probleme mit ihm; er wurde deshalb auch schon mehrmals abgemahnt. Mit dir und der Entführung deiner Schwester hat er das Fass endgültig zum Überlaufen gebracht.«

»Aber wieso Logan? Ich meine, er hat doch nichts damit zu tun! Er war zusammen mit meinem Vater im Haus.«

»Weil er Parker gedeckt hat. Es wäre seine Pflicht gewesen, es zu melden. Somit sind beide aus dem Fall raus.«

Also hatte Logan die Arschkarte gezogen, weil Parker die Finger nicht von mir hatte lassen können und zu allem Überfluss auch noch Holly entführt wurde. Bennets Erklärungen verwirrten mich. Etwas stimmte nicht. Hatte Chris etwas mit Hollys Entführung zu tun? Steckte er mit meinem Vater unter einer Decke?

Wie sollte ich wissen, wem ich in diesem Chaos noch vertrauen konnte?

»Bitte Joy, wenn du etwas weißt, dann musst du mir das sagen. Jede Kleinigkeit könnte von größter Wichtigkeit sein«, drängte er mich.

Jetzt wäre die Gelegenheit, Bennet von Dads großem Geheimnis zu erzählen. Wenn nicht dem Director des FBIs, wem sollte ich mich dann anvertrauen? »Da gibt es ...« Ich hielt inne. Ein Gefühl durchdrang meine Brust. Es war ganz plötzlich da. Es war, als würde es mich anschreien, das Geheimnis nicht preiszugeben. Ich erinnerte mich daran, was Chris mir von seiner Vergangenheit erzählt hatte, wie er mit Holly umgegangen war, wie viele ernste Gespräche wir gehabt hatten. Wie oft hatte ich hinter die Fassade des Bad Boys schauen dürfen und eine gebrannte Seele entdeckt. Parker war kein schlechter Mensch – zumindest konnte ich mir nicht vorstellen, dass er etwas mit Hollys Verschwinden zu tun hatte. Und dann sah ich wieder seine Augen vor mir, die mich anflehten, das Geheimnis meines Vaters für mich zu behalten.

»Ja?«

»Da gibt es ... nichts, was ich Ihnen sagen könnte.«

»Bist du sicher?« Bennet blickte mich eindringlich an. Ob er mir glaubte? Letztendlich konnte es mir egal sein. Vielleicht war es wirklich besser, mit der Wahrheit zu warten, bis Holly wieder bei mir war.

»Ja.«

»Na schön. Falls dir aber noch etwas einfällt, sagst du Tucker, dass du mit mir sprechen willst.« Einverstanden nickte ich und war erleichtert, als er sich erhob und unser Gespräch damit beendete.

Froh, endlich entlassen zu sein, saß ich den restlichen Tag mit Mr. Floppy im Arm vor dem Fernseher. Seit Wochen hatte ich keine Nachrichten mehr verfolgt. Ich suchte nach einer Schlagzeile, die mit uns zu tun haben könnte, doch außer einer Schießerei an der mexikanischen Grenze und vielen anderen Kleinverbrechen fand ich nichts. Früher hatte ich nie auf die Nachrichten geachtet. Jetzt dieses Chaos in der Welt zu beobachten, war schrecklich. Was war nur aus uns geworden? Immer ging es um Macht, Krieg und Geld. Es war ein ziemliches Scheißgefühl, so hilflos vor der Glotze zu sitzen, sich alles anzusehen und gleichzeitig zu wissen, dass ich mitten in dieser verkorksten Welt saß.

***

Director Bennet ließ mich einige Zeit später mit den Agents im Penthouse zurück. Die Männer beschäftigten sich mit Kartenspielen und Zeitunglesen. Ich beobachtete die Wanduhr im Wohnzimmer. Die Sekunden verstrichen nur langsam. Jedes Mal, wenn eine neue Stunde anbrach, hoffte ich, von den Nachrichtensendern irgendetwas zu erfahren.

Agent Tucker bestellte gegen Abend Pizza. Während sich die Männer darüber hermachten, zog ich mich in mein Zimmer zurück. Ich brachte sowieso keinen Bissen hinunter, also legte ich mich aufs Bett und schlief sofort ein.

Als ich wieder aufwachte, war es absolut still. Mein Magen knurrte und meine Kehle war wie ausgedörrt. Das Licht im Flur brannte und leise Musik erklang aus dem Wohnzimmer.

Agent Tucker stand am Panoramafenster und spähte in die Dunkelheit hinaus. Es war kurz vor drei Uhr nachts. Wahrscheinlich hatte er Nachtschicht. Lautlos ging ich barfuß über den Teppich und blieb am Sofa stehen. Obwohl ich leise war, hatte er mich gehört, drehte sich aber nicht zu mir um. »Dich hat wohl der Hunger aus dem Schlaf gerissen. Hab ich Recht?« Wie schafften es diese Agents immer, genau zu wissen, wer sich anschlich? Er wandte sich um. Nickend folgte ich ihm in die Küche. Die Einbauküche war riesig, sehr modern und sah unbenutzt aus. Er öffnete den Kühlschrank. »Es ist noch Pizza übrig.«

»Gern.« Ich setzte mich auf einen der Hocker und sah zu, wie er zwei große Stücke auf einen Teller lud. Er erwärmte sie in der Mikrowelle und reichte mir eine Wasserflasche.

»Gibt es irgendetwas Neues von meiner Schwester?«

Der Piepton der Mikrowelle zögerte seine Antwort hinaus. Er stellte den Teller vor mir ab und schenkte sich langsam und bedächtig ein Glas Wein ein. »Nein, leider noch nicht. Ich hätte gern eine andere Antwort für dich. Suárez wird uns kontaktieren – das ist so gut wie sicher. Aber hey, dein Vater kommt bald, da wirst du dich sicherlich freuen.« Er lehnte sich an den Küchentresen und trank einen Schluck.

Ich hielt beim Kauen kurz inne und verzog den Mund. Der Agent hatte keine Ahnung, wie egal mir mein Dad inzwischen geworden war. Es war alleine seine Schuld, dass Holly in den Händen dieser Verbrecher war. Dafür hasste ich ihn. »Wann kommt er genau?«

Er legte seinen Kopf schief und musterte mich. »In ein paar Stunden. Du bist wohl nicht besonders gut auf ihn zu sprechen, oder?«

Ich wollte gar nicht über ihn nachdenken. Jeder Gedanke war reine Verschwendung. Mein Vater hatte seine Maske fallen gelassen und mir gezeigt, dass er mehr als nur ein Fremder war – er war ein unkontrolliertes Monster. »Nach allem, was er getan hat, ist das auch kein Wunder, oder?«

»Verstehe. Logan hat gesagt, dass es einige Probleme gab.«

Neugierig blickte ich ihn an. »Allerdings.« Noch immer schockierten mich die Erinnerungen daran, wie mein Vater mich bedroht und übel beschimpft hatte. Chris hatte sich mehrmals mit ihm angelegt und ihm vor ein paar Tagen sogar seine Waffe an die Schläfe gehalten. Und jetzt kannte ich auch noch sein Geheimnis. Ich war mir noch nicht sicher, was das zu bedeuten hatte.

»Wie lange dauert so eine Suspendierung in der Regel?«

Tucker schaute in sein Weinglas und zuckte mit den Schultern, bevor er antwortete. »Keine Ahnung. Das entscheidet der Director. Warum fragst du?«

»Einfach nur so.« Das nahm er mir natürlich nicht ab.

»Parker und Logan haben vom Director mehr als nur eine Warnung bekommen, und trotzdem haben sie es wieder vermasselt. Ich würde sagen, das ist Pech«, sagte er mehr zu sich selbst. Es schwang Zufriedenheit in seiner Stimme mit.

»Sie haben wohl nicht viel für die beiden übrig, was?«

Unverzüglich verschwand die diebische Freude in seinem Gesicht und er wurde wieder ernst. »Eigentlich sollte ich mit dir nicht darüber reden, aber es wird sowieso irgendwann angesprochen werden – nämlich dann, wenn sie sich in einem Disziplinarverfahren verantworten müssen.«

Sofort fühlte ich mich schuldig. Ich erinnerte mich, dass Parker von Problemen beim FBI gesprochen hatte. Logan hatte ihn auch gewarnt. Das roch nach richtig viel Ärger.

»Director Bennet hätte die beiden erst gar nicht bei diesem Fall einsetzen dürfen. Wenn man es genau nimmt, hat er gegen die Vorschriften verstoßen, und das mehr als einmal. Die meisten Leute beim FBI glauben, dass Bennet das nur getan hat, weil er sich für Parker verantwortlich fühlt.«

»Wie meinen Sie das?«

»Henrik Parker, Chris´ Vater, war sein Partner und bester Freund, bevor Bennet Director des FBIs wurde. Wusstest du das nicht?«

Natürlich wusste ich das, Chris hatte es mir selbst erzählt. »Nein.«

Er lächelte. »Henrik Parker gehörte zu den Besten. Er war so etwas wie eine Legende. Er war früher beim Secret Service und löste schneller Fälle, als eine Polizeistreife Donuts kaufen konnte. Er war einfach ein Fuchs. Niemand wäre je auf die Idee gekommen, dass er in Wahrheit ein Verräter war. Als er starb und alles ans Licht kam, war das schlimm für Chris. Bennet hat sich seiner angenommen, ihn unterstützt. Er hat ihm so einiges durchgehen lassen, was natürlich den Neid vieler Kollegen auf den Plan rief. Es ist schon seltsam, wie Chris seine Fälle löst. Entweder hat er nur unverschämtes Glück oder er tritt in die Fußstapfen seines Vaters. Jedenfalls hat der Kerl mehr Erfolg, als gut für ihn ist.« Plötzlich blickte Tucker von seinem Weinglas auf. »Du solltest noch ein wenig schlafen.« Damit schlenderte er aus der Küche und ließ mich einfach stehen. Wie ich es hasste, so abgefertigt zu werden.

Kapitel 2

Die Zeit wollte einfach nicht vergehen. Sie zog sich dahin, wie zähe Honigfäden an einem Löffel. Das Ticken der Wohnzimmeruhr machte mich verrückt. Die Warterei auf Neuigkeiten quälte mich, und mit jeder Sekunde, die verging, wuchs meine Angst um Holly. Jedes Mal, wenn Tuckers Handy klingelte, zuckte ich erwartungsvoll zusammen. Ich saß auf dem breiten Fenstersims vor dem Panoramafenster und starrte auf die Milwaukee Bay.

Der Horror von Hollys Entführung überlagerte alles, und dass ich mich in Parker verliebt hatte, machte es nur noch komplizierter. Von Anfang an hatte ich gewusst, dass er mir das Herz brechen würde, und das hatte er auch getan. Früher hatte ich meine Enttäuschungen doch auch ganz gut wegstecken können, wieso war es diesmal schwieriger? Der Schmerz saß tief und ich hatte alle Mühe, ihn zu unterdrücken. Die Gefühle konnte ich zwar nicht abstellen, aber ich war wütend genug, um ihn zu verteufeln. Ich verdrängte das zarte Flattern in meinem Herzen, vergrub es in mir und beschloss, es nicht wieder aufsteigen zu lassen.

Erneut schreckte ich auf, als Tuckers Handy klingelte. Jedes Mal hielten wir inne. Mein Herz begann zu rasen.

»Es ist so weit, Leute. Er kommt.« Tucker bedachte mich mit einem vielsagenden Blick. Enttäuscht, dass es nur mein Vater war, der sich angekündigt hatte, sank ich auf das Fensterbrett zurück und wandte mich wieder teilnahmslos dem Leben draußen zu. Früher war ich immer total aufgeregt gewesen, wenn Dad von seinen Geschäftsreisen nach Hause gekommen war. Diesmal wäre es mir lieber, er würde fortbleiben – von mir aus auch für immer.

Die Funkgeräte rauschten und man hörte männliche Stimmen, die irgendwelche Nummern oder Codes durchgaben. Ich hatte keine Ahnung, was all das zu bedeuten hatte, hielt es für Agentenkram. Der Fernseher wurde ausgeschaltet und die leeren Pizzaschachteln und Kaffeebecher eilig in die Küche getragen. Die FBI-Agents benahmen sich, als würde der Präsident auf eine kurze Visite vorbeischauen. Selbst Tucker, der sonst Ruhe und Gelassenheit ausstrahlte, wurde von den anderen angesteckt. Aufgeregt lief er auf und ab, brabbelte irgendwas Unverständliches ins Funkgerät und gab Anweisungen.

Minuten später war der Spuk vorbei und mein Vater betrat das Wohnzimmer. Er wurde von vier Agents begleitet und sah noch schlechter aus als im Safe House in Virginia. Seine Schultern hingen schlaff herunter, sein Gesicht war grau und fahl, seine Augen müde und leer. Die Kleidung schlotterte an seinem Körper. Er hatte noch mehr abgenommen. Aber ich hatte kein Mitleid mit ihm, ganz im Gegenteil.

»Mia! Meine kleine Malerin! Lass dich umarmen.« Er breitete seine Arme aus und wartete darauf, dass ich ihm entgegenlief. Darauf konnte er lange warten. Obwohl ich zugeben musste, dass ich fast auf sein Theater hereingefallen wäre, weil er wirklich sehr mitgenommen und traurig aussah. Nur eine Millisekunde zögerte ich, doch dann blieb ich vor ihm stehen und überkreuzte meine Arme. Erwartungsvoll rechnete ich damit, dass er mir eine lahme Erklärung nach der anderen um die Ohren schlagen würde. Enttäuschung war in seinen Augen zu lesen, als ich ihm die Umarmung verweigerte, aber damit konnte ich umgehen.

Er räusperte sich und blickte kurz zu den Agents, die uns zuhörten. »Ich verstehe, dass du sauer auf mich bist.«

»Sauer? Das trifft es noch nicht einmal ansatzweise, *Daddy*«, presste ich übelgelaunt hervor.

»Nun gut. Ich kann es nicht ungeschehen machen, aber eines sollst du wissen ... Ich vergebe dir, Mia. Ich vergebe dir deshalb, weil du noch jung bist und lernen musst, dich in meiner Welt zu bewegen.« Er lächelte mich lieb an.

Das konnte unmöglich sein Ernst sein. Fassungslos starrte ich ihn an, dabei wurde alles in mir kalt, selbst mein Herz. »Wie bitte? *DU* vergibst mir? Ausgerechnet du? Was stimmt nicht mit dir? Wie kommst du auf die Idee, dass ich mich in *deiner Welt* aufhalten will?«

»Meine Herren, würden Sie mich und meine Tochter für einen kleinen Augenblick alleinlassen?« Erhaben und sich seiner Sache absolut sicher, schaute er nur mich an, rechnete damit, dass die Männer auf sein Kommando hören würden.

»Ein Agent muss anwesend bleiben, Sir«, antwortete Tucker. Dad nickte kurz und setzte sich aufs Sofa.

»Ihr habt es gehört, Leute«, forderte Tucker die Leute auf. Einer nach dem anderen verließ den Raum, nur er selbst blieb, was mich, ehrlich gesagt, etwas erleichterte. Das letzte Mal, als ich mit Dad allein gewesen war, hatte ich wirklich Angst vor ihm gehabt.

Als wir nur noch zu dritt waren, setzte sich Dad, schlug die Beine übereinander und faltete seine Hände.

»Setz dich!«, befahl er mir.

Ich war viel zu aufgebracht, um auf seinen Befehl zu hören. »Ich stehe lieber.« Schnippisch ging ich zum Panoramafenster hinüber und verschränkte die Arme.

»Wie du willst.« Er senkte seinen Blick und schien nach den richtigen Worten zu suchen. »Ich verstehe, dass das alles nicht einfach für dich ist. Ich finde aber, du bist stark genug, um das auszuhalten. Du hast mein Blut und meinen Verstand. Es wird langsam Zeit, dass du dich damit abfindest und endlich versuchst, dein Schicksal anzunehmen. Ich kann meine Vergangenheit und meine Taten nun mal nicht ändern.«

Ich lachte höhnisch und konnte nur mit dem Kopf schütteln. Ich fragte mich, wie er wohl reagieren würde, wenn er erfuhr, dass ich sein schmutziges Geheimnis kannte.

»Ich meine es ernst, Mia. Ich habe dir verboten, dich mit dem Agent einzulassen – man kann ihm nicht vertrauen. Ebenso, dass ihr auf dieses *Bar-B-Que* gegangen seid. Das alles hat dazu geführt, dass Suárez uns gefunden und seine Chance genutzt hat. Jetzt haben sie etwas, das wir beide wiederhaben wollen - Holly.«

»Du gibst mir die Schuld, dass Cathrin entführt wurde?« Ich war fassungslos.

Er lehnte sich zurück und seufzte, als wäre er zufrieden, mich verletzt zu haben. »Ich bin schon lange in diesem Geschäft. Ich weiß, wie der Hase läuft. Du hättest auf mich hören sollen, dann wäre es nicht so weit gekommen. Aber du musstest den Moralapostel spielen, mich wie ein Monster behandeln und dich dann auch noch auf einen Kerl einlassen, der dich nur für seine Zwecke benutzt hat.«

»Was faselst du da? Chris hat mich nicht benutzt!«

Verärgert stand er auf; er hatte sich in Rage geredet. »Du glaubst mir nicht? Dann sag mir: Hat er dich nicht über mich ausgefragt? Wollte er nicht mehr Informationen über mich haben; Details, die vielleicht nur du wissen konntest? Hat er dich nicht nach Geld gefragt?«

Meine Gedanken rasten. Tatsächlich erinnerte ich mich daran, wie Parker mich nach Geld ausgehorcht hatte. Dieses merkwürdige Telefongespräch neulich ... Plötzlich lag so viel Misstrauen in meiner Brust.

»Er ist nicht der Typ, für den du ihn gehalten hast. Er ist skrupellos und spielt ein falsches Spiel.«

Das konnte nicht sein! Parker würde niemals ... Oder etwa doch? Verdammt! Ich wusste nicht, was ich glauben sollte. Es war ein Gedanke, der mir zuflüsterte, dass mein Vater Recht hatte, aber mein Herz wollte es nicht wahrhaben. Erst letzte Nacht hatte Agent Tucker über Chris Andeutungen gemacht.

»Sagen Sie es ihr! Sagen Sie meiner Tochter, mit was für einem Verräter sie sich eingelassen hat«, forderte Dad Tucker auf. »Erzählen Sie ihr, dass der Familie Parker die Spitzelei und der Verrat im Blut liegen.«

Tucker schaute erst zu Boden – offensichtlich fühlte er sich unbehaglich –, doch dann presste er die Lippen zusammen. »Es tut mir wirklich leid, Joy, aber er hat Recht. Chris Parker steht schon länger im Verdacht, ein Spitzel der *grauen Eminenz* zu sein.«

Es war wie eine schallende Ohrfeige und gleichzeitig der größte Witz, den ich je gehört hatte. Ausgerechnet ein Spitzel für die *graue Eminenz*! Parker war genauso überrascht gewesen wie ich, als wir hinter Dads Geheimnis gekommen waren. Er konnte nicht der Spitzel sein, sonst hätten mein Vater und Parker mir die ganze Zeit etwas vorgespielt. Oder etwa nicht? Für einen Moment war es absolut still im Wohnzimmer.

»Erzählen Sie ihr alles, Agent. Sie soll alles über ihn wissen«, forderte Dad ihn auf.

Tucker räusperte sich vernehmlich. »Das sind interne Informationen des FBIs, Sir. Ich bin nicht befugt ...«, widersprach er, doch ein Blick meines Vaters reichte aus, um den FBI-Agent zum Schweigen zu bringen. »Schon gut, sie wird es sowieso erfahren«, lenkte er ein. »Agent Bennet und Agent Hendrik Parker waren damals Partner. Die beiden arbeiteten undercover an dem Fall der *Eminenz* und standen kurz davor, ihn endlich zu entlarven. Als dies misslang, kam Bennet auf die Spur eines Maulwurfes aus unseren eigenen Reihen. Es war Hendrik Parker.

Über Monate hatte Chris' Vater die *Eminenz* mit streng vertraulichen Informationen und pikanten Details versorgt. Dadurch war der Unterweltboss uns ständig mehrere Schritte voraus. Für uns alle war das ein Schock, weil – wie ich schon sagte – Hendrik der Held des FBIs war. Alle sahen zu ihm auf. Bevor wir Hendrik Parker überführen und festnehmen konnten, wurde er erschossen. Damals hatte Chris seine Spezialausbildung als Bester seines Jahrgangs gerade beendet und beim FBI angefangen. Ich erinnere mich noch, wie er ausgeflippt ist und nicht wahrhaben wollte, dass sein Vater ein Verräter war, aber die Beweislage war eindeutig. Bennet wurde befördert und Chris bekam einen Platz in unserer Abteilung.«

»Das macht Chris noch lange nicht zu einem Verräter«, warf ich ein, als Tucker eine längere Pause einlegte.

Er hob seine Hand und unterbrach mich. »Nach dem Tod seines Vaters trat Chris in seine Fußstapfen beim FBI. Er arbeitete wie ein Verrückter, sprengte mehr Kartelle als jeder andere von uns. Gleichzeitig gingen aber alle Operationen, die die *graue Eminenz* oder Suárez betrafen, schief. Deshalb glauben wir, dass er ebenso wie sein Vater ein Verräter ist, Joy. Das wäre sonst ein sehr merkwürdiger Zufall.«

»Und warum habt ihr ihn nicht verhaftet?«

»Weil uns die Beweise fehlen. Wir haben darauf gewartet, dass er einen Fehler macht, aber er scheint ein genauso gerissener Hund zu sein wie sein Vater.«

Das klang alles einleuchtend, und trotzdem war es schwer zu verdauen. Mein Herz weigerte sich, mein Verstand flüsterte mir ununterbrochen etwas zu. Wie sollte ich in all dem Chaos wissen, was die Wahrheit war? Parker konnte so lustig, liebenswert und einfühlsam sein. Einerseits waren die Zweifel berechtigt, andererseits passten sie nicht in das Bild, das ich von ihm hatte. »Vor ein paar Wochen habe ich ihn dabei belauscht, wie er während eines Telefongesprächs von irgendwelchen Millionen gesprochen hat. Er hat auch mich danach gefragt«, murmelte ich leise, mehr zu mir selbst.

***

»Verstehst du jetzt, dass du dich mit dem Teufel eingelassen hast?« Dad wollte auf mich zulaufen, doch ich hielt ihn davon ab. »Lass mich! Auch wenn Parker ein Scheißkerl ist, ändert das nichts. Vor ein paar Wochen hatte ich mit Verbrechern wie dir nichts am Hut, und jetzt stecken Holly und ich mittendrin.« Blind vor Tränen und mit aufgestauter Wut presste ich meine Hände zu Fäusten zusammen.

»Beruhige dich, Mia. Es wird alles gut«, sagte Dad sanft.

Ich war so verdammt machtlos. Dieses Scheißgefühl drohte mich zu übermannen. Ich konnte nichts dagegen tun – nichts! Ich war gefangen in einem Penthouse, zusammen mit Menschen, die ich nicht kannte; von einem fühlte ich mich verraten und verkauft. Meine Schwester war entführt worden, und ich wusste nicht, ob ich sie je lebend wiedersehen würde. Am schlimmsten waren die Angst, sie zu verlieren, und die Erkenntnis, dass ich absolut niemandem vertrauen konnte. Ich hatte keinen, mit dem ich reden konnte, ich war auf mich allein gestellt. Es war so niederschmetternd, dass ich am liebsten auf etwas eingeschlagen hätte. Holly brauchte dringend ihre Medikamente. Nicht auszudenken, wie schlecht es ihr ohne sie ergehen könnte. In meinem Kopf spielte sich der blanke Horror ab und ich hatte keine Geduld mehr, länger darauf zu warten, dass irgendwas passierte. Ich zwang mich, ruhiger zu werden, unterdrückte meine Wut und kontrollierte meine Atmung. »Egal, welche Meinung du vertrittst, was du von mir halten magst oder nicht – wir sollten uns darauf konzentrieren, Holly zu befreien. Sie schwebt in Lebensgefahr«, sagte ich voller Ungeduld.

»Wir tun bereits alles, was in unserer Macht steht«, wandte Tucker ein.

Vehement schüttelte ich den Kopf. »Das reicht mir aber nicht. Ihr müsst sie *jetzt* sofort da rausholen. Wir können nicht länger warten. Kontaktiert diesen mexikanischen Drogenboss und schlagt ihm einen Deal vor. Jetzt!«

Verwundert blickte Tucker mich an. »Und wie genau stellst du dir das vor?«

»Ganz einfach: Ihr schickt ihm eine Nachricht und fordert einen sofortigen Austausch. Holly gegen meinen Vater.«

Ich hätte wirklich gedacht, dass mein Vorschlag für Dad wie ein Schlag ins Gesicht sein musste. Im ersten Augenblick war er das vielleicht auch, aber er ließ sich nichts anmerken.

»Was ist? Schaut mich nicht so an. Wie lange will das FBI noch warten?«

»Das ... ist nicht so leicht, Joy«, war Tucker der Meinung.

»Und wieso nicht? Ihr wisst doch bestimmt, wie man diesen Kerl erreichen kann.«

»Das ist zu gefährlich. Diese Leute würden alles tun, um an deinen Dad zu kommen. Sie würden selbst deine Schwester töten. Wir müssen vorsichtig vorgehen.«

Wie erwartet, hielt sich mein Vater fein aus der Diskussion heraus. Ich konnte nicht fassen, dass er sich nicht für Holly einsetzte und alles dem FBI überlassen wollte. Es machte mich wütend und zugleich durchströmte mich eine kämpferische Energie. »Es wird höchste Zeit, dass wir das Ruder endlich in die Hand nehmen und handeln! Oder bist du etwa bereit, Cathrin sterben zu lassen, um deine eigene Haut zu retten?« Ich fand Gefallen daran, so mit meinem Dad zu reden. So konnte ich meine Wut, Enttäuschung und Aggressionen etwas abbauen. In mir herrschte Aufbruchstimmung. Am liebsten wäre ich sofort losgelaufen, hätte ihn bei Suárez persönlich abgeliefert und Holly dafür mitgenommen. Doch leider sah die Realität anders aus.

»Überlass es bitte uns, wie wir unseren Job machen. Ich bin sicher, Director Bennet kümmert sich bereits um alles.« Damit hatte ich Tucker deutlich verstimmt. Wer ließ sich schon von einem Laien wie mir etwas vorschreiben? Ich blickte zu Dad, der damit zufrieden schien, dass Tucker mir den Wind aus den Segeln genommen hatte. Er ging zum Sofa zurück und setzte sich langsam.

Mir wollte einfach nicht in den Kopf, wieso sie wertvolle Zeit verstreichen ließen. »Und wie lange wollt ihr noch hier sitzen und warten?«

»Das weiß ich nicht. Mein Befehl lautet, euch hier zu beschützen.«

»Na, ganz toll. Das heißt, Holly muss unnötig leiden.«

»Beschäftige dich, Joy, und lass die Männer ihre Arbeit machen. Sie haben etwas mehr Erfahrung als du«, fuhr mir Dad über den Mund.

Es war nicht zum Aushalten. Ich konnte nicht länger die gleiche Luft atmen wie er und ging wutentbrannt in mein Zimmer. Aufgebracht tigerte ich auf und ab. Nach wie vor war er der Hauptverantwortliche für den ganzen Schlamassel. Egal, welche Verbindung Chris zur *Eminenz* – also zu meinem Vater – gehabt hatte, es änderte nichts daran, dass Dad an allem Schuld war. Jetzt war ich froh, dass ich ihn nicht mit seinem Geheimnis konfrontiert hatte. Wer wusste schon, zu was ich diese brisante Information noch brauchen würde.

Ich nahm Mr. Floppy in den Arm, legte mich aufs Bett und dachte nach. Das Einzige, was mich beruhigte, war, dass ich offensichtlich die kranken Gene meines Vaters nicht geerbt zu haben schien. Was Chris betraf, ärgerte ich mich über mich selbst. Wieso hatte ich zugelassen, dass er so viel Macht über mich und meine Gefühle bekommen hatte? Wem konnte ich überhaupt vertrauen, wenn selbst das FBI korrupte Agents hatte? War das der Grund, warum ich niemandem erzählen sollte, wer mein Vater in Wirklichkeit war? Ich war so wütend auf mich. Ich hatte mich naiv und kindisch benommen, aber damit sollte jetzt Schluss sein. Ich musste einen Weg finden, Holly und mich in Sicherheit zu bringen; an einen Ort, an dem uns niemand kannte und wo wir neu beginnen konnten – koste es, was es wolle.

Achtundvierzig Stunden und einige hitzige Diskussionen später rüttelte mich jemand mitten in der Nacht aus dem Schlaf. »Joy! Joy, wach auf. Es gibt Neuigkeiten.« Ich schreckte hoch. Dad hatte das kleine Nachtlicht eingeschaltet und saß neben mir. Ich blinzelte noch schlaftrunken, aber nur, bis sich die Erinnerung schlagartig in mein Bewusstsein drängte. Als ich in sein müdes Gesicht und seine glasigen Augen blickte, kroch Panik in mir hoch und eine eiskalte Faust umklammerte mein Herz. »Ist was mit Cathrin?«

»Wir müssen los. Sie erzählen uns alles auf dem Weg«, wich er mir aus. Er stand auf und ich folgte ihm mit weichen Knien. Alle Agents waren versammelt. Es herrschte eine angespannte Stimmung. Tucker telefonierte, während Murder und Founder eilig ihre Taschen ins Wohnzimmer schleppten.

»Wir sind quasi schon auf dem Weg, Sir«, sagte Tucker noch in sein Handy, bevor er auflegte und sich zu mir wandte. »Joy, es ist so weit. Wir fliegen nach El Paso.«

»Nach El Paso?«

»Ja, wir haben nicht viel Zeit. Zieh dich an, unser Flieger wartet. Den Rest erzähle ich dir unterwegs.« Das musste Tucker mir nicht zweimal sagen. Innerhalb weniger Minuten war ich angezogen und bereit.

Es war mitten in der Nacht, als wir das Penthouse verließen. In zwei Wagen mit abgedunkelten Scheiben fuhren wir zum Flughafen. Ich war froh, dass Tucker dafür gesorgt hatte, dass Dad in dem anderen Fahrzeug dicht hinter uns war. Ich fühlte mich in seiner Gegenwart einfach nicht mehr wohl. Tucker redete unentwegt über das Headset mit seinen Kollegen, die im Minutentakt irgendwelche Codes durchgaben.

Endlich erreichten wir das Rollfeld und stiegen in die Maschine. Nervös setzte ich mich an einen Fensterplatz und fing an zu beten. Die Propeller starteten, der Motor brummte und der Schweiß stand mir auf der Stirn. Viereinhalb Stunden Flug lagen nun vor uns, und ich betete, dass diese schnell vorübergehen mögen. Krampfhaft umklammerte ich die Armlehnen beim Start.

»Flugangst?« Agent Tucker setzte sich neben mich und schnallte sich an. Ich antwortete nicht, war gar nicht in der Lage dazu. »Hier.«

Ich blinzelte. Er streckte mir einen Kaugummi hin. »Na, du musst die Augen schon aufmachen und deine Hände bewegen, wenn du ihn essen willst.«

»Ich weiß noch nicht mal, ob ich überhaupt einen möchte.«

»Doch, du willst einen. Das hilft. Na, nimm schon.«

Widerwillig nahm ich den Streifen, entfernte das Papier und begann zu kauen. Die Frische, die sich in meinem Mund ausbreitete, tat gut. »Danke. Was genau tun wir in El Paso?«

»Es wird dort eine Operation geben. Suárez hat Bennet kontaktiert und sie haben verhandelt – genau so, wie unser Chef es vorausgesagt hat.«

»Dann lässt er Holly frei?«

»Ja, es sieht alles danach aus.«

Vorfreude kribbelte in meinen Bauch. Der Flieger hob ab und ich lächelte kauend.

Kapitel 3

Stunden später wurden wir von einem ganzen Trupp schwerbewaffneter Sicherheitsleute vom Flughafen abgeholt und in einer Autokolonne durch El Paso gefahren. Ein Hubschrauber kreiste sogar über uns. Es war früher Morgen und ich staunte nicht schlecht, was das FBI alles für unsere Sicherheit tat. Das lag wohl an meinem berühmt-berüchtigten Vater. Wenn sie wüssten, wen sie tatsächlich durch die Nacht kutschierten!

Unser Konvoi fuhr endlich in die Tiefgarage eines riesigen Gebäudekomplexes.

»Wo sind wir eigentlich?«, wollte ich von Tucker wissen, während er uns zu einem Aufzug führte.

»Im FBI-Gebäude.«

Die Fahrstuhltüren öffneten sich, wir liefen einen Flur entlang und gelangten schließlich zu einer Sicherheitsschleuse, an der wir durchsucht wurden. Agent Tucker folgend, standen wir irgendwann vor einer Stahltür. Tucker legte seine flache Hand auf ein kleines blinkendes Kästchen neben der Tür und sogleich erschien ein rotes Licht, das seine Handfläche scannte. Sekunden später schaltete es auf Grün, ein dunkles Summen ertönte und die Tür öffnete sich. Vor uns lag ein riesiger, abgedunkelter Raum, der durch das Flimmern unzähliger Monitore erhellt wurde. Mein Blick blieb an einer Leinwand hängen. »Holly«, flüsterte ich mit stockendem Atem. Der Bildschirm zeigte ein Foto von ihr, wie sie zusammengekauert auf einem alten Bett lag. Sie war bleich und hatte dunkle Schatten unter den Augen. Mein Herz krampfte, Panik und Tränen stiegen in mir auf, weil ich nicht wusste, ob sie nur schlief oder bereits tot war. Dad trat neben mich – er hatte ihr Bild auch entdeckt. Director Bennet kam direkt auf uns zu und nahm uns die Sicht auf die Leinwand. Er blieb vor uns stehen und sah mich an. »Keine Sorge, es geht ihr den Umständen entsprechend gut, Joy.« Er entschärfte den Schmerz in meiner Brust. Ich schluckte den dicken Kloß hinunter und beruhigte mich.

»Was ist das für ein Bild? Etwa von den Mexikanern?«, mischte sich Dad ein.

»Ja, Suárez hat uns vor vier Stunden dieses Foto zugesandt. Kommt, gehen wir in den Besprechungsraum, dort haben wir mehr Ruhe. Uns läuft die Zeit davon.«

Nur widerwillig wandte ich mich von Hollys Foto ab und folgte ihnen langsam. Meine Schwester so zu sehen, tat so unsagbar weh.

»Nehmt Platz.«

Der Raum war kalt und leer wie mein Herz, doch die Luft war kühl und angenehm. Mein Vater, Agent Tucker und ich setzten uns.

»Also, es ist tatsächlich so gekommen, wie wir es vermutet haben. Suárez will einen Handel.«

Dad nickte wissend. »Das war ja voraussehbar.«

»In ein paar Stunden ist es so weit. Die ganze Sache wird nicht einfach werden, deshalb müssen wir sicher sein, dass Sie mit uns kooperieren, Brown.«

»Das Suárez-Kartell wird mich am Ende töten«, warf Dad nachdenklich ein.

Bennet hob beschwichtigend seine Hand. »Der Plan ist, dass wir einen Doppelgänger schicken.«

Dad lachte höhnisch auf. »Und Sie glauben wirklich, das funktioniert?«

»Ja, es birgt zwar ein gewisses Risiko, aber ich denke, so könnten wir Ihre Tochter befreien. Wir gehen zum Schein auf den Deal ein.«

Wieder lachte Dad laut.

»Sie sind unser wichtigster Belastungszeuge, Brown. Wir haben großes Interesse daran, Sie lebend zu behalten. Mit dieser Operation haben wir vielleicht sogar die Chance, das Kartell zu sprengen und Suárez im besten Fall festzunehmen.«

»Das kann unmöglich Ihr Ernst sein, Bennet! Niemand kann das Suárez-Kartell vernichten. Suárez wird den Teufel tun und wohl kaum die sichere Grenze seiner Stadt Juárez verlassen. Er ist gerissen, weiß genau, dass er in Mexiko sicher ist, und wird keinen Fuß in die USA setzen. So dumm ist er nicht.«

»Fakt ist, wir könnten ihn schwächen.«

Dad schüttelte den Kopf. »Neben dem Kartell der *grauen Eminenz* ist seines das Zweitmächtigste. Was glauben Sie, wie viele Männer unter seinem Befehl stehen? Es sind Hunderte.«

»Lassen Sie das meine Sorge sein.«

Ich saß da und konnte nicht fassen, wie sie über die Befreiung von Holly redeten. Ich hatte das Gefühl, dass die Ergreifung von Suárez und sein Kartell wichtiger waren. »Einen Moment«, brauste ich auf. »Ich höre immer nur ›Suárez und seine Männer‹. Was ist mit Holly? Sollte nicht ihre Rettung an erster Stelle stehen?«

Bennet fuhr sich übers Gesicht. »Das tut es auch, Joy. Du wirst sie in ein paar Stunden wiederhaben.«

»Für mich hörte sich das gerade aber ganz anders an«, fauchte ich ihn an.

»Dein Vater ist von unschätzbarem Wert für Suárez. Sie werden den Tausch nicht in Gefahr bringen, indem sie deine Schwester schlecht behandeln.«

»Haben Sie sich das Foto überhaupt mal genauer angesehen?« Ich deutete mit dem Finger zur Tür. »Es geht ihr schlecht, verdammt!«

Ich kannte mich mit solchen Dingen nicht aus, aber wenn man den Zeitungen und Fernsehberichten Glauben schenkte, dann war mit diesen Leuten wirklich absolut nicht zu spaßen. Deutlich spürte ich die Gefahr, und dennoch war mir das alles zu schwammig. Ich empfand nur Verachtung für Suárez und auch für meinen Vater.

»Meine Tochter hat Recht. Meiner Kleinen geht es beim besten Willen nicht gut, deshalb werde ich die Sache selbst erledigen. Ich werde gehen.«

»Sind Sie verrückt?«, brüllte Bennet auf.

Jetzt war ich sprachlos und konnte nicht anders, als Dad anzustarren. Er verschränkte die Arme, so, wie er es immer tat, wenn er eine Entscheidung gefällt hatte.

»Ausgeschlossen. Das ist Ihr Todesurteil und das wissen Sie.« Bennet schüttelte vehement den Kopf. »Mein Plan steht, Brown. Daran gibt es nichts zu rütteln.«

»Ich kenne Suárez, der riecht jeden Braten. Wenn die Sache mit dem Doppelgänger auffliegt, ist meine Tochter tot. Außerdem hat er Interesse daran, mich lebend zu bekommen. Also: Entweder Sie setzen mich selbst bei der Operation ein oder ich werde keine Aussage machen.«

Bennet schlug seine Faust auf den Tisch. Es knallte laut und ich zuckte zusammen. »Verdammt, Brown! Das können Sie nicht machen, das ist Erpressung.« Der Director war außer sich, doch meinen Vater schien das nicht zu interessieren. Er saß völlig gelassen da und hatte offensichtlich eine Entscheidung getroffen. Insgeheim gefiel mir seine Haltung – kämpferisch und stark. Endlich blitzte der Vater in ihm auf, der er einmal gewesen war, der kein Risiko scheute und nichts unversucht lassen würde, um sein Kind zu retten.

Zufrieden beobachtete ich die beiden.

»Ist das Ihr letztes Wort?«

Dad nickte. »Sie werden auf den Deal eingehen und mich statt eines Doppelgängers einsetzen. Sie brauchen also einen anderen Masterplan.«

Bennet war sichtlich sauer. Sein Mund klappte kurz auf, um meinem Vater zu widersprechen, doch er spürte, wie ernst es ihm war, und schluckte, was immer er auch sagen wollte, wieder hinunter.

»Jetzt kennen Sie meine Bedingungen.«

Man hätte eine Stecknadel fallen gehört, so still war es im Raum. Endlich kam Schwung in die Sache.

»Ist das Ihre endgültige Entscheidung?«

»Ja.«

Müde und sichtlich ratlos stand Bennet auf, fuhr sich durchs Haar und schaute mich an. »Joy, wir haben ein Zimmer für dich. Du kannst dich ausruhen, bis alles vorbei ist.«

Das könnte ihm so passen! »Oh nein, ich will auf jeden Fall dabei sein.«

»Das kommt überhaupt nicht infrage. Du bleibst gefälligst hier, in Sicherheit«, rief Dad erbost. Ich achtete gar nicht auf ihn und hoffte, dass Bennet mehr Verständnis für mich aufbringen würde.

»Dein Vater hat Recht, Joy. Es ist zu gefährlich.«

Enttäuscht ließ ich die Schultern hängen. Ich hätte mir denken können, dass ich bei Bennet auch auf Widerstand stoßen würde. »Ich will einfach nur bei ihr sein, wenn sie befreit ist. Sie braucht mich.«

»Ausgeschlossen.« Die Tür wurde geöffnet und ein Mann streckte seinen Kopf herein. »Sir, es gibt Neuigkeiten.«

»Wir kommen. Joy, du kannst die Operation von den Bildschirmen hier in unserer Zentrale aus beobachten. Mehr ist leider nicht drin.« Dad erhob sich und folgte Bennet aus dem Zimmer. Frustriert trottete ich ihnen hinterher und war von da an stille Beobachterin.

Der Ort, an dem Holly und mein Vater ausgetauscht werden sollten, wurde aus verschiedenen Winkeln auf die Monitore übertragen. Es war ein altes Fabrikgebäude, das sich auf einem einsamen Territorium befand.

»Wir positionieren Scharfschützen hier, hier und hier«, sagte Director Bennet und zeigte mit einem Laserpointer auf eine Leinwand. Ein ganzes Team an Agents stand in der Schaltzentrale und hörte ihm zu. Nach weiteren Details der ›Operation Holly‹, wie sie es nannten, beendete er die Besprechung.

»Gibt es sonst noch irgendwelche Fragen?« Er blickte in die Runde. Seine Männer schüttelten die Köpfe. »Gut, dann lasst uns loslegen. Ich will die Sache binnen achtundvierzig Stunden erledigt haben.« Der Pulk der Männer lief auseinander und jeder ging zu seinen Aufgaben über.

Ich beobachtete, wie mehrere Agents meinen Vater mitnahmen. Wohin, wusste ich nicht. Bennet stand an einen der Tische gelehnt und tippte etwas in sein Handy. Vielleicht war das meine Chance. Holly musste so schnell wie möglich wissen, dass ich in ihrer Nähe war. Entschlossen, es noch einmal zu versuchen, stand ich auf und ging zu ihm.

»Wo bringen die Männer meinen Vater hin?«

Er steckte sein Handy in die Hosentasche. »In seine Zelle.«

Ich riss die Augenbrauen hoch. Mit einer Zelle hatte ich nicht gerechnet. In den letzten Stunden hatte sich Dad hier beinahe frei bewegen dürfen. Doch dann fiel mir die Fußfessel ein, die er versteckt unter seinem Hosenbein trug.

»Fortlaufen kann er ja schließlich nicht.«

»Das stimmt. Er wird trotzdem in eine Zelle gebracht, das ist Vorschrift. Du solltest noch ein paar Stunden schlafen, bevor es losgeht.«

Nervös trat ich von einem Bein aufs andere und suchte einen guten Anfang. »Ich weiß, dass ich in letzter Zeit nicht sehr kooperativ war, und das tut mir leid«, begann ich.

Bennet legte den Kopf schief, musterte mich und seufzte laut wissend. »Was willst du, Joy?«

Shit! Der Mann hatte mich durchschaut. »Ich möchte dabei sein ... bitte. Es ist gefährlich, ja, aber ich werde alles tun, was Sie von mir verlangen. Bitte lassen Sie mich zu ihr, sobald sie befreit ist.«

Er schnaubte genervt. »Wir hatten doch schon darüber gesprochen. Das geht nicht.«

Ich hasste es zu betteln, aber ich tat es. »Bitte! Sie hat so viele Stunden in großer Angst verbracht, sie steht unter Schock und braucht mich. Lassen Sie mich ihr das Gefühl geben, dass sie nun in Sicherheit und nicht allein ist. Bitte.«

Bennet seufzte erneut und ließ kraftlos seine Schultern hängen. »Ich weiß nicht, Joy, das ...«

»Bis es so weit ist, werde ich mich mucksmäuschenstill verhalten, versprochen. Ich werde keine Probleme machen.«

Sekunden vergingen, in denen er mich ansah und überlegte. »Na gut, aber du bleibst so lange bei mir im Einsatzwagen, bis der Spuk vorbei ist und ich dir erlaube, zu ihr zu gehen.«

»Ich verspreche es. Danke.« Am liebsten hätte ich ihn umarmt, schenkte ihm dann aber nur ein breites Lächeln. Jetzt fieberte ich ungeduldig dem Zeitpunkt der Übergabe entgegen.

***

Agent Tucker brachte mich in ein spärlich eingerichtetes Zimmer. Ich setzte mich auf das Bett und konnte nur an Holly und die bevorstehende Operation denken. Ich war super nervös, hatte Angst und sehnte mich nach einer starken Schulter. Es war gut möglich, dass ich meinen Vater nie wiedersehen würde, vielleicht würde er sogar sterben. Dieser Gedanke wirbelte meine Wut, meine Aggressionen und meinen Ärger völlig durcheinander. Ich wusste nicht, wie ich damit umgehen sollte. Die ganze Situation war beängstigend und absolut verwirrend. Meinen Dad hatte ich schon lange verloren. Nur seine Hülle lief mit einer mir fremden Seele durch die Gegend. Und jetzt war er bereit, sein Leben für Holly zu geben? Wie sollte ich sein Handeln einschätzen? Mutierte er dadurch zum Helden? Würde er sich selbst opfern, um Holly zu retten?

Er war die *graue Eminenz* und nichts, was er bisher getan hatte, war ohne Hintergedanken geschehen. Ich schaffte es nicht, mein Karussell anzuhalten. Sobald ich die Augen schloss, tauchte Hollys Gesicht auf und ich hörte Parkers Worte. *Du darfst niemandem vertrauen ...*

Es war schwer, den Überblick zu behalten. Wer stand wo in diesem Zirkus? Fest presste ich Mr. Floppy an mich und verscheuchte alle dunklen Gedanken.

Wenige Stunden später war es endlich so weit. Agent Tucker brachte mich zurück in die Schaltzentrale und sah den Männern dabei zu, wie sie Dad ordnungsgemäß verkabelten und ihm die kugelsichere Weste anzogen. Unruhig knabberte ich an meinem bereits lädierten Daumennagel. Mehrmals warf mein Vater mir vielsagende Blicke zu. Diese Operation könnte seine letzte sein.

»Es kann losgehen, Sir«, sagte einer der Männer, als Director Bennet den Raum betrat. Dieser nickte ihnen zu und blieb vor Dad stehen. »Sind Sie sicher, dass Sie das wirklich durchziehen wollen?«

»Ja. Bevor es losgeht, darf ich Sie um etwas bitten?«

»Das wäre?«

»Ich möchte mich gern von meiner Tochter verabschieden. Ich meine unter vier Augen. Es könnte mein letztes Gespräch mit ihr sein.« Es war nicht schwer zu erkennen, dass es Dad nicht leichtfiel, Director Bennet um einen Gefallen zu bitten.

Dieser Gedanke machte mich nervös. Die letzten Male, wenn ich mit Dad allein gewesen war, hatten meist in einer Katastrophe geendet. Doch selbst ich musste mir eingestehen, dass ich ihm ein paar Dinge zu sagen hatte, bevor wir uns vielleicht nie wiedersehen würden. Bennet blickte zu mir hinüber und wartete auf meine Reaktion. Kaum merklich nickte ich einverstanden.

»In Ordnung. Aber machen Sie keine Dummheiten, Brown.«

»Natürlich nicht. Ich will mich nur angemessen von meiner Tochter verabschieden.« Bennet gab Agent Tucker die Anweisung, uns in den Besprechungsraum zu bringen. Mit gemischten Gefühlen folgte ich ihnen. Als Tucker die Tür hinter uns schloss, baute sich sofort diese eigenartige Spannung zwischen Dad und mir auf. Es gab so vieles, was ich nicht verstand, worauf ich gern eine Antwort gehabt hätte, doch mein Mund war wie zugenagelt. Ständig hatte ich nur im Kopf, wer er wirklich war, und im krassen Gegensatz dazu, was er nun bereit war, für Holly zu opfern.

Kaum hatte Tucker uns alleingelassen, horchte Dad an der Tür, ob wir auch tatsächlich ungestört waren, und kam dann eilig auf mich zugelaufen. Sofort ging ich rückwärts, bis ich die Wand im Rücken spürte.

»Hör zu, Mia. Du musst mir versprechen, dass du und Holly, sobald die Sache hier vorbei ist, verschwindet.«

»Was? Wieso?«

»Ihr müsst untertauchen, so schnell wie möglich.«

Schon wieder schaffte er es, mich innerhalb weniger Sekunden vollkommen durcheinanderzubringen. Und dann auch noch mit solchen merkwürdigen Aufforderungen. »Verdammt, Dad! Was soll das? Kannst du nicht einmal ganz klar sagen, was Sache ist?«

Verärgert funkelten wir uns an und warteten beide darauf, dass der andere nachgeben würde.

»Du musst mit Holly fliehen, hörst du? Ihr müsst die USA verlassen, irgendwo hingehen, wo euch niemand finden kann.«

»Hör auf!«, fuhr ich ihn an. »Wieso sollte ich das tun?«

Dad kam auf mich zu und hielt mich an den Schultern fest. »Weil Suárez dich nach meinem Tod jagen wird und du niemandem vertrauen kannst.«

»Lass mich los!« Ich machte mich von ihm frei. »Und wessen Schuld ist das? Du hast alles kaputtgemacht! Wem soll ich denn noch vertrauen, Dad?«

»Du kannst *niemandem* vertrauen, nur dir selbst, Mia.« Das hatte Parker auch gesagt.

»Na wunderbar! Angenommen, ich tue, was du sagst, wobei ich keinerlei Ahnung habe, wie ich das anstellen soll, wo sollte ich mich mit Holly verstecken? Ich kann doch ohne Geld und Papiere nirgends hin!«

»Ich weiß, dass das alles meine Schuld ist, und ich hoffe, du kannst mir irgendwann verzeihen, aber ihr seid weder vor Suárez noch vor anderen Leuten sicher.«

»Du redest von der *grauen Eminenz*?«

»Davon kannst du ausgehen. Er wird sichergehen wollen, dass du keine Informationen hast, die ihn belasten oder enttarnen könnten.« Sichtlich gestresst fuhr er sich durchs Haar. »Es tut mir leid, Mia. Selbst, wenn die Sache heute nicht schiefgeht, kann ich dir keine Garantie geben, dass es vorbei sein wird. Du und Holly werdet beide ganz oben auf der Abschussliste der Kartelle stehen, vor allem auf der der *Eminenz*. Er wird euch jagen.«

Fassungslos schüttelte ich den Kopf. Was trieb er nur für ein krankes Spiel? Der Zorn in meiner Brust bahnte sich seinen Weg und ich war machtlos dagegen. »Das heißt, du würdest deinen Männern den Befehl geben, deine eigenen Kinder töten zu lassen?« Ups!

Stille.

Verwirrt starrte er mich an und ich wurde mutiger. Jetzt gab es kein Zurück mehr. »Hast du wirklich geglaubt, niemand könnte hinter dein Geheimnis kommen? Ich weiß, wer du in Wahrheit bist. Ich habe das Tattoo im Licht entdeckt. Du bist die *graue Eminenz*.« Mir klopfte das Herz bis zum Hals, als ich ihn damit konfrontierte.

Wenn ich meinen Vater je sprachlos gesehen hatte, dann jetzt. Mit weit aufgerissenen Augen starrte er mich an. Flink fuhren seine Pupillen hin und her und er hielt für einen Augenblick den Atem an. Ich las Bewunderung, aber auch Schock und Verwirrung in seinem Gesicht.

»Ich kann nicht glauben, dass du das herausgefunden hast.«

Die Tür wurde geöffnet und Tucker kam herein. »Es wird Zeit.« Als Dad Tucker hinter sich wahrnahm, hatte er sich schnell wieder im Griff. Sein Gesicht war ausdruckslos und kalt. »Wir kommen. Geben Sie uns noch eine Minute.«

Tucker warf mir einen Blick zu und wollte sich vergewissern, ob alles in Ordnung war.

***

Während ich in das Fahrzeug mit dem ganzen technischen Überwachungskram einstieg, hörte ich im Hintergrund, wie mein Vater lautstark dagegen protestierte, dass ich nun doch dabei sein durfte. Ich ignorierte das Gebrüll und setzte mich, wie versprochen, mucksmäuschenstill in den hinteren Teil des Wagens. Es war ein schwarzer Transporter, der von außen völlig unscheinbar aussah. Es gab keine Fenster, nur Monitore, die aber noch ausgeschaltet waren.

Auf dem Weg zum Gelände der Fabrikhalle dachte ich nicht länger über meinen Vater nach. All meine Gedanken konzentrierten sich auf Holly. Jetzt würde es nicht mehr lange dauern und wir wären endlich wieder zusammen. Director Bennet war mehr als fürsorglich gewesen und hatte einen Herzspezialisten und zwei Krankenwagen geordert. So konnten sie meine Schwester schnell und richtig behandeln. Ich war trotzdem durch den Wind. Die Angst schlich durch meinen Körper. Trotz der lauen Sommernacht hatte ich eiskalte Hände. Ich zitterte sogar leicht.

Ich beobachtete die beiden Männer, die mit mir im Wagen saßen. Sie achteten nicht auf mich und schienen tief in ihre Arbeit versunken zu sein. Funkgeräte rauschten dumpf, sie redeten in einer geheimen Codesprache, deren Inhalt mir wie ein Rätsel vorkam.

»Wir sind da«, sagte einer der Männer. Die Schiebetür wurde geöffnet und Director Bennet streckte seinen Kopf herein. »Wenn du willst, kannst du jetzt im Krankenwagen auf deine Schwester warten.«

Das war mein Stichwort. Zappelig kletterte ich aus dem Auto und sah mich um. Außer einigen verdorrten Büschen konnte ich in der Dunkelheit nicht viel erkennen. Wir befanden uns auf einem trostlosen Gelände, das einer Wüste glich. Die rote Erde, die ich schon bei der Ankunft in El Paso gesehen hatte, war völlig ausgetrocknet und mit großen Rissen übersäht. Ein Krankenwagen und weitere FBI-Fahrzeuge parkten neben uns. In Schwarz gekleidet, wartete eine Spezialeinheit auf den Zugriff. Wenn ich die Augen zusammenkniff, konnte ich im Mondschein in ein paar hundert Meter Entfernung schemenhaft ein Gebirge ausmachen. Direkt davor erkannte ich den Umriss eines großen Gebäudes – das musste die alte Fabrik sein. Ansonsten war weit und breit nichts zu sehen.

»Ist das die Fabrik?« Ich nickte Director Bennet zu.

»Ja. Warte am Krankenwagen, okay?« Er ließ mich stehen und ging zurück zu seinen Leuten. Zwischen ihnen entdeckte ich Dad. Jetzt, da ich die schweren Waffen der Agents sah, musste ich sofort an Parker denken. Wenn er und Logan dabei wären, würde ich mich um einiges wohler fühlen. Ich verbot mir diesen Gedanken. Diese Männer waren ebenso trainiert und gut ausgebildet.

Plötzlich löste sich die Menge der Agents auf und schwärmte in alle Richtungen aus. Mein Vater lief zwischen zwei Ermittlern direkt in Richtung des Fabrikgeländes. Bevor sie von der Dunkelheit verschluckt wurden, wandte er sich noch ein letztes Mal zu mir um. Der Blick, den er mir zuwarf, hätte alles bedeuten können: Schmerz, Zorn, Verzweiflung, ein Auf Wiedersehen? Waren das die letzten Sekunden, die ich mit ihm hatte? Sollte das meine letzte Erinnerung an ihn sein? Innerlich war ich wie erstarrt, konnte weder fühlen, noch auf irgendeine Weise reagieren. Ich sah ihm nach, bis die Nacht ihn einhüllte, dann war es geradezu gespenstisch still. Kein Wind, keine Geräusche der nahliegenden Stadt – nichts war zu hören. Nur vom FBI-Einsatzwagen hörte ich die Stimmen von Director Bennet und seinen Männern, wie sie über Funk miteinander kommunizierten. Ich lauschte, verstand aber kein

Wort. Augenblicke vergingen, die mir wie eine Ewigkeit vorkamen, und nichts geschah. Nervös tigerte ich neben dem Krankenwagen auf und ab. Es waren Sekunden, Minuten, gefühlte Stunden ... Wieso dauerte das so lange? Müssten sie nicht längst zurück sein? Ich konnte die Anspannung kaum mehr ertragen und beschloss, Bennet zu fragen, was los war. Gerade, als ich die Schiebetür aufziehen wollte, ratterten Schüsse durch die Nacht.

Ruckartig drehte ich mich in Richtung Fabrikgelände. Das waren Maschinengewehre. Mein Herz begann zu rasen. Shit! Etwas musste schiefgelaufen sein. Ich hörte Bennet brüllen und schob kurzerhand die Tür auf. Er sah kurz auf, konzentrierte sich dann aber wieder auf den Bildschirm vor sich und gab Anweisungen in sein Headset. »Sucht die verdammte Gegend ab und dreht jeden Stein um, verstanden? Verstärkung ist in fünfundzwanzig Sekunden bei euch.«

Wen ließ der Director suchen? Etwa meinen Vater? »Was ist passiert? Wo ist Holly?«

»Geh zurück zum Krankenwagen, Joy. Ich kann dich hier jetzt nicht gebrauchen.«

»Nein, ich gehe nirgends hin«, gab ich trotzig von mir.

»Herrgott noch mal, schafft sie hier weg«, brüllte er.

Ich wusste, dass das kein guter Zeitpunkt für eine Auseinandersetzung war, aber ich hielt diese folternde Ungewissheit nicht mehr aus.

»Ungünstiger Zeitpunkt, Joy. Tut mir leid«, sagte einer der Männer im Wagen und zog die Tür mit einem Ruck wieder zu. Na super!

Ich schaute wieder in Richtung Fabrikgelände, aus der eine wilde Schießerei zu hören war. Angst lähmte meine Glieder. Ein Helikopter flog über meinen Kopf hinweg. Nur kurz danach donnerte ein ohrenbetäubender Knall und eine Feuerwalze schoss wie ein Inferno in den Nachthimmel empor. Jemand hatte eine Bombe hochgehen lassen. Verzweifelt und den Tränen nahe, blickte ich zum Krankenwagen. Der Arzt und der Sanitäter beobachteten genau wie ich das Szenario. Wir konnten doch nicht einfach nur zusehen, während Menschen starben! Genauso verrückt wäre es allerdings, mitten in das Geschehen zu laufen.

Hastig lief ich zu ihnen. »Was ist passiert?«

»Keine Ahnung. Die Situation ist wohl eskaliert. Wir warten auf Anweisungen.«

»Und meine Schwester?«

»Ich weiß nicht ... Sie suchen sie noch.«

»Sie war gar nicht da?«, schrie ich. Nein! Nein! Nein! Das durfte nicht sein! Wieso konnte dieser Albtraum nicht einfach enden? Meine Stimme klang gepresst, weil ich verzweifelt versuchte, nicht zu weinen.

»Beruhigen Sie sich. Wir wissen noch nichts Genaues.«

Beruhigen? Wie sollte ich das anstellen? Polizeisirenen drangen nun zu uns, und schneller, als ich eingeschätzt hatte, war der ganze Platz voll mit Einsatzwagen und Polizisten.

Plötzlich spürte ich eine Hand auf meiner Schulter. Augenblicklich wandte ich mich um.

»Es tut mir leid, Joy. Etwas ist schiefgelaufen, aber wir finden sie«, wollte mich Director Bennet besänftigen. »Dein Vater wurde angeschossen und von deiner Schwester fehlt im Moment noch jede Spur.«

Weinend sah ich ihn an und konnte nur den Kopf schütteln. »Nein! Ich weigere mich, das zu glauben.«

»Ich weiß, es ist hart, aber ...«

Weiter kam er nicht. Wir hörten Schritte und ein gequältes Stöhnen, das aus der Dunkelheit näher kam.

»Wir brauchen einen Arzt. Sofort!«, schrie eine Stimme. Sogleich machten sich der Sanitäter und der Arzt auf den Weg. Jemand wurde auf dem Boden abgelegt. War das mein Vater? Ich rannte los. Er war schwer verletzt und völlig verdreckt, überall mit Blut und Schmutz verschmiert.

»Dad!«, schrie ich, wurde aber von Bennet zurückgehalten, damit er ärztlich versorgt werden konnte.

»Er muss operiert werden, sonst stirbt er«, sagte der Arzt. Erst jetzt sah ich die vielen Schusswunden an Armen und Beinen. Seine Hose war zerfetzt und auch in seinem Gesicht waren zahlreiche Verletzungen. Es war einfach nur schrecklich. In diesem Moment vergaß ich, wer er in Wahrheit war, sah nur meinen Vater, der um sein Leben kämpfte. Sie brachten ihn zum Krankenwagen.

»Mia ...« Dads Stimme war kaum mehr als ein Flüstern. Geschwächt hob er seine Hand. Er wollte, dass ich sie ergriff. »Mia ... bitte!«

Zögernd nahm ich seine blutverschmierte Hand in meine. Er drückte fest meine Finger – fast so fest, dass es schmerzte – und wollte mich ein wenig zu sich ziehen. Seine Augen hielt er geschlossen. »Dad, du musst nicht sprechen. Das ist zu anstrengend«, flüsterte ich ihm ins Ohr. »Sie bringen dich jetzt ins Krankenhaus, bald wird es dir wieder besser gehen.«

»Nein ... Mia ... Cathrin ...«

Oh Gott, was sollte ich ihm sagen? Unser letztes Geschenk von Mum war wahrscheinlich immer noch in den Fängen dieser Schweine. Vielleicht hatten wir sie für immer verloren. Zusammen mit meinen Tränen strich ich den Gedanken fort.

Wieder drückte er meine Finger. »Sing ... sing ... das Schlaflied ... immer ...« Ich sollte ihm Cathrins Einschlaflied vorsingen? Jetzt? Wenn ihn das von den Schmerzen ablenken und er sich besser fühlen würde, dann würde ich es tun.

»Okay«, flüsterte ich und wischte mir mit den Ärmeln nochmals die Tränen aus dem Gesicht. Plötzlich erfüllte ein gleichbleibend hoher Ton den Rettungswagen, der von einem Gerät, welches Dads Herzschlag anzeigte, kam. Die Ärzte schoben mich unsanft beiseite und begannen mit ihren Reanimationsmaßnahmen. Jemand zog mich aus dem Wagen, während das Leben meines Vaters an einem seidenen Faden hing.

Kapitel 4

Weinend brach ich zusammen, als der Krankenwagen mit lauter Sirene und Vollgas davonfuhr. Schützend legten sich zwei Arme um mich. »Ist ja gut.« Director Bennet tröstete mich. Es tat so gut, den Frust und die Enttäuschung endlich aus mir herauszulassen. Ich war völlig fertig.

Der Chef des FBIs hielt mich fest in seinen Armen. »Du hast viel durchgemacht, Joy, und es tut mir sehr leid für dich. Wir werden später genau analysieren, was schiefgelaufen ist.« Er reichte mir ein Taschentuch. Ich schnäuzte meine Nase und wischte mir die Tränen aus dem Gesicht. Es war mir herzlich egal, was schiefgelaufen war. Ich wollte meine Schwester wiederhaben. »Sie müssen sie finden, bitte! Wenn mein Vater sterben sollte, ist sie alles, was ich noch habe.«

Er nickte betroffen, aber dann wanderte sein Blick in die Ferne und sein Gesichtsausdruck veränderte sich. »Sieh mal, Joy.« Irritiert drehte ich meinen Kopf. Zuerst konnte ich nur einen Agent erkennen, der erschöpft aus der Dunkelheit direkt auf uns zukam. Dann sah ich das lange braune Haar, das über seinem Arm hin und her wehte, und einen kindlichen Körper. Mein Herz blieb fast stehen. Holly! Sofort riss ich mich von Bennet los und stürmte zu ihnen.

»Sie ist schwach, aber noch bei Bewusstsein. Wir hatten verdammtes Glück!«, sagte der Agent und legte mir meine Schwester in die Arme. »Sie braucht einen Arzt.« Er selbst ließ sich auf den Boden fallen und hielt sich mit schmerzverzerrtem Gesicht das Bein. Er war verletzt und völlig entkräftet.

»Cathrin, kleiner Keks!« Ich konnte nicht sagen, wie viele Steine mir vom Herzen fielen, als ich in ihr verschmutztes, kleines Gesicht blickte. Es müssen Tonnen gewesen sein. Ich hatte sie wieder und sie war am Leben. Sie blinzelte und versuchte ihre Augen zu öffnen, aber selbst dies war zu anstrengend für sie. Während Director Bennet nach dem Arzt winkte, schaute ich, ob sie irgendwelche Verletzungen hatte. Erleichterung durchfuhr mich, als ich außer ein paar Kratzern und winzigen Schrammen nichts finden konnte. Allerdings war sie ungewöhnlich heiß – sie hatte Fieber. Vorsichtig berührte ich ihre Stirn und fuhr über ihre Wange. Sie glühte. Der Arzt und ein Sanitäter kamen mit einer Trage. Es fiel mir nicht leicht, sie wieder herzugeben, aber es musste sein. Sie brauchte dringend ärztliche Hilfe.

Bevor ich sie sachte ablegte, beugte ich mich zu ihr herunter, ganz nah an ihr Ohr. »Keine Angst, Keks, ab jetzt bleibe ich bei dir.«

Mit diesem Versprechen fuhren wir ins nahegelegene Krankenhaus, in das auch Dad gebracht worden war. Ich hielt ihre Hand und wünschte mir so sehr, dass sie wieder fit werden würde. Was hatte sie alles durchmachen müssen? Die unzähligen Operationen, die vielen Monate im Krankenhaus – immer zwischen Hoffen und Bangen – und die körperlichen Belastungen. Wann würde sie endlich Kind sein dürfen? Ich konnte nur hoffen, dass sie dieses Trauma einigermaßen gut überstand. Es war schwer, sie so zu sehen, aber ich blieb tapfer. Sie brauchte mich jetzt. Erst recht, weil wir nicht wussten, wie es mit unserem Vater weitergehen würde.

Widerwillig hatte ich mich von ihr getrennt und war mit Agent Tucker in den Wartebereich gegangen, während Holly untersucht und Dad operiert wurde. Director Bennet hatte versprochen nachzukommen, sobald er die Lage unter Kontrolle hatte. Es vergingen mehre Stunden, bis er zu uns stieß.

»Gibt es schon Neuigkeiten?«, rief er schon von weitem.

»Nein, nichts. Mein Vater wird noch operiert und von Holly haben wir bisher auch nichts gehört.« Er setzte sich.

»Was ist eigentlich passiert?«

Müde fuhr er sich übers Gesicht.

»Warum hat Suárez Holly freigelassen?«

»Dieses Schwein hat gemerkt, dass das Mädchen krank ist, und tot wäre sie sowieso wertlos für ihn gewesen. Sie haben sie einfach am Rand des Fabrikgeländes liegen gelassen. Wenn einer meiner Männer sie nicht gefunden hätte, wäre sie ...« Er sprach es nicht aus. Ich war froh, über diesen Gedanken nicht weiter grübeln zu müssen. Dieser Verbrecher und sein Clan waren wirklich skrupellos. Ich unterdrückte meinen Hass und meine Wut, ballte meine Hände zu Fäusten.

»Und wieso kam es zu der Schießerei?«

Bennet verzog das Gesicht. »Das geht wohl auf unsere Kappe. Einer meiner Männer hatte seinen Finger zu nahe am Abzug und schien nervös zu sein. Nachdem der erste Schuss gefallen war, fühlten sich die Mexikaner zu unsicher und eröffneten das Spiel.«

Die Schüsse und die Explosion echoten noch durch meine Erinnerung. Ich war so froh, dass das vorbei war.

»Wenn wir etwas Glück haben, glauben sie jetzt, dass dein Vater tot ist. Das würde uns die ganze Sache wesentlich erleichtern. Wir hätten dann zumindest die Mexikaner vorerst vom Hals und könnten uns ganz und gar auf die *graue Eminenz* konzentrieren.«

Ich musste ihm endlich die Wahrheit sagen. Ich strich mein Haar hinters Ohr und setzte mich neben ihn. Vielleicht half es, endlich Licht in das Kuddelmuddel zu bringen. »Ich ... Es gibt da etwas, was ...«

»Ms. Brown?« Ein Arzt mit einem Klemmbrett betrat den Wartebereich. Er war jung, sehr schlank und sah mich nicht einmal an.

»Ja?« Ich stand auf. Erst, als er Director Bennet und Agent Tucker neben mir wahrnahm, schaute er auf. »Sind Sie die Tochter?«

»Ja.«

»Ich bin Dr. Esem. Ihr Vater wird noch operiert und es wird auch noch etwas dauern, bis wir zu einer handfesten Diagnose kommen können.«

»Wird er wieder gesund werden?«, platzte ich dazwischen.

Er überlegte und kratzte sich am Kopf. »Das ist schwer zu sagen. Die meisten Wunden sind Steckschüsse und haben die Knochen am Oberschenkel, an der Schulter und am Schienbein durchbohrt, manche davon sind gesplittert. Außerdem sind Sehnen sowie Arterien teilweise zerstört. Das und andere Verletzungen haben zu einem Kreislaufversagen geführt. Die nächsten achtundvierzig Stunden sind entscheidend. Sie müssen Geduld haben.«

Mir schnürte sich der Hals zu. Das bedeutete also, wir mussten uns auf alles gefasst machen. Mir wurde übel. »Und was ist mit meiner Schwester?«

Dr. Esem sah in seinen Unterlagen nach.

»Holly Brown«, half Director Bennet ihm auf die Sprünge. »Prof. Dr. Mouse aus der Privatklinik in Dallas hat das Mädchen hierher begleitet.«

»Ah, richtig. Man hat mich nur kurz informiert, dazu kann ich also nichts sagen. Ich schätze, man wird Sie bald über den Gesundheitszustand Ihrer Schwester informieren.«

»Danke«, flüsterte ich besorgt. Dr. Esem nickte und lief wieder den Gang zurück.

Meine Gedanken überschlugen sich. Wie würde nur alles weitergehen, wenn Dad wirklich sterben sollte? Ich war noch keine einundzwanzig Jahre alt, hatte keinen Job, um für mich, geschweige denn für Holly und mich zu sorgen. Das Kunststudium konnte ich sowieso an den Nagel hängen. Und überhaupt, wann hörte dieser Horror endlich wieder auf? Man würde mich und Holly trennen, sie in ein Heim geben. Ich durfte gar nicht darüber nachdenken, es war einfach nur furchtbar. Schweigend saßen Director Bennet, Agent Tucker und ich im Wartebereich.

Ich war am Einnicken, als jemand meinen Namen aufrief. »Ms. Brown?« Sofort war ich hellwach. Ich sprang auf und wir liefen Dr. Mouse entgegen. Er wirkte immer noch frisch, obwohl er schon so viele Stunden auf den Beinen war.

»Wie sieht es aus, Doc?«, fragte Bennet erwartungsvoll.

»Tja, ehrlich gesagt, ist das nicht einfach zu sagen.«

Nein! Bitte keine Komplikationen! Mehr konnte ich nicht ertragen. »Es spricht vieles dafür, dass das Mädchen unter einer Transplantatsvaskulopathie leidet.«

»Einer was?«, fragte Bennet verwirrt.

»Das ist eine chronische Abstoßung des transplantierten Herzens«, klärte ich ihn auf.

»Das ist korrekt. Ein deutliches Anzeichen hierfür ist, dass ihre Nierenfunktion stark eingeschränkt ist. Zu allem Übel hat sie zusätzlich noch eine Infektion und ihre Werte sind bedrohlich schlecht.«

Voller Sorge verbot ich mir, über die Konsequenzen nachzudenken. Ich war vom Glück verlassen worden, eine andere Erklärung gab es für mich nicht.

Prof. Dr. Mouse wandte sich an mich. »Hat sie sich vor ein paar Wochen unwohl gefühlt? Wieso waren die letzten Untersuchungen ohne Befund?«

Der Tag, an dem Parker uns ins Krankenhaus nach Springfield begleitet hatte, kam mir in den Sinn. Die Ärztin hatte alle Routinetests durchgeführt und gesagt, dass alles gut sei. Wie konnte das sein? Fieberhaft dachte ich nach und schüttelte den Kopf. »Ich weiß nicht. Vor Kurzem hat sie viel geschlafen und fühlte sich nicht wohl, aber das war schnell wieder vorbei. Keine Anzeichen von Fieber oder Übelkeit.«

»Verstehe. Bitte erschrecken Sie nicht, wir haben Ihre Schwester in ein künstliches Koma gelegt, damit ihr Körper sich erholen kann.«

Meine Tränen verschleierten mir die Sicht. Ich wusste, was das bedeuten konnte.

»Wie sind ihre Chancen?« Bennet legte einen Arm um mich.

Dr. Mouse seufzte. »Um ehrlich zu sein, ich weiß es nicht. Es tut mir leid«, sagte er jetzt zu mir. »Ich würde Ihre Schwester gern in meiner Klinik behandeln, sobald man sie verlegen kann. Ich habe mich auf Transplantationen spezialisiert. Das können wir aber später besprechen.«

»Darf ich zu ihr?«

Mitleidig blickte er mich an. »Im Augenblick nicht. Gehen Sie schlafen, Joy. Wir rufen Sie an, wenn es Neuigkeiten gibt.«

Dicke Tränen kullerten mir über die Wange. In meinen Ohren dröhnte es vor innerer Anstrengung und meine Knie wollten einknicken. Tucker und Bennet hielten mich.

»Danke, Dr. Mouse. Sie wissen ja, wo Sie mich erreichen können«, sagte Bennet und half mir zum Wartebereich zurück. Ich hörte noch, wie sich die Schritte des Professors entfernten.

Director Bennet kniete sich vor mich hin. »Joy! Hey! Ja, das ist alles schlimm, aber ...«

Durch tränenverschleierte Augen sah ich ihn an. Ihm fehlten selbst die Worte, die mir Mut machen sollten. Er fand nichts, was mich trösten könnte.

»Sir? Ich würde vorschlagen, dass sie genau das tun sollte, was der Arzt eben gesagt hat. Sie muss sich ausruhen und schlafen. Für eine Nacht war das ziemlich viel«, unterbrach Agent Tucker ihn.

»Ja, Sie haben Recht. Wir können alle ein paar Stunden Schlaf gebrauchen.«

***

Als mein Kopf das Hotelkissen berührte, spürte ich, wie erschöpft ich war, und doch war ich voller Sorgen, die mich vom Schlafen abhielten. Irgendwann fielen mir die Augen zu, und erst, als Agent Tucker mich sanft weckte, tauchte ich aus meinem traumlosen Schlummer wieder auf.

Erschrocken setzte ich mich auf. »Ist was passiert?«

»Nein, noch keine Neuigkeiten. Komm frühstücken, ich habe den Zimmerservice bestellt.« Er ließ mich zurück. Rücklings ließ ich mich wieder in die Kissen fallen. Sofort waren all die schrecklichen Bilder wieder in meinem Kopf. Ich blickte zum Fenster. Durch einen dünnen Vorhang drangen Sonnenstrahlen hindurch. Es war bestimmt schon Mittag. Eilig schwang ich die Beine aus dem Bett und ging duschen. Ich wollte so schnell wie möglich wieder ins Krankenhaus zurück.

Der Kaffee roch herrlich, als ich das Vorzimmer der Suite betrat. Tucker saß am Tisch und las Zeitung.

»Hi«, gab ich leise von mir und setzte mich.

»Hi. Hunger?«

»Nicht besonders, aber Kaffee wäre ganz gut.«

Er schenkte mir eine Tasse ein und widmete sich wieder seiner Zeitung. Einerseits empfand ich das als unhöflich, andererseits konnte ich so wenigstens meinen Gedanken nachhängen. Ich dachte an Dad und an das, worum er mich gebeten hatte: die Flucht. Diese Idee hatte ich schon einmal gehabt und sogar mit dem Gedanken gespielt, Mike um Hilfe zu bitten. Aber wie sollte ich das jetzt anstellen? Schnell verwarf ich den Gedanken daran wieder und hielt mich an das, was Parker mir eingebläut hatte – *vertraue niemandem*. Und das bedeutete eben auch, mein Schicksal nicht in die Hände der *grauen Eminenz* zu legen.

»Ich bin fertig. Können wir dann ins Krankenhaus?«, sagte ich stattdessen und trank meine Tasse in einem Zug aus.

Tucker klappte nur eine Ecke seiner Zeitung um. »Du hast keinen Bissen gegessen.«

»Ich habe keinen Hunger.«

»Das ist aber sehr ungesund.«

»Die letzten Tage auch«, gab ich knapp zurück und stand auf. Tucker sah mir nach und schüttelte den Kopf. »Immer das letzte Wort«, sagte er mehr zu sich selbst, aber ich hörte es.

Eine Stunde lief ich die Krankenhausflure auf und ab, bis endlich ein Arzt Zeit für mich hatte. Agent Tucker und ich wurden in ein Büro geführt und warteten ungeduldig. Endlich ging die Tür auf und ein älterer Mann in einem weißen Kittel und Director Bennet kamen herein.

»Sie können draußen warten, Tucker«, befahl Bennet und setzte sich auf den freien Stuhl neben mir. Der Arzt, auf dessen Namensschild Prof. Dr. Ellisberg stand, nahm uns gegenüber Platz. Sein schwarzes Haar trug er kurz und er hatte dichte dunkle Augenbrauen. Vereinzelt lagen ein paar widerspenstige graue Härchen dazwischen. Er wirkte freundlich und lächelte mich an. »Guten Tag. Sie müssen Joy sein. Mr. Bennet hat mir von Ihnen erzählt.« Er reichte mir die Hand.

Ich ergriff sie. »Und Sie sind?«

»Ich bin der Chefarzt dieses Krankenhauses. Mr. Bennet war so freundlich, mich zu informieren, dass die beiden Patienten besonderen Schutz brauchen. Ich kann Ihnen versichern, dass wir die Sicherheit dieses Hauses erhöht haben und Sie sich keine Sorgen machen brauchen.«

»Gut. Wie geht es meinem Vater und meiner Schwester?«, fragte ich voller Ungeduld.

Er nickte wissend. »Zunächst zu Ihrer Schwester. Wie Prof. Dr. Mouse Ihnen in den frühen Morgenstunden mitteilte, wird er sie verlegen lassen. Ich befürworte das. Zwar sind Ihre Werte noch nicht gut genug dafür, aber wir gehen davon aus, dass sich das in den nächsten Tagen stabilisieren wird. Zu den neuesten Erkenntnissen kann ich Ihnen sagen, dass das Transplantat tatsächlich abgestoßen wird.«

Verzweifelt ließ ich die Schultern hängen.

»Sie sollten die Hoffnung nicht aufgegeben. Mit etwas Glück wird sie wieder auf die Füße kommen«, versuchte er mir Mut zuzusprechen.

»Deshalb haben wir veranlasst, dass du in ein neues Safe House gebracht wirst, das sich in der Nähe dieser Spezialklinik befindet«, unterbrach Bennet den Doktor. »Was hältst du von dieser Idee?«

Das war besser als alles andere. Ich wollte in ihrer Nähe sein, unbedingt. »Darf ich sie denn besuchen?«

»Sobald Prof. Dr. Mouse sein Einverständnis dazu gibt.«

»Und was ist mit meinem Vater?« Ich blickte den Arzt vielsagend an.

Er senkte den Blick. »Bei ihm müssen wir ebenfalls noch abwarten. Er ist noch nicht über den Berg. Seine Verletzungen waren enorm und leider kann ich keine bleibenden Schäden ausschließen. Es tut mir leid. Beide Patienten brauchen Zeit und viel Ruhe.«

Ich war nicht in der Lage, klar zu denken, brauchte selbst Zeit, um mich damit auseinanderzusetzen. Im Augenblick blieb mir nichts anderes übrig, als abzuwarten. »Wie wird es weitergehen?«

»Genau das will ich mit dir unter vier Augen besprechen.«

»Oh, das können Sie gerne in meinem Büro tun. Ich muss ohnehin weiter«, warf Prof. Dr. Ellisberg ein. Er verabschiedete sich von Bennet und mir und verließ sein Arbeitszimmer.

»Solange Holly noch nicht transportierfähig ist, kann ich doch hierbleiben oder?«

Ich sah in sein Gesicht. Mitleidig schüttelte er langsam den Kopf. »Das ist zu gefährlich, Joy. Die werden nichts unversucht lassen, verstehst du?«

Erneut liefen mir Tränen über die Wangen.

»Wir bringen dich noch heute in das neue Safe House. Das ist einfach das Beste.«

»Und was, wenn mein Vater stirbt? Werden diese Leute mich mein ganzes Leben lang verfolgen?«

Bennet antwortete nicht. Das brauchte er auch nicht, ich kannte die Antwort schon. Ich würde irgendwann in das Zeugenschutzprogramm kommen, endgültig alles hinter mir lassen und irgendwo neu beginnen müssen. Wahrscheinlich ohne

Holly. Wie konnte ich das verhindern? Ich war doch nur eine angehende Kunststudentin, die voller Träume und Pläne gewesen war. Alles war wie eine Seifenblase geplatzt. Mein Leben war ein Scherbenhaufen.

»Wohin bringt ihr mich?«

»In die Nähe von Dallas. Na komm, Tucker wartet bereits draußen. Bereiten wir deine Abreise vor.« Er strich mir über den Oberarm, erhob sich, blieb aber verwundert stehen, als ich mich nicht rührte. »Was ist los?«

Ich schüttelte den Kopf. »Ich werde erst mitkommen, wenn ich Holly gesehen habe.« Entschlossen stand ich auf und hielt seinem Blick stand.

»Joy, bitte. Du hast gehört, was der Arzt gesagt hat«, wiegelte er ab.

Doch das brachte mich nur noch mehr auf die Palme. »Jetzt hören Sie mir mal zu. Ich kann nicht gehen, bevor ich meine Schwester nicht gesehen habe. Sie können nicht von mir verlangen, dass ich sie hier so einfach im Stich lasse. Sie hat ihr ganzes Leben gekämpft, ich war immer an ihrer Seite, sie braucht mich. Deshalb muss ich sie wenigstens für ein paar Minuten sehen.«

»Sie liegt im Koma, Joy. Sie bekommt nichts mit.«

»Glauben Sie das? Ich weiß, dass sie mich spüren wird.«

Er lachte. »Du versuchst es mit allen Tricks, oder?«

Mir war nicht zum Lachen zumute. »Fakt ist, ich werde nicht mitkommen, solange ich sie nicht gesehen habe. Das ist alles, was ich verlange.«

Er stöhnte und warf den Kopf in den Nacken. »Ich fasse es nicht, dass du mich schon wieder um den Finger gewickelt hast! Na gut, ich werde mit dem Arzt sprechen. Aber wenn er Nein sagt, dann ...«

»Dann werden Sie ihn eben überzeugen. Ich bin sicher, Sie finden einen Weg.« Woher ich plötzlich diese Selbstsicherheit hernahm, war mir schleierhaft.

Wenigstens hatte mich mein Selbstbewusstsein im richtigen Augenblick nicht im Stich gelassen, denn keine zwanzig Minuten später durfte ich bereits zu ihr. Wie Director Bennet das letztendlich geschafft hatte, war mir schleierhaft, aber herzlich egal. Es zählte nur, dass ich zu Holly durfte, bevor man mich wieder von der Außenwelt abschottete und in ein neues Safe House steckte.

Mit Schutzanzug, Haube und Mundschutz ging ich mit hämmerndem Herzen und Tränen in den Augen in ihr Zimmer und trat langsam näher. Es war nicht neu für mich, Holly an blinkenden und summenden Geräten zu sehen, die ihre Körperfunktionen überwachten. Trotzdem schluckte ich tapfer den Anblick hinunter. Sie war mit jeder Menge Schläuchen und Kabeln verbunden. Die Geräte brummten und gaben piepende Geräusche von sich.

Ich setzte mich und nahm ihre kleine Kinderhand sanft in meine eigene. Vorsichtig streichelte ich mit dem Finger darüber. Sie war warm und weich. »Hey Keks, ich bin's.« Ihre Augen blieben geschlossen und wie erwartet, kam keine Reaktion von ihr. Unbeirrt redete ich weiter. »Sie haben gesagt, dass sie dich, sobald du kräftiger bist, in ein anderes Krankenhaus bringen. Dort können sie dir besser helfen, gesund zu werden. Und das musst du! Ganz schnell, hörst du, Keks?« Angst füllte meine Brust. »Lass mich nicht allein«, flüsterte ich. »Ich brauche dich.«

»Joy, es wird Zeit«, hörte ich plötzlich jemanden leise hinter mir sagen. Tucker berührte kurz meine Schulter. Ich nickte und blickte noch einmal zu Holly. »Ich warte auf dich, kleine Schwester.« Ich stand auf und beugte mich über sie, um sie sanft auf die Stirn zu küssen. Sofort stieg mir ihr typischer Geruch in die Nase – süß, eine Mischung aus Krankenhaus und Desinfektionsmittel. Noch bevor der Abschiedsschmerz zu übermächtig wurde, biss ich die Zähne zusammen und verließ das Zimmer.

***

Das neue Safe House war ganz okay, wenn man mal davon absah, dass ich dafür meine schwerkranke Schwester im mehr als neun Autostunden entfernten El Paso hatte zurücklassen müssen. Agent Tucker und zwei weitere FBI-Leute bewachten mich Tag und Nacht, versuchten mich mit kleinen, nett gemeinten, Aufmunterungen aus meinem Tief herauszuholen. Sie besorgten DVDs, die sie mit mir anschauen wollten, und hatten sich darum gekümmert, dass meine Zeichenmappe und meine persönlichen Dinge schon in meinem Zimmer waren, bevor ich das Haus betreten hatte. Sie gaben sich wirklich große Mühe, doch mir fiel es so unsagbar schwer, mich über ihre Aufmerksamkeiten zu freuen oder es etwas positiver zu sehen. Die meiste Zeit vergrub ich mich in meinem Zimmer, hörte Musik und starrte riesige Löcher in die Luft.

Zum Zeichnen fehlte mir einfach die innere Ruhe. Pausenlos dachte ich an Holly. Manchmal hörte ich sogar ihr glöckchenhaftes Kichern und sah ständig ihre großen braunen Knopfaugen vor mir und wie sie mich damit um den Finger wickeln konnte. Automatisch drängten sich die Bilder von Parker und ihr in den Vordergrund. Die beiden hatten sich gut verstanden, so gut, dass ich schon fast geglaubt hatte, sie hätten sich gegen mich verschworen. Mir fehlte Chris – sehr sogar. Auch wenn wir uns zwar oft in den Haaren gehabt hatten, vermisste ich seinen Duft und die Art, wie er mich ständig auf Trab gehalten hatte. Die Erinnerung daran zauberte ein kleines Lächeln auf meine Lippen.

Director Bennet informierte mich regelmäßig über Hollys Gesundheitszustand, ansonsten nahm der Safe-House-Koller immer mehr Stunden vom Tag ein. Eine ganze Woche war inzwischen vergangen und nichts hatte sich verändert. Nur meinem Vater ging es besser. Wie ich hörte, machte er Fortschritte, was mich mit gemischten Gefühlen zurückließ.

Es klopfte an meiner Zimmertür und Tucker streckte sein Telefon herein. »Bennet ist dran.« Wie üblich war es der Director, der mich über das Befinden meiner Familie informierte. Ich stand vom Bett auf und nahm ihm das Handy ab. »Hallo.«

»Hallo Joy. Du bist bestimmt schon auf dem Weg ins Bett, oder?«

»Nein. Ich sitze hier und ... tue nichts.«

Ein leises Seufzen war zu hören. »Gegessen hast du wahrscheinlich auch wieder nichts. Joy, das kann doch nicht so weitergehen. Meine Männer machen sich Sorgen um dich.«

Ich verdrehte die Augen. »Mir geht es gut.«

»Joy, seit gestern wissen wir, dass es deinem Vater besser geht und er wieder gesund werden wird. Ist das nicht ein Grund, wieder nach vorne zu sehen?«

»Ich freue mich ja«, log ich. In Wahrheit war es mir egal. Nein, das wäre gelogen, es war mir nicht egal. Aber es war schwer, meine Gefühle, was Dad anging, zu benennen. Gab es so ein Zwischending? Eines zwischen ›egal‹ und ›völlige Gleichgültigkeit‹? Ich wollte Holly zurück. »Ich brauche meine Schwester, verstehen Sie? Ich ...« Ich brach ab, die Worte taten weh und die Einsamkeit übermannte mich. Die innere Zerrissenheit, die unterdrückte Wut und all der Mist, den ich in den letzten Wochen durchgemacht hatte, zehrten an meinen Energiereserven.

»Ich weiß«, sagte Bennet mitfühlend. Es war still in der Leitung, und je länger es dauerte, desto unsicherer wurde ich. »Ist etwas? Holly geht es doch nicht schlechter, oder?«

Er seufzte ein paarmal schwer. »Joy, es ... tut mir so leid. Ich wünschte, ich könnte etwas tun. Ihre Niere macht den Ärzten Probleme, sodass ...«

»Ich muss zu ihr!«, brüllte ich verängstigt ins Telefon.

»Joy, hör mir zu. Die Ärzte tun alles, um ihr zu helfen, glaub mir. Rund um die Uhr ist jemand bei ihr. Du brauchst keine Angst zu haben. Sie haben die Verschlechterung der Blutwerte gleich bemerkt und tun etwas dagegen. Sie ist dort wirklich in guten Händen.«

»Dann hat ihre Niere versagt und ihr Körper stößt nun das Transplantat weiter ab«, murmelte ich vor mich hin.

»Ja. Im Moment sieht leider alles danach aus«, bestätigte er.

Das war niederschmetternd. So viel Pech konnte doch ein einziger Mensch im Leben nicht haben, oder? Was hatten wir falsch gemacht, dass wir so bestraft wurden?

»Joy? Bist du noch dran?«

Ich tauchte aus meiner Starre wieder auf. »Äh, ja.«

»Bitte, sieh zu, dass du fit bleibst. Du musst endlich richtig essen. Es hilft niemandem, wenn du am Ende auch noch krank wirst.« Er hatte Recht. Seit Tagen hatte ich keine vernünftige Nahrung mehr zu mir genommen. Ich hatte die Decke über den Kopf gezogen und mich total gehen lassen. Ich wischte die Tränen aus meinem Gesicht und zog die Nase hoch.

»Okay. Danke, dass Sie angerufen haben.« Ich legte auf und reichte Tucker das Handy.

»Es tut mir leid wegen deiner Schwester«, sagte er und wartete darauf, dass ich etwas erwiderte, doch ich konnte nicht. Er ließ mich allein. Wortlos nahm ich Mr. Floppy in meinen Arm und starrte ihn an.

Es war mir alles zu viel. Verzweifelt suchte ich nach einem Ausweg. Der Horror, der schon seit Wochen unter meiner Haut keimte, brach plötzlich in mir auf. Meine Brust schwoll an und ich konnte mich kaum mehr auf den Beinen halten. Panik überkam mich und ich sackte zusammen. Gleichzeitig wurde ich von einem heftigen Weinkrampf geschüttelt, der meinen ganzen Körper einnahm. Ich zitterte und konnte das Bild meiner leblos daliegenden Schwester nicht mehr loswerden. Ich hatte genau vor Augen, wie bleich und krank sie war. Dabei war sie in meiner Erinnerung so lebendig.

Keine Ahnung, wie lange ich mit Mr. Floppy so dasaß. Irgendwann waren meine Tränen versiegt und ich wiegte das

Plüschschaf sanft in meinem Arm hin und her. Niedergeschlagen und völlig hoffnungslos suchte ich Trost und begann leise, Hollys Schlaflied zu singen.

> Schlaf', Kindlein, schlaf'!
> Der Vater hüt' das Schaf,
> die Mutter pflanzt ein Bäumelein,
> darunter liegt ein Träumelein.
>
> Schlaf', Kindlein, schlaf'!
> So schenk ich dir das Schaf
> mit einem gold'nen Glöckchen fein,
> das soll dein Spielgeselle sein.
>
> Schlaf', Kindlein, schlaf',
> das Kind hüt' das Schaf
> Bis sie sind in Sicherheit
> und von jeder Angst befreit

Ich sang es mehrmals hintereinander, bis ich schläfrig wurde. Im Einklang mit der Melodie streichelte ich immer wieder über Hollys Kuscheltier. Plötzlich hielt ich inne. Im Plüschohr fühlte ich etwas Fremdes; etwas, das dort nicht hingehörte. Oder bildete ich mir das nur ein?

Ich betrachtete die Stelle genauer, und tatsächlich war da etwas. Die Naht am Ohr war geöffnet und wieder zugenäht worden. Ich wunderte mich, konnte mich nicht erinnern, dass wir Mr. Floppy schon mal hatten nähen lassen müssen.

Vorsichtig stach ich mit einem Kugelschreiber in den Stoff und hebelte den Faden auf. Sobald das Loch groß genug war, zog ich das harte Etwas heraus und schaute das winzige, viereckige Ding in meiner Hand an. Es erinnerte mich an einen Mikrochip. Was hatte das in Mr. Floppys Ohr verloren? Wer hatte es dort hineingetan? Dieser Jemand hatte es absichtlich dort versteckt. Hatte Dad etwas damit zu tun? Mein Herz begann schneller zu klopfen. Ja, nur er konnte es gewesen sein. Jetzt wurde mir auch die Bedeutung des Schlafliedes bewusst. Nur deshalb hatte er gewollt, dass ich es singe. Mein Gott! Er wollte, dass ich das Ding finde!

Ein Geräusch vor meinem Zimmerfenster ließ mich zusammenzucken. War da jemand? Ich hielt die Luft an. Alles war ruhig. Wahrscheinlich hatte ich mich getäuscht.

Der Chip in meiner Hand könnte mir einige Fragen beantworten. Ich musste nur herausfinden, was er beinhaltete.

Das Licht begann unerwartet zu flackern und erlosch im nächsten Augenblick. Es war dunkel. Was war hier los? Ich stand auf und ging zum Lichtschalter. Der Strom war tot.

Dann war da wieder das Kratzen an meinem Fenster. Gerade steckte ich den Chip in meine Hosentasche, als ich plötzlich einen kühlen Luftzug auf meiner Haut spürte. Ein Schauer fuhr mir den Rücken hinunter, als ich voller Entsetzen auf einen schwarzen Schatten starrte, der mühelos in mein Zimmer kletterte. Ich wollte aufschreien, doch er war schneller und drückte mir ein Stück Stoff in mein Gesicht. Ich wehrte mich, trat nach ihm, doch ich hatte keine Chance. Er war viel zu stark und ich schwach und wehrlos. Ich musste Luft holen, sonst würde ich ersticken. Als ich scharf den Atem durch den Stoff einsog, verlor ich sämtliche Kraft in den Beinen. Mir wurde schwindelig und in meinem Kopf drehte sich alles. Bevor ich ohnmächtig wurde, hörte ich eine vertraute Stimme. »Sorry Pinselchen, es ging leider nicht anders.«

Kapitel 5

Mein Kopf fühlte sich wie eine überreife Tomate an, mein Nacken schmerzte und Geräusche drangen schwerfällig wie durch Watte in mein Hirn. Nur langsam lichtete sich der Nebel hinter meinen Augen und die Erinnerung schwappte in den Vordergrund. Shit! Das eintönige Motorengeräusch beruhigte mich und ließ mich wieder schläfrig werden, doch eine mir vertraute Stimme ließ mich mit einem Mal aus dem dämmrigen Zustand aufwachen.

»Verdammt nochmal! Wieso geht dieser Scheißkerl nicht ran? Die Idioten tappen noch im Dunkeln. Es ist eine Frage der Zeit, bis sie uns im ganzen Land suchen. Wir sollten vom Highway runter. Ich versuche es bei Lindsey, vielleicht hat sie etwas erreicht.«

Parker? Ich stemmte mich aus der unbequemen Haltung auf der Rückbank hoch. Die Lichter des Armaturenbretts leuchteten hell und ich erkannte die Umrisse von Mike und Parker. Oder bildete ich mir das nur ein? Leise stöhnend rieb ich mir den Nacken.

»Du bist ja wach«, stellte Mike überrascht fest und blickte zu mir nach hinten.

»Was ist passiert?«, fragte ich benommen.

»Wir haben dich ... na ja ... befreit.«

Befreit? Kaum schien mein Verstand den Motor anzulassen, fiel mir alles wieder ein: das Geräusch am Fenster, der plötzliche Stromausfall und der merkwürdige Angreifer in meinem Zimmer. Dieser Jemand hatte mir etwas vor Nase und Mund gehalten, bevor ich das Bewusstsein verloren hatte!

»Alles klar, Pinselchen?« Parker spähte durch den Rückspiegel nach hinten, und jetzt wusste ich, dass er der Kerl gewesen war, der sich in mein Zimmer geschlichen hatte. Er hatte mich ausgeknockt. »Du warst das!«, entfuhr es mir fassungslos. »Du hast mich betäubt!« Ich funkelte ihn an und schlug ihm leicht auf die Schulter.

»Ja, tut mir leid, aber das war die einzige Möglichkeit, dich schnell und lautlos da rauszubekommen.«

»Hast du sie noch alle, Parker?«

»Ich hab doch gesagt, dass es mir leidtut. Das Zeug hat dich nur vorübergehend in einen friedlichen Schlummer versetzt, mehr nicht.«

»Aber ... du kannst mich doch nicht einfach betäuben und verschleppen! Wo bringt ihr mich überhaupt hin? Halt an! Sofort! Ich muss zurück«, quietschte ich erbost.

Parker warf Mike einen Blick zu. »Oh Mann! Ich hätte ihr mehr von dem Zeug geben sollen. Jetzt haben wir eine kleine Furie im Rücken sitzen.« Mike grinste.

Am liebsten hätte ich auf Parker eingeschlagen, aber das konnte ich schließlich nicht, solange wir in diesem Auto fuhren. Stattdessen versuchte ich mich zu besinnen und schob meine Wut beiseite »Ich will sofort wissen, wo ihr mich hinbringt. Und was machst du hier, Mike? Hast du ihm etwa bei all dem geholfen?«

»Wir sind bald da, dann werden wir dir alles erklären«, wiegelte er ab.

Ich konnte es nicht fassen. Wieso taten sie das? Und was hatte Mike hier zu suchen? Ich gab nicht nach. »Ich fasse es nicht. Seit wann steckst du mit ihm unter einer Decke? Ich muss zurück. Holly geht es schlecht und ...«

»Beruhige dich bitte, Pinselchen. Wir bringen dich nur in Sicherheit.«

Der Kerl hatte vielleicht Nerven. »Ich war bereits in einem Safe House.«

»Ich weiß, das alles muss seltsam auf dich wirken. Du musst mir einfach vertrauen, okay?«

»Pah! Vertrauen? So langsam bekomme ich von diesem Wort Pusteln«, meinte ich schnippisch, lehnte mich zurück und überkreuzte die Arme. Parkers finsterer Blick traf mich im Rückspiegel, aber ich ignorierte ihn. Sollte er sich ruhig mal ein paar Gedanken machen. »Darf ich wenigstens erfahren, wo ihr mich hinbringt?«

»In das Haus meines verstorbenen Onkels«, sagte Mike gelassen. »Es ist nicht mehr weit, also entspann dich.« Weil ich wusste, dass ich keine andere Wahl hatte, sagte ich keinen Ton mehr. Aus den beiden würde ich sowieso nichts herausbekommen. Sie schienen neue beste Freunde zu sein. Was hatte ich nur alles verpasst?

Es dauerte nicht lange, bis Chris vom Highway auf eine Landstraße fuhr. Wir rauschten an einem Ortschild mit der Aufschrift ›St. Louis‹ vorbei. Wo zum Teufel brachten sie mich hin? Ob das FBI schon nach mir suchte? Und wie zum Kuckuck hatte Parker es geschafft, Mike auf seine Seite zu ziehen? Es war merkwürdig, die beiden als Einheit zu erleben. Nach allem, was ich über Chris erfahren hatte, traute ich ihm einiges zu. Es würde mich nicht wundern, wenn er Mike für seine Zwecke ausnutzte – genau wie mich. Wenn dem so wäre, waren Mike und ich in Gefahr.

Wir fuhren an St. Louis vorbei, weiter auf der Landstraße zum Mississippi River. Kaum ein Auto kam uns entgegen. Als wir über die riesige Brücke rollten, fragte ich mich, ob Director Bennet wusste, dass Parker und sein neuer Komplize Mike hinter meiner Entführung steckten. Das war alles sehr skurril. Ich war sehr gespannt auf die Erklärungen, die sie sich einfallen lassen würden.

Wir folgten einer holprigen und unbefestigten Straße, die in die Wildnis führte. Dicht bewachsene Laubbäume und absolute Dunkelheit säumten den Weg. Ich musste mich am Haltegriff festhalten, weil wir ein wenig hin und her geschunkelt wurden. Es dauerte noch eine ganze Weile, bis der Wagen endlich vor einem einsamen Haus mit riesiger Veranda und angebautem Schuppen zum Stehen kam. Es wirkte geradezu gespenstisch in dieser Einöde.

Mike stieg aus, öffnete das Garagentor und wir fuhren hinein. Gleich darauf knipste er das Licht an und schloss das Tor hinter uns. Wir stiegen aus.

»Kommt!«, forderte er uns auf und lief auf eine Tür zu, die ins Innere des Hauses führte. Parker überließ mir mit einer übertriebenen Verbeugung den Vortritt. Ohne ihn eines Blickes zu würdigen, ging ich schnell an ihm vorbei und ignorierte das Kribbeln in meinem Magen. Wir folgten Mike die wenigen Stufen hinauf.

»Fühlt euch wie zu Hause«, sagte er und schaltete in allen Räumen die Beleuchtung ein. Neugierig sah ich mich um. Es war ein altes Haus mit verblasster Tapete, staubigen Möbeln und leicht muffigem Geruch. An den Wänden hingen Hirschgeweihe und Jagdbilder. Ein Sofa mit kleinen bunten Kissen, ein Sideboard mit Kerzenleuchter und eine Vitrine mit Porzellangeschirr und Gewehren bildeten das Wohnzimmer. Ein ultraflacher Fernseher hing an der Wand und passte so gar nicht ins Bild. Gab es hier überhaupt Empfang? Zivilisation? Die Küche kam mir neu vor. Entweder waren die modischen Einbaugeräte noch nie verwendet worden oder jemand putzte und pflegte sie gut. Jedenfalls sah man keine Gebrauchsspuren. Nur der dunkle hölzerne Esstisch und die Stühle schienen schon bessere Zeiten gesehen zu haben.

Parker lief neugierig umher, spähte aus dem Fenster und zog die Vorhänge zu.

»Na, habe ich zu viel versprochen? Es ist das perfekte Versteck.« Mike grinste zufrieden und beobachtete, wie Parker sich skeptisch umsah. Ans Fensterbrett gelehnt stand ich da und ließ ihn nicht aus den Augen. Dabei fiel mir mal wieder auf, wie gut Parker aussah. Fast hatte ich vergessen, welche Wirkung er auf mich ausübte. Er trug wie immer seine zerrissenen Jeans, Boots und ein schwarzes T-Shirt, unter dem sich seine Muskeln leicht abzeichneten. Sein kurzes Haar glänzte im Licht und seine dunklen Augen schienen noch geheimnisvoller zu sein. Meine Güte! Ich starrte ihn an – fehlte nur noch, dass ich sabberte. »Wie lange wollt ihr mich denn hier festhalten?« Gereizt verschränkte ich die Arme und bemühte mich, bissig zu klingen.

»So lange es nötig sein wird«, brummte Chris achselzuckend, ohne mich eines Blickes zu würdigen, und schaltete den Fernseher ein.

Herrgott noch mal! Konnte dieser Kerl mir nicht sagen, was er vorhatte? »Würdest du mich bitte endlich aufklären, was das Ganze zu bedeuten hat? Ich werde ganz sicher keine Nacht hier verbringen. Ich muss zurück.«

»Das geht nicht, Joy«, mischte sich Mike ein. »Dort warst du nicht sicher, deshalb haben wir dich da rausgeholt, aber das wird dir Parker gleich erzählen. Will jemand einen Kaffee oder so was?« Mike schaute unschuldig von einem zum anderen, als wären wir zu einem Kaffeeklatsch verabredet. Kaum merklich schüttelte ich den Kopf.

»Hast du Milch?«

»Milch?« Überrascht blickte Mike auf und runzelte skeptisch die Stirn.

»Ja, einfache Vollmilch.«

»Äh, keine Ahnung. Frische Vollmilch bestimmt nicht. Es ist eine Weile her, dass jemand hier war, aber ich schau mal nach, was ich alles finden kann.« Mike verschwand in der Küche, während Parker sich daran machte, durch die verschiedenen Nachrichtenkanäle zu zappen. Ich beobachtete ihn. Er wirkte gestresst und in seinem Gesicht lag ein beunruhigter Ausdruck. Das Licht des Fernsehers flimmerte, bis er einen Nachrichtensender gefunden hatte. Er ging zum gegenüberliegenden Fenster und verschränkte seine Arme ebenfalls. Sein Blick ließ mein Herz schneller schlagen, wofür ich mich innerlich verfluchte. Ich rief mir ins Gedächtnis, wie viele dunkle Geheimnisse er mit sich trug und dass er mich nur benutzt hatte.

»Und? Ich warte immer noch auf eine Erklärung«, forderte ich ihn schroff auf.

Müde fuhr er sich durch sein Haar. »Ich habe dich da rausgeholt, weil ich Informationen hatte, dass Suárez deinen Aufenthaltsort und den deines Vaters herausbekommen und ein Todeskommando losgeschickt hat.«

Ungläubig kniff ich die Augen zusammen. War das wirklich wahr oder schon wieder so eine schwammige Ausrede, damit ich Ruhe gab? »Du willst mich doch verarschen?«

»Nein. Ich wünschte, es wäre so. Meine Quelle ist verlässlich. Ich habe versucht, Bennet zu warnen, aber der wollte mir nicht zuhören. Ich hatte keine andere Wahl, Joy. Wir mussten dich da rausholen, bevor es zu spät ist.« Die Ernsthaftigkeit in seinem Blick verriet mir, dass es die Wahrheit war. Ich brauchte einen Moment, um das zu fassen. »Aber ... was ist mit meinem Vater? ... Und Holly?« Angst schnürte mir die Kehle zu.

Parker stieß sich vom Fensterbrett ab und schlenderte durch den Raum. »Ehrlich gesagt, ich weiß es nicht. Vielleicht haben Lindsey und ein paar meiner Leute sie noch rechtzeitig warnen können. In ein paar Stunden wissen wir mehr.«

»In ein paar Stunden?« Solange konnte ich das nicht aushalten. Mit flatterndem Herzen schritt ich auf ihn zu. »Du musst mich zu ihnen zurückbringen, Chris. Bitte! Ich ertrage das nicht.« Ich blieb direkt vor ihm stehen, war ihm plötzlich so nah, dass ich seinen herb-würzigen Duft einatmen konnte. Er war so vertraut und legte sich leicht beruhigend in meiner Brust nieder.

Er schüttelte den Kopf. »Nein, Joy. Vorerst bleiben wir hier, bis wir wissen, was los ist.«

Meine Augen füllten sich mit Tränen, gegen die ich mit aller Kraft ankämpfte. Ich ballte meine Hände zu Fäusten und versuchte, nicht in Panik zu geraten. »Ich will, dass das endlich alles aufhört«, presste ich wütend und um Beherrschung ringend hervor.

»Ich weiß«, sagte er sanft und zog mich an sich. Als Mike aus der Küche zurückkam, ließ er mich ruckartig los.

»Du hast Glück, Alter. Meine Mutter hat einen gut sortierten Vorratsschrank. Für die ersten Tage ist gesorgt.« Mike kam mit der gewünschten Milch, zwei Gläsern und einer Wasserflasche zurück und stellte alles auf dem winzigen Wohnzimmertisch ab. Ich riss mich zusammen und setzte mich aufs Sofa. Ich versuchte mich zu erinnern. Es war mir nichts Ungewöhnliches im Safe House aufgefallen. Tucker und die Männer hatten Karten gespielt, als ich mich wie immer in mein Zimmer zurückgezogen hatte. Was, wenn Parker mich belog? Was, wenn er sich das alles nur ausgedacht hatte, um ... Ja, um was? Meine Gedanken wurden von einer Nachrichtensprecherin abgelenkt. Sofort schaltete Chris den Fernseher lauter:

»Wir unterbrechen unser laufendes Programm für eine Eilmeldung. Am späten Abend ist eine Bombe im University Medical Center *in El Paso explodiert. Bislang gibt es mehrere Schwerverletzte und dreizehn Tote. Die Polizei geht von einem Terrorakt aus. Von den Tätern fehlt jede Spur, die Ermittlungen laufen auf Hochtouren. Wir informieren Sie, sobald es Neuigkeiten gibt und schalten zurück zur Einweihungsfeier des Kinderkrankenhauses mit Innenminister Floyd Kennedy ...«*

***

Ein verwackeltes Handyvideo wurde gezeigt. Dicke Rauchschwaden stiegen in den Himmel empor, Menschen flüchteten und brachten sich in Sicherheit. Überall hörte man Sirenen; Polizei und Feuerwehr säumten die Straßen.

Parker hatte Recht gehabt. Auch wenn die Presse es als Akt des Terrors verbuchte, wusste ich doch, was und wer dahinter steckte. Jetzt konnte ich meine Tränen nicht mehr zurückhalten. Lautlos liefen sie über meine Wangen. Würde dieser Horror denn nie ein Ende haben?

Parker zog das Handy aus seiner Hosentasche und wählte eine Nummer.

»Ja, ich bin's. Hast du Bennet erreicht? ... Okay, gut. Und das Kinderkrankenhaus? ... Verstehe. ... Ja, Joy ist *safe*. Sag ihm, ich will ihn sprechen.« Er legte auf, schob das Handy zurück in seine Hose und sah mich an. »Du kannst beruhigt sein, Holly wurde evakuiert. Sie bringen sie gerade nach Dallas. Dein Vater wurde ebenfalls in Sicherheit gebracht.«

Bei ihrem Namen wurde ich hellhörig. »Holly wird nach Dallas gebracht?«

»Ja, so hat es mir Lindsey gesagt.«

Große Erleichterung durchströmte mich augenblicklich. »Kannst du jemanden anrufen? Bitte, ich muss unbedingt wissen, ob sie okay ist.«

»Ich muss erst herausfinden, was mit den Männern im Safe House ist.« Er zog wieder sein Handy aus der Hosentasche und tippte eine Nummer ein. Nach wenigen Augenblicken starrte er nachdenklich sein Telefon an und ließ schließlich seine Hand sinken. »Verflucht!«

Mike trat mit besorgtem Gesichtsausdruck näher. »Das bedeutet wohl, dass es Tucker und die Männer erwischt hat?«

Parker sah auf und nickte leicht. »Wir müssen vom Schlimmsten ausgehen.«

Was? Tucker? Aber ... »Das heißt, du hast mich entführt und die Männer ihrem Schicksal überlassen?«

»Sag mal, für wie kalt hältst du mich? Natürlich habe ich Tucker gewarnt, aber dieser Mistkerl wollte mir nicht glauben. Er meinte, ich würde mich nur aufspielen wollen. Ich kann nur hoffen, dass sie durchgekommen sind.«

Suárez, dieser ... Ich fand nicht die richtigen Worte, die ausdrückten, wie sehr ich diesen Mafiaboss hasste. Dieses ständige Auf und Ab zehrte wirklich an meinen Nerven und ich fragte mich, wann der letzte Funke Geduld in mir verglühen würde. Ein ungekannter Zorn, den ich kaum unterdrücken konnte, schlängelte sich durch meinen Bauch. Überhaupt loderte immer mehr Wut in mir auf, wenn ich an all diese fiesen Typen dachte, die mein Leben in wenigen Wochen komplett umgeworfen hatten. Ich ballte die Hände zu Fäusten und biss die Zähne zusammen.

»Sie sollte sich ausruhen, Parker«, mischte sich Mike ein. »Wir können jetzt sowieso nichts anderes tun, als abzuwarten. Ich kümmere mich um eure Zimmer.« Mike ging und ließ mich und Parker allein.

»Was ist das mit Mike? Hast du jetzt einen neuen besten Kumpel, oder was?«, platzte es aus mir heraus, kaum, dass Mike gegangen war. Meine Stimme klang feindselig, doch ich fand, es lag genau die richtige Mischung Arroganz darin, um ihn wissen zu lassen, dass ich immer noch verärgert war, auch wenn er mir offensichtlich das Leben gerettet hatte.

Parker nahm das Milchglas, trank und wischte sich den Milchschnauzer mit dem Handrücken ab. »Von wegen Kumpel! Er wollte unbedingt ›Räuber und Gendarm‹ spielen. Letztlich erschien er mir ganz nützlich. Durch ihn kamen wir an diesen Unterschlupf. Also habe ich ihn mitgenommen.«

Aufgebracht stand ich auf. »Du kannst Mike doch nicht in die Sache hineinziehen! Außerdem kann ich auf keinen Fall hierbleiben. Du musst mich zu Bennet bringen. Er weiß, was jetzt zu tun ist. Wieso kapierst du das nicht?«

»Erstens: Mike ist ein großer Junge und weiß, was er tut. Zweitens: Wann kapierst du endlich, dass du hier nicht wegkommst?«, brummte er.

»Ach ja?« Aufmüpfig baute ich mich vor ihm auf und tippte mit dem Zeigefinger gegen seine Brust. »Du hast kein Recht, mich hier festzuhalten. Ich weiß, dass du suspendiert bist und mir überhaupt nichts zu sagen, geschweige denn zu befehlen hast. Mag sein, dass du mich gerettet hast, trotzdem verlange ich, dass du mich augenblicklich zu Bennet bringst.«

Sein Blick verdunkelte sich. Sekunden vergingen, in denen wir uns schweigend anstarrten. Seine Nasenflügel blähten sich auf und ich spürte genau, wie er mit seiner Beherrschung rang. Plötzlich trat er näher, so dass wir uns fast berührten. Er war so nah, dass ich seinen heißen Atem schmecken konnte. Unwillkürlich leckte ich mir über die Lippen.

»Jetzt hörst du mir mal zu, Borstenpinsel«, flüsterte er und zwang mich, in seine schokoladenbraunen Augen zu schauen. »Ich habe dich aus diesem verdammten Safe House entführt, und ich tat das nicht, weil ich ein guter Junge bin. Okay?«

Ein Schauer fuhr mir den Rücken hinunter. Was wollte er mir damit sagen? Meine Knie wurden weich, als sein Blick zu meinen Lippen wanderte.

»Was soll das heißen?«, wisperte ich und schluckte.

»Dass du ab jetzt meine Gefangene bist und ich mit dir tun und lassen kann, was ich will«, raunte er mir verheißungsvoll zu. Seine Worte verursachten ein süßes Kribbeln in meinem Schoß. Wie sollte ich das verstehen? ›Gefangene‹ im Sinne von ›eingesperrt sein‹? Ich brauchte nicht lange zu fragen, ich sah das Feuer in seinen Augen. Das Knistern zwischen uns war mehr als deutlich zu spüren, und die Lust, die ich von Anfang an in seiner Gegenwart gefühlt hatte, war sofort wieder präsent. In Wahrheit sehnte ich mich nach ihm. Die Erinnerung an seine leidenschaftlichen Küsse und das überwältigende Gefühl, ihn tief in mir zu spüren, schickte heiße Wellen durch meinen Unterleib.

»Du kannst dich hier frei bewegen, aber wenn ich merke, dass du mich linken willst, werde ich dich in Handschellen legen.« Uns trennten nur wenige Zentimeter. Gleich würden sich unsere Lippen berühren. Sein Blick durchdrang mich, als könnte er tief in meine Seele blicken. Mein Körper war mehr als bereit dafür und ich konnte es kaum erwarten. Ein winzig kleines Seufzen entfuhr mir, was sein typisches schiefes Grinsen auf den Plan rief. Er wusste, wie viel Macht er über mich hatte, und genau das war mein Verhängnis.

»Die Zimmer sind so weit. Die Betten müsst ihr selbst beziehen, davon habe ich keine Ahnung. Meine Mutter hat ...« Wie aus dem Nichts kam Mike hereingeplatzt und Parker zog sich zurück. Abrupt blieb Mike stehen und blickte mit gekräuselter Stirn zu uns. Er spürte, dass er gerade gestört hatte. Ich wiederum war so perplex, dass ich überhaupt nicht verstand, was Mike gesagt hatte. Für meine Begriffe hatte er nur seinen Mund bewegt. Röte überzog meine Wangen.

»Danke«, sagte Parker lässig, als wäre nichts geschehen. Er nahm das Milchglas und machte sich aus dem Staub. Typisch! Mal wieder hatte er es geschafft, mich wie einen Trottel stehenzulassen. Mistkerl! Wieso ließ ich auch immer zu, dass er mich in solche Situationen brachte? In seiner Gegenwart schienen meine Hormone völlig verrücktzuspielen und mein Hirn schaltete auf Blubberblasen um.

Ich fuhr mir durchs Haar. »Wie lange hat er vor, mich hier festzuhalten?«, fragte ich Mike, als wir allein waren.

»Keine Ahnung, wirklich, darüber habe ich nicht mit ihm gesprochen.«

»Aber über alles andere, was? Weißt du denn nicht, dass du dich strafbar gemacht hast?«

Er hob abwehrend die Hände. »Ich will dir helfen, Joy. Du hast doch nicht geglaubt, dass du in mein Leben stolpern, mir den Kopf verdrehen, einen riesigen Berg voller Probleme bei mir abladen und dann einfach so verschwinden kannst?«

Ich schloss die Augen. »Mike, ich ...«

»Nein, du musst nichts sagen«, unterbrach er mich. »Ich will dir helfen, Joy, und dein Freund sein. Ich glaube, du brauchst dringend einen Freund.«

Das stimmte in der Tat. Vielleicht war er wirklich der Einzige, den ich hatte.

»Jetzt mach nicht so ein Gesicht. Komm, ich zeige dir dein Zimmer, und nach ein paar Stunden Schlaf wird es dir besser gehen.« Er legte seinen Arm um meine Schulter und führte mich ins obere Stockwerk.

Das Zimmer war einfach eingerichtet: ein Doppelbett, ein Schrank mit Spiegel und eine kleine Kommode. An der Wand hing ein Bild mit einem Blumendruck, auf dem Bett lag frische Bettwäsche und vom offenen Fenster strömte kühle Abendluft herein.

»Tut mir leid, es ist ziemlich heiß hier oben. Deshalb habe ich das Fenster geöffnet.«

Ich ging hinüber und blickte in die finstere Sommernacht. Am Tag war die Aussicht bestimmt schön. Ganz in der Nähe hörte ich den Mississippi River plätschern, ein Uhu rief in der Ferne. »Gehört das Haus wirklich deinem Onkel?«

»Ja, besser gesagt, es gehörte ihm. Er ist vor ein paar Jahren verstorben und hat es meiner Familie überlassen. Wir machen hier oft Ferien, manchmal komme ich zum Angeln her. Mum hat es auch schon ein paarmal vermietet.«

»Weiß deine Familie, was du hier tust?«

Er kratzte sich nachdenklich am Kopf und blieb neben dem Bett stehen. »Mum und Anne wissen, dass du hier bist.«

»Wissen sie auch, dass ihr mich aus dem Safe House entführt habt?«

»Was heißt hier bitte ›entführt‹? Wir haben dich gerettet, Joy.« Er grinste schelmisch und wusste genau, worauf ich hinaus wollte.

»Das war nicht richtig.«

»Ich weiß, was ich tue, okay? Jetzt versuch zu schlafen. Sobald es Neuigkeiten gibt, wecken wir dich. Ach ja, bevor ich es vergesse, Anne hat mir ein paar ihrer Sachen für dich eingepackt. Ich hoffe, sie passen.« Er wandte sich zur Tür. »Gute Nacht, Joy.«

»Gute Nacht.«

So durcheinander, wie ich war, ließ ich mich rücklings aufs Bett fallen. Ich kapierte überhaupt nichts mehr. Parker, dem ich nicht vertrauen sollte, hatte mich zusammen mit Mike vor dem Anschlag gerettet, gleichzeitig hielt er mich in diesem Haus gefangen. Mir schwirrte der Kopf und ich war vollkommen erschöpft.

Todmüde wälzte ich mich im Bett und fand keine Ruhe. Parker hatte zwar die Wahrheit gesagt, aber warum wollte er mich hier festhalten? Mein Vater hatte den Angriff überlebt, Holly war auf dem Weg nach Dallas – eigentlich wäre doch alles in Ordnung. Es sei denn, Chris hatte noch einen anderen Grund, warum er mich nicht zu Bennet brachte. So lange ich den nicht kannte, konnte ich ihm einfach nicht vertrauen.

***

Als ich aufwachte, schien die Sonne in das kleine Zimmer. Es war jetzt schon sehr warm, dabei stand sie noch nicht einmal am höchsten Punkt. Von draußen hörte ich in einem stetigen Rhythmus ein dumpfes Schlagen, als würde jemand Holz hacken. Sonst war es absolut still, nur die Vögel zwitscherten neben dem Geplätscher des Wassers. Ich stand auf und ging zum Fenster. Ich entdeckte den Mississippi River in der Nähe des Hauses. Das schlammfarbene Wasser glitzerte in der Sonne und war von dichtgewachsenen Wiesen, Sträuchern und Bäumen gesäumt. Mein Blick wanderte zur Quelle des Geräusches, durch das ich aufgewacht war. Parker mit freiem Oberkörper war nicht gerade das, was ich auf nüchternen Magen gebrauchen konnte. Mein Körper geriet in Aufruhr, als ich die vom Schweiß glänzenden Muskeln betrachtete. Erinnerungen strömten durch mein Hirn und das Ziehen in meinem Schritt wurde stärker. Es war frustrierend, dass ich so auf ihn reagierte. Dabei hatte ich allen Grund, mich von ihm fernzuhalten. Ich wandte mich vom Fenster ab und machte mich auf die

Suche nach einem Badezimmer. Im Schrank fand ich ein paar tolle Sachen. Ultrakurze Jeans, Tops und Shirts, sogar Unterwäsche. Mit einer ausgiebigen Dusche und frischer Kleidung ließ sich der Tag bestimmt besser beginnen.

In der Küche fand ich einen mager hergerichteten Frühstückstisch. Eine Thermoskanne mit Kaffee, etwas Butter und Toast warteten bereits auf mich. Ich nahm zwei Schlucke von dem Muntermacher und knabberte ein wenig an dem gerösteten Weißbrot. Parker schlug draußen immer noch auf das Holz ein, während ich mich nach Mike umsah. Schlief er etwa noch? Mir würde wohl nichts anderes übrigbleiben, als Chris zu fragen. Eine Weile stand ich im Türrahmen, der zum Garten hinausführte. Ich hatte die Hände in meine Hosentaschen gesteckt und beobachtete Parker skeptisch, während er sich am Holz verging.

Gedankenverloren spielte ich mit dem Mini-Chip in meiner Tasche, den ich kurz vor meiner Entführung in Mr. Floppy gefunden hatte. Vielleicht beinhaltete er ein paar Informationen, die ein wenig Licht ins Dunkel bringen würden. Andererseits konnte er auch Dinge enthalten, die ich lieber nicht wissen wollte. Was würde Parker dazu sagen, wenn er von diesem Teil erfuhr?

Nein, es war gut, dass niemand von der Existenz wusste.

Ich betrachtete weiter das Spiel seiner Muskeln. Wenn er nur nicht so eine Wirkung auf mich haben würde! Ich vertraute ihm nicht, hatte aber Gefühle für ihn. Mein Herz kam in seiner Gegenwart ständig ins Stolpern, obwohl mein Verstand mir zuschrie, ich solle mich aus dem Staub machen.

Ein nerviges Piepen unterbrach meine Gedanken. Parker warf die Axt ins Gras und kramte aus seiner Jeans sein Handy heraus. »Ja? ... Scheiße, Bennet, das tut mir leid!« Er warf den Kopf in den Nacken und schloss die Augen. »Ich hatte ihn gewarnt. ... Nein, Joy bleibt genau da, wo sie ist, solange ich es für richtig halte.« Einen Moment hielt Parker inne und hörte zu. »Ich weiß, dass ich suspendiert bin, und es ist mir egal. ... Lassen Sie meinen Vater aus der Sache. ... Sie ist auch beim FBI in Gefahr; das wurde Ihnen vor ein paar Stunden eindrucksvoll bewiesen. ... Ihr habt noch wenige Sekunden, bevor ihr mich orten könnt, also beeilen Sie sich. ... Sagen Sie, was Sie sagen wollen. ... Nein, diesmal sind es meine Regeln, an die Sie sich halten müssen. Das ist mein letztes Wort.« Ohne jede weitere Warnung beendete er das Gespräch, warf das Handy zu Boden und trat es kaputt, bis es in kleinen Einzelteilen vor ihm lag.

Wieso hielt er mich hier fest? Ich wurde einfach nicht schlau aus ihm. »Das war Bennet, oder?« Mutig stieß ich mich vom Türrahmen ab und schlenderte zu ihm.

»Hast du etwa schon wieder gelauscht, Pinselchen?« Er hob die Axt auf und schlug den großen Holzklotz mit Schwung in zwei Stücke. Der Schlag war so heftig, dass Holzsplitter zu allen Seiten abflogen. Um ihn herum lagen überall Holzspäne auf der Wiese. Ich blieb lieber in sicherem Abstand zu ihm stehen. Mich bewusst ignorierend, richtete er einen neuen Holzklotz aus.

»Was hat er gesagt?«

Bevor er antwortete, führte er seinen Schlag aus. »Deinem Dad und Holly geht es den Umständen entsprechend gut. Heute Nacht sind eine Menge Leute gestorben und es gab mehr als zehn Verletzte. Einige von Tuckers Männern wurden ebenfalls schwer verwundet, genau wie er selbst. Es ist fraglich, ob sie durchkommen. Diesmal hat der Suárez-Clan ganze Arbeit geleistet. Diese Schweine haben es wie einen feigen Terrorakt aussehen lassen.«

»Oh Gott!« Geschockt starrte ich ihn an. Parker hatte mich wirklich gerettet, bevor diese Verbrecher mir etwas antun konnten. »Das tut mir leid.«

»Wir hatten Glück. Wären Mike und ich ein paar Minuten später gekommen, dann ...«

»Aber warum hältst du mich hier weiter fest? Wäre es nicht besser, ich würde in ein Safe House zurückgehen?«

»Nein«, sagte er eine Spur zu heftig. »Hier bist du sicher.«

Ich trat angespannt von einem Bein aufs andere. »Chris, was ist eigentlich los?«

Endlich blickte er auf. »Was meinst du?«

»Warum war es dir so wichtig, dass ich den Mund halte und niemandem das Geheimnis um meinen Vater verrate? Ich will wissen, was das für Geld ist, von dem du gesprochen hast, und was für Informationen ich haben soll, die dir nützen könnten.«

Er seufzte tief, legte die Axt beiseite und begann die gehackten Holzscheite auf einen Haufen zu ordnen. »Jetzt ist nicht der richtige Zeitpunkt, Joy. Geh in dein Zimmer.«

Wie bitte? Ich schnappte aufgebracht nach Luft. Wie mich seine Arroganz ankotzte! Wieso konnte er sich nicht einmal wie ein völlig normaler Mensch verhalten? Für wen hielt er sich eigentlich? »Mir reicht's, Parker! Ich will auf der Stelle Antworten, sonst ...«

»... sonst was?«

»So kannst du mich nicht behandeln«, keifte ich. »Ich habe es satt, ständig herumgeschubst zu werden. Wieso glaubt ihr alle, über mich hinweg bestimmen zu können?«

»So ist das nun mal. Find dich damit ab, Pinselchen. Das Leben ist kein Ponyhof.«

Mistkerl! Scheißkerl! Ich war mit meinem Latein am Ende, hatte die Nase gestrichen voll. Böse funkelte ich ihn an, aber mir fielen nur Schimpfwörter ein, die an ihm sowieso nur abprallen würden. Dann musste ich mir eben selbst aus der Klemme helfen. Mum hatte immer gesagt: ›*Wenn du mit deinem Leben unzufrieden bist, musst du selbst etwas daran ändern*‹, und genau das hatte ich nun vor. Vorbei war die Zeit, in der ich mich immer gefügt hatte. Ich wollte endlich meine eigenen Entscheidungen treffen. Während Parker mich einfach ignorierte und sich wieder dem Holz zuwandte, ging ich hocherhobenen Hauptes ins Haus zurück. Natürlich schlug ich die Tür laut genug zu, damit er hören konnte, wie wütend ich war. Mein Puls raste vor Zorn und Enttäuschung. Ich beschloss, mein Schicksal selbst in die Hand zu nehmen.

Kapitel 6

Solange Parker mit dem Holz beschäftigt war, schlich ich die Stufen zur Garage hinunter. Dort musste ich enttäuscht feststellen, dass das Auto, mit dem wir in der Nacht angekommen waren, nicht mehr da war. So ein verdammter Mist! Mit dem Wagen hätte ich Parker hinter mir lassen können, ohne dass er mich erwischt hätte. Wie sollte ich jetzt von hier abhauen? Gerade wollte ich meinen Plan verwerfen, als ich ein altes, klappriges Fahrrad an der Garagenwand lehnen sah. Ich ging hinüber und schaute es mir genauer an. In den Reifen war noch genug Luft, um fahren zu können. Fieberhaft versuchte ich mich zu erinnern, wie weit es zur letzten Ortschaft gewesen war, aber in meiner Erinnerung war alles dunkel und das Betäubungsmittel hatte mein Hirn ganz benebelt. Egal, ich musste es riskieren. So leise wie möglich öffnete ich das Garagentor, nahm das Fahrrad und schob es hinaus. Gedämpft hörte ich Parker immer noch Holz hacken. Mit klopfendem Herzen stieg ich auf den Sattel und radelte los. Das Fahrrad quietschte und hatte auch schon bessere Tage gesehen. Der Vorderreifen hatte einen Achter und ich rechnete damit, dass die eingerostete Kette reißen würde. Das war mal wieder typisch für mich! Warum hatte ich in den entscheidendsten Momenten kein Glück?

Ich fuhr die Auffahrt hinunter und konzentrierte mich auf einen stetig gleichbleibenden Tret-Rhythmus.

»Hey! Wo willst du denn hin?«

Shit! Ich trat fest in die Pedalen und gab alles, um schneller zu werden, aber da rannte Parker auch schon los. Mit dem alten Drahtesel war das gar nicht so einfach. Ich hörte seine näherkommenden Schritte und das spornte mich an. Allerdings wollte das Rad nicht so, wie ich es mir vorstellte. Er drohte jeden Augenblick auseinanderzufallen. Das Quietschen wurde immer lauter und das vordere Schutzblech wackelte hin und her wie ein Kuhschwanz.

»Joy, halt sofort an!«, brüllte Parker hinter mir und kam gefährlich nahe.

»Vergiss es«, rief ich atemlos und voller Entschlossenheit.

»Verdammt! Du hast es nicht anders gewollt.« Plötzlich rannte er neben mir her, legte seinen Arm um meinen Bauch und zog mich mit einem Ruck vom Rad. Erschrocken schrie ich auf, wir kamen ins Straucheln und stürzten. Das Rad schepperte zu Boden und ein fieser Schmerz durchzog meinen Fuß, als wir völlig außer Atem auf dem Schotterweg landeten.

»Hab ich dich, Pinselchen.« In dem Schreck schlug ich wild um mich, wehrte mich gegen seine Arme, die mich unerbittlich festhielten. Zorn und Verärgerung sprudelten in mir auf, als ich es nicht schaffte, mich von ihm loszureißen. Ich war so enttäuscht, dass mir Tränen in die Augen schossen. Mit der Gewissheit, nicht zu Holly zu kommen, brach Panik in mir aus und ich wurde von einem Weinkrampf geschüttelt. Parker hielt mich immer noch fest umschlungen und drehte mich zu sich.

»Hey!«

Ich war nicht in der Lage zu antworten, schluchzte und konnte mich kaum zurückhalten.

»Pinselchen, was ist los? Ist es denn so furchtbar für dich, eine Weile bei mir zu bleiben?« Ohne auf meine Antwort zu warten, die ich ohnehin nicht geben konnte, zog er mich sanft in seine Arme. Er wusste, warum ich weinte. Ich brauchte ihm nicht zu erklären, wie frustriert ich war, und zum ersten Mal seit langer Zeit fühlte ich so etwas wie Geborgenheit. Sein Duft nebelte mich ein. Er wiegte mich sanft in seinen Armen, bis ich mich beruhigte. »Ich weiß, wie schwer das für dich sein muss, aber lass die Angst niemals dein Schicksal bestimmen, Joy. Denn sonst hast du verloren.« Ich schniefte, wischte mir die Tränen aus dem Gesicht. ›*Lass die Angst niemals dein Schicksal bestimmen.*‹ Seine Worte sickerten tief in meine Seele und legten sich sanft darauf nieder. Er hatte Recht, die Angst war mein größtes Problem. Dabei war mir nicht bewusst gewesen, dass ich eigentlich ein total ängstlicher Typ war. Es gab vieles, wovor ich mich fürchtete, und genau das blockierte mich. Ich musste mich selbst aus diesem verdammten Teufelskreis befreien.

Parker sah mich an. »Du wirst das hinkriegen, ich weiß es.«

Im Grunde war mir klar gewesen, dass mein halbherzig gefasster Plan nicht funktionieren würde, und jetzt machte ausgerechnet der Mann mir Mut, vor dem ich hatte abhauen wollen. Es tat gut, in sein vertrautes Gesicht zu sehen. Es gab mir Kraft und Hoffnung. Das war ein berauschendes, aber auch ein merkwürdiges Gefühl. Trotzdem sollte ich auf der Hut sein. Bei Parker konnte man nie wissen.

»Wo wolltest du denn hin? Noch nie ist eine Frau vor mir davongelaufen, und du tust es gleich zweimal?« Er grinste.

Diesmal ließ ich mich nicht von ihm einlullen. »Ich muss zu Holly«, sagte ich bestimmt.

Er schüttelte den Kopf. »Tut mir leid, aber vorerst musst du zu deiner eigenen Sicherheit hierbleiben.«

Er meinte es tatsächlich ernst. Gleichzeitig lag wieder dieser verführerische Ausdruck in seinen Augen, der mich oft genug hatte schwach werden lassen. »Wieso will das nicht in deinen hübschen Schädel, hm ...?« Mit dem Daumen strich er sanft über meine Schläfe, was mich irritierte.

Ich verdrehte die Augen und seufzte. »Du hast doch nicht geglaubt, dass ich das nach allem, was geschehen ist, so hinnehmen würde?«

Verwundert schaute er mich an. Sein Schmunzeln verschwand und plötzlich lag Ernsthaftigkeit und Besorgnis in seinem Gesicht. »Was ist los, Joy? Wieso vertraust du mir nicht mehr?«

Ich konnte nicht klar denken, wenn er mich so ansah, in seinem Arm hielt und dabei streichelte. Seine Berührung war wie ein Sog, der mich willenlos und gefügig machte. Dazu streifte sein Atem federleicht über mein Gesicht. Ich kämpfte dagegen an, wollte unbedingt klar im Kopf bleiben und keuchte aufgebracht. »Das fragst ausgerechnet du mich? Parker, lass mich los.« Bestimmt, aber sanft schob ich ihn von mir. Sofort ließ er mich frei und wir setzten uns auf. Ich verzog das Gesicht, als ich mir über den Knöchel rieb.

»Du hast dich verletzt. Lass mich mal sehen.« Er wollte nach mir greifen.

»Nein.« Blitzschnell stand ich auf und humpelte einen Schritt beiseite. Parker erhob sich ebenfalls und musterte mich verblüfft. Sekunden verstrichen, in denen wir nichts sagten und uns nur anstarrten. Deutlich spürten wir die Barriere, die sich meterhoch zwischen uns aufgebaut hatte.

»Warum bist du denn so zickig? Du hättest dir doch denken können, dass ich dich erwische«, begann er arrogant und selbstgefällig wie immer.

Ich ging erst gar nicht auf sein Gehabe ein. »Lass mich gehen, Parker. Ich meine es ernst.«

Er lachte lauf auf. »Vergiss es, Joy. Du bleibst hier bei mir.«

Ich verschränkte die Arme. »Dann werde ich es wieder versuchen. So lange, bis ich es geschafft habe«, gab ich herausfordernd zurück.

»Seit wann hast du es denn so eilig, von mir fortzukommen? Bisher hat es dir doch immer gefallen.«

»Scheiße, Chris! Für mich ist das kein Spiel!«

Der Schalk in seinem Gesicht verschwand. »Für mich auch nicht, Pinselchen. Obwohl es das eigentlich sein sollte.«

Er verwirrte mich. Worüber redete er, verdammt noch mal? Fragend sah ich ihn an.

»Schau nicht so unschuldig. Wegen dir habe ich ein paar Dinge getan, die mich wahrscheinlich meine Karriere kosten werden. Du könntest wirklich etwas netter zu mir sein, immerhin habe ich dir das Leben gerettet.«

Ich kam aus dem Staunen nicht mehr heraus. »Wegen mir? Danke, ich habe dich nicht darum gebeten.«

Er kam langsam auf mich zu und machte vage Anstalten, seinen Arm um mich zu legen, doch ich hielt ihn bestmmt zurück und humpelte hüpfend einen Schritt rückwärts. »Ich kann so nicht weitermachen, Chris. Ich kann es einfach nicht mehr. Alles, was ich will, ist zu meiner Schwester fahren und dass das alles hier endlich aufhört. Es ist nicht fair, in so eine große Sache hineingezogen zu werden, ohne die Chance auf einen Ausweg.«

Parker biss sich auf die Zähne, so dass seine Wangenknochen hervortraten.

»Holly und ich haben nichts mit den Verbrechen meines Vaters zu tun – das habe ich dir schon hundertmal gesagt. Und wenn du mir nicht glaubst, kann ich es nicht ändern, aber ich werde nicht länger zulassen, dass wir wie Spielbälle hin- und hergeworfen werden. Mag sein, dass ich mich naiv verhalte, aber ich werde einen Weg finden, meine Schwester und mich aus diesem Mist herauszuholen. Ich dachte, du wärst mein Freund, jemand, der auf meiner Seite ist.«

»Davon bin ich auch ausgegangen.«

»Wieso glaubst du dann, dass ich dir irgendwelche Informationen beschaffen könnte? Wieso denkst du, ich wüsste etwas von irgendwelchem beschissenen Geld? Hast du mich deshalb angemacht, mit mir gespielt und mich verführt? ... Mich nur benutzt?« Ich schluckte.

Er warf den Kopf in den Nacken und lachte sarkastisch. »Wer hat dir denn diesen Unsinn eingeredet? Ich gebe zu, anfangs war es ein Abenteuer wie jedes andere auch, aber dann ...« Er brach mitten im Satz ab.

Es tat so weh, aber der Schmerz fachte meinen Zorn nur noch weiter an. »Scheiße, Parker, ich habe dir vertraut! Ich bin keine Mitwisserin; ich weiß weder etwas über das Geld noch über die anderen Machenschaften meines Vaters. Entweder du akzeptierst das oder eben nicht.«

»Du verstehst das alles falsch, Joy. Vertrau mir«, sagte er jetzt flüsternd und trat langsam noch näher. Er stand vor mir, überragte mich deutlich, so dass ich zu ihm aufschauen musste. In diesem Augenblick sah er so verletzt aus, dass sich mein Herz zusammenzog. Er starrte mich an und ich hatte das Gefühl, tief in seine Seele schauen zu können. Ich erinnerte mich daran, dass er selbst ein Opfer war und verzweifelt nach Frieden suchte. Wieso war ich noch mal sauer auf ihn?

***

»Ich bin tatsächlich auf deiner Seite, auch wenn das nicht so aussehen mag. Ich war es die ganze Zeit.« Er schluckte und senkte seinen Blick. »Du weißt, es fällt mir schwer, über solche Dinge zu sprechen, aber ... du und deine Schwester seid wichtig für mich.«

Ich zog die Augenbrauen in die Höhe.

»Nachdem Bennet mich und Logan suspendiert hat, konnte ich nicht aufhören, über dich und Holly nachzudenken. Und als mir mein Informant mitteilte, dass Suárez weiß, wo ihr versteckt werdet, musste ich handeln, verstehst du?«

Plötzlich hatte ich einen Kloß im Hals und konnte nichts darauf erwidern.

»Ich konnte den Gedanken nicht ertragen, dass dir und Holly etwas zustoßen könnte. Ich habe alle Hebel in Bewegung gesetzt, um Bennet und die anderen zu warnen. Ich habe dir doch erzählt, dass es einen Maulwurf in unseren Reihen gibt, und ich habe den Verdacht, dass er sich direkt in unserem Team befindet. Es ist die einzige Erklärung, weshalb sämtliche Straftaten von Suárez und der *grauen Eminenz* immer glückten und wir sie nie schnappen konnten.«

»Du meinst, jemand vom FBI plaudert eure Pläne aus? Warum sind wir dann in Virginia so lange nicht aufgeflogen?«

»Ich vermute, dass der Maulwurf damals noch nicht an alle Informationen gekommen ist und wir einfach Glück hatten. Irgendwas muss sich verändert haben, dass euer Aufenthaltsort durchsickern konnte.«

»Meinst du einen der neuen Agents?«

»Vielleicht. In der Regel bekommen die Agents, die dich bewachen, ihren Auftrag erst kurz vor der Abfahrt zum Safe House. Ich vertraue nur einem kleinen Teil unserer Leute, die ich selbst überprüft habe. Deshalb darfst du die wahre Identität deines Vaters niemandem verraten. Wenn irgendjemand davon erfährt, ändert das alles. Der Maulwurf wird dann versuchen, dich zu töten.«

Langsam begriff ich. »Das ist der Grund, warum du auch Bennet nicht sagst, wo du mich versteckst?«

Er nickte. »Ja, das Risiko, dass der Maulwurf an diese Informationen kommt, ist einfach zu groß. Wir sind sonst nirgendwo sicher. Bennet hat mein Verhalten zwar eigentlich nicht verdient, aber ich habe keine andere Wahl. Er wird es irgendwann auch verstehen.«

»Und was hat es mit dem Geld auf sich?«

Er seufzte und trat von einem Bein aufs andere. »Dein Vater hat Suárez bei ein paar Geschäften betrogen. Dabei ging es um richtig viel Kohle. Er will natürlich sein Geld zurück.«

Es war für mich immer noch unglaublich, dass mein Vater ein so skrupelloser Mensch geworden war. Seit er beschlossen hatte, ein Monster zu werden, spürte ich eine ungeheure Wut. Angewidert verscheuchte ich sein Bild vor meinen Augen. »Okay, und wieso glaubst du, ich wüsste etwas darüber?«

»Weil Bennet es durch die Aussage deines Vaters vermutete. Er wollte, dass ich dich checke.«

Ich schüttelte den Kopf. »Dann war das nur eine Vermutung? Ich fasse es nicht!«

Parker zuckte mit den Schultern. »Ich habe mich getäuscht. Tut mir leid.«

Na super! Die weltbeste Schnüffelnase hatte sich getäuscht, obwohl ich ihm immer wieder gesagt hatte, dass ich absolut nichts darüber wusste. »Aber warum erzählst du mir das alles auf einmal? Vorhin beim Holzhacken hast du meine Fragen einfach ignoriert.«

Parker schob seine Hände in die Hosentaschen. Er kam mir wie ein kleiner Junge vor, der etwas ausgefressen hatte. »Weil ich möchte, dass du mir wieder vertraust.«

»Ahhhh ... dieses böse Wort schon wieder.« Ich verzog theatralisch das Gesicht.

»Ich meine es ernst, Joy. Das alles tut mir leid, weil ... «

»Chris«, unterbrach ich ihn. »Wie soll ich dir vertrauen? Nach allem was passiert ist? Du hast mich benutzt, weil du geglaubt hast, so an Informationen zu gelangen. Das hat mich verletzt. Du hast mit mir gespielt und ich dumme Nuss bin jedes Mal darauf reingefallen.«

Jetzt trat er noch einen Schritt näher. »Joy, ich ... Das ist nicht leicht für mich. Ich habe dir gesagt, dass ich kein einfacher Typ bin, und trotzdem hast du etwas mit mir gemacht, was ... mir Angst macht.«

Angst? Er? Hatte ich richtig gehört? Es gab vieles, was Special Agent Chris Parker hatte, aber Angst zählte definitiv nicht dazu. »Was meinst du?«

Angespannt fuhr er sich durch seine Haare. Es war ihm unangenehm, darüber zu reden, aber so leicht wollte ich es ihm nicht machen.

»Damals in der Küche, als ich dich mit meinen Cookies erwischt habe, habe ich dir versprochen, dass wir es miteinander versuchen. Du meintest, wir lassen es auf uns zukommen und sehen, was passiert.«

Ich nickte und schon kribbelte es bei der Erinnerung in meinem Bauch.

»Während ich suspendiert war, habe ich akzeptiert, dass du mir nicht egal bist. Also ... du weißt, was ich meine ... mir etwas ... bedeutest.«

Mein Herz kam ins Stolpern, als er das sagte, und ich konnte ihn nur ungläubig anstarren. Innerlich führte ich Freudentänze auf, bis ein leises Flüstern mich daran erinnerte, dass ich ihm nicht vertrauen durfte – noch nicht. Es gab keinen Grund dazu. Ich war verliebt in ihn, keine Frage, aber es ging um viel mehr als mein Liebesleben.

Ich betrachtete ihn. Er stand mit gesenktem Kopf vor mir, hatte seine Hände tief in seiner Jeans vergraben und machte ein finsteres Gesicht. »Lange Zeit habe ich versucht, dieses Gefühl zu unterdrücken, zu ignorieren, aber als ich hörte, in welcher Gefahr ihr schwebt, da war ich außer mir vor Sorge. Verstehst du, was ich meine?«

Ihn das sagen zu hören, war, als würde sich der Himmel rosa einfärben. Ausgerechnet er, der nie etwas anbrennen ließ, der schon immer das getan hatte, was er wollte, stand jetzt da und machte mir eine Liebeserklärung? Ich wünschte es mir von ganzem Herzen, aber konnte ich ihm das glauben? Wir schwiegen eine Weile, bis er endlich seinen Kopf hob und mich ansah. »Habe ich denn überhaupt noch eine Chance?«

Seinen Welpenblick hatte er ja wirklich perfekt drauf und am liebsten wäre ich ihm um den Hals gefallen, doch ehrlich gesagt, wusste ich nicht, was ich erwidern sollte. Ich musste jetzt an Holly denken und dringend eine Lösung finden. Ich konnte mir einfach nicht erlauben, egoistisch zu sein und an meinem Liebesglück zu arbeiten. Mein Körper begann eine Rebellion gegen meinen Verstand, weil er sich nach Chris sehnte, doch diesmal musste ich vernünftig sein. Eine Beziehung mit ihm – oder was er sich auch immer vorstellte – wäre zu diesem Zeitpunkt verhängnisvoll.

Das Geräusch eines Autos unterbrach uns, noch bevor ich ihm antworten konnte. »Das ist ja Mike! Wo war er?« Wir wandten uns beide zum Wagen um, der sich uns in Schrittgeschwindigkeit näherte.

»Er hat Besorgungen gemacht.« Es passte Parker nicht, dass Mike uns ausgerechnet jetzt störte.

Mike hielt direkt vor uns mit laufendem Motor. Er warf einen kurzen Blick auf das Rad und dann zu uns. »Alles in Ordnung? Habe ich etwas verpasst?«

»Alles in Ordnung. Unsere Prinzessin wollte einen Ausflug machen, aber mittlerweile konnte ich sie überzeugen, dass das keine gute Idee ist.«

Mit gerunzelter Stirn blickte Mike mich an.

Ich verdrehte die Augen. »Ich wollte mit dem Fahrrad ... abhauen, aber Parker war mal wieder schneller.«

Mikes Blick war intensiv. Er schaute abwechselnd zu Parker und mir. Man konnte ihm nichts vormachen, er spürte die Spannungen zwischen uns. Seltsamerweise waren seine Antennen, was Parker und mich betraf, schon immer sehr scharf eingestellt gewesen. Es war unnötig, ihm etwas vorzuspielen.

Mike grinste, schüttelte den Kopf und gab Gas. Während er zur Garage fuhr, nahm Chris das Rad und schob es zurück. »Du schuldest mir noch eine Antwort, Pinselchen. Wir reden später weiter. Was macht dein Fuß?«

Ich blickte an mir hinunter. »Geht schon wieder, hab ihn mir nur verknackst.« Zum Glück schien ich mich nicht ernsthaft verletzt zu haben und konnte schon fast wieder normal laufen.

Während Mike und Parker die Einkäufe durchgingen, zog ich mich in mein Zimmer zurück. Nach dem Gespräch war ich geflasht, weil ich nicht mit Parkers Eingeständnis gerechnet hatte. In Gedanken ging ich seine Worte durch. Er empfand etwas, aber was? Es könnte alles Mögliche sein.

Verantwortungsgefühl, einen ausgeprägten Beschützerinstinkt? Es gab viele Erklärungen, aber jetzt war nicht der richtige Zeitpunkt. Nervös knabberte ich an meinem Daumennagel und wünschte, ich hätte einen Kohlestift und Papier.

***

Gegen Mittag stand ich in der Küche und versuchte aus den Vorräten von Mikes Mum eine Mahlzeit zu zaubern. Das neue Dreamteam saß am Esstisch, steckte die Köpfe zusammen und bastelte an einem Laptop, an mehreren Handys und Kabeln. Dabei unterhielten sie sich über technischen Kram, wovon ich keine Ahnung hatte.

»Wenn alles klappt, haben wir in den nächsten Stunden schon Internet. Charly vom Angelladen meinte vorher, es müsste bald funktionieren.«

»Da bin ich gespannt. Hast du den Router angeschlossen?«

»Ja, der blinkt und wartet auf die Freischaltung.«

»Gut, ich bin dann mal draußen. Dabei kann ich gleich mal die neuen Handys testen«, beschloss Parker, nahm zwei der vielen Wegwerfhandys, die Mike mitgebracht hatte, und ging hinaus. Kaum waren wir allein, unterbrach Mike seine Arbeit am Tisch und stand auf. »Was kochst du uns denn da?« Er stellte sich neben mich und lugte in den Topf.

»Nichts Besonderes, irgendeinen Mischmasch aus der Dose und den Vorräten, die ich gefunden habe.«

»Das riecht aber verdammt gut.« Er lächelte verlegen. »Hattest du mit Parker einen Streit?«

»Warum? Wie kommst du darauf?«

»Ich hatte so ein Gefühl, als ich vorhin zurückkam.«

»Na ja, Chris und ich haben ständig Meinungsverschiedenheiten. Das ist nichts Neues.«

»Verstehe. Was war denn los? Wo wolltest du hin?«

»Das war eine blöde Kurzschlussreaktion. Ich wollte unbedingt zu Holly.«

Er riss verwundert die Augenbrauen hoch.

»Es war dumm von mir, vergiss es. Sag mal, wie hast du erfahren, dass Suárez unseren Aufenthaltsort herausbekommen hat?«, lenkte ich ihn vom Thema ab.

»Ich habe Parker kontaktiert und wollte wissen, wie es mit dir weitergeht. Warum fragst du?«

»Nur so. Es hat mich interessiert.«

Nachdenklich sah er mich von der Seite an und drehte mich an den Schultern zu sich. »Hör mal, Joy, ich sage das nicht gerne, aber er hat in meinen Augen alles richtig gemacht. Ich kenne ihn nicht wirklich und ich mag ihn nicht besonders, aber ich bin sehr froh, dass er auf meinen Vorschlag eingegangen ist und mich mitgenommen hat.«

Ich grinste. »Immer noch die alte Fehde zwischen euch?«

»Wir sind eben beide in die gleiche Frau verliebt, das macht ihn automatisch zu meinem Todfeind.«

Falsches Thema, ganz falsches Thema! »Verliebt? Du täuschst dich. Parker liebt nur sich selbst. Abgesehen davon ist es unnötig, sich in mich zu verlieben.« Vielleicht sollte ich meine Klappe halten, bevor ich dummes Zeug redete. Ich schluckte einen weiteren Kommentar hinunter.

»Wieso ist es unnötig?«

Mir wurde heiß und kalt. »Weil es eben so ist. Wenn das alles vorbei ist, werden nur gebrochene Herzen zurückbleiben.« Ich spürte förmlich, wie er seine Schultern hängen ließ, und warf ihm einen Blick zu. »Du weißt, was ich meine, oder?«

Er nickte. »Und wenn es aber schon passiert ist?« Plötzlich kippte die lockere Stimmung, die die ganze Zeit zwischen uns geherrscht hatte, und er brachte mich in Bedrängnis. Ich hatte es schon länger gespürt, aber nicht den Kopf dafür gehabt, mir darüber Gedanken zu machen. »Mike, ich ...«

»Du brauchst nichts zu sagen, Joy. Ich habe selbst Augen im Kopf und sehe, wie du ihn anschaust. Und ja, es tut verflucht weh, aber ich kann warten.«

Verwundert starrte ich ihn an.

»Nein, wirklich, du hast genug Sorgen zur Zeit. Ich wollte dir helfen und in deiner Nähe sein. Ich komme schon klar.«

Tat er das tatsächlich?

Er setzte ein sanftes Lächeln auf und strich mir eine Haarsträhne hinter die Ohren. »Leider muss ich morgen nach Virginia zurückfahren. Mein Vater hat Geburtstag und das Haus wird voller Leute sein.«

Froh über den Themenwechsel, rührte ich nachdenklich im Topf weiter. »Dann habt ihr eine große Familienfeier?«

»Genau. Er wird sechzig. Es wäre zu auffällig, wenn ich nicht dabei wäre.«

»Natürlich.«

Er nahm meine Hand, streichelte mit dem Daumen über meinen Handrücken. »Ich wünschte, ich könnte dich mitnehmen.« An seinem Hals entdeckte ich, wie schnell sein Puls schlug, was mich ein wenig erschreckte. Es lag ihm viel an mir. Er war so ein lieber Kerl, er hatte wirklich etwas Besseres verdient. Mir war ganz elend zumute, wenn ich daran dachte, dass ich ihm schon bald wehtun musste. Mike wusste, wie es um mich stand, und trotzdem hielt er zu mir und tat alles, um mir ein Freund zu sein. »Ich weiß, aber vielleicht ist das auch ganz gut so.«

Er nickte und ließ meine Hand los. »Es hätte genial werden können«, lachte er, und ich wusste, dass er damit nicht den Geburtstag seines Vaters meinte. Er wandte sich von mir ab und ging wieder an den Tisch zurück.

»Du kannst Teller und Besteck schon mal richten. Das Essen ist gleich fertig.«

»Endlich! Ich habe solchen Kohldampf.«

Beim Essen war es, als würden wir drei einen Kurzurlaub machen. Wir unterhielten uns, aßen und tranken gemeinsam, und als Parker sogar dabei half, die Küche aufzuräumen, sah ich es als Zeichen seines guten Willens an. Geflissentlich umgingen beide das aktuelle Thema und redeten den ganzen Abend über Football, Actionfilme und wie cool es jetzt wäre, einen guten, alten Whiskey zu trinken. Sie glaubten, mir eine Pause geben zu müssen, und als Mike etwas von einer Überraschung erzählte, die er eben aus dem Auto holen wollte, hätte ich meine Lage tatsächlich fast vergessen.

Ich hatte es mir in dem Ohrensessel bequem gemacht, meine Beine angezogen und sah Parker dabei zu, wie er wieder mal sein ›Baby‹ reinigte. Ich schluckte meinen Schwall an Fragen hinunter, denn er schien mit seinen Gedanken weit fort zu sein. Wahrscheinlich nahm er mich noch nicht einmal wahr. Dennoch umkreiste mich ständig eine Frage, die ich ihm einfach stellen musste. »Wann wirst du mich gehen lassen? Und sag jetzt nicht, dass du das nicht weißt.«

Kurz blickte er auf und schaute wieder zu seinem Baby. Er setzte die Waffe wieder zusammen und begann sie mit einem weichen Tuch zu polieren. Dabei lehnte er sich zurück. »Wenn du es unbedingt wissen willst: Ich weiß es wirklich nicht. Wir werden sehen.«

»Und was ist mit meinem Vater? Ich meine, ich verstehe nicht, warum er sich als die rechte Hand der *Eminenz* ausgibt. Er hätte doch einfach das Land verlassen und sich aus dem Staub machen können. Wieso dieses Spiel?«

Parker steckte seine Pistole in das Halfter zurück. »Tja, er wird schon seine Gründe dafür haben. Aber wenn du meine Meinung wissen willst: Ich glaube, dass er das wegen euch Mädchen getan hat.«

»Wegen Holly und mir?«

Wir wurden durch Parkers Handy unterbrochen. Er stand auf und zog es aus seiner Hosentasche. »Ja?« Während er dem Anrufer zuhörte, ruhte sein Blick auf mir. »Okay, warte, ich gehe kurz raus.«

Genau in diesem Moment betrat Mike das Wohnzimmer. Fragend sah er mich an und wollte wissen, wer dran war. Ich zuckte mit den Achseln.

Breit grinsend trat Mike zu mir und überreichte mir ein kleines Päckchen.

»Was ist das?« Neugierig richtete ich mich auf.

»Mach es auf«, ermunterte er mich und setzte sich auf das Sofa neben dem Ohrensessel. Das Päckchen war in apricotfarbenes Papier eingeschlagen und eine weiße Schleife zierte es. Ich war ganz überrascht. Wieso machte Mike mir ein Geschenk? Er konnte kaum erwarten, bis ich es geöffnet hatte, und beobachtete mich genau.

»Da gab es nicht weit von hier diesen Laden, und ich dachte, du würdest dich freuen.«

Vor Rührung klappte mir der Mund auf. »Mike! Ich weiß gar nicht, was ich sagen soll.«

»Du sollst auch nichts sagen, sondern malen«, lachte er zufrieden. Ich war sprachlos. Ich nahm den Kohlestift, die Buntstifte und den Zeichenblock aus der Schachtel. Endlich! Endlich konnte ich wieder zeichnen. Meine Ledermappe befand sich noch im alten Safe House und ich hatte keine Ahnung, ob ich sie je wiederbekommen würde.

»Gefällt es dir?«

»Ja, und wie! Vielen Dank, das ist wirklich total lieb von dir.« Ich beugte mich zu ihm rüber und umarmte ihn kurz, spürte seine warme Hand auf meinem Rücken, als er mich an sich drückte. Es war eine rein freundschaftliche Umarmung, die allerdings einen Tick zu lange dauerte, aber ich gestattete es ihm. Er roch nach Shampoo und einem herben Männerduft. Es war schön, ihn zu umarmen, auch wenn ich wusste, dass ich es nicht genießen sollte.

»Ich dachte, damit könntest du die Zeit hier wenigstens sinnvoll überbrücken.«

»Das ist wirklich sehr lieb von dir. Ich... Danke, dass du da bist, Mike.«

Er drückte mich noch einmal enger an sich. »Das habe ich gern gemacht, Joy.«

»Joy!« Mike und ich fuhren auseinander. Parker stolperte fast ins Wohnzimmer und war ganz bleich im Gesicht. Zuerst war es mir unangenehm, dass er mich und Mike in unserer innigen und vertrauten Umarmung gesehen hatte, doch dann schaute ich in sein Gesicht und entdeckte seine sorgenvollen Augen. Genau zwei Sekunden später verstand ich, dass etwas geschehen sein musste.

Irritiert legte ich den Zeichenblock und den Kohlestift beiseite und stand auf. »Was ist passiert?« Eine dunkle Ahnung machte sich in mir breit und mein Puls begann zu rasen. Parker schluckte schwer und blickte finster zu Mike.

»Jetzt sag schon, was ist passiert«, schrie ich voller Angst.

»Es geht um Holly. Es geht ihr nicht gut.«

Sofort war mein Körper in Aufruhr. »Was heißt das?«

»Sie hatte einen Herzstillstand.«

Kapitel 7

Cathrin! Oh nein, Cathrin! Fassungslos drangen die Worte in mein Bewusstsein und trafen ungefiltert in mein Herz. Mein Atem setzte aus und mir wurde plötzlich eiskalt.

»Die Ärzte tun, was sie können, Joy. Sie ist stark und wird es schaffen.«

Ich begann zu zittern und ich bekam gar nicht mit, wie mich Mike zum Sofa zurückführte. Sogleich war Parker bei mir, kniete sich nieder und sah mich an. »Gerade hat mich Lindsey angerufen. Sie ist dort.«

Lindsey? Wieso ausgerechnet sie? Mein armer kleiner Keks rang um sein Leben und ich saß hier in dieser verdammten Hütte fest. »Ich muss sofort zu ihr«, forderte ich und wischte mir die Träne fort, die langsam über meine Wange lief.

»Lindsey hält uns auf dem Laufenden.«

»Chris, ich muss zu meiner Schwester«, verlangte ich ein weiteres Mal.

Parker warf Mike einen besorgten Blick zu. »Das geht nicht, Joy. Lindsey wird mich sofort wieder anrufen, sobald es Neuigkeiten gibt.«

»Was hat deine Kollegin sonst noch gesagt?«, fragte Mike beunruhigt.

»Nur, dass man sich intensiv um das Mädchen kümmert und dass Bennet und auch dein Vater bereits informiert wurden.«

Ein Herzstillstand. Mein Gott, sie hatte schon mal eine Kardioplegie gehabt. Allerdings war sie damals noch ein Kleinkind gewesen. Es war damals sehr knapp und wir hätten sie beinahe verloren. Automatisch schossen Tränen in mir hoch.

»Geh nicht vom Schlimmsten aus, Joy«, versuchte mich Mike zu beruhigen. »Das wird nicht passieren, das *darf* nicht passieren.« Äußerlich gab ich mich gefasst und ruhig, aber innerlich drückte mir die panische Angst um meinen kleinen Keks die Kehle zu.

»Chris, lass mich zu ihr. Bitte!«

Für einen kurzen Moment schloss er die Augen. »Das geht nicht, Pinselchen. Ich würde es sofort tun, aber ... es ist zu gefährlich. Die Suárez-Männer sind überall, gerade in Dallas.«

Zornig brauste ich auf. »Verdammt! Wenn du mich nicht entführt hättest, wäre ich jetzt bei ihr!«

»So ein Bullshit, dann wärst du tot.« Er erhob sich und blickte auf mich herunter. »Ich muss mit ein paar Leuten telefonieren und unsere Lage checken.« Sofort nahm Mike seinen Platz ein und wischte mit dem Daumen die neuen Tränen von meiner Wange.

Wieder hatte ich Hollys strahlendes Lächeln und ihre süße Piepsstimme im Kopf. Sie musste es schaffen. Sterben war definitiv keine Option!

»Sei ganz ruhig, wir finden eine Lösung. So, wie ich deine Schwester kennengelernt habe, scheint sie eine starke Persönlichkeit zu sein. Sie wird es durchstehen.«

Ich nickte und konnte nur hoffen. Sobald ich die Augen schloss, tauchte ihr Bild auf. Ein kleines Mädchen, das so lebendig war, unschuldig und engelsgleich, konnte mich nicht einfach allein lassen. Was war nur geschehen, dass es so weit hatte kommen können? Wie hätte ich es verhindern können? War Dad bei ihr? Ich wünschte mir von ganzem Herzen, dass sie nicht alleine war.

Parker kam zurück und machte ein finsteres Gesicht. »Hier, Director Bennet möchte mir dir sprechen.« Er drückte mir sein Telefon in die Hand. »Du brauchst nur auf die Wahlwiederholung zu drücken, dann hast du genau siebenundvierzig Sekunden, bevor sie uns orten können.«

Stirnrunzelnd schaute ich Chris an, bevor er mir zuversichtlich zunickte, die Wahlwiederholungstaste zu drücken.

»Joy? Joy, bist du dran?«

»Ja«, antwortete ich ängstlich. Ich hatte Angst vor dem, was der Director gleich sagen würde. Mir klopfte das Herz bis zum Hals. Im Hintergrund hörte ich das Geräusch eines Motors. Er telefonierte von einem Wagen aus.

»Wir sind auf dem Weg ins Krankenhaus. Dr. Mouse hat mir zugesichert, sich gut um deine Schwester zu kümmern. Möchtest du mit deinem Vater sprechen?«

Dad? Ich war völlig überrumpelt und wusste nicht, was ich sagen sollte. Bevor ich mich dagegen entscheiden konnte, hörte ich ihn schon. »Mia ... kleine Malerin? Geht es dir gut?« Die kehlige und geschwächte Stimme war mir vertraut.

»Ja, Dad, es geht mir gut.«

Ich konnte sein schweres Atmen hören. Besorgnis lag in seinem Tonfall. Es ging ihm nicht gut. »Wir sind auf dem Weg zu Cathrin. ... Sie liegt im Koma und wird immer noch künstlich am Leben gehalten.«

Ich schluckte und schloss die Augen. Bilder aus der Vergangenheit tauchten auf, wie sie mit tausend Kabeln an Geräten verbunden war und ihr kleiner Körper kämpfte.

»Sag mir, wo der Mistkerl dich versteckt hält«, forderte Dad und wischte so das Bild von Holly aus meinem Blickfeld. Ich schaute zu Parker, der sofort den Braten roch, als ich zu stottern begann. Da nahm er mir das Handy auch schon aus der Hand. »Die Zeit ist leider um. Wir rufen wieder an.«

»Chris, warte, warte ...!«, hörte ich Dad rufen, aber Parker hatte bereits aufgelegt.

Ein wenig perplex fixierte ich einen Punkt auf meinen Händen und ignorierte den scharfen Ausdruck in seinen Augen.

»Das ist ja gerade noch mal gutgegangen. Lindsey wird mich sofort kontaktieren, sobald sich etwas an dem Zustand deiner Schwester ändert. Ich schlage vor, du ruhst dich aus.«

Die Erkenntnis, dass Parker mir nicht vertraute, nagte an mir, obwohl ich es ihm nicht verdenken konnte. Mein unüberlegter Fluchtversuch von heute hatte ihm deutlich gezeigt, dass er mir nicht vertrauen konnte.

Als ich letztendlich im Bett lag, kreiste die Sorge um Holly noch einige Zeit in meinem Kopf. Ich hasste es, nicht in ihrer Nähe sein zu können. Es tröstete mich auch nicht, dass Dad bei ihr war.

In dieser Nacht lag ich noch lange wach. Ich achtete auf jedes Geräusch, wartete darauf, Parkers Stimme zu hören. Die Angst davor, dass es Holly schlechter gehen könnte, lähmte mich. Aufgewühlt und mit tausend Gedanken im Kopf gab ich schließlich auf und schlich gegen halb drei hinunter ins Wohnzimmer. Der Zeichenblock, die Buntstifte und der Kohlestift lagen noch genau so in der Schachtel, wie ich sie zurückgelassen hatte. Ich nahm die Sachen an mich und schlenderte in den Flur. Es war unerträglich schwül im Haus und ich beschloss, mich auf die Verandastufen zu setzen und auf eine kühle Brise zu warten. Barfuß huschte ich im Top und in kurzen Pants durch den Flur, öffnete die Tür und schaltete das Verandalicht ein. Die Grillen sangen leise ihr Lied und ich konnte sogar den Wind in den Baumwipfeln hören. Noch immer lag der süße, schwere Duft des Sommers in der Luft.

Ich setzte mich auf die Stufe, schlug den Zeichenblock auf und begann zum ersten Mal seit langer Zeit zu malen. Die Striche gingen mir so leicht von der Hand. Es war lange her, dass mein Stift unbeschwert und locker übers Papier geglitten war. Ich skizzierte zuerst die Umrisse von Hollys Gesicht und Körper, zog feine Linien, bis ich zufrieden mit dem Ergebnis war. Ich färbte ihre Haut, ihr Kleid und ihre Haare mit den Buntstiften ein. Mit dieser Technik hatte ich noch nie gearbeitet. Ein befriedigendes Gefühl durchströmte mich, als ich mein Werk mit ein wenig Abstand betrachtete. Je besser ich die weichen Übergänge miteinander verband, desto plastischer wurde das Porträt. Ihr Lieblingskleid malte ich in einem ähnlichen satten Bordeauxton.

Hollys Sommerkleid war kurzärmelig. Der Rock endete über ihren Knien und am Saum waren aus dem gleichen Stoff süße bordeauxfarbene Rosen angenäht. Damals hatte Holly sich sofort darin verliebt und gequengelt, weil sie es unbedingt haben wollte. Die Verkäuferin erzählte uns, dass das Kleid ein Unikat von einem noch recht jungen Designer sei. Kaum war Holly hineingeschlüpft und betrachtete sich im Spiegel, strahlte sie übers ganze Gesicht. Es war wie für sie gemacht – zuckersüß, romantisch – und stand ihr ausgezeichnet. Selbst die Verkäuferin war so entzückt, dass sie uns die passenden Schuhe besorgte und Holly einen Haarreif mit exakt den gleichen Rosen schenkte.

Allerdings hatte ich mir einen Spaß erlaubt und sie damit aufgezogen.

»Das Kleid ist perfekt für kleine, verknallte Mädchen.«

Sie warf mir einen empörten Blick durch den Spiegel zu und stemmte ihre Ärmchen in die Hüften. »Du bist ja nur neidisch, weil du kein so schönes Kleid hast.« Mit einer etwas eingebildeten Geste strich sie sich ihr langes Haar, das ihr über die Schulter gefallen war, zurück. Ganz Diva-like!

»Quatsch, ganz sicher nicht auf diesen Fetzen.«

»Außerdem bin ich nicht verknallt.«

»So? Ich glaube, Arthur aus deiner Therapiestunde wird das Kleid sehr gefallen. Bestimmt will er dich sofort küssen, wenn er dich darin zu sehen bekommt.«

Sie wurde knallrot. »Iiiieeehhhh! Mia! Das ist doch nur was für Verliebte. Arthur würde so etwas nie tun.«

»Ich wette, er wird ganz heiß darauf sein.« Provozierend zuckte ich mit den Brauen und grinste.

Verärgert verzog sie ihr Gesicht und blickte mich zornig an. »Ich bin nicht verliebt! Ich bin noch ein Kind! Arthur und ich sind nur Platonie-Freunde.«

»Ihr seid was?« Prustend vor Lachen hielt ich mir den Bauch und beugte mich über sie.

*»Na, Platonie-Freunde. Weißt du etwa nicht, was das ist?«
Jetzt spielte sie sich mal wieder als Miss Oberschlau auf und belehrte mich. »Wenn ein Mann und eine Frau beschließen, Freunde zu sein – ohne Knutschen und so Zeugs –, dann sind sie Platonie. Genau wie Arthur und ich.«*

Ich lächelte bei der Erinnerung an diesen Nachmittag. Mit einem weinroten Stift begann ich, die Schattierungen ihres Kleides auszumalen. Die Rosen zeichnete ich kräftiger, damit sie einen deutlicheren Kontrast ergaben. Das Braun ihrer langen Haare passte perfekt dazu, und ich schaffte es sogar, den gesunden Rosaton auf ihren Wangen einzufangen, den sie immer hatte, wenn sie an der frischen Luft war. Zufrieden betrachtete ich mein Werk.

»Du bist wirklich sehr talentiert.«

Ich war so in meiner Arbeit vertieft gewesen, dass ich nicht mitbekommen hatte, dass ich einen stillen Beobachter hatte.

***

Erschrocken drehte ich mich um und entdeckte Parker, der seelenruhig in einem Schaukelstuhl im Schatten der Außenbeleuchtung saß. In seiner Hand hielt er eine Weinflasche. Er war oberkörperfrei, trug nur seine Jeans und war barfuß. Wann hatte er sich auf die Veranda geschlichen? Saß er etwa schon die ganze Zeit da? »Was machst du denn hier?«

»Das Gleiche könnte ich dich fragen. Konntest du etwa auch nicht schlafen?« Der Schaukelstuhl wippte, als er aufstand und sich zusammen mit der Flasche zu mir auf die Stufe setzte. Sein nackter Oberkörper und seine Tattoos wurden mir plötzlich allzu bewusst, so dass ich es nicht wagte, ihn anzusehen. »Ich habe mich hin und her gewälzt und es letztlich aufgegeben«, versuchte ich so beiläufig wie möglich zu sagen.

»Ging mir genauso.« Er nahm einen Schluck aus der Flasche. Als er absetzte, hielt er einen Moment inne und bot mir den Wein an. Ohne zu zögern, nahm ich einen tiefen Schluck, spürte sofort den kräftigen Geschmack des Weins und die leichte Süße auf der Zunge. Der Alkohol wärmte meine Brust und es tat gut, mal etwas anderes zu fühlen als immer nur den andauernden dumpfen Schmerz. Es war eine willkommene Abwechslung und lenkte mich von meinem Kummer ab.

»Bist du immer noch böse auf mich, Pinselchen?« Mittlerweile hatte ich mich an diesen Spitznamen gewöhnt. Insgeheim mochte ich es sogar, wenn er mich so nannte, aber seine Frage traf mich etwas unvorbereitet. Unschlüssig zuckte ich mit den Schultern.

Er trank einen Schluck. »Na ja, es ist nicht alles so gelaufen, wie wir uns das vorgestellt haben.«

»In diesem Sommer ist gar nichts so gelaufen, wie ich es mir gewünscht habe. Also, was soll's?«

»Ich weiß, und das tut mir leid.«

Ich sah ihn von der Seite an. Sein Haar lag wirr durcheinander und der Schatten seines Dreitagebarts ließ ihn wirklich sexy wirken. Dazu sein nackter, muskulöser Oberkörper. Oh Mann! Ich könnte schwach werden.

»Suárez` Männer sind überall in Dallas. Es scheint, als hätten sie wieder einen Tipp bekommen. Sie wittern etwas, deshalb kann ich dich nicht zu deinem Keks bringen. Lindsey hält es auch für zu gefährlich.«

Schon wieder Lindsey! Ich hatte sie ganz am Anfang unseres Trips kurz kennengelernt. Gleich bei unserer ersten Begegnung war sie mir schlagartig sympathisch gewesen, bis sie sich an Parkers Hals geworfen hatte. Damals hatte ich schon den Stachel der Eifersucht gespürt, genau wie jetzt. Chris hielt wohl große Stücke auf sie, wenn er auf ihren Rat hörte. Außerdem war sie Holly näher als ich, was mich tierisch neidisch machte. Vielleicht tat ich ihr auch Unrecht, aber darüber wollte ich mir jetzt keine Gedanken machen. »Dann hast du noch mal mit ihr telefoniert?«

»Nur kurz.«

»Und wieso sagst du mir das erst jetzt?« Ich knuffte ihn empört in die Seite.

»Ich dachte, du schläfst. Ich hätte dich schon geweckt, wenn sich etwas geändert hätte. Sie liegt immer noch im Koma.«

»Dann geht es ihr nicht besser.«

»... aber auch nicht schlechter«, wandte er ein.

»Und was ist mit meinem Vater und Director Bennet? Wissen sie, dass diese Verbrecher dort sind?«

»Ja, mach dir keine Sorgen. Lindsey und ein paar meiner Informanten haben sie genau im Auge. Diese Privatklinik ist wie eine kleine Festung. ... Du solltest dich jetzt hinlegen, sonst bist du morgen den ganzen Tag müde.«

Wieso wollte er ständig, dass ich mich schlafen legte? Man könnte wirklich glauben, dass ihm meine Gegenwart irgendwie unangenehm war.

»Ich bin hellwach«, entgegnete ich, nahm ihm die Flasche aus der Hand und trank einige tiefe Schlucke, bis er sie mir wieder abnahm.

»Hey, nicht so hastig. Das reicht. Hast du etwa vor, dich zu betrinken?«

Damit lag er gar nicht mal so falsch. Ich hätte allen Grund dazu gehabt. In den letzten Tagen war so viel passiert, und offensichtlich war das selbst für einen ausgewachsenen FBI-Special-Agent schon genug. »Na, du musst gerade reden! Außerdem musst du auf mich aufpassen und kannst es dir nicht leisten, dich noch mal zu besaufen.«

Aus Trotz – oder gerade, weil ich auf seinen letzten Absturz in dem Motel angespielt hatte – nahm er mir die Flasche wieder ab und setzte sie selbst an. »Zwischen dir und mir ist immer noch ein Unterschied.«

»Du willst doch nicht etwa behaupten, du hättest mehr Gründe zum Trinken als ich?«

»Nein, aber ich hatte nicht vor, den Wein mit dir zu teilen.«

Ich schüttelte den Kopf. »Egoist!«

Plötzlich und ohne Vorwarnung legte er seinen Arm um mich. »So bin ich nun mal. Nimm es dir nicht zu Herzen.«

»Das glaube ich dir nicht.«

Er warf mir einen Blick von der Seite zu. »Wieso nicht?«

»Weil ich denke, dass das alles nur Theater ist.«

»Theater?«

»Ganz recht. Alle Welt soll glauben, dass Special Agent Chris Parker ein ganz harter, unverschämter und egoistischer Kerl ist, aber ich habe dich durchschaut.« Ich sah ihm fest in seine geheimnisvollen Augen.

»So?« Er lächelte süffisant, was zuckersüß aussaß.

»Ja. Das ist alles nur Show, ein aufgebauter Schutzwall, um zu verbergen, wie verletzlich du bist.«

Er lachte tief und kehlig, neigte dann seinen Kopf zu mir herunter, so dass sich unser Atem vermischte. Sein Blick wanderte über mein Gesicht und blieb schließlich am Ausschnitt meines Tops hängen. Er war heiß auf mich, und wenn ich es nur ein bisschen darauf anlegen würde, könnte ich ihn hier und jetzt flachlegen.

Schon allein der Gedanke daran wärmte mich mit einem Kribbeln. Oder war das der Wein, der nun allmählich seine Wirkung zeigte? Es fiel mir schwer, mich nicht bei ihm anzulehnen. Ich sehnte mich so sehr danach, gehalten und getröstet zu werden.

»Sieh mal einer an, vielleicht wäre ein Psychologiestudium das Richtige für dich«, raunte er mir leise zu. Er klang so sexy, dass mein Körper meinem Verstand den Krieg erklärte. Nur mit Mühe gelang es mir, äußerlich völlig gelassen und cool zu wirken, während ich im Inneren einen Kampf mit meinen Gefühlen ausfocht.

Schon so lange wollte ich mich bei ihm für die vielen Neckereien und unterschwelligen Stiche, die er mir versetzt hatte, revanchieren. Dies war die Gelegenheit. »Ich weiß sogar noch mehr.« Jetzt war es mein Part, verführerisch zu klingen. Ich legte meine Hand auf seine Brust. Mein Gott, ich hatte völlig vergessen, wie gut er sich anfühlte.

»Und das wäre, Pinselchen?« Ein süffisantes Lächeln umspielte seine Lippen.

»Wenn ich über deine Haut streiche, etwa so, dann richten sich die Härchen auf deinem Arm auf.« Langsam fuhr ich mit den Fingern über seine Brust, hinunter zu seinen Bauchmuskeln. »Und wenn ich deine Lippen berühre ... etwa so ...«, herausfordernd fuhr ich mit meiner Zungenspitze über seine Unterlippe und knabberte zärtlich daran, »dann wird dein Schwanz hart.« Sein Herzschlag begann zu galoppieren. Ich spürte es ganz deutlich unter meiner Hand, die nun wieder auf seiner breiten Brust lag. Ein Seufzer entfuhr ihm, was mich innerlich triumphieren ließ. Allerdings machte mich sein Anblick selbst total heiß.

»Du kennst mich schon ganz gut, Babe. Erzähl mir noch mehr.« Er lehnte sich auf seine Unterarme zurück, damit ich mich weiter über ihn beugen konnte. Breitbeinig setzte ich mich auf seinen Schoß. Er sah mit dunklem, leidenschaftlichem Blick zu mir auf.

»Wenn ich dich küsse, dann wünschst du dir, ich wäre nackt.« Meine Zunge fuhr in seinen Mund und spielte mit seiner. Es kribbelte tief in mir, und wenn ich noch nur noch einen Schritt weiterging, gab es auch für mich kein Zurück mehr. Deutlich spürte ich, wie hart er war. Ich begann mich an ihm zu reiben und biss mir auf die Lippen, um nicht selbst zu stöhnen. Ein lustvolles und tiefes Zischen drang aus seiner Kehle. Er schloss dabei die Augen und presste seinen Schwanz noch fester gegen mich.

»Jetzt bist du so scharf, dass du mir am liebsten die Kleider vom Leib reißen und dich tief und fest in mir versenken würdest. Stimmt's?«

»Korrekt, Babe. Das und noch ein paar andere Dinge mehr.«

Damit hatte ich ihn endlich so weit. Es kostete mich sämtliche Überwindungskraft, jetzt aufzuhören und mich nicht den Gefühlen, die mich zu überwältigen drohten, hinzugeben.

»Sorry, es tut mir schrecklich leid für dich, aber leider bist du nicht mein Typ«, säuselte ich so charmant wie möglich.

»Was?« Sein verwirrter Blick war zum Schreien. Ich stand auf, nahm meine Zeichenutensilien und überließ ihn einfach seinem Schicksal.

»Ey ...! Verdammte Scheiße! Was soll das? ... Miststück!«

***

Nach einer kalten Dusche schlief ich endlich ein und wachte erst wieder auf, als die am Himmel stehende Sonne mir ins Gesicht schien. Sofort war die Erinnerung an Holly wieder da. Ich schlug das Laken von meinem Körper, ging ins Badezimmer und vertrieb die Müdigkeit mit kaltem Wasser. In der Küche fand ich einen schlechtgelaunten Parker zusammen mit Mike am Tisch vor.

»Morgen«, grüßte ich die beiden kurz, nahm die Kanne mit dem Kaffee und schenkte mir eine Tasse bis zum Rand gefüllt ein. »Gibt es Neuigkeiten?«

»Guten Morgen. Nein, nichts«, antwortete Mike und bot mir ein Körbchen mit Bagels an. Ich nahm einen heraus und biss zaghaft hinein. Parker hatte wohl beschlossen, mich mal wieder zu ignorieren, nachdem ich ihn letzte Nacht hängengelassen hatte. Ich unterdrückte ein Grinsen und kaute zufrieden auf dem Stück Bagel in meinem Mund herum. Dabei registrierte ich den süßen Milchbart auf seiner Oberlippe und das Milchglas, das er schon halb ausgetrunken hatte. Hochkonzentriert tippte er eine Nachricht in sein Handy.

Mike war nicht dumm; natürlich bemerkte er sofort die greifbare Spannung zwischen Parker und mir. »Hast du wenigstens gut geschlafen?«

»Ja, ganz wunderbar«, log ich und schenkte ihm ein Lächeln. Chris schien uns gar nicht zuzuhören, oder er tat zumindest so. »Wann fährst du?«

»Erst heute Nachmittag. Wir könnten bis dahin ...« Weiter kam Mike nicht, denn unsere Aufmerksamkeit wurde auf einen sich nähernden Wagen gelenkt, der über den Kies fuhr und vor dem Haus zum Stehen kam. Sofort war Parker auf den Beinen und zog seine Waffe. Eilig lief er durchs Wohnzimmer und schob ganz leicht den Vorhang beiseite. Nur drei Sekunden später steckte er sein Baby wieder in das Halfter zurück.

»Woher wissen sie, wo wir sind? Verdammt, Mike!«

Interessiert ging Mike zum Fenster und spähte hinaus. »Sorry, Mann, es ging nicht anders. Sie hätte mir sonst den Schlüssel für das Haus nicht gegeben.« Sie liefen in den Flur.

»Was ist denn los?« Neugierig kam ich ihnen hinterher.

Ich betrat die Veranda und blieb überrascht stehen. Freudestrahlend kamen mir Pat und Anne entgegen. »Du hast doch nicht etwa erwartet, dass du das Mädchen auch vor mir verstecken kannst, nach allem, was sie durchgemacht hat?«, warf Pat ihrem Sohn vor, tätschelte ihn leicht am Arm und zog mich an sich. »Hallo Liebes, es tut mir so leid. Wir waren alle voller Sorge. Geht es dir gut?«

Mikes Mum löste sich ein wenig von mir und betrachtete mich. »Du bist ein wenig blass um die Nase.«

»Hallo Pat. Danke, mir geht es gut.«

»Davon wollte ich mich selbst überzeugen. Ich hoffe, die beiden Kerle sind anständig?« Sie warf Mike und Parker einen warnenden Blick zu.

Ich schmunzelte. »Ja, das sind sie.«

Parker fuhr sich nachdenklich durchs Haar und Mike schien es ein wenig peinlich zu sein, dass seine Mutter ihm keinen Anstand zutraute.

»Das will ich aber auch hoffen.« Sie wandte sich an Parker. »Jetzt mach doch nicht so ein langes Gesicht, junger Mann.

Heute Nachmittag sind wir wieder fort.« Wie es Großmütter früher getan hatten, kniff sie leicht in seine Wange. Beinahe hätte ich laut geprustet, denn es sah so lustig aus. Pat hatte Chris damit vollkommen überrumpelt. »Könnt ihr die Vorräte aus dem Auto schaffen? Ich habe drei tiefgefrorene Truthähne, die schleunigst wieder in die Truhe sollten.« Die beiden liefen die Stufen hinunter, und schon wurde ich von Anne in die Arme genommen.

»Hallo, Joy.« Sie umarmte mich und küsste mich rechts und links auf die Wange. »Wir haben uns große Sorgen gemacht. Ist wirklich alles okay bei dir?« Ich mochte Mikes jüngste Schwester. Sie war eine liebenswerte und natürliche Person, und vielleicht hätten wir in einem normalem Leben Freundinnen werden können.

»Es geht mir soweit ganz gut, aber warum seid ihr hier? Mike hat erzählt, euer Vater feiert ein großes Fest. Deshalb wollte er doch heute Nachmittag nach Hause fahren.«

»Ja, das stimmt, aber Mum wollte sich selbst davon überzeugen, dass bei dir alles in Ordnung ist, und hat es zu Hause nicht länger ausgehalten.« Wir schlenderten ins Haus.

»Es geht mir wirklich gut, aber lieb von euch, dass ihr euch so viele Gedanken macht.« Wir setzten uns an den Esstisch, während Mike, Parker und auch Pat einige weitere Tüten und Kartons hereinschleppten.

»Sag mal, Mum, willst du eine ganze Kompanie versorgen? Was zum Teufel hast du da alles eingepackt?«, maulte Mike und stellte die Sachen auf dem Tisch ab.

»Joy und Parker können sich in den folgenden Tagen doch nicht aus der Dose ernähren. Das sind nur ein paar Kleinigkeiten. Außerdem werden sie ja nicht alles aufbrauchen. Ich dachte, ein paar Vorräte mehr können nicht schaden. Wer weiß, wann dein Vater oder du wieder einen Angelausflug macht.«

Mike verließ kopfschüttelnd die Küche und half Parker dabei, Unmengen an Wasserflaschen hereinzutragen. Pat machte sich daran, die Lebensmittel auszupacken. Anne und ich halfen ihr dabei. Außer frischem Gemüse und haltbarer Milch, was Parker sicher freute, hatte sie Tee, Kaffee, Zucker, Nudeln, Mehl, Öl, Essig und eine Menge Gewürze mitgebracht – von all den anderen Sachen, die ich noch nicht ausgepackt hatte, ganz zu schweigen.

»Wir werden heute Nachmittag zusammen mit Mike wieder abfahren, so habt ihr einen Wagen da und seid mobil. Das ist doch eine gute Idee, oder, Chris?« Erwartungsvoll schaute Pat ihn an und hoffte, von ihm eine emotionale Regung zu erfahren. Bisher hatte er keinen Ton gesagt und nur für Anne ein winziges Lächeln übrig gehabt.

»Danke, das ist sehr aufmerksam von euch. Wo soll ich das Wasser abstellen?«

»Auch in den Vorratsraum bitte, aber auf die linke Seite. Danke.« Parker machte sich an die Arbeit. Pats Wagen war wirklich total überladen gewesen.

»So, nachdem wir nun die Lebensmittel verstaut haben, schlage ich vor, ich koche uns ein richtig leckeres Mittagessen. Anne und du könnt euch in die Sonne legen.« Pat lächelte mir aufmunternd zu.

»Oh ja, komm, Joy. Wir legen uns in den Garten.«

Kapitel 8

Anne und ich lagen auf einer Decke in der Sonne. Pat hatte ihren Sohn und Parker dazu verdonnert, ihr in der Küche zu helfen, was die beiden mürrisch und äußerst widerwillig taten. Natürlich hatte sie vor, die zwei in die Mangel zu nehmen und Chris über die Umstände auszufragen. Wobei ich mir nicht vorstellen konnte, dass Parker ihr Antworten geben würde, mit denen sie sich zufriedengab. Pat war wirklich sehr lieb. Sie hoffte, dass Anne und ich dicke Freundinnen werden würden, doch ich wusste, dass ich der Familie Miller schon bald Auf Wiedersehen sagen musste.

»Mum hat mir von eurer Vereinbarung erzählt, nachdem ich meine Aussage gemacht habe. Du brauchst keine Angst zu haben; euer Geheimnis ist bei mir gut aufgehoben.«

Sie war schon der Typ, dem ich vertrauen konnte, aber ich hatte ein ungutes Gefühl, sie da hineinzuziehen. Am Ende konnte das böse für sie ausgehen. Es war wie ein zweischneidiges Schwert: Einerseits wünschte ich mir eine Freundin, der ich immer alles erzählen konnte, und andererseits wusste ich, dass ich sie damit in Gefahr brachte. Es war schon schwer genug, Mike von diesem Wahnsinn abzuhalten.

»Ich hatte Angst um dich, Joy. Ich bin so froh, dass dir nichts passiert ist.«

Der Kloß in meinem Hals war riesig und ich wusste nicht, ob ich mich ihr anvertrauen oder lieber meine Klappe halten sollte. Anne schien genau dafür ein Gespür zu haben. Sie sah mir an, dass es mir nicht wirklich gut ging. Mitfühlend schaute sie mich an, während ich den Blick gesenkt hielt und krampfhaft nicht zu weinen versuchte. Ohne ein weiteres Wort nahm sie mich in den Arm.

»Wenn ich dir nur irgendwie helfen könnte, Joy. Das alles tut mir unendlich leid für dich.«

Die Art, wie sie mich hielt, und ihre ruhige Stimme waren wie Balsam für meine Seele. Im Grunde war sie eine Fremde für mich, und doch hatte ich das Gefühl, sie schon ewig zu kennen. Anne war so einfühlsam, dass sie mich nicht drängte, ihr all die schrecklichen Dinge zu erzählen. Sie war einfach nur für mich da – jetzt, in diesem Augenblick.

Ich löste mich etwas von ihr. Ich war so ergriffen, dass ich die Worte nur flüsternd hervorbrachte. »Ich heiße Mia.« Sie verdiente es, meinen richtigen Namen zu kennen.

»Mia. Ein sehr schöner Name. Es freut mich sehr.« Sie strahlte mich an und schien damit unsere Freundschaft besiegelt zu haben.

Ich zupfte einen Grashalm ab und zwirbelte ihn zwischen meinen Fingern.

»Möchtest du darüber reden?«

Ich schüttelte langsam den Kopf. »Nein. Es ist, wie es ist, Anne. Ich muss irgendwie damit leben, egal, wie es am Ende ausgehen wird. Das Einzige, worüber ich mir wirklich große Sorgen mache, ist Holly ... also Cathrin. Sie hatte gestern einen Herzstillstand.«

Anne wurde bleich und presste die Hand auf ihren Mund. »Oh Gott! Das wusste ich nicht.«

»Ist schon okay. Damit hat niemand gerechnet. Das Schlimmste für mich ist, dass ich nicht bei ihr sein kann. Jetzt hoffe ich, dass sie schnell wieder gesund wird, aber bis es so weit ist, muss ich noch ausharren und hoffen.«

Sie nickte verständnisvoll. »Als Mum mir alles erzählt hat, konnte ich nicht aufhören, über deine Geschichte nachzudenken. Das alles ist so unglaublich, so surreal. Man könnte fast glauben, dass du die Hauptrolle in einem Hollywood-Actionfilm spielst.«

Ich grinste bei ihrem Vergleich. »Ja, allerdings.«

»Und was ist mit dem FBI-Agent?« Sie nickte Richtung Haus. »Stimmt es, dass du etwas mit ihm hast?« Kaum hatte sie die Worte ausgesprochen, wich sie erschrocken zurück. »Oh, verzeih mir diese indiskrete Frage.«

Ich verkniff mir ein Grinsen. »Schon gut. Es ist ja kein Geheimnis mehr. Also, wir hatten etwas, ja, aber seit dem *Bar-B-Que* ist es vorbei.«

»Aber du bist immer noch über beide Ohren in ihn verliebt«, stellte sie fest.

Es ärgerte mich insgeheim, dass man mir das ansah. »Ist das so offensichtlich?«

Sie nickte und lächelte. »Ein Blinder kann das sehen, Süße.«

»Dann machst du dir jetzt bestimmt Sorgen um deinen Bruder, oder?«

Seufzend lehnte sie sich zurück und dachte einen Moment nach. »Sorgen mache ich mir nicht, aber es ist schade. Ich hätte dich gern an seiner Seite gesehen. Er ist erwachsen und wird hoffentlich irgendwann schon noch die Richtige finden. Hast du ihm denn gesagt, dass aus euch nichts wird?«

»Ja, wir haben darüber gesprochen. Er will mein Freund sein und ich bin ihm sehr dankbar dafür.«

Erstaunt setzte sie sich auf. »Ehrlich?« Sie überlegte. »Dann muss es ihn aber sehr erwischt haben, wenn er trotzdem das alles für dich tut.«

»Du kannst mir glauben, ich war mehr als überrascht, ihn vereint mit Parker als neues Dreamteam zu sehen. Er hat sich für mich nicht nur strafbar gemacht, sondern bringt sich dadurch auch in Gefahr.«

»Mike ist erwachsen, Joy. Wenn er sich etwas in den Kopf gesetzt hat, kannst du ihn nicht davon abbringen. Mum weiß das und unterstützt ihn auch nur deshalb, weil sie glaubt, etwas mehr Kontrolle über ihn zu haben. Mal abgesehen davon, dass sie dich sehr mag.«

»Ernsthaft?«

Sie lachte. »Ja. Mike und Mum sind sich sehr ähnlich. Beide haben ein ausgeprägtes Helfersyndrom und setzen sich immer für eine Sache zu hundert Prozent ein. Manchmal bringt sie das in die Bredouille und sie werden enttäuscht.«

»Ich wollte das nicht, Anne. Wenn ihm etwas zustoßen würde, könnte ich mir das nicht verzeihen.«

»Hey, rede dir bloß kein schlechtes Gewissen ein. Mike ist ein großer Junge, er wird schon klarkommen. Außerdem sind seine Probleme im Vergleich zu deinen ein Klacks.«

Doch das bedrückende Gefühl schlich sich immer weiter in mein Herz. Welcher Mann würde nach all den Lügen und Heimlichkeiten für mich in die Bresche springen?

»Und was ist jetzt zwischen dir und dem Polizisten? Ich muss ja zugeben, dass er ziemlich heiß ist.«

Ich zuckte ratlos mit den Schultern. »Nichts. Er beschützt mich, bis alles geklärt ist, dann werden sich unsere Wege endgültig trennen. Holly und ich werden fortgehen und irgendwo neu anfangen.«

Anne dachte eine Weile darüber nach. »Das ist echt Wahnsinn! Du steigst aus deinem alten Leben aus und beginnst bei null, aber in deinem Kopf sind nach wie vor all diese Erinnerungen, deine Wurzeln und deine Vergangenheit. Ich weiß nicht, ob ich das könnte.«

»Habe ich denn eine andere Wahl? Mir wäre es auch lieber, wenn ich genau dort weitermachen könnte, wo ich aufgehört habe, aber nach allem, was ich über diese Verbrecher weiß, werden sie mir weiterhin das Leben zur Hölle machen, wenn ich nicht untertauche.«

Sie nickte. »Ja. Noch dazu hast du die Schwierigkeit mit deiner Schwester. Durch ihre Krankheit werdet ihr immer leicht auffindbar sein.«

Anne sprach genau meine Befürchtungen aus. Dennoch hoffte ich, dass ich einen Weg finden würde, nicht permanent mit der Angst im Nacken leben zu müssen.

***

Mikes Mum war wirklich eine Frohnatur. Überall versprühte sie ihre mütterliche Liebe und ihren Charme. Selbst Parker ließ sich von ihr anstecken und seine morgendliche schlechte Laune war beim Essen verflogen. In aller Stille beneidete ich Anne und Mike. Pat war eine liebevolle Mutter, die ab und an streng zu ihren Kindern war, sie aber bedingungslos liebte. Sie wusste, dass Mike einen Fehler beging, aber sie hätte, moralisch gesehen, genauso gehandelt, und zwar ohne mit der Wimper zu zucken. Vielleicht lag das daran, weil sie wusste, dass sie Mike diese Eigenschaft vererbt hatte. Wenn ich darüber nachdachte, welche Position sie in Virginia hatte, wunderte es mich nicht, dass die Leute sie dort als eine Art Häuptling ansahen. Im Stillen sehnte ich mich nach einer Mum, die genauso stark, liebevoll und erfrischend war wie sie.

Nervös kaute ich auf meinem Daumennagel, als Pat nach dem Mittagessen Aufbruchsstimmung verbreitete. Ständig ermunterte sie mich, ohne Rücksicht an ihre Vorräte zu gehen. Nur von den Truthähnen sollte ich die Finger lassen. Ich schmunzelte, weil sie allen Ernstes glaubte, ich würde für Parker, Mike und mich den ganzen Tag in der Küche stehen, um den Herren ein Festmahl zuzubereiten. Da hatte ich doch ganz andere Sorgen.

»Wir fahren in zehn Minuten, Kinder. Nicht, dass euer Vater noch glaubt, ich wäre mit einem anderen durchgebrannt und hätte ihn verlassen.«

»Mum«, rief Anne und verdrehte die Augen. Pat lachte.

»Was hast du Dad eigentlich für eine Geschichte aufgetischt?«, wollte Mike wissen und stellte seine Reisetasche neben dem Sofa ab.

»Merke dir eines, mein Sohn: Ich tische niemals Geschichten auf. In ein paar Wochen ist Thanksgiving. Hast du etwa vergessen, dass wir hier ein großes verlängertes Familienwochenende feiern wollen? Dafür brauchen wir jede Menge Vorräte, und ich bin froh, dass die gefrorenen Vögel jetzt schon mal hier sind. Wenn ich nur an deinen Onkel Henry denke, der ist im Stande, ein Federvieh allein zu verdrücken.«

Wir begleiteten sie hinaus. Draußen warf Mike Parker die Autoschlüssel des Wagens zu, der in der Garage parkte. Mit einer Hand fing Chris sie und nickte ihm dankend zu. Doch es lag noch etwas anderes in dem Blick, etwas Feindseliges und Bestechendes. Bevor ich die beiden weiter beobachten konnte, verwickelte Pat Chris in ein Gespräch und Anne verabschiedete sich von mir. Es fiel mir schwer, ihr Auf Wiedersehen zu sagen. Es war ein Abschied auf unbestimmte Zeit oder vielleicht für immer. Sie spürte meinen Kummer und kämpfte mit den Tränen. Wir umarmten uns. »Ich wünsche dir von Herzen, dass irgendwann alles wieder gut wird und dass wir uns wiedersehen«, flüsterte sie mir ins Ohr.

»Das wünsche ich mir auch.« Wir lösten uns und ich zwang mich zu einem Lächeln.

Als Nächstes trat Pat auf mich zu. Mein Kloß im Hals war mittlerweile so weit angeschwollen, dass ich kaum noch eine Stimme hatte.

»Du darfst niemals deine Hoffnung verlieren, versprich es mir, Kind.«

»Ich werde es versuchen.« Sie warf einen Blick zu Parker, der abseits vom Auto stand und sich mit Mike unterhielt. »Ich mache ihm die Hölle heiß, falls etwas schiefgehen sollte, das habe ich ihm schon versprochen.« Sie lachte keck und zog mich dann in ihre Arme. »Vielleicht kannst du nächstes Thanksgiving zusammen mit deiner Schwester bei uns verbringen. Ihr seid jederzeit bei uns willkommen.«

»Das wäre wirklich sehr schön. Vielen Dank, Pat.« Sie drückte mich einmal fest an sich. Auch ihr fiel der Abschied alles andere als leicht. Sie stieg zu Anne ins Auto und ich wandte mich zu Mike.

»Mach keinen Unsinn, während ich fort bin«, grinste er.

»Werde ich nicht.«

»Und halte dir den Cowboy vom Leib.« Ich lachte und umarmte ihn herzlich.

»Am liebsten würde ich dich mitnehmen«, flüsterte er mir leise ins Ohr.

»Du hast schon mehr als genug für mich getan, und dafür bin ich dir sehr dankbar.«

Ich spürte plötzlich seinen Mund in meiner Halsbeuge und wie er tief einatmete. Oh Mann! Wieso machte er es sich selbst so schwer? Ich beendete den Abschied, indem ich mich von ihm löste und einen Schritt rückwärts lief.

»Bis bald.« Er lächelte mich noch einmal an, stieg ein, startete den Motor und setzte ein Stück zurück, um mit einem Hupen aus der Einfahrt zu fahren. Ich sah ihnen nach, bis ich Parker plötzlich neben mir bemerkte. »Traurig?«

Ich warf ihm einen vernichtenden Blick zu. »Manchmal kannst du echt ein Arschloch sein, weißt du das?«

Sein typisches schiefes Grinsen umspielte seine Lippen. »Das kann sein, ja. Das war jetzt das zweite Mal in kurzer Zeit, dass ich euch in enger Vertrautheit gesehen habe. Wenn ich das mit der Sache von gestern kombiniere, dann muss ich mich doch fragen, was du eigentlich für ein Spiel spielst.«

Ich schnaubte verächtlich und schüttelte den Kopf. »Eifersüchtig?« Noch bevor er etwas erwidern konnte, machte ich auf dem Absatz kehrt und lief zum Haus. Genau in dem Augenblick, als ich die Haustür öffnen wollte, klingelte sein Handy und mir sackte das Herz in die Hose.

***

Sofort war mein Ärger vergessen. Ich blieb wie angewurzelt stehen, hielt inne und drehte mich zu ihm um. Unsere Blicke trafen sich. Deutlich sah ich, wie er die Zähne zusammenbiss und genauso angespannt zu sein schien wie ich. Er hob das Telefon ans Ohr und gab nur ein grimmiges »Ja?« von sich. Es vergingen Sekunden, in denen ich im Stillen betete, bis Parker mich erlöste und mir mit einer Handbewegung ein Zeichen gab, dass alles in Ordnung war.

»Und wer hat Oilily und die anderen Mistkerle gesehen? ... Okay. ... Und was ist mit der Kleinen? ... Ja, dann hoffen wir weiter. Danke, Süße.« Er legte auf und starrte nachdenklich auf sein Handy.

»Was ist passiert?« Ich lief ihm entgegen.

»Ganz ruhig, bei Holly gibt es nichts Neues. Sie liegt immer noch im Koma.«

Eigentlich war das kein Grund, erleichtert zu sein, aber immerhin hatte sich ihr Gesundheitszustand nicht verschlechtert, also konnte man das auch als eine gute Nachricht deuten. Aber was machte Chris so grüblerisch? »Und was ist sonst noch?«, fragte ich vorsichtig.

»Ich schätze mal, dein Vater demonstriert gerade seine Macht in Dallas.«

»Wie meinst du das?«

»Nicht hier draußen, lass uns reingehen.« Schweigend liefen wir ins Haus. Parker nahm sich ein Bier aus dem Kühlschrank und setzte sich aufs Sofa. Ich zog es vor, zu stehen, und wartete gespannt auf seine Erklärung.

»Also, vor ein paar Stunden wurden Oilily und ein paar andere in Dallas gesichtet. Ich denke, Suárez' Leute waren zu auffällig. Um ihnen klarzumachen, wer auf amerikanischem Boden das Sagen hat, hat dein Vater seine Leute hinbeordert.«

»Aber ... mein Vater ist doch ... ein Gefangener des FBIs? Wie soll er das anstellen?«

Parker lachte. »Glaub mir, er hat Mittel und Wege, und damit wären wir wieder bei unserem Judas.«

So langsam begann ich zu begreifen. Der Verräter beim FBI teilt der *grauen Eminenz* nicht nur Informationen mit, sondern führte auch direkte Befehle aus. Fassungslos setzte ich mich in den Ohrensessel. Das würde bedeuten, dass dieser Jemand auch Möglichkeiten hatte, sich in der Nähe von Holly aufzuhalten ... Aber halt! Da war ein Denkfehler, denn mein Vater würde niemals zulassen, Holly in solch eine Gefahr zu bringen. Im Umkehrschluss würde das also bedeuten, dass dieser Oilily und seine Konsorten sie beschützten. Ha! Welch Ironie!

»Mit der Präsenz von Oilily und den anderen Pennern zeigen sie, dass sie die Suárez-Leute im Visier haben. Sobald das mexikanische Kartell auf amerikanischem Boden irgendeine Regel bricht, werden sie ein kleines Blutbad anrichten. Sozusagen, um Herrschaft und Macht zu demonstrieren. Verstehst du, was ich meine?« Ich nickte. »Das sind dann diese Nachrichten, in denen die Medien von wilden Schießereien und rivalisierenden Banden berichten.«

Ich erinnerte mich an einige Meldungen der Presse, hatte aber nie großes Interesse daran gehabt. Das war mir immer alles so weit weg erschienen. Wer rechnete schon damit, Tochter des größten und gefährlichsten Verbrechers zu sein? »Das alles ist megakompliziert und jagt mir irgendwie Angst ein«, sprach ich meine Gedanken laut aus.

»Du bist hier sicher, Joy. Nur Dallas wäre im Augenblick ein zu heißes Pflaster für dich. Wir werden hier einfach abwarten, wie sich das alles weiter entwickelt.« Er stand vom Sofa auf. »Kommst du eine Stunde alleine hier klar?« Erstaunt über seinen abrupten Themawechsel, schaute ich auf. »Ich will joggen gehen und mir die Gegend näher ansehen.«

»Klar, kein Problem«, gab ich lässig zurück und sah ihm nach, wie er hinaus in den Flur und die Stufen hinaufging. Es dauerte keine zwei Minuten, da verließ er auch schon das Haus und ließ mich allein. Ich saß immer noch im Ohrensessel und kämpfte gegen den Drang an, einfach zu verschwinden. Obwohl Parker mich eines Besseren belehrt hatte, war es mein innigster Wunsch, nach Dallas zu gehen. Wenn ich länger über alles nachdachte, kam ich zu der Erkenntnis, dass ich keine andere Wahl hatte, als vorerst bei Parker zu bleiben. Im Grunde fiel mir das nicht schwer, denn ich liebte es, mit ihm Zeit zu verbringen – auch wenn er mir oft genug auf die Nerven ging. Gelangweilt wanderte mein Blick zum Esstisch, auf dem noch immer der Laptop und alle möglichen technischen Geräte verstreut lagen. Pat hatte sich noch darüber geärgert, weil die Jungs ihre Spielsachen nach dem Mittagessen wieder dort platziert hatten und ihre mitgebrachte Tischdeko dadurch nicht gut zur Geltung kam.

Wie vom Blitz getroffen, schoss mir ein Gedanke durch den Kopf. Ich rannte hinauf in mein Zimmer und durchsuchte meine Hose nach dem Chip, den ich in Mr. Floppy gefunden hatte. Den hatte ich total vergessen!

Mit dem winzigen Ding in der Hand rannte ich wieder in die Küche und schaltete den Computer ein. Während er hochfuhr, suchte ich nach einem geeigneten Schlitz für den Mikro-Chip. Ich war richtig aufgeregt, als der Rechner leise zu brummen begann, aber zu meiner Enttäuschung fand ich keine Vorrichtung, in die ich den Chip hineinstecken konnte. Ich schaute ihn mir genauer an. Er war für die vielen Einschnitte am Laptop viel zu klein. Vielleicht musste das Ding erst in ein anderes Teil gesteckt werden. Mist! Ich kannte mich leider in solchen Sachen gar nicht aus. Meine ehemaligen Freundinnen waren in sowas wahre Meisterinnen gewesen.

Der Laptop gab einen Ton von sich und verlangte ein Passwort. Damit war mein Versuch, herauszufinden, was der Chip enthielt, gescheitert.

»Was machst du denn da?« Erschrocken fuhr ich herum. Parker stand unmittelbar hinter mir. Seine Stirn glänzte vom Schweiß und auch sein T-Shirt wies dunkle Flecken auf. Ich hatte überhaupt nicht mitbekommen, wie er zurückgekommen war. Verdammte Scheiße! Ich muss so in die Suche vertieft gewesen sein, dass ich die Zeit vollkommen vergessen hatte.

Natürlich lag sein Blick auf meiner Hand, in der ich den Chip zu verstecken versuchte. Zwischen seinen Augenbrauen bildeten sich Falten und seine Pupillen begannen zu funkeln.

Kapitel 9

»Was versteckst du da? Willst du mir das nicht geben?« Er nickte zu meiner Hand, während mir heiß und kalt wurde und ich auch noch zu stottern begann. »Äh ... wolltest du nicht joggen gehen?«

»Das war ich«, meinte er völlig ruhig, »aber dann ist mir eingefallen, dass ich dich doch lieber nicht alleinlassen sollte, und ich folgte meinem Instinkt. Wie es aussieht, hatte ich den richtigen Riecher.«

Ich verdrehte genervt die Augen. Elender Klugscheißer! Er streckte verlangend seine Hand aus und wartete darauf, dass ich ihm mein Geheimnis übergab. Ohne seine Hilfe würde ich sowieso nie erfahren, was sich auf diesem blöden Ding befand. Dennoch zögerte ich.

»Komm schon, Joy, wir wissen beide, dass ich es mir holen werde, wenn du es mir nicht freiwillig gibst.«

Wenn er mich doch nur nicht immer so reizen würde. Damit rief er jedes Mal meinen Kämpferinstinkt auf den Plan, und ich konnte nicht anders, als die Herausforderung anzunehmen. Innerhalb von Millisekunden checkte ich meine Chancen ab.

»Denk nicht mal dran!«, warnte er mich, als könnte er meine Gedanken lesen. »Du hast keine Chance.«

Ein diabolisches Grinsen breitete sich auf meinen Lippen aus. »Dann musst du es dir eben holen, Special Agent Parker.«

Für einen winzigen Augenblick schien Chris überrascht zu sein, und genau diesen Moment nutzte ich, um ihm zu entkommen. Ich rannte um den Tisch, dabei kicherte ich wie ein Schulmädchen und genoss die Aufregung, die durch meinen Körper kribbelte. Kaum hatte ich den Flur erreicht, schoss ich die Treppe hinauf. Laut polterten Parkers Schritte hinter mir.

Um ein Haar hätte er mich erwischt, doch er stolperte mal wieder über seine ungebundenen Schnürsenkel. Dadurch konnte ich mir einen Vorsprung verschaffen.

»Du bist sowas von fällig, Borstenpinsel. Na warte!« Es rumpelte auf den Stufen, doch ich war schon fast oben angekommen. Schnell hatte er mich eingeholt. Ich spürte seinen Atem in meinem Nacken und quietschte vergnügt. Plötzlich packte er mich von hinten, so dass wir taumelten und hart auf den Boden fielen. Ich wehrte mich, befreite mich aus seinem Klammergriff und schaffte es irgendwie, auf allen Vieren ins Badezimmer zu krabbeln. Es war so lustig und anstrengend, dass ich außer Atem war. Auch wenn ich kaum mehr Puste hatte, war ich doch erstaunt, wie gut ich mich gegen ihn durchsetzen konnte.

Schneller, als ich vermutet hatte, war Parker bereits wieder auf den Beinen. »Du bist des Todes, Pinselchen«, donnerte er hinter mir, was mich erneut lachend aufkreischen ließ. Ehe ich mich versah, nahm er mich spielend leicht hoch und warf mich über seine Schulter. Er stieg mit mir in die Duschkabine und grinste hinterlistig.

»Das wagst du nicht!«, schrie ich voller Überraschung. Er stellte mich mitsamt meinen Klamotten direkt unter der Brause ab. Sogar mit Annes Schuhen!

»Da kennst du mich schlecht.« Nach Atem ringend, belauerten wir uns. Dabei bemerkte ich, dass ich nur einen Schritt zurückgehen musste, um aus dem Duschstrahl zu treten. Ich ging einen Schritt rückwärts und spürte den Regler im Rücken. Ich freute mich schon jetzt auf sein Gesicht.

Bevor er irgendwie reagieren konnte, schaltete ich das Wasser ein und brach in schallendes Gelächter aus. Parkers Gesicht war göttlich und ich bekam mich gar nicht mehr ein vor Lachen. Er stand direkt unterm Wasserstrahl, schloss die Augen, während er pudelnass wurde. Damit hatte er wohl nicht gerechnet. Das Wasser rauschte von seinem Kopf und Körper herunter und durchnässte seine Kleidung. Mich trafen nur ein paar Spritzer. Ich prustete los, weil sein Anblick einfach zum Wegschmeißen war.

»Ach, du findest das wohl witzig!«

»Ja, sehr«, bestätigte ich und nickte eifrig.

Ohne jede Vorwarnung riss er mich an sich, so dass wir beide nass wurden. Kreischend versuchte ich mich von ihm zu befreien, doch diesmal hielt er mich so fest, dass ich wirklich keine Chance hatte.

»Na, wie findest du das?«

Das Wasser war eisig.

»Ist ja gut, du hast gewonnen! Jetzt schalte das Wasser etwas wärmer, okay?«

»Ah, ... auch noch eine Warmduscherin!«

»Okay, okay. Ich bin alles, was du willst, aber bitte mach es wärmer, Parker«, bibberte ich vor Kälte. Zufrieden mit meiner Kapitulation stellte er den Regler auf lauwarm. Seine Körperwärme war sehr angenehm und ich war froh, dass er seine Arme fest um mich geschlungen hielt. Allerdings hatte dieses angenehme Gefühl noch einen anderen Grund.

Wir strahlten uns an. Schon lange hatte ich nicht mehr solchen Spaß gehabt. Auch er schien sich köstlich amüsiert zu haben. Seine Augen leuchteten, als er auf mich hinunterblickte. Etwas Warmes flackerte darin, das mich tief berührte. Es war, als wäre er die Lösung für all meine Probleme. Nichts war in diesem Augenblick wichtig, nur er und ich. Chris und ich waren wie Magnete, die sich automatisch anzogen, wie eine unsichtbare Kette, die nichts auseinanderreißen konnte. Es war einer jener Momente, in denen man das Knistern zwischen uns fast spüren konnte. Er strich eine nasse Haarsträhne aus meinem Gesicht.

»Mutig bist du ja, das muss ich dir lassen.« Seine Hand blieb auf meiner Schulter liegen.

»Ich habe keine Angst vor dir, falls du das glauben solltest.«

Sein Ausdruck wurde sanft. »Das brauchst du auch nicht, Pinselchen.« Mit einem Finger fuhr er sanft über meine Unterlippe. Sein Blick verharrte dort. »Ich wünsche mir nur, dass du mir vertraust.«

Er meinte es ernst. Mit solchen Worten verstärkte er das Gefühl in mir, ihm absolut verfallen zu sein. Ich vergaß, dass ich mit völlig durchnässten Klamotten unter einer Dusche stand. Nicht einmal das Wasser hörte ich mehr rauschen. Sein Daumen strich behutsam über meine Lippe, bevor er sich zu mir herunterbeugte. Er hielt inne. »Was tust du mit mir?«

Sachte neigte er sich zu mir und küsste mich zärtlich. Meine Gedanken wirbelten ohne Kontrolle umher, und diesmal hatte es nichts mit sexueller Gier oder körperlicher Befriedigung zu tun. Es lag mehr in diesem leidenschaftlichen Kuss – so viel mehr. Er spürte es genauso wie ich. Überrascht von den Gefühlen, starrten wir uns an, als er den Kuss beendete. Alles schien so klar und richtig.

Parker tauchte als Erster aus unserer Blase auf und schaltete das Wasser aus. Einen kurzen Moment glaubte ich, es wäre ihm unangenehm, dass ich seine liebevolle Seite gesehen hatte. Ich gestattete mir ein winziges Schmunzeln.

»So, willst du mir jetzt von deinem Geheimnis erzählen?«

Zuerst hatte ich keinen Schimmer, wovon er überhaupt redete, doch dann fiel mir der Chip wieder ein, den ich krampfhaft in meiner Hand hielt. Ich öffnete die Faust und streckte sie ihm entgegen.

Sofort war der Agent in ihm wieder da. Er runzelte die Stirn und nahm mir das kleine Plättchen ab. »Was ist da drauf und wo hast du das her? Zum Glück ist der Chip wasserdicht.«

Ich berichtete ihm ausführlich, wie ich den Mikro-Chip gefunden hatte. Als ich Hollys Schlaflied erwähnte, machte er große Augen. »Ist das dein Ernst?«

»Was glaubst du, wie komisch ich geschaut habe. Als du joggen gegangen bist, ist mir eingefallen, dass ich ihn noch in meiner Jeans hatte. Leider kenne ich mich mit dem ganzen Computer-Gedöns nicht aus.«

»Und warum hast du mir nicht gleich davon erzählt?«

»Warum, warum! Weil ich es vergessen habe. Es war so viel los in den letzten Tagen.«

Er nickte. »Na gut, dann komm, lass es uns herausfinden.« Er stieg aus der Dusche und warf mir ein Handtuch zu.

***

Trockengelegt und mit noch nassen Haaren betrat ich das Wohnzimmer. Parker hatte es nicht für nötig gehalten, seinen Oberkörper zu bedecken. Er trug lediglich eine trockene Jeans, wohlgemerkt mit offenem Reißverschluss und Hosenknopf. Eifrig tippte er auf der Tastatur. »Komm her, Joy. Ich zeige dir, wie man die Inhalte des Chips aufrufen kann.«

Ich folgte seiner Aufforderung. Er erzählte mir irgendwas von einem Adapter und steckte diesen zusammen mit dem Plättchen an den Laptop. »Siehst du, ist gar nicht so schwer, oder?« Wenn er nicht so verdammt heiß aussehen würde, hätte ich mir bestimmt merken können, wie genau das alles funktionierte, aber leider wanderte mein Blick immer wieder zu seinem Sixpack. Oh Mann! Ich rief mich zur Ordnung und konzentrierte mich auf den Bildschirm. Wir setzten uns und Parker machte sich flink daran, die Ordner zu öffnen.

»Ich werd verrückt!«, entfuhr es ihm, während ich nur Bahnhof verstand.

»Was ist?«

»Das sind interne Dateien der *grauen Eminenz*. Sämtliche Listen mit vertraulichen Daten über illegale Transaktionen, Geschäfte und sogar Videos.« Er lehnte sich zurück und griff sich geplättet ins Haar. »Ich kann nicht glauben, was ich da vor mir sehe.«

»Dann gehört dieser Chip tatsächlich meinem Vater?«

»Sieht ganz so aus«, bestätigte er nachdenklich. »Und damit haben wir auch endlich neue Anhaltspunkte und Beweise. Schau mal, hier sind sogar ein festes Datum mit einer großen Transaktion in Juárez, Pläne der Tunnelsysteme, die in die USA führen, und ein Grundrissplan seines Nachtclubs. Verdammt, er hat sogar einen Ordner mit korrupten FBI-Mitgliedern aus den gesamten Staaten.« Er versuchte die Tabelle zu öffnen, doch das Systeme verlangte ein Passwort.

»Verflucht, Passwort geschützt. Aber trotzdem ist das ist absolut fantastisch, Joy! ... Heilige Scheiße, hier sind sogar Beweisvideos.« Er klickte auf ein Video. Aus einer dunklen Limousine stieg ein gut gekleideter Typ. Vor ihm knieten zwei junge Frauen und ein weiterer Mann, die gefesselt und geknebelt waren. Sie wurden von schmierigen Kerlen bedroht. Ich erkannte Suárez. Schon mehrmals hatte ich sein Gesicht auf Fotos und Bildern gesehen, die mir Director Bennet und auch Parker gezeigt hatten. Es wurde gesprochen, doch leider beinhaltete das Video keinen Ton. Das brauchte es auch nicht. Man wusste durch das Weinen und Zittern der Frauen, dass sie Todesangst hatten. Sie bettelten um ihr Leben, während ihnen Waffen an die Schläfen gehalten wurden.

Ich konnte es nicht länger mitansehen, schluckte den dicken Kloß in meinem Hals hinunter und blickte zur Seite. Trotzdem musste ich immer wieder hinsehen. Kaltblütig wurden die drei erschossen, Blut spritzte und sie sackten tot zusammen. Es war ein schrecklicher Anblick.

»Oh mein Gott! Das ist ja furchtbar!«

Parker beendete das Video. »Ja, das ist es, aber jetzt können wir die Mörder endlich festnageln.«

Parker durchsuchte die Dateien weiter, scrollte sich durch Listen mit Namen. Es gab sogar eine Planungsliste mit Verbrechen, die noch stattfinden sollten.

Plötzlich erstarrte er. »Scheiße! ... Verfickte Scheiße!« Er war vollkommen bleich geworden, seine Stimme war nur noch ein Flüstern. Ich glaubte sogar, gesehen zu haben, dass seine Finger leicht zitterten.

»Was ist los?« Er starrte ununterbrochen auf den Bildschirm und war nicht in der Lage, mir zu antworten.

Ich folgte seinem Blick und las die hervorgehobene Überschrift der Aufnahme:

Mordauftrag Special Agent Henrik Parker

Oh mein Gott! Jetzt verstand ich, was Chris so bewegte. Er war nur einen Klick von dem Beweis der Ermordung seines Vaters entfernt. Enthielt dieses Video tatsächlich die Lösung, nach der er schon so lange suchte?

Ergriffen legte ich meine Hand auf seinen Oberschenkel, doch er schien diese kleine Geste nicht wahrzunehmen. Was sollte ich sagen? Es gab nichts, was ihm in dieser Situation helfen könnte. Entweder er klickte es an oder nicht.

Schneller, als ich erwartet hatte, beschloss er, sich den Film anzusehen. Gebannt starrten wir auf den Monitor, bis sich ein Fenster öffnete und Parker zu fluchen anfing. »Shit! So ein Mist! Es ist mit einem Code gesichert!«

Ich runzelte die Stirn. »Du meinst ein Passwort oder so?«

»Genau. Du weißt nicht zufällig irgendwelche Zugangscodes, die er verwendet hat?«

»Ha! Mein Vater ist wie ein Fremder für mich, hast du das schon vergessen?«

Mehrmals hämmerte er auf die Tastatur ein und probierte verschiedene Codes aus. Je öfter ›ERROR‹ auf dem Bildschirm erschien, desto wütender wurde er. »Fuck! Fuck! Fuck!« Er donnerte mit der Faust auf den Tisch. »... Jim ... Ich muss Jim anrufen«, murmelte er vor sich hin. Er stand auf, um zu telefonieren.

Es dauerte eine ganze Weile, bis Parker das Gespräch beendet hatte und sich wieder zu mir setzte. »Es sind noch mehr

Dateien mit einer Sperre belegt, diese werde ich jetzt meinem Freund Jim schicken. Vielleicht kann er sie knacken.«

»Jim? Ist er vertrauenswürdig?«

»Absolut. Jim hat früher mal für die NSA gearbeitet, er wird das hinbekommen. Er sagt, die haben die besten Spionage-Programme.« Parker war völlig aus dem Häuschen. Wer hätte gedacht, was für Geheimnisse sich auf diesem Mini-Plättchen offenbarten. Ausgerechnet in Mr. Floppy! So etwas konnte nur meinem Vater einfallen.

»Weißt du, was ich denke?«, fragte ich nach einiger Zeit.

»Nein, was?«

»Ich glaube, mein Vater wollte, dass ich den Chip finde.«

Parker stutzte und schaute mich an. »Wie kommst du darauf?«

»Ist es nicht merkwürdig, dass er so etwas Wichtiges in einem Stofftier versteckt hat? Außerdem kann ich mich daran erinnern, dass er mich immer wieder auf das Schlaflied aufmerksam gemacht hat. Als er bei Hollys Übergabe angeschossen wurde, wollte er sogar, dass ich ihm das Lied vorsinge. Diese ganze Situation war dermaßen seltsam. Aber das alles wurde mir erst klar, kurz bevor du mich aus dem Safe House entführt hast.«

»Das ergibt keinen Sinn. Warum sollte er das gewollt haben? Zwangsläufig musste er ja dann davon ausgehen, dass seine wahre Identität ans Licht kommt. Wenn ich mir die Inhalte des Mikrochips anschaue, hat er alle seine Geschäfte – und auch die seiner Geschäftspartner – akribisch aufgelistet, fotografiert und dokumentiert. Damit serviert er dem FBI alle Machtgrößen der Unterwelt auf einem Silbertablett. Ich kann mich nicht erinnern, dass es so etwas beim FBI schon mal gegeben hätte.«

»Trotzdem, irgendwie werde ich das Gefühl nicht los, dass mehr dahintersteckt.«

»Vielleicht hast du Recht. Wir werden es herausfinden.«

***

Es dauerte eine ganze Weile, bis die E-Mails versendet wurden. Chris fluchte lauthals über die langsame Internetverbindung. Sobald er die letzten Dokumente verschickt hatte, wählte er auf seinem Handy eine Nummer und schaltete den Lautsprecher ein.

»Jim, ich bin es. Hast du meine Mails erhalten?«

»Ja, jetzt trudelt hier etwas ein. Hast du die Spur unkenntlich gemacht?«

Parker verdrehte die Augen. »Natürlich habe ich sie verschlüsselt, ich bin kein Idiot.«

»Warte, die Videos kommen gerade.«

»Ja, ich warte.« Aufgeregt lief er auf und ab.

»Mann, Alter! Ist es tatsächlich das, was ich sehe?«

»Jup.« Chris strahlte übers ganze Gesicht.

»Das ist ja der Hammer!«

»Ich weiß, das ist der Knaller, oder? Das erste Video – schau es dir an. Meinst du, du kannst es knacken?«

Man hörte im Hintergrund das Klackern einer Tastatur. »Hm ... könnte schwierig werden.«

»Wieso? Ich dachte, du bist ein Genie!«

»Verdammte Scheiße, Chris! Ich arbeite schon so lange für dich, und jedes Mal bekomme ich von dir supergeheime und superschwere Aufgaben. So einfach ist das nicht. Außerdem muss ich mich erst in den Server der NSA einhacken, um verschiedene Programme zu laden. Wenn sie mich erwischen, bin ich tot, Mann!«

»Ja, ja, ist ja schon gut. Wie lange wirst du brauchen?«

»Puh, schwer zu sagen. Ich schätze für alles ... circa eine Woche?«

»Was? Eine Woche? Das ist zu lange! Geht das nicht schneller?« Er klang ein wenig schrill. »Ich gebe dir drei Tage für alles, verstanden?«

»Drei verdammte Tage? Du bist so ein verfluchter Sklaventreiber, Mann!«

»Ich liebe dich auch, Alter.«

»Wie bist du an diese Beweise gekommen? Und erzähl mir nicht, die sind dir in die Hände gefallen.«

Parker lachte. »Nein, viel besser.«

In der anderen Leitung hörte man Jim stöhnen. Bildlich konnte ich mir vorstellen, wie er mit den Augen rollte. »Oh nein, nicht schon wieder eine Mieze, die auf dich hereingefallen ist. Was finden die nur alle an dir?«

»Tja, ich bin im Gegensatz zu dir einfach unwiderstehlich«, feixte Chris hochmütig.

»Kenne ich sie?«

»Vergiss es. So eine kennst du bestimmt nicht.« Chris zwinkerte mir zu.

»Mannomann! Die muss ja ganz besonders sein, wenn sie dir solche Infos beschaffen kann.«

»Davon kannst du ausgehen. Sie ist wirklich besonders.«

Was für ein Charmeur! Ich spürte förmlich, wie das Blut in meine Wangen schoss, als Parker so über mich redete.

»Du alter Teufelskerl! Ich melde mich, sobald ich etwas für dich habe.«

»Danke, Mann.« Chris legte auf und setzte sich wieder neben mich.

»Einen netten Freund hast du da. Er scheint dich genau zu kennen«, zog ich ihn auf.

»Die Wahrheit ist, sie lieben mich alle – Weiblein wie Männlein!« Er grinste schief. Was für ein eingebildeter Blödmann! Ich verdrehte die Augen, musste aber lachen.

Die Stunden vergingen wie im Flug. Parker und ich saßen die halbe Nacht vor dem Laptop. Wir hatten es uns auf dem Sofa bequem gemacht. Überall um uns herum lagen hunderte von Notizen und Vermerke, die er auf verschiedene Stapel gehäuft hatte.

Für meinen Special Agent waren die neuen brisanten Informationen so überwältigend, dass er sich, völlig fasziniert, kaum eine Pause gönnte.

»Dieses Netzwerk, das dein Vater aufgebaut hat, ist einfach unglaublich, Joy. Du kannst dir nicht vorstellen, wie viele Köpfe – und vor allem *welche* Köpfe – rollen werden. Alles ist vertreten! Vom kleinen Gauner bis zur höchsten Instanz der Politik und Industriellen – alle haben sich die Hände schmutzig gemacht. Sogar das Herz deiner Schwester stammt von einer Organmafia. Alles akribisch belegt und dokumentiert.«

Mir klappte der Mund auf und ich konnte nur mit dem Kopf schütteln. »Was?« Eigentlich hätte mich das nicht groß in Aufregung versetzen dürfen, aber nach wie vor tat es das. So langsam wollte ich gar nichts mehr darüber wissen. Je mehr Chris herausfand, desto mehr bedrückte mich die Wahrheit. Es war mir schon länger klar, dass ich mein weiteres Leben ohne meinen Vater verbringen wollte, aber durch diesen winzigen Chip wurde mir nun bewusst, dass ich ihn endgültig verloren hatte. Außerdem hatte ich das Ausmaß seines zweiten Ichs völlig unterschätzt.

»Mein Vater muss krank sein«, sagte ich gedankenverloren. »Vielleicht hat er so eine besondere Art von Schizophrenie oder ... oder er ist geisteskrank. Ich habe sonst keine andere Erklärung dafür.«

»Komm mal her, Pinselchen.« Parker stellte den Laptop beiseite und zog mich in seine Arme. »Ich will, dass du dir keine Gedanken mehr um ihn machst. Er ist es nicht wert, verstehst du? Du musst unbedingt nach vorne schauen und darfst dich nicht länger davon runterziehen lassen.«

»Das ist nicht so einfach, Chris. Ich weiß noch nicht mal, ob ich überhaupt eine Zukunft habe. Wenn Holly etwas zustößt, habe ich nichts mehr. Dann ist mir alles egal.«

»Holly wird wieder gesund werden, Joy. Du darfst nicht aufhören, daran zu glauben.«

Er klang dabei so voller Hoffnung, dass ich ihm glauben wollte. In seiner Gegenwart konnte ich einen Lichtpunkt am Ende des Tunnels sehen. Er war zwar nur so groß wie ein Funke, aber er war da.

Parkers Brust war warm und sein gleichmäßiger Herzschlag machte mich schläfrig. Seine Arme hielten mich fest, während er gedankenverloren über mein Haar strich. Ich fühlte mich wohl bei ihm und schlummerte tatsächlich ein. Irgendwann merkte ich, dass er mich hochhob.

»Was ist los?«

»Schlaf weiter, Süße. Ich bringe dich ins Bett«, sagte er und trug mich die Treppen hinauf.

Kapitel 10

Graues Tageslicht fiel ins Zimmer. Eine kühle Brise wehte durch das gekippte Fenster und streichelte meine Haut. Es war so angenehm! Ich hatte die lästige Hitze langsam satt. Ich blinzelte verschlafen zum Fenster. Der Himmel hatte sich zugezogen, und ich hatte die Hoffnung, dass es im Laufe des Tages endlich einmal regnen würde. Danach sehnten wir uns alle. Einen Augenblick genoss ich es, bis die gestrigen Ereignisse wieder in mein Bewusstsein drangen. Hellwach schwang ich meine Beine aus dem Bett.

Ich dachte an Holly. Sie mochte Regen genauso gern wie ich, auch wenn wir immer besonders auf sie aufpassen mussten, damit sie sich nicht erkältete. Ob sie den Wetterumschwung auch spüren konnte?

Nach einer Dusche machte ich mich auf den Weg nach unten. Es war still im Haus, nur die Vögel hörte man leise zwitschern. Parker schlief bestimmt noch, also beschloss ich, heute mal das Frühstück zu machen.

Als ich einen Blick ins Wohnzimmer warf, entdeckte ich ihn, wie er umgeben von tausenden Notizzetteln auf dem Sofa lag und tief und fest schlummerte. Ich schlich mich näher, um ihn anzusehen.

Er lag auf dem Rücken, ein Bein hing ein wenig von der Couch und sein Haar lag wild durcheinander. Sein Mund war halb geöffnet und ein kaum hörbares Schnarchen drang zu mir. Er trug immer noch die Jeans und war oberkörperfrei. Seine leicht gebräunte Haut wirkte sexy, was mir sofort ein Kribbeln im Schritt verursachte. Gott! Würde seine Wirkung auf mich je schwächer werden? Wie friedlich er aussah – als könnte er kein Wässerchen trüben.

Ich riss mich von dem süßen Anblick los und ging in die Küche. Kaffee, Toast, Butter und Marmelade würden heute Morgen genügen. Ich richtete den Tisch und lief mit einem Glas Milch hinüber zum Sofa. Parker lag noch in der gleichen Position da wie vorher. Wie lange hatte er in der Nacht noch gearbeitet? Mein Blick wanderte langsam über seinen Körper. Er wirkte so verlockend auf mich.

»Gefällt dir, was du siehst?« Seine Stimme klang verschlafen. Durch kleine Schlitze schaute er mich an, dabei lag wieder dieses schiefe Lächeln auf seinen Lippen.

Oh Mann! »Ja, ganz nett«, gab ich schlagfertig zurück. »Hier, deine Milch.«

Mit einem Ruck setzte er sich auf und nahm das Glas entgegen, dabei flogen ein paar seiner Notizzettel vom Sofa. Jetzt wurde das Chaos auf seinem Kopf erst richtig sichtbar. Ich kicherte. *Sieh mal einer an, ein zerknautschter Parker, aber irgendwie süß.*

Er gähnte laut. »Was ist denn so lustig?«

»Du siehst aus, als ob du heute Nacht eine Schlacht geführt hättest.«

Müde fuhr er sich durch sein Gestrüpp. »Das hab ich, Pinselchen.« Ein Zettel klebte an seinem Rücken und einer flatterte gerade herunter.

»Das Frühstück ist fertig«, sagte ich und lief zum Esstisch, wo eine Tasse Kaffee auf mich wartete. Parker stand auf und trank im Gehen von seiner Milch, die wie üblich einen Milchbart auf seiner Oberlippe hinterließ. Er stellte das Glas ab. »Ich komme gleich, ich springe schnell unter die Dusche.«

Während er hinaufging, nahm ich mir einen Toast und dachte darüber nach, wie es jetzt, nachdem wir dabei waren, die Geheimnisse des Chips herauszufinden, weitergehen sollte. Wir hatten Beweise, mit denen wir endlich alle Verbrecher zur Strecke bringen konnten – zumindest die, die mir und meiner Schwester geschadet hatten. Chris hatte bestimmt einen Plan.

Nachdenklich kaute ich auf dem Toast herum und trank einen Schluck. Es wäre sehr erlösend, wenn heute endlich ein Anruf aus Dallas käme.

»Woran denkst du gerade?« Parker setzte sich frisch rasiert und geduscht mit noch feuchtem Haar und knitterfreien Klamotten an den Tisch.

Gedankenverloren schaute ich zu ihm. »Daran, wie es Holly geht und was aus uns wird.«

Parker bestrich sich einen Toast mit der Erdbeermarmelade, die Pat mitgebracht hatte. »Wir dürfen jetzt nichts übereilen. Erst einmal brauche ich von Jim die restlichen Inhalte der Dokumente, die auf dem Chip waren.«

»Was hast du dann vor?«

Er trank einen Schluck von seiner Milch. »Das hängt davon ab, was wir noch alles herausfinden. Jetzt haben wir erstmal handfeste Beweise für die Verbrechen einiger wichtiger Bosse, und was noch wichtiger ist, wir haben die Möglichkeit, Suárez endlich hochzunehmen.«

»Verstehe. Auf der einen Liste waren auch noch Daten von zukünftigen Geschäften. Vielleicht können wir ihm da eine Falle stellen.«

Parker hob erstaunt seine Augenbrauen. »Wir?«

»Natürlich wir! Ich möchte dazu beitragen, ihn hinter Gitter zu bringen.«

Er grinste breit. »Das ist ja echt süß von dir, aber leider viel zu gefährlich.«

Ich seufzte und verdrehte die Augen.

»Hör auf, mit den Augen zu rollen, Pinselchen. Es ist zu riskant und damit basta.«

Ich hob abwehrend die Hände. »Schon gut, schon gut!«

»Lass uns lieber darüber reden, was danach mit dir und Holly geschieht. Hast du schon mal darüber nachgedacht, auszusteigen? Ich meine, das Land zu verlassen und mit neuer Identität irgendwo von vorne anzufangen?«

»Natürlich habe ich das, aber solange Holly noch so krank ist, werde ich nirgends hingehen können.«

»Das ist mir klar.«

»Außerdem frage ich mich, wie das funktionieren soll. Durch Hollys Krankheit hinterlassen wir doch immer Spuren.«

»Nicht im Ausland. Es gibt Leute, die dazu ausgebildet wurden, euch völlig vom Radar zu nehmen. Das wird mit euch trainiert, bis ihr so weit seid, um mit einer anderen Identität ein neues Leben zu beginnen.«

Ich hatte schon einmal eine Reportage im Fernsehen gesehen. Diese Leute durften niemals zurückkehren, zu keinem Menschen aus ihrer Vergangenheit Kontakt haben. Das würde auch bedeuten, dass Parker und ich ... Ich senkte den Blick, damit meine Augen mich nicht verrieten. Dennoch war es die einzige Chance, die Holly und ich hatten. Vielleicht würde meine Schwester in Laufe der Jahre vergessen können. Ich würde alles dafür tun.

»Was ist los?«

»Nichts. Ich wünschte nur, wir hätten das alles schon hinter uns gebracht. Sie könnte monatelang im Koma liegen. Das macht mir Angst.«

Er wollte gerade etwas darauf erwidern, als sein Handy zu klingeln begann.

»Lindsey, was gibt's Neues?«

Besorgt rutschte ich auf dem Stuhl herum. Er erwiderte meinen Blick, gab mir aber sogleich mit einer Handbewegung ein Zeichen, dass es nicht um Holly ging. Trotzdem war ich aufgewühlt und unruhig.

»Okay, und was will Bennet jetzt tun? ... Das wird wohl das Beste sein. ... Nein, wir bleiben vorerst hier. Du sagst mir Bescheid, sobald sich etwas ändert. Was ist mit der Kleinen? Gibt es eine Veränderung? ... Verstehe.« Plötzlich drehte er den Rücken zu mir und redete leiser. »Nein, nicht jetzt. ... Du kennst mich doch, Lin. Willst du etwa schon wieder eine Szene machen? ... Schon gut. ... Ja, bis bald.« Er legte auf. Das hörte sich so an, als wäre zwischen den beiden doch mehr, als ich anfangs vermutet hatte. Ein winziger heißer Stich durchdrang meine Brust.

»Und?«

Langsam drehte er sich wieder zu mir um. »Bei Holly gibt es leider keinen Fortschritt. Bennet hat veranlasst, deinen Vater aus Dallas fortzuschaffen. Die Sache wurde ihm wahrscheinlich zu heiß.«

Das bedeutete, dass niemand bei Holly war. Oder glaubte Bennet, dass sie durch Dads Anwesenheit ebenfalls in Gefahr war? Ich musste es hinnehmen und darauf vertrauen, dass der Director das Richtige entschied.

»Und was wollte Lindsey noch von dir?«

»Nichts Bestimmtes«, wich er mir aus. Warum mied er es, mich anzusehen? Natürlich wurde ich jetzt neugierig. »Was ist das eigentlich zwischen dir und Lindsey?«

»Im Grunde nichts. Warum interessiert dich das?«

»Weil du dich gerade sehr unwohl fühlst in deiner Haut. Außerdem hättest du nicht flüstern müssen. Ich habe auch so jedes deiner Worte verstanden.«

»So, so, du hast gelauscht?«

»Sag schon, wie steht ihr zueinander? Als ich euch gesehen habe, seid ihr *sehr* vertraut miteinander umgegangen.«

»Das geht dich nichts an, okay«, brach es aus ihm heraus.

Abwehrend, aber gleichzeitig beleidigt, weil er mich wieder einmal zurückwies, hob ich die Hände. »Tschuldigung!«

»Was ist denn mit dir und Mike? Du hast mir immer noch keine Antwort auf meine Frage gegeben.«

Touché! Das stimmte. »Wir sind nur Freunde.«

»Lindsey und ich auch.«

Ungläubig grinste ich. »Tz ... nur Freunde, so, so. Das hat man ja gesehen!«

Er runzelte die Stirn. »Was meinst du?«

»Na ja, ihr habt euch in Virginia fast aufgefressen bei der Begrüßung. So, wie ihr euch aufgeführt habt, dachte ich schon, ich muss Holly schnellstens aus der Küche bringen.«

»Du übertreibst«, winkte er mit einer Handbewegung ab.

»Ach, wirklich? Du findest es also normal, wie sie ihre Zunge in deinen Hals gestreckt hat und wie deine Hände ihren Hintern gekneten haben?«

»Du bist ja eifersüchtig.«

Ich biss die Zähne zusammen. Ja, verdammt, ich war eifersüchtig, aber zugeben würde ich das vor ihm niemals. »Ich bin nur neugierig. Also ...?«

Er fuhr sich durchs Haar. »Da gibt es nicht viel zu erzählen. Lindsey und ich sind Freunde. Sie weiß, wie ich ticke, und akzeptiert meinen Lebensstil. Das ist alles.«

Ungläubig sah ich ihn an. »Du bist echt ein Heuchler, Chris Parker. Weißt du das? Warum sagst du nicht einfach, dass du mit ihr schläfst?«

Er stand auf und ging rüber zum Kühlschrank. »Ich bin dir zwar keine Rechenschaft schuldig, aber wenn du es genau wissen willst: Lindsey und ich sind Fickfreunde. Wir haben hin und wieder Sex, das ist alles.«

***

Fickfreunde? Sex ohne Verpflichtungen. Er diente nur der Befriedigung. Das ging vielleicht von ihm aus, aber von ihr? Da hatte ich meine Zweifel. Er hielt große Stücke auf sie und vertraute ihr. Wieso war ich eifersüchtig auf solch eine Beziehung? Das hatte doch nichts mit Gefühlen zu tun. Ich dachte an unseren gestrigen Kuss unter der Dusche. Da hatte ich ihn gespürt – Parker, wie er wirklich war – tiefsinnig, verletzlich und fähig, einfühlsam zu sein. Betrachtete er mich auch als Fickfreundin? Ich wollte mehr für ihn sein, wusste aber insgeheim, dass es nicht von Dauer sein würde.

»Schau mich nicht so an, Joy. Du wolltest es wissen.«

»Ist sie der Typ Frau, auf den du stehst?«

Er schlenderte mit einer Milchpackung zurück zum Tisch. »Was ist dein Problem?«

»Ich habe kein Problem, aber ich würde gerne wissen, was dich an ihr reizt.«

Er lachte. »Es gibt viele Dinge, die mich reizen, und das mit Lindsey ist eben unkompliziert. Es ist einfach und genau das, was ich suche.«

Das saß und tat verdammt weh! Wieso tat ich mir das an?

»Lindsey weiß, was sie will. Ich mag das.«

Ohne noch weiter darauf einzugehen, begann ich damit den Tisch abzuräumen.

»Was ist los? Bist du jetzt eingeschnappt?«

»Nein, alles okay. Schön für dich, wenn du jemanden gefunden hast, der deine Einstellung teilt«, gab ich zurück.

Ich zuckte zusammen, als er aus heiterem Himmel dicht hinter mir stand. »Du bist ganz schön eifersüchtig dafür, dass es okay ist, Pinselchen«, flüsterte er mir ins Ohr. Sofort stellten sich meine Nackenhaare auf.

»Bin ich nicht! Ich ...«

Er schlang seine Arme um meine Mitte. »Man sieht es dir an, Joy. Dir passt das mit Lindsey nicht, hab ich Recht?«

Ich drehte mich langsam zu ihm um. »Sag mir, wie du uns siehst.« Auf diese Antwort war ich gespannt, wappnete mich aber gleichzeitig darauf, dass er die Beziehung – wenn man überhaupt von einer ausgehen konnte – ähnlich sah wie die mit Lindsey.

»Das habe ich dir doch schon gesagt. Es macht Spaß mit dir, aber ich bin nicht der Typ, der sich verliebt. Trotzdem ist da diese Verbindung. Solange wir noch Zeit miteinander verbringen, sollten wir uns genießen.«

Das war also die Wahrheit – seine Wahrheit. Ich schluckte schwer, nahm es hin, wie ich bisher alles hingenommen hatte, und erwiderte seinen Blick. »Schön, dann kannst du mir gleich mal helfen, die Wäsche zu waschen.« Eilig machte ich mich von ihm los und flüchtete, damit er meinen Schmerz nicht sehen konnte.

Wütend auf Lindsey, Parker und vor allem auf mich selbst, schleuderte ich meine Schmutzwäsche in die Wäschetrommel. Wieso hatte ich ihn überhaupt ausgefragt? Mir hätte doch klar sein müssen, dass Parker nicht das Gleiche empfand wie ich. Verflucht noch eins! Ich hatte doch genug andere Probleme, um die ich mich kümmern musste.

»Kannst du meine Wäsche mitwaschen? Du weißt doch, ich habe keinen blassen Schimmer, auf was ich da achten muss.« Parker betrat gerade den Waschraum mit einem Korb voller Schmutzwäsche und stellte ihn neben meinen.

Am liebsten hätte ich ihm seine Wäsche um die Ohren geschlagen, aber wenn man es genau nahm, hatte er mir nur die Wahrheit gesagt, die ich nicht hören wollte.

»Was ist los? Bist du jetzt sauer?«

»Nein, alles gut.« Meine Antwort triefte vor Sarkasmus, aber das war mir egal. Sollte er ruhig merken, wie verletzt ich war. Ich schaltete die Maschine ein und ließ ihn stehen.

»Hey! Rede mit mir, das ist nicht fair«, rief er mir nach, was mich mit einem Mal rasend machte.

Ich fuhr herum »Fair? Die Menschen in meinem Umfeld haben schon lange aufgehört, fair zu sein, Parker. Das habe ich jetzt endlich begriffen.« Die Wände beengten mich und nahmen mir die Luft zum Atmen. Wütend auf mich selbst, rannte ich die wenigen Stufen hinauf und ging direkt in den Garten. Es regnete bereits, was ich nur am Rande wahrnahm. Meine Gefühle wirbelten ohne Kontrolle durcheinander. Ich sah nicht klar, was mich nur noch mehr verunsicherte. Ich ging ein paar Schritte Richtung Fluss und stieß scharf meinen Atem aus. Minutenlang starrte ich gedankenverloren in die Ferne, als würden dort draußen die Antworten auf all meine Fragen warten. Wie oft hatte ich mich in Träumereien verstrickt? Damit musste endgültig Schluss sein.

Meine Haare klebten in langen Strähnen an mir und die Regentropfen hatten sich mit meinen Tränen vermischt. Ich spürte seinen Blick in meinem Rücken, dann hörte ich ihn. Er lief über die Wiese. »Joy? Es tut mir leid. Ich wollte dich ... nur ärgern.« Er stand nun unmittelbar hinter mir. »Ich wollte dich genauso reizen, wie du mich mit Mike gereizt hast. Ehrlich.«

Ich glaubte ihm kein Wort.

»Ich habe dir gesagt, wie wichtig du für mich bist. Das war mein Ernst.«

Ich wandte mich zu ihm um und sah ihm direkt ins Gesicht. »Das reicht mir aber nicht, Chris«, flüsterte ich. »Für die Zeit, die uns noch bleibt, will ich dich ganz. Dann habe ich wenigstens eine schöne Erinnerung, die mir helfen wird, über alles hinwegzukommen. Verstehst du das denn nicht? Dieses ewige Hin und Her macht mich fertig.«

Schweigend standen wir uns gegenüber. Der Regen prasselte nun stärker auf uns beide nieder und durchnässte zunehmend unsere Kleidung.

Er sah erstaunt auf mich herunter. Alles Arrogante und Harte war aus seinem Blick gewichen. »Und was, wenn es uns beide noch mehr verletzt? Es könnte alles noch schwerer machen.«

»Ich will jedenfalls nicht dein Spielzeug sein, das du wegwirfst, wenn du keine Lust mehr zum Spielen hast.«

Mit einem Schritt trat er nahe an mich heran. »Pinselchen, das bist du nicht.«

»Du gibst mir aber ständig das Gefühl, Chris.«

Er senkte den Blick. »Was ist mit Mike?«

»Er ist nur ein Freund. Ich mag ihn. Er weiß, dass ich nicht mehr fühle.«

»Bist du sicher?«

Nickend schaute ich zu ihm auf. Sein Blick wanderte über mein Gesicht. »Das Ding ist, Pinselchen, ich habe selbst Zweifel, ob ich das ertragen kann. Es ist schon lange her, dass mir jemand so viel bedeutet hat. Ich kann diesen Schmerz nicht noch einmal durchmachen.«

Er sprach von Lauren, die er im Rahmen eines Opferschutzprogramms kennengelernt hatte. Sie war erschossen worden, und er glaubte, Schuld an ihrem Tod zu sein. Seither hatte er niemanden mehr an sich herangelassen und gab sich als eiskalter Bad Boy – egoistisch, gleichgültig und immer nur auf seinen Vorteil bedacht.

»Hör endlich auf, dich für Laurens Tod verantwortlich zu machen. Es war nicht deine Schuld, Chris.« Er biss die Zähne zusammen, so dass seine Wangenknochen hervortraten. »Sie wurde kaltblütig erschossen.« Ich war mir nicht sicher, ob meine Worte ihn erreicht hatten, doch irgendetwas spielte sich in ihm ab. Er zog mich langsam in seine Arme. »Wieso bist du nicht schon früher in mein Leben gestolpert?« Er küsste mich aufs Haar. »Verzeih mir, Pinselchen. Ich weiß nicht, ob ich das kann, aber du kannst mir glauben, ich wünsche es mir genauso sehr wie du.«

Heiße Tränen liefen über meine Wangen. Das waren genau die Worte, die ich hören wollte. Gleichzeitig tat es so weh, weil ich ihn so sehr liebte und es für uns keine Zukunft gab.

»Das mit Lindsey ist nicht so, wie du denkst. Sie will schon länger mehr von mir, als ich ihr geben kann. Ich habe es beendet. Dennoch gibt sie die Hoffnung nicht auf, dass du mir nur vorübergehend den Kopf verdreht hast.«

Grinsend hob ich den Kopf. »Habe ich das denn?«

»Oh ja! Du hast keine Ahnung, wie verrückt ich nach dir bin«, gab er lachend zu.

Sein leidenschaftlicher Blick verweilte auf meinen Lippen und seine Pupillen verdunkelten sich. Gleich würde er mich küssen, und diesmal würde ich ihn so schnell nicht mehr loslassen können. Ich hob ihm meinen Mund entgegen und schloss voller Erwartung die Augen.

Abrupt hielt Parker inne, als ein Auto vor dem Haus hupte. Er sah auf. »Wer ist das?«

***

Mikes Timing war wie immer perfekt. Ganz pflichtbewusst ließ Parker mich los und rannte mit mir zum Haus. Ich war irgendwie noch in dem Gefühlsstrudel gefangen, den er in mir ausgelöst hatte, und konnte gar nicht klar denken. Zwischen Freudentaumel, weichen Knien und prickelnder Erwartung war alles in mir vertreten.

»Wir reden später weiter, Pinselchen«, versprach er zwinkernd und hielt mir die Tür auf.

Mike kam gerade durch den Flur ins Wohnzimmer. »Was für ein Sauwetter. Ich bin so schnell gekommen, wie es mir möglich war. Was gibt es Neues?« Er strich sich die nassen Haare glatt und schaute von einem zum anderen. »Wart ihr draußen oder warum seid ihr so nass?«

Das Blut schoss mir in die Wangen. Ganz sicher bemerkte Mike meine Verlegenheit. Er war ja nicht blöd, dennoch ließ er sich nichts anmerken. Er begrüßte mich mit einer kurzen Umarmung und schlug mit Parker ein.

Bei Milch und Kaffee berichtete Mike kurz von der Familienfeier. Mich wunderte, dass Parker sich weitgehend zurückhielt, was die Neuigkeiten bezüglich des Chips betraf. Wir erzählten ihm zwar, dass wir Beweise und viele verschiedene Insiderinformationen gefunden hatten, aber Parker hielt sich mit seinen weiteren Plänen bedeckt. Vielleicht wollte er auch mir nicht verraten, was er genau vorhatte, oder aber ich bildete mir das nur ein.

Die Zeit verging wie im Flug, und irgendwann machte ich es mir auf dem Sofa gemütlich, nachdem Parker seine Zettel- und Notizwirtschaft auf den Küchentisch verlegt hatte. Am späten Nachmittag verschwanden die beiden in der Garage. Mike hatte mit seinem Wagen irgendwelche Probleme und die beiden wollten ihn sich mal näher ansehen.

Nach dem Abendessen verbrachte Parker die meiste Zeit am PC und Mike vor dem Fernseher. Ich ging in mein Zimmer, um an meinen Skizzen zu arbeiten. Wenn ich doch nur meine Zeichenmappe hätte. Ich liebte es, darin zu schmökern, mir die alten Zeichnungen anzusehen und meinen Gedanken nachzuhängen. Ich nahm Mikes Geschenk zur Hand, setzte mich auf mein Bett und begann zu skizzieren. Kurze Zeit später war ich völlig in Gedanken versunken.

Es klopfte an meiner Tür. »Joy? Schläfst du schon?«

»Nein, komm rein.«

Mike trat ein und schloss die Tür hinter sich. »Alles klar?«

»Ja. Ihr wart vorhin so beschäftigt und ich hatte Lust zu zeichnen.«

»Darf ich mal sehen?«

Ich streckte ihm das Papier mit dem Bild von Holly entgegen. Er setzte sich zu mir und nahm es entgegen. Nachdenklich betrachtete er die Skizze. »Das ist gut. Ich kenne mich zwar nicht aus, aber ich finde es wirklich erstaunlich, wie detailreich du deine Schwester gemalt hast.« Sanft strich er die gemalten Linien nach. »Sie wirkt so ... lebendig.«

»Danke, aber ›gut‹ ist anders. Da gibt es noch viel, was ich lernen muss. Wie war der Geburtstag deines Vaters?«

»Gut, feuchtfröhlich und lang.« Er grinste und eine Pause entstand. Er gab mir die Zeichnung wieder zurück. Er wirkte angespannt und unruhig. Schließlich schaute er mich an, als wollte er mir etwas Wichtiges sagen. Irgendwas lag ihm schwer im Magen.

»Joy«, begann er und suchte offensichtlich nach den richtigen Worten, »sag mal ... hat sich zwischen dir und ... Parker etwas verändert, während ich weg war? Ich meine ... sollte ich wissen ... ob ...«, stotterte er.

Ich runzelte die Stirn. »Was meinst du?«

Nervös fuhr er sich durchs Haar. »Na ja, seid ihr euch ... näher gekommen?«

Was sollte die Fragerei? »Warum willst du das wissen?«

Aufgewühlt pustete er den Atem aus. »Weil ich dir einen Vorschlag machen will.«

Neugierig riss ich die Augen auf.

»Aber dafür muss ich erst von dir wissen, ob du mit ihm ... geschlafen hast.«

»Mike! Was soll das?«

»Bitte, Joy, das ist sehr wichtig für mich.«

Sekunden verstrichen. »Es geht dich zwar nichts an, aber nein, das haben wir nicht getan.«

Erleichtert verschwanden seine Sorgenfalten und er lächelte.

»Mike, was ist los mit dir?«

»Ich weiß nicht, wie ich es dir sagen soll.«

»Sag es einfach, wie es ist«, forderte ich ihn auf. Was war nur plötzlich los?

Er zögerte, suchte nach den richtigen Worten, doch dann blickte er mir in die Augen. »Ich habe Geld, Joy. Geld, das uns helfen kann, irgendwo neu anzufangen. Flieh mit mir und ich schwöre, du wirst es nicht bereuen.«

Geschockt und mit klopfendem Herzen musste ich erstmal schlucken. Hatte er den Verstand verloren? Die wilde Entschlossenheit in seinen Augen rüttelte mich wach. Er meinte es verflucht ernst.

»Ich liebe dich, Joy. Komm mit mir ... Ich weiß, dass du nicht das Gleiche für mich empfindest, aber ich kann warten.«

»Wie stellst du dir das vor?«

»Ein Flugzeug wartet auf uns, das uns außer Landes bringt. Du musst nur Ja sagen.«

Ich war überrumpelt. »Mike ... das geht nicht so einfach.«

»Wieso nicht?«

»Glaubst du nicht, dass man uns irgendwann schnappen würde? Du hast gehört, was Parker gesagt hat, man sollte

Suárez und die *graue Eminenz* nicht unterschätzen. Abgesehen davon werden dann nicht nur diese Verbrecher hinter uns her sein, sondern auch das FBI und die CIA.«

»Vertrau mir, Joy. Du brauchst dir keine Sorgen zu machen, ich kümmere mich um alles.«

Ich schüttelte den Kopf. »Ich kann nicht ohne Holly gehen.«

»Das brauchst du auch nicht. Wir finden schon eine Lösung, das verspreche ich dir. Sobald es ihr besser geht und sie in einer Pflegefamilie untergebracht ist, sollte es nicht schwer sein, sie vor ihrer Schule abzufangen.«

»Du meinst entführen?«

Er druckste herum. »Na ja, so würde ich es nicht nennen. Wir holen sie nur zu uns. Das alles mag sich in deinen Ohren unvorstellbar anhören, aber du musst mir vertrauen. Wir drei könnten nach Thailand oder Australien gehen; irgendwohin, wo es schön ist und wir diesen ganzen Mist vergessen. Wir wären dann eine Familie.«

»Mike! Ich ... weiß nicht, was ich sagen soll, außer, dass du vollkommen verrückt bist.«

Er senkte den Blick und lächelte. »Wenn man jemanden liebt, tut man die verrücktesten Dinge, Joy.«

»Mike ...«

»Auch wenn du dir das jetzt nicht vorstellen kannst, eines Tages wirst du feststellen, dass ich gar kein schlechter Kerl bin. Vielleicht kannst du mich dann ein wenig zu lieben.«

Mein Gott! Wieso tat er sich das an? War das sein Plan gewesen? Hatte er sich Parker deshalb angeschlossen? Dann dämmerte es mir. Chris benötigte seine Hilfe nicht mehr, und weil er ihn raushalten wollte, hat er ihm keine Details über den Chip erzählt. Mike war ein Zivilist, der sich unseretwegen schon genug Ärger eingehandelt hatte.

»Du sagst ja nichts. Heißt das, du denkst über meinen Vorschlag nach?«

»Was hat Parker zu dir gesagt?«

Meine Frage kam so unerwartet, dass er zuerst nicht wusste, was ich meinte.

»Komm schon, Mike. Ich bin nicht blöd. Was hat Parker zu dir gesagt?«

Er verzog verärgert den Mund. »Er will, dass ich gehe und mich aus allem Weiteren raushalte.« Wusste ich's doch! Ich stand auf und ging im Zimmer auf und ab. »Und dann dachtest du, du schlägst mir mal eben eine Flucht vor?«

Mike stand ebenfalls auf. »Nein, so war das nicht«, wehrte er sich. »Darüber denke ich schon seit dem *Bar-B-Que* nach. Ich habe einiges organisiert und es steht alles bereit. Ein Anruf genügt und wir können fort sein, bevor er es mitbekommt.«

»Parker ist nicht der Feind, Mike.«

Schweigend sahen wir uns an. Wieso war er so ein unglaublicher Dickschädel?

»Ich stehe zu meinem Wort, Joy, aber du musst dich entscheiden, und zwar sehr bald. Wenn Parker seine Pläne ändert, wird er mich nicht mitnehmen. Dann werden wir uns vielleicht nie wiedersehen.«

»Er handelt nicht aus eigennützigen Zwecken. Ihm geht es nicht um mich allein. Er schützt dich doch nur, indem er dich fortschickt.«

»Dann willst du auch, dass ich gehe?«

Wieso machte er es mir so schwer? »Nein, ich will überhaupt nicht, dass du gehst, aber ich weiß, dass es das Beste für dich ist.« Traurig schüttelte ich den Kopf. »Hör zu, ich bin dir dankbar für alles, was du für mich getan hast. Ich mag dich, sogar sehr, aber ich kann nicht mit dir gehen.«

»Ist es wegen ihm?« Sein Ton wurde harsch.

Ich seufzte. »Ja, auch. Aber er ist nicht allein der Grund. Ich will ein normales Leben ohne Angst, entdeckt zu werden, und ohne ständig auf der Flucht zu sein. Ich würde Holly niemals im Stich lassen. Deshalb muss meine Antwort Nein lauten, auch wenn ich dir damit wehtue.«

Schmerz blitzte in seinen Augen auf. Ein paar Sekunden starrte er mich enttäuscht an. »Verstehe. Liebst du ihn?«

Nickend senkte ich den Blick. »Ja.« Der Schmerz in seinem Gesicht tat in meinem Herzen weh. »Es tut mir leid, Mike.«

»Verstehe. Dann habe ich hier nichts mehr zu suchen.« Er verließ mit schnellen Schritten das Zimmer und mir war hundeelend. Traurig ließ ich mich auf mein Bett nieder. Mein Verstand sagte mir, dass ich richtig gehandelt hatte, dennoch fühlte ich mich wie eine Versagerin. Eigentlich war Mike wirklich süß und sein Plan zeigte mir, wie viel ihm tatsächlich an mir lag. Dennoch wäre es falsch gewesen, mit ihm davonzulaufen, ihm die Verantwortung zu überlassen. Er hatte jetzt schon mehr als genug für mich getan.

Das Brummen eines Motors war von draußen zu hören. Ich rannte in den Flur ans Fenster und sah gerade noch die Rücklichter des Wagens in der Dunkelheit verschwinden. Mike war tatsächlich gegangen.

Betrübt lehnte ich meine Stirn an die kühle Fensterscheibe und schloss die Augen.

»Wo ist er hingefahren?« Parker kam die Treppe hinauf.

Ich wandte mich zu ihm. »Ich denke, er ist auf dem Weg nach Hause. Das wolltest du doch, oder?«

»Es war zu seinem Besten«, gab er zu. »Gut, dass er vernünftig geworden ist. Allerdings hätte ich mit mehr Widerstand gerechnet.«

»Ich habe ihn verletzt.«

»Warum?«

»Weil ich ihm eine Abfuhr erteilt habe.«

Parker grinste.

»Das ist nicht witzig, Chris. Ich habe ihm wehgetan.«

»Er wird darüber hinwegkommen«, winkte er gelassen ab. Langsam schritt er auf mich zu und dieses süffisante Lächeln in seinem Gesicht zeigte deutlich, wie zufrieden er war.

Ich schüttelte den Kopf. »Du bist unverbesserlich!«

»Wie gesagt, Pinselchen, es war zu seinem Besten.« Sein Telefon unterbrach uns. »Das wird Jim sein. Bestimmt konnte er eines der Videos knacken.« Voller Vorfreude hob Parker ab. »Ja? ... Ah, endlich! Was hat der weltbeste Hacker für mich herausgefunden?«

Kapitel 11

Die entschlüsselten Daten, die Parker von Jim übermittelt bekam, waren so detailreich, dass er mehrmals begeistert die Siegesfaust ballte und sein Glück kaum fassen konnte. »Damit haben wir endlich die Möglichkeit, ihn zu schnappen, Joy. Seit Jahren sucht die CIA Suárez' Schlupfwinkel, aber er konnte immer wieder entwischen. Bis jetzt.«

»Wieso eigentlich?«

»Erstens befinden sich alle seine Zufluchtsstätten auf mexikanischem Boden und selbst die CIA rechnet sich keine Chancen aus, dort etwas auszurichten. Zweitens wird Suárez inoffiziell politisch geschützt; das heißt, die mexikanische Polizei legt uns Steine in den Weg, und drittens haben in Ciudad Juárez die Kartelle das Sagen. Man nennt die Stadt nicht umsonst die gefährlichste Stadt der Welt.

Das Problem ist nicht, dass wir keine Beweise haben – du kannst mir glauben, die gibt es genug – die Schwierigkeit besteht darin, ihn zu schnappen.«

»Dann ist die Ergreifung von Suárez sowas wie ein absoluter Jackpot!«

Er lachte. »Absolut. Genau wie bei deinem Vater. Die Inhalte des Chips sind schon der Wahnsinn.«

»Mit diesen Koordinaten wissen wir endlich, wo und wann er seine Geschäfte abwickelt.«

Wieder wurden wir durch das Klingeln seines Handys unterbrochen. Er ging ran.

»Was ist los?« Schmerz blitzte in seinen Augen auf und er wurde bleich. Sein Körper versteinerte sich. Regungslos, mit dem Blick auf mich gerichtet, drückte er das Telefon gegen sein Ohr. Mit der anderen Hand presste er seine Faust so stark zusammen, dass die Knöchel weiß hervortraten. Als könnte er meinen Anblick nicht länger ertragen, stand er ruckartig auf und ging hinaus.

Irritiert sah ich ihm nach und hörte ihn im Flur reden. »Bist du sicher?«, keuchte er gequält.

Verunsichert wollte ich ihm nachgehen, doch ein merkwürdiges Gefühl hielt mich zurück. Es war, als wäre der Raum plötzlich voller Trauer. Zuerst vernahm ich nur die Stille, dann Parkers Fassungslosigkeit und zuletzt spürte ich diese aufkeimende innere Unruhe. Was hatte das zu bedeuten? Er stand mit dem Rücken zu mir und hielt sich immer noch das Handy ans Ohr. Dann senkte er ohne ein Wort seinen Arm und ließ das Mobiltelefon einfach zu Boden fallen.

»Chris?« Meine Stimme wurde piepsig.

Er ließ den Kopf hängen, als er mich wahrnahm, und drehte sich langsam um. Mit hängenden Schultern und schmerzverzerrtem Gesicht konnte er kaum einen Schritt nach dem anderen machen. Eine Träne lief seine Wange hinunter. Nur einen Moment später machte sich dieses schreckliche, lähmende Gefühl in mir breit. So hatte ich ihn noch nie gesehen.

Er senkte den Blick und schaffte es nicht, mich anzusehen. Er schluckte mehrmals und wischte sich die Träne von der Wange. »Joy ...« Seine Stimme war kaum hörbar. Er klang voller Qual.

Mein Herz zog sich krampfhaft zusammen. Ich hatte diese leise Ahnung, die immer mehr in mir reifte. Ich wollte ihm verbieten, die Worte laut auszusprechen, wollte es nicht hören, weil es falsch war und falsch sein musste. Ich schüttelte den Kopf und wich vor ihm zurück.

Je klarer ich die Antwort in seinem Gesicht lesen konnte, desto mehr weigerte sich mein Herz und Verstand, die Wahrheit zu erkennen.

»Holly, Cathrin ... sie ist ...«

Nein! Das konnte nicht sein! Das durfte nicht sein!

»Sie hatte einen Herzstillstand. Sie konnten sie nicht mehr reanimieren.« Es kostete Parker alle Kraft, den Satz zu Ende zu sprechen.

»Nein!« Ich schüttelte ungläubig den Kopf. »Das ist nicht wahr! Das kann nicht sein. Du hast gesagt, sie wird wieder gesund, Chris! Du hast gesagt, es wird alles wieder gut!« Er log, es musste eine Lüge sein. Sie würde mich nie im Stich lassen. Mein Körper begann zu zittern.

Er trat auf mich zu. »Es tut mir so leid. Ich weiß nicht, was ich sagen soll.« Tränen schwammen in seinen Augen. »Ich wünschte, ich könnte dir etwas anderes sagen.«

Gnadenlos trafen mich die Worte und sickerten in mein Bewusstsein. Quälend langsam drang ein tiefer, unendlicher Schmerz in mein Herz, strömte von dort in meinen Bauch, in meine Eingeweide, in meine Glieder und erfasste schließlich meinen Verstand. Eine kalte Faust drückte meine Kehle zu und nahm mir die Luft zum Atmen. Schluchzend trommelte ich mit den Fäusten gegen seine Brust, schrie vor Verzweiflung. Chris hielt mich fest und ertrug es.

Cathrin! Mein kleiner, süßer Keks! Sie konnte doch nicht einfach gehen, nicht ohne mich! Sie war doch noch ein Kind!

Nein, ich weigerte mich, es zu glauben. Ihr gluckerndes Lachen hallte durch meinen Kopf und ihr Gesicht lächelte mich mit ihrem Liebreiz und ihrer Fröhlichkeit an. Der Schmerz überwältigte mich und meine Beine gaben nach.

Parker hielt mich und setzte sich mit mir im Arm auf den Boden. Er wog mich wie ein Kind – minutenlang, vielleicht auch Stunden.

Es war dunkel und vollkommen still, als ich mitten in der Nacht in meinem Bett hochschreckte. Mir war unangenehm kalt und mein Herz klopfte wild. Ich fühlte mich so leer und allein. Mein Schädel brummte und intensivierte die Schrecken dieses Albtraums.

Ein kleines Nachtlicht wurde eingeschaltet. »Joy ...«

Tränenüberströmt blickte ich in Parkers übernächtigtes Gesicht. Tiefe Schatten lagen unter seinen Augen. Er schien nicht geschlafen zu haben. Seine warmen Arme umfingen mich und drückten mich fest an ihn. Er ließ mich weinen, bis ich keine Tränen mehr hatte.

»Ich hab solche Kopfschmerzen.«

»Ich hole dir eben eine Tablette und etwas zu trinken.« Er stand auf und verschwand.

Das gedämmte Licht schmerzte in meinen Augen, aber sobald ich sie schloss, sah ich meinen Keks. Es tat so weh, dass ich es vermied, sie zuzumachen.

»Hier, trink das.« In einem Zug leerte ich das Glas.

»Möchtest du etwas essen? Vielleicht eine Suppe?«

Kopfschüttelnd blickte ich auf meine Decke und hörte dem Regen zu, wie er leise gegen das Fenster trommelte. Chris legte sich wieder zu mir und strich sanft über mein Haar.

»Chris?«

»Ja«, flüsterte er.

»Ich will sie sehen.«

»Ich weiß, Pinselchen.« Unaufhörlich streichelte er mich und schwieg, bis ich in einen traumlosen Schlaf sank.

Drei Tage vergingen, in denen ich das Bett kaum verließ. Pat, Anne und Mike waren da. Wahrscheinlich hatte Parker sie angerufen. Mehrmals hielt mir Parker das Handy hin. Mein Vater wollte mit mir sprechen. Ich weigerte mich. Irgendwann gab er wohl auf.

Permanent wurde ich überwacht, gefüttert und umsorgt. Sie redeten mit mir, doch ich hörte sie nicht – wollte sie nicht. Die meiste Zeit schlief ich, weil dann dieses dumpfe, dröhnende und unerträgliche Surren in meinem Körper endlich aufhörte. Der Schmerz verzog sich und ich konnte mich auf die Leere in mir einlassen. Am liebsten wäre ich nie wieder aufgewacht, hätte alles vergessen und würde nichts empfinden. Dann wäre ich bei ihr, und nichts könnte uns mehr trennen.

»Joy! Joy, wach auf.« Sanft rüttelte mich Parker. Ihn ignorierend, hielt ich die Augen geschlossen, in der Hoffnung, er würde wieder gehen.

»Mia? Kannst du mir zuhören?« Parker seufzte, als ich nicht reagierte. »Lindsey ist da.«

Lindsey. Sie war in ihrer Nähe gewesen, als es passiert war. Ich schlug die Augen auf.

***

Ich fühlte mich wie gebeutelt, als ich mich unter die Dusche zwang. Mein Haar fiel in fettigen Strähnen schlaff hinunter, meine Haut war bleich und fahl, und durch die Rötungen um meine Augen hätte man glauben können, ich hätte mehrere Tage nicht geschlafen. Die wartenden Antworten trieben mich an, mich zu beeilen.

Gerede drang aus dem Wohnzimmer in den Flur hinauf – Parker, Mike, Pat, Anne und Lindsey. Sie alle unterhielten sich über mich. Einen Moment hielt ich inne.

»Sowas braucht Zeit, Chris. Wichtig ist, dass sie bei Kräften bleibt«, hörte ich Pat sagen.

»Sie isst ja kaum.« Parkers Stimme hörte sich sorgenvoll an.

»Das kommt wieder«, beruhigte ihn Anne.

»Vielleicht geht es ihr etwas besser, wenn ich mit ihr gesprochen habe.« Lindsey klang traurig, anders, als ich sie in Erinnerung hatte. Langsam ging ich die Stufen hinunter. Das Holz knarzte leise unter meinen Schritten und plötzlich verstummten alle Stimmen.

Parker kam mir entgegen. »Warum hast du dich nicht vorher bemerkbar gemacht? Ich hätte dich doch auch von oben abgeholt.« Er griff hilfsbereit unter meinen Arm und führte mich ins Wohnzimmer.

»Ich bin nicht altersschwach«, konterte ich tonlos. Er ignorierte meine Bissigkeit.

Alle Augen waren auf mich gerichtet, als ich vor dem Sessel stehen blieb. Sie alle trugen dunkle Kleidung. Ich hatte irgendein T-Shirt und eine schlabberige Jogginghose angezogen. Nur kurz hatte ich mein nasses Haar gekämmt und war ohne Schuhe hinuntergelaufen. Mein Anblick musste grauenhaft sein. Der Ausdruck in ihren Gesichtern reichte von Schock bis Mitleid, und das in allen Facetten.

Lindsey warf unsicher einen Blick zu Chris, kam dann aber mit einem mitfühlenden Lächeln auf mich zu. »Joy, es tut mir leid.« Sie umarmte mich kurz, was mir fast unangenehm war.

»Setz dich, Kind. Möchtest du vielleicht eine Suppe?« Pat meinte es nur gut, aber mit ihrer Fürsorge ging sie mir langsam auf die Nerven.

»Lass sie, Mum. Sie wird schon etwas zu sich nehmen, wenn sie Hunger hat.« Wenigstens Anne verstand mich.

Wir setzten uns, und sogleich war Parker bei mir. Ich suchte seine Hand. Wir verflochten unsere Finger. Mir entging Lindseys Blick nicht, aber der war mir im Augenblick egal.

»Würdet ihr uns alleinlassen? Ich möchte mit Lindsey und Chris sprechen.« Meine Bitte schien Anne nichts auszumachen, nur Mike und Pat regten sich sekundenlang nicht. »Bist du sicher?« Eindringlich sah mich Mike an.

»Ja.«

Anne hakte sich bei ihrem Bruder unter. »Na, komm. Gehen wir auf die Veranda. Frische Luft wird uns allen guttun.« Widerstrebend verließen Pat, Mike und Anne das Haus. Erst, als wir die Haustür klacken hörten und nur das Ticken der Uhr zu hören war, begann Lindsey zu sprechen.

»Joy, als erstes möchte ich dir sagen, dass es mir unendlich leidtut. Deine Schwester war ein so bezauberndes Mädchen ... Ich ...« Sie stockte. Hollys Tod ging auch ihr nah.

»Was ist passiert, Lindsey?«

Sie hielt ihren Blick gesenkt und musste ein paarmal schlucken, bevor sie weitersprechen konnte. »Meine Informantin ist eine Krankenschwester. Holly ging es schon beim Transport nach Dallas miserabel, aber der Ursprung ihrer schlechten Verfassung lag wohl hauptsächlich darin, dass bei der Routineuntersuchung, die ihr in Springfield hattet, eine Infektion übersehen wurde. Dazu das tagelange Ausbleiben ihrer Medikamente. Ihre Werte waren so im Keller, dass sogar der Transport ein Risiko darstellte. Nachdem wir merkten, dass Parker Recht hatte, dass ein Anschlag unmittelbar bevorstand, hatte Bennet keine Wahl und ließ sie nach Dallas bringen. Ihr Herz war schwach, ihre Werte haben sich zu keinem Zeitpunkt erholt. Vor drei Tagen gegen Abend hatte sie ihren ersten Herzstillstand. Die Ärzte konnten sie reanimieren, aber nur kurz. Ein zweiter Stillstand ...«

Regungslos starrte ich vor mich hin. »Ich will sie sehen.«

Ich spürte die Blicke, die Parker und Lindsey sich zuwarfen.

»Joy, ich weiß, das ist sehr hart für dich, aber selbst dein Vater darf nicht zu ihr. Nicht einmal zu ihrer Beisetzung.«

Ich sah auf. »Ihr wollt sie schon beerdigen?«

Sie nickte. »In zwei Tagen wird sie in Pasadena auf dem Hauptfriedhof neben deiner Mutter beigesetzt.«

Tränen stiegen mir in die Augen. Das war so endgültig, dabei wirbelte sie immer noch so lebendig und lachend durch meinen Kopf. Abrupt stand ich auf. »Ihr könnt sie doch nicht einfach ohne uns beerdigen! Wir sind ihre Familie, verdammt!«, weinte ich.

Parker stand auf. »Beruhige dich.« Er legte seine Hände auf meine Schultern. »Ich verspreche dir, Joy, wenn das alles vorbei ist, wird sie das schönste Begräbnis bekommen, das Pasadena je gesehen hat, aber jetzt musst du stark sein. Suárez wartet nur auf so eine Gelegenheit.«

»Das ist mir egal, Chris.«

Er riss die Augen auf und blickte mich verzweifelt an. »Sag so etwas nicht, Joy.«

»Was habe ich noch zu verlieren?«

»Eine ganze Menge, nur siehst du das jetzt noch nicht.«

»Ich will sie sehen«, forderte ich noch einmal ein.

Lindsey stand auf. »Es existieren ... Bilder von ihr«, schlug Lindsey Parker vorsichtig vor.

»Nein!« Schroff wies er sie zurück, doch ich wurde neugierig. »Was sind das für Bilder?«

»Ich sagte NEIN!« Parker warf Lindsey einen langen, warnenden Blick zu, was sie letztlich zum Schweigen brachte.

»Was sind das für Bilder, Chris? Ich habe ein Recht, das zu erfahren.«

»Lass sie selbst entscheiden«, bat Lindsey ihn.

»Das ist unnötig grausam, Lin, und das weißt du.«

»Würdet ihr bitte aufhören, über mich zu sprechen, während ich genau neben euch stehe? Was sind das für Bilder?«

Lindsey seufzte. »Das sind Bilder für unsere Akte. Sie wurden vor der Obduktion aufgenommen.«

»Diese Fotos willst du nicht sehen, Joy, glaub mir bitte«, warf Parker ein. »Ich will nicht, dass das deine letzte Erinnerung an sie ist.«

Lindsey lief zu ihrer Handtasche und nahm einen Umschlag heraus. Diesen legte sie auf den kleinen Tisch vor dem Sofa. »Entscheide selbst, ob du sie dir ansehen willst.«

Ich fixierte den großen Briefumschlag auf dem Tisch. Sollte ich ihn öffnen? Ich war mir unsicher. Was, wenn Chris Recht hatte und ich die Bilder nicht ertragen konnte? Für immer hätte ich sie in meinem Kopf und könnte sie wahrscheinlich nie wieder vergessen.

Lindsey legte ihre Hand auf meinen Arm. »Es tut mir so leid, Joy. Wir sind alle fassungslos.« Sie schenkte Parker noch einen vielsagenden Blick und ließ mich und Chris mit dem Umschlag allein.

»Tu dir das nicht an, Joy.«

Erschöpft rieb ich mir die Schläfe. »Ich weiß nicht ... Ich muss nachdenken, aber ich bin so müde und fertig.«

»Dann komm, ich bring dich zurück in dein Bett. Ruh dich aus, solange du willst.« Langsam liefen wir hinauf in mein Zimmer. Er öffnete das Fenster, damit frische, kühle Luft hineinströmen konnte. Der Himmel war verhangen und es hatte sich deutlich abgekühlt. Der Regen passte zu meiner Stimmung, und auch Parker ging es nicht anders.

»Chris, kannst du bei mir bleiben?«

Ohne ein Wort zog er seine Schuhe aus und legte sich zu mir. Wir kuschelten uns eng aneinander. Seine Wärme und sein Duft waren das Einzige, was tröstlich für mich war. So wollte ich einschlafen und am liebsten nie wieder aufwachen.

***

Es war bereits dunkel, als ich das nächste Mal aufwachte, und ich war allein. Der Platz, an dem Chris vorher noch gelegen hatte, war kalt. Deutlich hatten sich die Temperaturen im Zimmer abgekühlt und eine Gänsehaut breitete sich auf meiner Haut aus. Ich stand auf und schloss das Fenster, dabei blickte ich hinaus in die Nacht. Die Wolken hatten sich verzogen und das Mondlicht leuchtete hell und klar.

Meine schlimmste Befürchtung war eingetreten. Cathrin war gegangen. Der Verlust war kaum zu ertragen. Dieses Gefühl zwang mich fast in die Knie, wenn da nicht noch eine andere Emotion gewesen wäre. Sie schien von Stunde zu Stunde stärker zu werden und lauerte genau hinter meinem Herzen.

Leise schlich ich hinunter und ging an den Kühlschrank. Mit einer Wasserflasche und einem Stück trockenem Brot setzte ich mich auf das Sofa und schaltete die kleine Stehlampe ein. Es war gespenstisch still, nur das Ticken der Uhr an der Wand war zu hören. Mein Blick fiel auf den Umschlag, der noch immer direkt vor mir auf dem Tisch lag. Kurz hielt ich inne und nahm ihn schließlich mit zittrigen Händen an mich. Ich schluckte meinen Bissen hinunter und öffnete ihn.

»Tu es nicht, Joy.«

Ich zuckte zusammen. Parker stand mit wirrem Haar, einer Jogginghose und seiner Pistole im Türrahmen.

Erleichtert ließ ich meine schlaffen Schultern sinken. »Du hast mich erschreckt.«

»Tut mir leid, das war keine Absicht.« Er schlenderte zu mir rüber. »Willst du das wirklich?« Er setzte sich neben mich.

»Sie ist noch so lebendig in mir. Wenn ich es nicht tue, werde ich vielleicht nie begreifen, dass sie tatsächlich fort ist.«

Er schwieg zuerst, dann nahm er mir den Umschlag aus der Hand. »Okay, wenn es das ist, was du willst, dann machen wir es eben gemeinsam.«

Ich nickte einverstanden. Mein Mund fühlte sich plötzlich staubtrocken an und ich zitterte innerlich. »Hast du sie dir schon angesehen?«

Nickend öffnete er den Umschlag und zog die Bilder heraus. Mein Herz raste, und erst, als er mir die Fotos entgegenstreckte, wandte ich meinen Blick von ihm ab.

Da lag sie – bleich und leblos, fast, als würde sie schlafen. Ihr langes braunes Haar umrahmte ihr süßes Gesicht. Ihre Lippen hatten eine bläuliche Farbe. Ihre sonst so rosigen Wangen waren fahl. Da lag meine Schwester, die ihr ganzes Leben gekämpft hatte. Vielleicht fand sie jetzt ihren Frieden. Ich wünschte es mir so sehr.

Ich gab Chris das Foto zurück. Er hatte wahrscheinlich damit gerechnet, dass ich weinend zusammenbrechen würde, und ich wunderte mich selbst, dass ich ihren Anblick einigermaßen hatte ertragen können. Ich kannte den Grund dafür.

»Alles okay?«

»Nein, nichts ist okay, Chris«, flüsterte ich. »Ich will, dass endlich etwas geschieht, sonst drehe ich noch durch.«

»Beruhige dich, morgen werden wir über alles Weitere nachdenken. Ich werde mich mit Lindsey besprechen.« Er steckte die Fotos zurück in den Umschlag. »Komm«, sagte er und streckte mir seine Hand entgegen. Ich ergriff sie und folgte ihm in mein Zimmer.

Ein Blick von mir reichte, um ihm zu sagen, dass er bleiben sollte. Er legte sich zu mir und zog mich in seine Arme. Liebevoll streichelte er mich. »Der Schmerz wird nie ganz vergehen, aber es wird irgendwann besser werden«, hauchte er mir ins Ohr. Ich spürte seine Hände auf meinem Rücken – warm und sanft. Mit dem Daumen fuhr er über meine Haut. Sein Duft und sein Herzschlag beruhigten mich auf eine besondere Art und Weise. Parker war wie Balsam für meine geschundene Seele. Ich wünschte, dieser Moment würde nie zu Ende gehen. Verlangen und Sehnsucht, für ein paar Stunden alles zu vergessen, stiegen in mir auf. Vorsichtig lehnte ich mich zurück und sah ihn an. Er war eingeschlafen. Sein gleichmäßiger Atem strich über mein Gesicht und der entspannte Ausdruck ließ auch mich schläfrig werden.

Er hatte wenig geschlafen in den letzten Tagen, hatte sich liebevoll um mich gekümmert und dabei den gleichen tiefen Schmerz gespürt wie ich. Parker hatte Holly geliebt. Sie zu verlieren, hatte auch ihn hart getroffen. Leise weinte ich mich in den Schlaf.

Als ich am nächsten Morgen die Treppe hinunterging, saßen Parker, Lindsey und Mike um den Laptop versammelt und .waren am Diskutieren.

»Das muss der Club sein. Da ist Suárez sogar mit auf dem Foto.« Parker saß vor dem Bildschirm, während Lindsey und Mike hinter ihm standen. Sie stierten gebannt auf den Monitor und nahmen mich gar nicht wahr.

»Laut den Daten vom Chip soll der nächste große Deal in genau einer Woche stattfinden«, sagte Parker und deutete mit dem Finger auf seine Mitschriften. »Wir werden uns genau darauf vorbereiten.«

Ich trat näher und Lindsey bemerkte mich als Erste.

»Joy, guten Morgen.«

»Morgen«, murmelte ich und ging zu ihnen. Ich war neugierig, wollte wissen, was genau sie sich gerade ansahen. Die drei hatten nicht mit mir gerechnet und waren etwas verwundert. »Was habt ihr da?«

»Jim hat eine umfangreiche Datei mit mehreren Bildern geknackt und uns den Grundrissplan mit dem Ort der nächsten Übergabe geschickt.«

Ich schaute auf das geöffnete Foto. Es war ein Nachtclub, dessen Name auf einer großen Reklametafel stand. *Piñata*. Es war ein riesiges Gebäude mit beschlagenen Fenstern. »Was ist das?« Ich zeigte mit dem Finger auf den Plan.

»Das ist das Tunnelsystem, das sich direkt unter dem Gebäude befindet. Wenn die Daten vom Chip richtig sind, ist das die Lösung, die wir jahrelang übersehen haben. Durch diesen Tunnel organisiert er seine Hauptgeschäfte. So schafft er tonnenweise Drogen oder Illegale in die USA«, erklärte Parker und reichte mir sein Milchglas. Normalerweise hätte ich die Milch nie getrunken, aber ich war so in die Fotos vertieft, dass ich es gedankenverloren annahm und daraus trank. Parker grinste, wandte sich aber schnell wieder dem Laptop zu.

»Das ist sein Büro.«

Das Arbeitszimmer schien recht groß zu sein. Man konnte es nicht genau einschätzen, aber die Abstände der Möbel und die Entfernung der Aufnahme ließen darauf schließen.

»Du kennst ja Suárez, hast ihn ja schon auf Fotos gesehen. Den Herrn daneben muss ich dir ja nicht vorstellen«, meinte Chris sarkastisch. Ja, den mexikanischen Boss kannte ich. Wie könnte ich vergessen, dass er für Hollys Tod mitverantwortlich war? Mein Blut geriet in Wallung, als ich ihn näher anschaute. Er sah nicht anders aus, als ich ihn in Erinnerung hatte. Er war ein dünner, fast drahtiger älterer Kerl, der in einem Anzug steckte und eine dicke Zigarre rauchte. An Fingern und Hals trug er mehrere Goldklunker. Sein lichtes Haar, das an den Schläfen ergraute, hatte er mit Haargel streng nach hinten gekämmt – typisch Mafioso also! Und der Mann neben ihm auf dem Bild war mein Vater.

»Wie wollt ihr da reinkommen? Du hast selbst gesagt, dass dieser Dreckskerl besser bewacht wird als unser Präsident.« Mike hatte auf einem Stuhl Platz genommen. »Wie wäre es, wenn du Bennet doch in deine Pläne einweihst?«

»Das geht nicht, Mike, das habe ich dir doch schon erklärt. Der Verräter ist in unmittelbarer Nähe von Bennet. Wenn ich das tue, erreichen wir gar nichts und gehen leer aus. Außerdem dürfen wir offiziell gar nicht über die Grenze, um so eine Operation durchzuführen.« Parker dachte nach. »Es muss eine andere Möglichkeit geben.«

Meine Aufmerksamkeit wurde auf das Foto mit Suárez und meinem Vater gelenkt. Es waren nicht die beiden Kartellbosse, sondern etwas im Hintergrund, was meinen Atem schneller werden ließ. »Chris, kannst du das näher heranzoomen?«

Parker vergrößerte das Foto. Ich brauchte einen Stuhl. »Das gibt's ja nicht! Das ist doch ...«

»Joy, was ist los?«

Ich war so ergriffen, dass ich im ersten Moment nicht sprechen konnte. Ich war verwirrt. »Das ist ... Wie kommt Mums Gemälde da hin?«

Kapitel 12

Parker, Lindsey und Mike schauten genauer hin. Auf dem Foto hing hinter dem massiven Schreibtisch ein Bild, welches in einen goldenen Rahmen eingefasst worden war. Ich ballte die Hände zu Fäusten und unterdrückte die Wut, die wie ein Samenkorn langsam in mir aufkeimte. »Das war Mums letzte Arbeit. Wir haben Stunden in ihrem Atelier verbracht und gezeichnet. Sie hat den Kirschbaum aus unserem Garten gemalt, während ich an meinen Zeichnungen übte. Wie kommt dieses Bild in die Hände dieses ...«

»Bist du sicher?«, wollte Lindsey wissen.

»Natürlich bin ich mir sicher. Das ist der Baum, der als Symbol für unsere Familie steht. Schau, hier kann man ihre Signatur erkennen.« Parker zoomte das Bild noch näher heran und bestätigte meine Aussage.

Es gab nur eine Möglichkeit: Dad musste diesem Dreckskerl das Bild überlassen haben. Ich schäumte vor Wut und mir war ganz elend zumute.

»Wir werden es wieder holen, Joy. Okay?«

Ich erwiderte nichts und hörte ihnen eine Weile zu, während Lindsey und Parker sich so etwas wie einen Plan ausdachten. Ich wusste nur eines: Ich wollte dieses Bild. Parker klappte den Laptop zu. »Ich brauch 'ne Pause. Ich geh joggen.«

»Ich begleite dich«, sagte Mike eifrig. Ich stutzte. Was hatte das zu bedeuten? Auch Parker schien leicht irritiert, willigte aber ein.

»Wo sind eigentlich Pat und Anne?« Erst jetzt fiel mir auf, dass ich die beiden noch gar nicht gesehen hatte.

»Ach, ja ... Meine Mutter und Anne sind zurückgefahren. Mum hat morgen Abend eine Hochzeit im *Philadelphia* und muss noch jede Menge Vorbereitungen treffen. Sobald sie aber Luft hat, kommt sie wieder. Ich soll dir ganz liebe Grüße bestellen«, erklärte Mike und folgte Parker hinaus. Er kam mir irgendiwe verändert vor. Wann hatte Parker beschlossen, Mike doch in sein Mitwisser-Team aufzunehmen? Und wieso hatte er plötzlich kein Problem mehr damit? Mike wirkte gefasst, und irgendwie hatte ich das Gefühl, dass er nicht genau wusste, wie er mit mir umgehen sollte. Er wich meinem Blick verlegen aus und versuchte nicht, mit mir allein zu sein, aber darum konnte ich mir jetzt keine Gedanken machen. Ich war froh, dass er hier war, auch wenn unser letztes Gespräch nicht gut verlaufen war.

Das Bild meiner Mutter ging mir nicht mehr aus dem Kopf. Ich hatte bewundert, wie genau und gleichzeitig detailreich sie den Kirschbaum gemalt hatte. Es war eines ihrer schönsten Werke. Ich wollte es unbedingt wieder haben.

»Ich könnte etwas Hilfe in der Küche gebrauchen. Hast du Lust mir zu helfen?«

Ich sah auf. Lindsey lächelte mich fragend an, und ich wusste nicht, ob es ein ehrliches oder gespieltes Lächeln war. Seit Parker mir gesagt hatte, dass sie mehr von ihm wollte als nur schnellen Sex, brannte eine kleine Eifersuchtsflamme in mir. »Okay.«

Ich musste wirklich total bescheuert sein, denn ich folgte ihr in die Küche. Wir schnippelten Gemüse klein.

»Konntest du dich ein wenig erholen? Parker hat mir erzählt, dass du heute Nacht länger wach warst.«

»Es geht mir gut«, wiegelte ich ab. Ich verspürte nicht die geringste Lust, mit ihr über mein Wohlbefinden zu sprechen. Was hatte er ihr denn noch alles anvertraut? Seit wann war Parker eine Tratschtante? Eine Weile schnitten wir schweigend weiter, bis sie mich mehrmals anblickte und immer wieder Atem holte, ihren Mund dann aber schloss.

»Was ist los, Lindsey? Du willst doch irgendwas.«

Sie war verblüfft über meine direkte Art, aber nur für einen kurzen Moment. »Du hast Recht. Ich will schon länger mal mit dir reden, aber das ist nicht der richtige Zeitpunkt.«

Ich schüttelte den Kopf. »Ich bin nicht aus Porzellan. Spuck es aus. Was hast du auf dem Herzen?«

Sie zögerte, aber dann schien sie über mein Angebot ganz froh zu sein. »Eigentlich habe ich eine Bitte an dich.«

»Worum geht es? Um Parker?«

»Halte dich von ihm fern. Ich kann verstehen, dass er sehr anziehend auf dich wirkt, aber dir sollte klar sein, dass so ein Typ wie er sich nicht auf Beziehungen einlässt.«

»Du musst es ja wissen«, gab ich schnippisch zurück.

»Ich weiß, was zwischen euch läuft, und am Ende wird er dir dein Herz brechen.« Jetzt nahm ihr Ton eine leichte Schärfe an, die mich aufhorchen ließ, und ihr Blick verriet so viel mehr. Ihre Augen funkelten mich warnend an. Wollte sie mich etwa einschüchtern?

»… Oder ich seines. Ich denke, ich bin ein schon großes Mädchen und kann auf mich selbst aufpassen. Aber danke für deine Fürsorge!«

Überrascht sah mich an. »Du kennst ihn nicht. Chris ist nicht fähig, eine Beziehung zu führen. Sein Leben ist verkorkst und er hat schon genug mit sich selbst zu kämpfen.«

»Dann sind wir schon zu zweit! Ich kenne seine Geschichte, Lindsey.«

»Er hat es dir erzählt?« Mitten im Schneiden hielt sie inne.

Wieso war das so abwegig? »Ich kann dir versichern, dass ich ihn nicht dazu gedrängt habe.«

Sie wandte sich ab, holte aus dem Unterschrank ein großes Sieb heraus und begann das Gemüse, das wir kleingeschnitten hatten, einzufüllen. »Wie dem auch sei, ich wollte dir nur klarmachen, dass das zwischen euch nicht von Dauer sein wird. Ich kann verstehen, dass er einem Mädchen den Kopf verdreht, aber wenn das alles vorbei ist, dann …« Ihr Ausdruck wurde sanft. »Joy, ich wollte dir nicht zu nahe treten, du hast wirklich genug durchgemacht. Nichts für ungut.«

War das eine Art Friedensangebot? Sie nahm das Sieb mit dem Gemüse, lächelte kurz mitfühlend und ging zum Spülbecken. »Wir sollten uns jetzt auf unsere Aufgabe konzentrieren. Wir sind noch nie so nahe dran gewesen wie jetzt. Wenn wir es schaffen sollten, Suárez dingfest zu machen, könnte das Chris von seiner Suspendierung befreien.«

Sie hatte Recht. Es gab Wichtigeres zu tun, als sich um einen Mann zu streiten, der ohnehin tat, was er wollte. Ich seufzte. »Und was ist mit Mike? Wieso arbeitet er mit euch?«

Sie blickte kurz über die Schultern zu mir. »Ich habe Parker dazu überredet. Er ist intelligent und kann uns vielleicht helfen, denke ich.«

»Er hat nichts mit der Sache zu tun, Lindsey.«

»Darüber hätte er sich früher Gedanken machen sollen. Es war seine Entscheidung.«

Damit hatte sie Recht. Jeder trug für sein Handeln selbst die Verantwortung.

»Ich muss nachher ein paar Sachen erledigen. Meinst du, ich kann Mikes Wagen nehmen?«

Ihr abrupter Themenwechsel überrumpelte mich. »Äh ... keine Ahnung, das musst du ihn fragen.« Ich ging zum Laptop und schaltete ihn ein. »Kannst du die Daten öffnen? Ich möchte mir gern noch einmal die Bilder anschauen.« Mit einem leisen Seufzen kam sie zum Tisch und öffnete mit wenigen Klicks die Dateien. Jim hatte fast alle verschlüsselten Ordner knacken können.

In Ruhe sah ich mir alles an. Die Landkarten konnte ich erst nicht lesen, doch Jim hatte wirklich tolle Arbeit geleistet und eine Beschreibung mit kleinen Erklärungen mitgeschickt. Nur die Videos und die Datei mit dem Namen des Maulwurfs, hatte er noch nicht entschlüsselt. Ich konnte immer noch nicht fassen, dass im Büro dieses Verbrechers das Bild meiner Mutter hing. Suárez und mein Vater grinsten so dämlich und diabolisch in die Kamera, dass der Zorn und Hass mich auf eine Idee brachten. Je länger ich darüber nachdachte, desto konkreter wurden meine Gedanken, und ich fühlte, wie es in meinen Fingerspitzen zu kribbeln begann.

»Lindsey? Hast du kurz eine Minute? Ich weiß, wie wir Suárez das Handwerk legen können.«

***

»Das ist brillant«, grinste Mike begeistert.

»Das ist Bullshit! Suárez wird sich auf keine Erpressung einlassen.«

»Woher willst du das wissen? Ich bin mir sicher, dass er den Chip haben will.«

»Sie hat Recht, Chris. Er kann es sich nicht leisten, solch ein großes Risiko einzugehen. Er müsste große Teile seines Imperiums umstrukturieren, so etwas dauert. Er würde das Vertrauen seiner Geschäftsleute verlieren, von den Verlusten gar nicht zu sprechen.«

»Und wie habt ihr euch das vorgestellt? Wir marschieren einfach in den Club, verwickeln ihn in ein nettes Gespräch, gehen mit zwei Mann da rein und nehmen alles hoch? Ihr seid naiv, wenn ihr das tatsächlich glaubt.«

Ich musste zugeben, es war ein riskanter Plan, aber hieß es nicht immer, Angriff war die beste Verteidigung?

»Diese Party in dem Nachtclub ist unsere Chance, Chris«, verteidigte Lindsey meine Idee. »Ich gebe zu, hier und da brauchen wir noch Ideen, aber ich kenne dich, du wirst eine Lösung finden.«

Parker rieb sich den Nasenrücken, starrte erst Lindsey und dann mich an. »Okay, spielen wir mal die ganze Sache durch. Falls Suárez den Köder fressen sollte, wie soll es dann weitergehen? Wenn ich dort auftauche, habe ich schneller eine Kugel im Kopf, als ich Luft holen kann. Er weiß, wer ich bin, und seine Männer auch.« Er schwieg einen Moment, bis er selbst darauf kam und mich völlig entgeistert ansah. »Oh nein, Leute, das könnt ihr komplett vergessen.«

»Wieso nicht?«, begehrte ich auf. »Er weiß inzwischen, wie ich zu meinem Vater stehe. Ich biete ihm den Chip im Tausch gegen das Bild an. Er wird mich treffen wollen, da bin ich mir sicher. Und während er noch glaubt, in Sicherheit zu sein ...«

Parker machte ein grimmiges Gesicht. »Du kannst weder kämpfen noch schießen, Joy, hast keine Erfahrung noch sonst was. Das könnte deinen Tod bedeuten. Ich kann dich nicht allein da reinlassen.«

»Das musst du auch nicht. Ich werde sie begleiten«, mischte sich Mike plötzlich ein. »Solange er nicht weiß, dass wir von dem geheimen Tunnel wissen, wird er sich sicher fühlen.«

Parker begann schallend zu lachen. »Das ist das Verrückteste, was ich je gehört habe. Seid ihr beide total lebensmüde? Zwei Zivilisten gehen in Juárez auf Verbrecherjagd, das ist echt witzig.« Kopfschüttelnd lief er zum Laptop, zog den Chip heraus und steckte ihn in seine Hosentasche.

»Chris«, begann Lindsey. »Wenn du das Kartell zerschlagen willst, ist das deine Chance.«

»Sie sind Zivilisten, Lin.« Er deutete mit dem Finger auf mich und Mike. »Selbst, wenn sie es schaffen sollten, zum Oberboss vorzudringen, brauchen wir eine Sondereinheit, die den Club hochnimmt.«

»Ich sagte ja, wir brauchen noch eine Idee«, gab sie zu. »Aber ich bin mir sicher, dir fällt etwas ein. Du kennst so viele Leute, hast Beziehungen ... Ich meine, du kannst endlich mit dem Pack aufräumen. Das wolltest du doch immer.«

Es war mucksmäuschenstill und wir alle starrten Chris an. Erst blickte er zu Lindsey, dann zu mir. Ich verstand seine Bedenken, aber ich musste zugeben, dass ich es genauso sah wie sie. Es war die Chance, dem Ganzen ein Ende zu bereiten, und was mich betraf: Was hatte ich schon zu verlieren? Das Bild meiner Mutter betrachtete ich als mein Eigentum. Außerdem wollte ich dem Mann in die Augen schauen, der geholfen hatte, meine Familie zu zerstören. Natürlich fürchtete ich mich, aber es wurde Zeit, mein Schicksal endlich in die Hand zu nehmen. Ich begriff, dass Parkers Worte richtig gewesen waren: ›*Lass deine Angst niemals dein Schicksal bestimmen.*‹

»Aber nicht auf ihre Kosten, verdammt!« Parker ging hinaus und knallte die Tür zu.

»Gebt ihm Zeit, eine Entscheidung zu fällen«, sagte Lindsey zufrieden, als Parker gegangen war. Sie seufzte und wandte sich an Mike. »Können wir?«

Mike erhob sich und blickte mich fragend an. »Kommst du für ein paar Stunden klar?«

»Wohin geht ihr?«

»Lindsey muss ein paar Sachen in der Stadt erledigen und ich werde sie begleiten.«

»Natürlich.« Skeptisch sah ich den beiden nach und wurde das merkwürdige Gefühl einfach nicht los, dass die Agentin etwas vorhatte.

Sie bemerkte meinen Blick und kehrte noch einmal zu mir zurück. »Schau nicht so. Wir brauchen Waffen und anderen technischen Schnickschnack zum Trainieren. Wir können euch unmöglich unvorbereitet zu Suárez schicken.«

Ich runzelte die Stirn. »Wieso bist du dir so sicher, dass Parker sich darauf einlassen wird?«

Sie grinste. »Ich kenne ihn eben.« Voller Selbstsicherheit ließ sie mich stehen und folgte Mike in die Garage.

Ich hatte die Hose gestrichen voll, wenn ich nur daran dachte, freiwillig in die Höhle des Löwen zu gehen. Andererseits hatte ich nichts mehr zu verlieren. Holly war tot und mein Vater war für mich ebenfalls gestorben. Ich war allein, das würde ich auch in Zukunft sein. Die Dämonen der Vergangenheit würden mich mein ganzes Leben lang verfolgen. Allein der Gedanke, dass ich Suárez das Leben schwermachen könnte, erfüllte mich mit heißer Vorfreude. Auf diese Weise konnte ich mich rächen.

Es war leicht, Parker zu finden. Er befand sich hinterm Haus und hackte Holz. Den Axthieben nach zu urteilen, focht er gerade einen heftigen Kampf mit sich aus. Die Holzsplitter flogen in alle Richtungen, und bei jedem Hieb zuckte ich zusammen. Er war aggressiv und voller Widersprüche, doch das hielt mich nicht zurück.

»Können wir reden?« Langsam schlenderte ich auf ihn zu.

»Geh wieder ins Haus«, knurrte er, ohne auf mich zu achten.

»Du bist nur sauer, weil du weißt, dass ich Recht habe.«

Wutschnaubend warf er die Axt auf die Wiese. »Verdammt noch mal, Joy. Selbst wenn, werde ich dich nicht als Köder ausliefern. Mir wird schon etwas anderes einfallen.«

Mutig trat ich näher und schüttelte meinen Kopf. »Wenn mein Vater, Bennet oder sonst wer den Chip in die Hände bekommt, dann ist alles verloren. Wir wissen beide, dass dann alles vorbei ist.«

Er schien sich dessen bewusst zu sein und warf stöhnend den Kopf in den Nacken. »Fuck! Wieso bist du nur so stur?«

»Was ist mit Logan?«

Er seufzte. »Logan ist sauer auf mich.«

»Wegen der Suspendierung?«

»Auch. Ich kann es ihm noch nicht mal übelnehmen. Ich habe es schließlich verbockt. Was deine Idee betrifft, das kannst du dir aus dem Kopf ... « Er hielt inne, als er den Wagen hörte.

»Lindsey und Mike fahren in die Stadt. Sie sind in ein paar Stunden zurück«, erklärte ich ihm.

Sein Gesicht verfinsterte sich noch mehr. »Sie besorgt eine Ausrüstung«, stellte er fest. »So ein Miststück!« Er stemmte seine Arme in die Hüften und keuchte aufgebracht.

Ich ging auf ihn zu, blieb direkt vor ihm stehen und hakte meine Finger in die Gürtelschlaufen seiner Jeans. »Lass es mich wenigstens versuchen, bitte Parker. Was haben wir denn schon zu verlieren?«

Er sah auf mich herab und suchte in meinen Augen nach einer weiteren Ausrede. »Rache bringt dir deine Schwester nicht zurück, Pinselchen«, erwiderte er traurig.

»Ich weiß, aber so habe ich wenigstens das Gefühl, etwas getan zu haben.«

Ich wusste, dass er mich verstand. Viele hundert Male hatte er das Gleiche gefühlt. Genau wie ich spürte er das gleiche heiße Pochen unter der Haut – nur mit dem Unterschied, dass er trainiert und ausgebildet und ich völlig unerfahren und unqualifiziert war.

Aber das größte Argument war, dass er keine andere Wahl hatte. Je mehr Zeit verging, desto größer wurde die Gefahr, dass Bennet uns fand, Parker einbuchtete und der Chip in falsche Hände geriet. Dann stünde er wieder bei null.

Sein Widerstand bröckelte langsam und er schien meinen Vorschlag tatsächlich in Erwägung zu ziehen. »Was, wenn dir etwas passiert?« Er war so süß. Mein Herz war so schwer. Ich liebte ihn, aber ich wusste, dass Lindsey Recht hatte. Wenn alles vorbei war, würde er mich vergessen und so weiterleben, wie er es bisher auch getan hatte.

»Dann hast du doch immer noch Lindsey«, sagte ich mit fester Stimme.

***

Zurück im Haus kämpfte ich mit den Tränen. Der Gedanke, dass Lindsey ihn bekommen könnte, tat weh, aber damit musste ich lernen zurechtzukommen. Ich hatte ja schon lange geahnt, dass es so kommen würde, aber der Schmerz traf mich jedes Mal härter, als ich vermutet hatte.

Ich stand am Fenster in meinem Zimmer. Dunkle Wolken zogen auf und verdrängten das Tageslicht. Ein schweres Gewitter war im Anmarsch. Der Garten war leer, im Gras lag noch die Axt, die Parker zornig auf die Wiese geworfen hatte. Es begann zu regnen und ein leises Donnergrollen war in der Ferne zu hören.

»Du hast keine Ahnung, was ich wirklich will.«

Erschrocken fuhr ich herum.

Parker schaute mich aus fast schwarzen Augen an. Er gab der Tür einen leichten Tritt, damit sie zufiel, und schlenderte durchs Zimmer. »Willst du wissen, was ich will?« Eine Mischung aus Zorn, Frust und Verlangen lag in seinen Augen. Es war schon fast bedrohlich, wie er sich vor mir aufbaute. Ich ging zurück, bis ich das Fensterbrett im Rücken spürte. Seine Statur war beeindruckend: breitschultrig, mit düsterem Blick und rauer Stimme, die mir eine Gänsehaut bescherte.

»Ich will, dass du mir mit deiner Sturheit weiter auf die Nerven gehst, dass du mir weiter die Stirn bietest, und am liebsten würde ich dir ... deine verrückten Ideen ein für alle Mal austreiben.«

Mein Herz begann zu rasen. »Das schaffst du nicht. Nichts und niemand kann mich davon abbringen.«

Er trat nahe an mich heran. »Dann werde ich dich härter rannehmen müssen.« Ich bebte, schaffte es zwar, ein Stöhnen zu unterdrücken, aber mein Körper verriet mich. Er spürte, wie sehr ich ihn wollte. Parker drängte mich gegen das Fensterbrett, gerade fest genug, dass ich durch die Jeans seinen harten Schwanz spüren konnte. »Willst du das?«

Kaum in der Lage, etwas zu sagen, nickte ich.

»Dann sag es. Ich will es hören, Mia.«

Oh Gott! Dieser Mann war mein Verderben. Alles in mir erzitterte vor Aufregung, so dass ich kaum diese einfachen Worte über meine Lippen bekam. Er packte mich an den Schultern und drehte mich zum Fenster. Jetzt spürte ich seine harte Erektion in meinem Rücken. »Sag es«, forderte er mich energisch auf, aber diesmal klang es wie ein Befehl.

»Ja, ich will es.«

Er keuchte erregt und vergrub sein Gesicht in meiner Halsbeuge. Seine Hand wanderte begehrend zu meinen Brüsten. Er knetete sie kurz und wanderte dann über meine Hüften in meine Shorts, direkt in meinen Schritt. Als er mich dort berührte, schrie ich fast auf. Ich wimmerte vor Wonne und öffnete ein wenig meine Beine.

»Und wie du bereit für mich bist«, raunte er mir ins Ohr, was das süße Ziehen in meinem Unterleib nur noch verstärkte. Ich konnte sein siegessicheres Grinsen förmlich hören, was mich noch mehr anheizte. Mit kreisenden Bewegungen massierte er meine empfindlichste Stelle. Mein Atem ging schneller, und als ich kurz davor war zu kommen, nahm er seine Hand zurück und drehte mich wieder zu sich. Er wusste, wie grausam seine Folter für mich war, und genau das schien ihm zu gefallen.

»Zieh dich aus, Pinselchen.«

Ohne ihn aus den Augen zu lassen, zog ich mein Top aus und ließ die Shorts zu Boden fallen. Wenn jemand gierig schauen konnte, dann Parker. Sein fiebriger Blick wanderte über meinen Körper. »Nimm das Haargummi aus deinen Haaren.« Ich gehorchte und schüttelte kurz meine Mähne, die mir strähnig über die Schultern fiel. »Leg dich auf dein Bett.« Ich tat es und sah zu, wie er sein T-Shirt auszog. Ich genoss das Spiel seiner Muskeln und die Farbe seiner Haut, die durch das immer weniger werdende Tageslicht dunkler wirkte. Ich konnte es kaum erwarten, ihn zu berühren.

Dann endlich beugte er sich über mich, nahm eine meiner Brustwarzen in den Mund und saugte daran. Ich rang nach Luft, streckte mich ihm entgegen, dürstend nach seinen Zärtlichkeiten, die mich in den Wahnsinn trieben und mich vergessen ließen. Viele heiße Küsse hauchte er auf meinen Bauch, immer tiefer, bis er an meinem Venushügel ankam. Ich wusste, was er vorhatte, stützte mich auf die Ellenbogen und sah ihm dabei zu. Er schenkte mir ein spitzbübisches Grinsen. Seine Kunststückchen mit der Zungenspitze raubten mir alle Kraft, lösten eine Mini-Explosion in mir aus, so dass ich laut stöhnend den Kopf in den Nacken warf. Ohne Vorwarnung drang er mit zwei Fingern tief in mich ein und fickte mich hart. Er leckte mich, saugte und biss mich, gleichzeitig wurden seine Finger immer schneller. Nichts hatte sich je besser angefühlt. Ich schrie vor Lust, krallte mich am Laken fest und genoss sein Spiel in vollen Zügen.

Es kostete mich alle Willenskraft, ihn jetzt aufzuhalten. »Chris! Bitte!«

Abrupt hörte er auf und blickte erschrocken zu mir. »Habe ich dir wehgetan?«

»Nein, ich ... will dich in mir ... bitte.«

Er zog seine Finger aus mir zurück. »Sag es noch mal, aber so, wie ich es hören will.« Herrgott noch mal! Konnte er mir diese Verrücktheit nicht ersparen? Aber das, was er hören wollte, war genau das, was ich in diesem Moment brauchte. Ich war so heiß auf ihn und konnte nicht länger warten. Ich richtete mich auf und rutschte auf den Knien nahe an ihn heran, so dass ich ein wenig zu ihm aufschauen musste. »Fick mich, Parker. Jetzt sofort.«

Er stieß den Atem aus. Zufrieden löste er seinen Ledergürtel und öffnete die Hose. Ich streifte sie ihm ab und entblößte damit seinen Schwanz. Ich hatte ganz vergessen, wie groß und ... perfekt er war. Ich nahm ihn in die Hand und rieb ihn.

»Scheiße, Baby«, japste er und schloss die Augen. Es war genial, wie er auf mich reagierte. Ich begann, dabei seine Brust zu küssen, und fühlte, wie sein Körper sich anspannte. Doch er ließ sich nur kurz verwöhnen, packte mich und küsste mich hart. Seine Arme pressten mich fest an ihn. Es war lange her, das ich seine nackte Haut auf meiner spürte. Tief drang er mit seiner Zunge in meinen Mund. Ganz leicht konnte ich mich noch schmecken, und gerade, als ich bemerkte, dass es nicht mehr lange bei ihm dauern würde, beendete er unerwartet den Kuss. »Dreh dich um.«

Ich wandte mich um und lehnte mich an ihn. Seine Hände umfingen meine Brüste und streichelten sie zärtlich. Mit einer Hand drückte er mich sanft nach vorn. Instinktiv wusste ich, was er wollte. Ich vibrierte vor Anspannung. Seine Finger griffen in mein Haar, bis er sie als Zopf in der Hand hielt. »Bist du bereit?«

Gott! Wenn er mich nicht gleich nahm, konnte ich für nichts mehr garantieren. Ich spürte seinen Penis vor meiner Vagina, dann schließlich drang er langsam in mich ein.

»Verflucht, bist du eng«, presste er hervor und hielt kurz inne. »Alles okay?«

»Nicht aufhören«, zischte ich vor Erregung und kam ihm ein wenig entgegen. Seine Hände krallten sich in meine Pobacken und endlich, endlich begann er sich zu bewegen. Anfangs stieß er vorsichtig in mich, doch je mehr wir von den Gefühlen angestachelt wurden, desto heftiger und härter wurden seine Stöße. Ich war wie von Sinnen, keuchte, stöhnte und sehnte mich nach Erlösung. Mein Inneres zog sich zusammen.

»Noch nicht, Pinselchen.« Ohne Vorwarnung zog er sich keuchend aus mir zurück. »Leg dich hin, ich will dich dabei ansehen.« Er legte sich auf mich. Sein Atem ging immer noch schnell und kleine Schweißperlen hatten sich auf seiner Stirn gebildet. Ich fuhr ihm durch sein Haar. Sein Herz raste, genau wie meines. Er lächelte, als er mit einem Stoß wieder in mich eindrang, was wie ein Versprechen auf Erfüllung auf mich wirkte. Sein Rhythmus war quälend langsam. Ich fühlte ihn und sah ihm in die Augen, in seine Seele. Dem sich aufbauenden Druck konnte ich nichts mehr entgegenbringen. Parker stieß immer heftiger zu, schrie meinen Namen. Nach wenigen Bewegungen zersprangen wir in tausend Stücke.

Kapitel 13

Nach Luft ringend, legte er sich neben mich. Ich hielt die Augen geschlossen und wollte die Gefühle in mir noch nicht gehen lassen. Der Sex mit Parker war so berauschend und gleichzeitig erfüllend gewesen, wie ich ihn noch nie zuvor gespürt hatte.

Er stützte seinen Kopf auf einer Hand ab und strich mit dem Zeigefinger meine Gesichtskonturen nach. »Alles okay?«, flüsterte er.

Ich seufzte schläfrig, erfüllt und zufrieden. »Ja.«

Er griff nach dem Laken und deckte uns beide zu. Ich kuschelte mich an ihn. Solange wie möglich wollte ich seine Wärme spüren und von seinem Duft umnebelt werden, der wie eine Droge für mich war.

Wir redeten kaum, denn alles, was wir sagen würden, würde die Ruhe und den Frieden zerstören. Dennoch tauchten Fragen in mir auf, über die ich gerne mit ihm sprechen würde. Nachdenklich lag ich an seiner Brust und zeichnete mit dem Finger kleine Kreise auf seiner Haut. »Chris?«

»Hm?«

»Hast du das vorhin ernst gemeint?«

Er öffnete ein Auge und blinzelte. »Was meinst du?«

»Als du aufgezählt hast, was du wirklich willst.«

Sein schiefes Grinsen erschien. Er löste sich von mir, drehte sich zur Seite, so dass er mich ansehen konnte. »Du musst immer alles genau wissen, stimmt's?«

»Natürlich. Wer will schon schwammige Antworten?«

Er lachte. »Na gut. Ja, ich habe es ernst gemeint.«

Mein Herz überschlug sich. »Und was bedeutet das? Ich meine, was willst du mir damit sagen?«

Er strich eine Haarsträhne aus meiner Stirn und zögerte. »Das heißt, dass du echt verrückt bist.«

»Dann wirst du es aber tun?«

Er starrte zur Zimmerdecke. »Habe ich eine Wahl?«

»Ich verspreche, dass ich sehr vorsichtig sein werde. Wenn ich weiß, dass du mich beschützt, dann habe ich nur halb so viel Angst.«

»Das ist es ja gerade, Pinselchen. Ich weiß nicht, ob ich dich beschützen kann. Ich weiß noch nicht einmal, ob ich überhaupt in deiner Nähe sein werde. Das ist alles nicht so einfach, wie du dir das vorstellst.«

»Ich muss das aber tun, Chris.«

Er starrte mich an und küsste zärtlich meine Lippen. Urplötzlich hob er den Kopf und blickte aufmerksam zum Fenster. »Was war das?«

Wir lauschten, und als er mich ein weiteres Mal küssen wollte, hielt er abermals abprubt inne. Diesmal hatte ich es auch gehört. Von draußen waren ein Knacken und Rascheln zu hören. Eilig zog Parker seine Boxershorts an und spähte aus dem Fenster.

Ich fischte ebenfalls nach meiner Kleidung. »Das sind bestimmt Mike und Lindsey«, flüsterte ich. Wenn es Mike und Lindsey waren, hätten wir dann nicht den Wagen gehört? Andererseits waren Chris und ich so beschäftigt gewesen, dass wir das Auto nicht wahrgenommen hätten. Zum Glück schien das Haus gut isoliert zu sein, und Gott sei Dank gab es hier in der Umgebung keine Nachbarn, die sonst ganz sicher mitbekommen hätten, was wir getrieben hatten.

Ruckartig wich Parker vom Fenster zurück. Alle Farbe war aus seinem Gesicht gewichen. Aus seiner Miene entnahm ich, dass wir in Schwierigkeiten steckten.

»Fuck ... Oilily. Er kommt mit ein paar Männern. Wir müssen sofort weg hier!«

»Oilily?« Ängstlich stieß ich den Atem aus.

»Pack deine wichtigsten Sachen in den Rucksack und halte dich vom Fenster fern.« Schon rannte er aus dem Zimmer.

Ich begann schlagartig zu zittern und wusste im ersten Moment nicht, was ich tun sollte. Panik wallte in mir auf. War es das jetzt? So schnell?

Dann besann ich mich und tat, was Chris gesagt hatte. Ich riss die Tasche aus dem Schrank und stopfte wahllos irgendwelche Sachen hinein. Ich war völlig konfus, so dass ich nicht kapierte, was ich tat. Mein Gott!

Parker kam zurück und warf einen vorsichtigen Blick aus dem Fenster. »Okay, hör mir genau zu. Ich weiß nicht, ob sie auch von der Vorderseite kommen, deshalb klettern wir hier raus und versuchen vom Dach aus in die Garage zu gelangen.« Er steckte seine Pistole hinten in den Hosenbund und öffnete das Fenster. In dem Augenblick donnerte es so laut, dass ich einen winzigen Schrei von mir gab. Erschrocken presste ich meine Hand auf den Mund. Entsetzt schaute mich Chris an. Hatte ich uns verraten?

Meine Knie wurden weich, aber ich riss mich zusammen.

»Sie sind jetzt am Haus. Sobald sie drinnen sind, klettern wir hinaus.« Er redete so leise, dass ich ihn kaum verstand. Tatsächlich knarzte die Tür unten. Parker lehnte sich vorsichtig hinaus und blickte sich um, dann stieg er aufs Dach.

Er reichte mir seine Hand und ich kletterte zu ihm. Es begann zu regnen, was die Dachschindeln rutschig werden ließ. So lautlos, wie es ging, zog er das Fenster herunter und wir balancierten an eine sichere Stelle. Parker suchte dabei nach einer geeigneten Möglichkeit hinunterzusteigen. Er winkte mich zu sich. Auf wackligen Beinen lief ich übers Dach zu ihm. Meine Turnschuhe quietschten leise.

»Ich gehe zuerst und werde dich dann auffangen. Bist du bereit?« Er wartete erst gar nicht meine Antwort ab, sondern machte sich an die Arbeit. Ich konnte nicht mitansehen, wie er an der Dachrinne hing und eine Weile versuchte, sich irgendwie an dem langen Strauch an der Hauswand festzukrallen. Er schaffte es. Immer wieder schaute er sich um. Ich stieß ein kurzes Stoßgebet aus und fing an zu klettern.

Es klappte besser, als erwartet, trotzdem war es anstrengend. Wieder einmal bereute ich es, so unsportlich zu sein. Wie ein Klammeräffchen hing ich zwischen den dichten Blättern und Ästen, hangelte mich langsam abwärts.

»Jetzt lass dich fallen. Ich fange dich«, rief er leise.

Mir war schlecht und es kostete mich Überwindung, die Äste loszulassen und mich in die Tiefe zu ihm zu stürzen, aber ich tat es. Ich fiel und im Augenwinkel sah ich, wie sich nicht weit von uns etwas bewegte. Gerade, als mich Parkers Arme auffingen, fiel ein dumpfer Schuss. Parker schrie schmerzerfüllt auf und fiel zusammen mit mir unsanft zu Boden.

»Chris!«

Sein Bein blutete. »Lauf, Mia, ... lauf!«, brüllte er, doch es war zu spät. Ein dunkler Schatten stand über uns, warf Chris' Waffe ins Gras und trat brutal auf ihn ein. Erschrocken wich ich zurück. Er würde ihn umbringen! Es konnte außerdem nicht mehr lange dauern, bis noch mehr Männer durch den Schuss auf uns aufmerksam wurden. Das war Oilily, einer der Männer meines Vaters. Was sollte ich nur tun? Das Adrenalin pumpte durch meinen Körper. Ohne über die Konsequenzen nachzudenken, stürzte ich mich auf den Angreifer. Ich sprang auf seinen Rücken, so dass er ins Straucheln kam und endlich von Parker abließ. Er versuchte nach mir zu greifen und fuchtelte wild mit den Händen. Dabei entdeckte ich das Tattoo der *grauen Eminenz* auf seinem Unterarm.

Seine Pistole fiel ins Gras. »Lass mich los, Schlampe«, keifte der Kerl und zog mich an den Haaren. Ich biss die Zähne zusammen, ignorierte den Schmerz und würgte ihn, so fest ich nur konnte.

Ich war zu schwach. Schnell hatte der Typ die Kontrolle wiedererlangt und schaffte es, mich von sich zu werfen. Keuchend krabbelte ich auf allen vieren von ihm. Ich hörte, wie ein Messer aufklappte, und drehte mich um. Er grinste breit, als er auf mich zukam. Mein Ende stand unmittelbar bevor. Seine Faust donnerte in mein Gesicht und meine Welt geriet ins Wanken. Okay, das war's jetzt für mich. Gleich hatte das Drama ein Ende.

Er hob das Messer in die Höhe, doch genau in dem Moment, als er es in mich stechen wollte, packte Parker ihn von hinten. Die beiden kämpften, schlugen hart aufeinander ein.

Nicht weit von mir lag die Pistole, die der Glatzkopf fallengelassen hatte. Schnell nahm ich sie an mich. Er würde Chris totschlagen, wenn ich nichts unternahm. »Hör auf!«, rief ich laut, allerdings nicht so sicher, wie ich es mir gewünscht hatte. Ich ging näher heran, so dass sie mich sehen konnten, und wiederholte meine Worte. Als Oilily erkannte, dass ich mit der Waffe auf ihn zielte, hielt er inne. Er atmete schwer und Blut lief aus seinem Mundwinkel. Parker machte sich von ihm los.

Ich zitterte und war unsicher. Wenn der Kerl herausfand, dass ich sowieso nicht schießen würde, hatten wir verloren. Zusätzlich rannte die Zeit gegen uns. Jeden Augenblick konnten seine Männer auftauchen. Neben all diesem Druck spürte ich wieder dieses Kribbeln in den Fingerspitzen.

Er lachte. »Nimm die Waffe runter, Kleine. Du wirst mich nicht erschießen.« Oilily stand auf, blieb aber in einer halbgebeugten Stellung drei Meter vor mir stehen.

»Joy, gib mir die Pistole«, hörte ich Parker neben mir sagen. Ich fixierte den Kerl, sah ihm genau in die Augen.

»Joy, komm schon. Wir müssen hier weg.« Unsicher, was ich tun sollte, blickte ich kurz zu Chris. Da geschah es. Im Augenwinkel erkannte ich, dass Oilily genau diesen Moment nutzte und selbst seine Waffe zog. Ich hielt den Atem an. Bevor er abdrücken konnte, betätigte ich den Hebel, der einen Schuss auslöste. Ein dumpfes Geräusch war zu hören und die Kugel traf Oilily direkt in die Stirn. Das Blut spritzte und seine

Augen rollten nach hinten. Sein Körper schwankte und fiel wie ein schlaffer Sack zu Boden. Ich stieß den Atem aus.

»Fuck!« Parker blickte mich für eine Millisekunde völlig überrascht an, aber schon hatte er sich wieder gefangen und nahm mir die Pistole ab. Geistesabwesend stand ich da und konnte den Blick nicht von dem Toten abwenden.

Da zog mich Parker auch schon mit sich. Er humpelte zur Hauswand. Sekunden später sahen wir einen weiteren Kerl, der gerade Oilily im Gras entdeckte. Hastig zog mich Parker an die Ecke der Garage, damit der Typ uns nicht sehen konnte.

Zwei Wagen standen auf dem Vorplatz. »Bete, dass der Schlüssel steckt«, schnaufte Chris. Er hielt die Waffe schussbereit. »Wenn ich ›jetzt‹ sage, rennst du rüber und steigst ein. Verstanden?« Nervös nickte ich.

»Jetzt!«, rief Parker. Flink rannte ich zum Auto, betete und konnte unser Glück kaum fassen, als sich die Tür öffnen ließ und ich sogar den Schlüssel stecken sah. Parker stieg mit schmerzverzerrtem Gesicht ein und startete den Motor, als Schüsse fielen.

»Duck dich!«, brüllte er und gab Vollgas. Es folgte ein wahrer Feuerhagel. Die Kugeln fraßen sich ins Metall und selbst Chris zog die Schultern ein.

Wir heizten durch den Wald und wurden auf der unebenen Straße ordentlich durchgeschüttelt. Chris warf ständig Blicke in den Rückspiegel.

»Verfolgen sie uns?«

»Ja. Sie kommen schnell näher. Halt dich gut fest und bleib unten!«

Weitere Kugeln trafen das Heck. Ruckartig lenkte Parker den Wagen hin und her, in der Hoffnung, nicht schlimmer getroffen zu werden. Mein Schreien erfüllte das Wageninnere, als sie die Heckscheibe trafen und diese in tausend Splitter zersprang. Die Motorengeräusche waren jetzt lauter und der Fahrtwind wirbelte durch das Wageninnere.

»Übernimm das Lenkrad«, brüllte Chris mir zu.

»Was?« Ängstlich schaute ich zu ihm auf.

»Wir müssen sie loswerden, sonst haben sie uns gleich.«

»Wie soll ich das machen? Ich kann das nicht!«

»Versuch einfach, den Wagen auf der Straße zu halten. Mach schon, Mia.«

»Okay!« Zitternd richtete ich mich auf und hielt das Steuer fest. Parker drehte seinen Oberkörper nach hinten, zielte und schoss. »Verflucht!«

Genau konnte ich nicht sehen, ob er traf, da ich meinen Blick auf der Straße hielt. Er feuerte mehrere Schüsse ab, aber scheinbar verfehlte er sein Ziel.

»Letzte Kugel, Mia. Wenn ich es jetzt nicht schaffe, sind wir geliefert.« Er senkte das Fenster der Fahrertür. »Versuch den Wagen so ruhig wie möglich zu halten.«

Tränen verschleierten mir die Sicht. Eilig wischte ich sie fort und konzentrierte mich auf meine Aufgabe. Parker lehnte sich seitlich hinaus. Der Schuss donnerte, kurz darauf krachte es hinter uns.

»Strike!«, schrie Parker und übernahm wieder das Lenkrad.

Ich blickte zurück. Rauch stieg aus dem Wagen, der frontal gegen einen Baum geknallt war. Chris hielt noch eine ganze Weile das Tempo. Irgendwann schaute er zu mir. »Alles in Ordnung?«

Ich schüttelte den Kopf und warf unsicher immer wieder einen Blick nach hinten. Ich traute dem Frieden nicht.

»Das war knapp, Pinselchen!«

Ich sah zu seiner Wunde, aus der Blut quoll. »Shit!«

»Halb so schlimm, nur ein kleiner Kratzer. Du hast Oilily umgenietet – einen der gefährlichsten Verbrecher, Vergewaltiger, Mörder und Menschenhändler, der je für deinen Vater gearbeitet hat.«

Er sagte das, als wäre es eine sportliche Höchstleistung. Er klang überrascht, anerkennend und geradezu erfreut.

... Du hast Oilily umgenietet.
So langsam bekam ich eine Ahnung davon, wie diese Leute tickten. Ich hatte einen Menschen getötet! Ich hatte abgedrückt und ihn tatsächlich getroffen. Wieso brachte mich das nicht aus der Fassung? Im Gegenteil, eine tiefe Zufriedenheit schlich sich in meine Seele. Es tat mir noch nicht einmal leid. Wenn ich nicht geschossen hätte, dann hätte es Oilily getan und Parker oder ich wären jetzt tot. Mehr Sorgen machte ich mir um Mike und Lindsey. Erschöpft sank ich in den Sitz zurück, während Parker den Wagen zur Landstraße lenkte.

***

Inzwischen war es dunkel geworden. Der Regen prasselte auf den Wagen nieder und durchnässte bereits den Rücksitz. Es war deutlich abgekühlt und mir war kalt. Parker hatte die Heizung eingeschaltet. Schweigend fuhren wir durch die Nacht.

Schließlich hielten wir an einem Motel. Der Portier war nicht sonderlich interessiert, wie wir aussahen oder wer wir überhaupt waren. Er schien es gewöhnt zu sein, dass sich die verrücktesten Leute für ein paar Nächte bei ihm einnisteten. Was für ihn zählte, war Bargeld. So blieben uns problematische Fragen erspart.

»Ich stelle den Wagen an einem unauffälligeren Platz ab. Bin gleich wieder da«, sagte Parker, kurz nachdem wir das Zimmer betreten hatten.

Genauso schäbig wie der Portier war auch unser Zimmer, aber das war mir egal. Froh, mit dem Leben davongekommen zu sein, setzte ich mich auf das Bett.

War das die Zukunft, die mich erwartete? Das würde ich auf Dauer kaum aushalten – niemand konnte das. Ein Leben in ständiger Gefahr und immer den Tod vor Augen?

Ich ging ins Badezimmer und wusch mich. Meine Wange schillerte in allen Farben und eine Platzwunde zierte meine

Lippe. Im Gesicht hatte ich überall Blutflecken. Es ekelte mich und ich wusch sie gründlich ab. Dieser Scheißkerl hatte mich ziemlich gut erwischt. Ich zog meine Hose und das Top aus und hängte beides zum Trocknen über die Duschvorrichtung. Unter dem Waschbecken in einem Schrank fand ich einen Verbandskasten.

Als Parker zurückkam, war er durchnässt. Ich half ihm aus seinen Kleidern und öffnete den Erste-Hilfe-Kasten. Er saß völlig fertig auf dem Bett und verzog das Gesicht, als ich begann, seine Wunde zu säubern.

»Du solltest zum Arzt gehen. Ich weiß nicht, ob ich das richtig mache.« Ich traute mich nicht, die Wunde zu betupfen, und schüttete etwas Jod auf die Einschussstelle. Parker sog zischend die Luft ein. »Immerhin steckt die Kugel nicht drin und die Blutung hat aufgehört. Ich weiß nicht, ob ich das Ding hätte rausholen können.«

»Du machst das hervorragend, Pinselchen.«

Da war ich mir nicht sicher. Ich nahm ein steriles Tuch aus der Verpackung und verband seinen Oberschenkel. »Du solltest trotzdem einen Arzt aufsuchen.«

»Es geht schon, danke ... Wir stecken ganz schön in der Scheiße«, meinte er nachdenklich.

»Meinst du, Lindsey und Mike haben uns verraten?«

»Lindsey auf keinen Fall, bei Mike ... Ich weiß nicht. Die Frage ist nur: Wenn einer der beiden uns verpfiffen hat, wieso tauchte dann Oilily mit seinen Männern auf?«

Das stimmte. Er gehörte zu den Männern der *grauen Eminenz*. »Mike hat nichts damit zu tun, Chris.« Wenn ich an die graue Eminenz dachte, kam mir ein weiterer Gedanke und schreckte auf. »Oh Shit! Der Laptop ist noch im Haus, zusammen mit dem Chip.«

Parker hob seine nasse Hose auf, holte etwas Kleines, Schwarzes heraus und grinste. »Am Laptop ist eine Sicherung. Dank Jim können sie das Passwort nicht so leicht knacken.«

Erleichtert entspannte ich mich wieder. »Und wie soll es jetzt weitergehen?«

Er ließ sich rückwärts aufs Bett fallen. »Jetzt ruhen wir uns erstmal aus. Mir wird schon etwas einfallen.«

In der restlichen Nacht erholten wir uns von den Strapazen. Ich schlummerte sofort in Parkers Armen ein, bis er mich in aller Herrgottsfrühe weckte.

»Hey, wach auf, wir müssen los!« Sanft streichelte er mit dem Finger über meinen Oberarm. Oililys Gesicht noch vor Augen, fuhr ich hoch.

»Schsch ... alles okay.«

Ich brauchte einen kleinen Augenblick, bis ich wusste, wo ich mich befand.

»Beeil dich, Kaffee und Milch besorgen wir uns unterwegs.«

Müde stand ich auf und wunderte mich, dass Parker schon angezogen war. »Seit wann bist du wach?«

»Schon eine Weile.«

»Und was macht dein Bein?«

Er humpelte durchs Zimmer. »Das wird schon«, wiegelte er ab. Eigentlich zum Augenverdrehen, aber vielleicht war es wirklich okay, weiter abzuwarten. Ich klatschte mir kaltes Wasser ins Gesicht und schlüpfte in meine noch leicht feuchten Klamotten. Nur wenige Minuten später verließen Parker und ich das Motel. Es war immer noch dunkel, aber schon bald würde es hell werden, und ich fragte mich, wie weit wir mit dem zerschossenen Wagen und der fehlenden Heckscheibe kommen konnten, ohne entdeckt zu werden.

Sich umschauend, lief Chris über den Parkplatz und steuerte direkt auf einen neueren Pick-up zu. »Was hast du vor?«

Er machte sich an der Tür zu schaffen. »Pst! Sieh lieber zu, dass uns niemand beobachtet.« Mit einem Knacken öffnete sich die Tür. »Steig ein, wir sind spät dran.«

Wollte er allen Ernstes das Auto stehlen? Noch bevor ich den Moralapostel spielen konnte, hörte ich ihn von innen fluchen, ich solle endlich meinen Hintern bewegen. Diesmal verdrehte ich wirklich die Augen, stieg aber ein.

»Sag mal, lernt man Autodiebstahl auf der Polizei-Akademie?«

»Das und noch einige andere Sachen mehr.« Er grinste und zwinkerte mir zu.

Parker schaltete die Heizung ein, und schon bald war es angenehm warm im Wagen.

»Okay, verrätst du mir jetzt, was du vorhast?«

»Erstmal brauchen wir Hilfe, und die bekommen wir vielleicht in Dallas.«

Alter Geheimniskrämer! Ausgerechnet Dallas. Inzwischen hasste ich diese Stadt.

Chris warf mir einen mitfühlenden Blick zu. »Sorry, geht nicht anders.«

»Schon gut.«

Wir fuhren Richtung Highway, hielten nur, um zu tanken oder damit Parker seine tägliche Milchration bekam. Am Mittag besorgten wir uns eine Pizza und rollten weiter nach Süden. Nach Dallas waren es mehr als sechshundert Meilen und ich fragte mich, wer uns jetzt noch helfen könnte. Was ich aber dringender wissen wollte: Was war mit Mike und Lindsey geschehen? Bei Lindseys Plan, in die Stadt zu gehen, hatte ich gleich ein seltsames Gefühl gehabt, aber sie hatte Parker nicht verraten. Sie liebte Chris und würde so etwas niemals tun. Und Mike? Das traute ich ihm einfach nicht zu. Woher hätte er gewusst, wen er anrufen sollte? Verrat konnte ich mir bei beiden nicht vorstellen.

Schnell hatte die Sonne das Unwetter von letzter Nacht vertrieben und die Luft heizte sich wie gewohnt wieder auf. Ich hatte es mir in meinem Sitz gemütlich gemacht, spürte, wie mein Kopf und meine Augen immer schwerer wurden, und schlief schließlich ein. Als das Motorengeräusch verstummte, wachte ich wieder auf.

»Wir sind da.«

Ich streckte meine steifen Glieder aus. Inzwischen tat mir jeder einzelne Knochen weh. Ich sah mich um. Es war bereits Abend, die Sonne ging gerade unter und wir befanden uns in einer Wohnsiedlung.

»Siehst du den Kastenwagen ganz am Ende der Straße?«

»Ja.«

»Das ist unser Beschattungsteam vom FBI. Sie stehen circa fünfzig Meter von Logans Haus entfernt. Wir tricksen sie aus, aber du darfst kein Wort sprechen. Das ganze Haus wird voller Wanzen sein.«

»Logan? Hast du nicht gesagt, er ist sauer auf dich?«

»Ja, aber eine andere Möglichkeit haben wir zur Zeit nicht. Wir brauchen ihn. Okay, hör zu, wir schleichen uns von hinten in seinen Garten und steigen von dort ins Haus ein.«

Entgeistert riss ich die Augen auf. »Erst Diebstahl und jetzt auch noch Einbruch?«

Er zuckte mit den Schultern. »Tja, es steckt eben auch ein Schurke in mir.«

***

Wir schlichen unbemerkt durch die Wohnsiedlung. Es war eine schöne Gegend mit viel Grünfläche und modernisierten Häusern. Überall brannte Licht und in manche Räume konnte man hineinsehen. Die Leute waren zu Hause, der appetitliche Duft von gegrilltem Fleisch hing in der Luft und ein Hund bellte unaufhörlich.

Ich folgte der Schnüffelnase vor mir, die von sich glaubte, schurkische Energien in sich zu vereinen. Für mich war Parker ein Überlebenskünstler. Wenn man bedachte, in welcher verzwickten Situation wir erst vor ein paar Stunden gesteckt hatten, konnte man sich kaum vorstellen, dass wir noch am Leben waren. Nur durch seinen Willen und sein Durchsetzungsvermögen hatten wir es geschafft. Für Special Agent Chris Parker war Aufgeben keine Option. Wenn ich jemals wieder in so eine Situation geraten sollte, wollte ich mich daran erinnern.

Vor einem hohen Gebüsch blieb er stehen und kratzte sich nachdenklich am Kopf.

»Was ist los?«

»Ich habe Logan immer gesagt, wer so einen Busch pflanzt, der hat was zu verbergen. Wir müssen da rüber.«

Das Gestrüpp, von dem er sprach, war mehr als zwei Meter hoch und so dicht, dass ein Sich-Hindurchzwängen geradewegs unmöglich war. »Und jetzt?«

»Keine Ahnung, einen anderen Weg gibt es nicht. Auf der anderen Seite ist der Kastenwagen.«

Die Erde am Boden war vom vielen Regen aufgeweicht. Ich suchte mir eine kahlere Stelle und quetschte und drückte mich hindurch. Es dauerte eine Weile und war nicht ganz verletzungsfrei. Die kleinen, spitzen Äste kratzten meine Haut auf.

»Soll ich weitermachen?«, flüsterte Parker und beugte sich zu mir herunter.

»Ich hab's gleich. Moment. Sieh lieber zu, dass uns niemand beobachtet.«

»Okay, Königin der Schurken.«

Grinsend zwängte ich die Zweige beiseite. Das Holz brach und knackste leise. So, wie der Busch hin und her wankte, konnten wir von Glück reden, wenn wir nicht erwischt wurden. Schließlich hatte ich mich durchgearbeitet und der Busch spuckte mich auf der anderen Seite aus.

»Bin durch, kannst nachkommen.«

Da Parker um einiges größer und breiter gebaut war als ich, hatte er mehr Mühe, sich durch Logans Gebüsch durchzukämpfen. Das Gestrüpp wurde regelrecht durchgeschüttelt und bei ihm knackten die Äste lauter als bei mir. Als er es endlich geschafft hatte, musste ich mir das Lachen verkneifen. Er krabbelte auf allen vieren heraus und stand auf.

»Was ist so komisch?«

»Na du, schau dich mal an.«

Er sah an sich herunter. Seine Jeans war voller Schmutz, sein Gesicht zierten jetzt noch mehr Striemen und vereinzelt hingen grüne Blätter an ihm.

»Das musst du gerade sagen. Du siehst echt heiß aus in dem schlammverdreckten Top und mit den Blättern.«

Mist! Natürlich!

»Komm, vielleicht ist Logan gnädig und spendiert uns eine heiße Dusche und frische Sachen.«

Logans Garten war recht groß. Auf der Terrasse standen ein Grill, Laternen und gemütliche Liegestühle. Überall lagen jede Menge Spielzeug und Gartenschuhe auf der Wiese verstreut. An einem Baum lehnte ein umgekipptes Planschbecken und in der Krone entdeckte ich ein Baumhaus. Der Baum war wunderschön, geradezu perfekt dafür. Chris betrat die Terrasse und spähte durchs Glas. Im ganzen Haus brannte kein Licht. Vielleicht war Logan nicht zu Hause.

»Und jetzt?«

Er zuckte mit den Schultern. »Wir warten.« Er lief zurück zur Wiese und kletterte zum Baumhaus hinauf. In Nullkommanichts war er oben angekommen, und das, obwohl ihn seine Verletzung immer noch schmerzte. Er wusste genau, wo er sich festhalten musste und welcher Ast wie viel aushalten würde. Dieser Baum war ihm vertraut. »Was ist los? Das ist hundertprozentige Wertarbeit, ich habe das Baumhaus schließlich gebaut.« Er streckte mir seine Hand entgegen und wartete, bis ich zu ihm hochgeklettert kam.

Mr. Schurke steckte wirklich voller Überraschungen.

Wir machten es uns im Inneren gemütlich. Von außen wirkte das Baumhaus nicht so groß, wie es tatsächlich war. Es war ein Traum für jedes Kind. Es gab eine Sitzbank, einen Tisch mit zwei kleinen Stühlen, ein Puppenbett und jede Menge liegengebliebenes Spielzeug.

»Als kleines Kind habe ich mir auch immer einen solchen Platz gewünscht.«

»Wieso hat dir dein Vater keines gebaut?«

Nachdenklich zuckte ich mit den Schultern. »Keine Ahnung. Vielleicht, weil er wenig Zeit hatte. Außerdem sind wir jede Ferien nach Porth Arthur gefahren.«

»Schade. Logan und ich haben es für Lisa gebaut. Lisa ist seine Tochter und mein Patenkind.«

Oh, wow! Dann war die Freundschaft zwischen den beiden doch tiefer, als ich vermutet hatte.

»Das war ziemlich viel Arbeit. Gina, seine Frau, hat uns immer genau auf die Finger geschaut, ob wir auch alle Nägel richtig ins Holz schlagen. Sie hatte große Angst, dass Lisa sich verletzen könnte. Ständig hat sie uns deshalb kontrolliert.« Er lächelte, als er daran zurückdachte. Er schien Logans Familie sehr zu mögen.

»Meinst du, er wird dir verzeihen?«

»Logan? Ich denke schon. Ich habe zwar in letzter Zeit viel Mist gebaut, aber trotzdem sind wir wie Brüder.«

Das Licht im Haus wurde eingeschaltet. Parker und ich richteten uns auf. Aus dem kleinen Fenster des Baumhauses konnten wir direkt in die Küche und ins Wohnzimmer sehen. Ein kleines Mädchen mit hellem Schopf schob angestrengt die Terrassentür auf.

»Hey kleines Fräulein, es ist spät. Morgen darfst du wieder in den Garten«, hörten wir eine junge Frau sagen. Das Blond ihrer Haare war das Gleiche wie das ihrer Tochter. Sie war hübsch und zog sich gerade die Schuhe aus. Lisa gehorchte sofort und zog die Tür wieder zu.

Holly hätte lautstark dagegen protestiert, kam mir in den Sinn, und ich wurde von einer Traurigkeit erfüllt, die mir die Tränen aufsteigen ließ. Ich schluckte den Schmerz hinunter, verbannte ihn.

»Okay, sie sind zu Hause.«

Wir beobachteten, wie Logans Frau mit dem Mädchen in den ersten Stock ging. Logan wiederum schaltete den Fernseher ein und machte es sich auf dem Sofa gemütlich.

»Perfekt«, meinte Parker und kletterte vom Baum. »Kein Ton sprechen, okay?«

Ich nickte und schloss mich ihm an. Er begann, kleine Kieselsteine gegen die Glasscheibe zu werfen. Zuerst reagierte Logan nicht, doch irgendwann schien er sich doch über das Geräusch zu wundern und ging nach drei weiteren Steinchen zur Tür. Zuerst blickte er zu Boden, auf dem die vielen Kieselsteinchen lagen, dann spähte er in die Dunkelheit. Parker warf noch einen Stein, und endlich öffnete Logan die Tür.

Chris humpelte vorsichtig mit mir aus dem Schatten des Baumes direkt in den Lichtkegel der Wohnzimmerlampe. Schweigend standen wir da und warteten auf eine Reaktion seines Freundes.

Es folgte ein langer griesgrämiger Blick zu Parker. Logan hatte ihm offensichtlich immer noch nicht verziehen, aber mir schenkte er ein Lächeln, bevor er die Tür hinter sich zuzog, in die Gartenschuhe schlüpfte und uns deutete, ihm zu folgen.

Am Ende der Hausmauer führte eine Treppe abwärts. Es handelte sich wahrscheinlich um den Kellereingang. Logan zog einen Schlüssel aus seiner Hosentasche und schloss auf. Er schaltete das Licht ein und durchquerte einen größeren Raum, in dem alle möglichen Dinge aufbewahrt wurden. Er öffnete die nächste Tür und knipste auch dort eine Lampe an. Erst, als Chris die Tür zugezogen hatte und wir in einem vollmöblierten, riesigen Raum standen, schien unsere Sprechpause beendet zu sein.

Logan verschränkte die Arme. »Du hast vielleicht Nerven, hier aufzutauchen.«

»Es tut mir leid, Bro. Es ist wirklich sehr ernst. Wir brauchen deine Hilfe. Kannst du deine Wut auf mich für einen Moment vergessen und uns aus der Patsche helfen?«

Ups! Was war denn zwischen den beiden los? Parker hatte zwar gesagt, dass Logan sauer auf ihn sein würde, aber eine genaue Erklärung hatte er mir nicht gegeben.

Sie starrten sich an, bis Logan schließlich tief seufzte und nachgab. »In Ordnung. Unter der Voraussetzung, dass du endlich den Mund aufmachst.« Parker dachte nach und verzog keine Miene. Ehrlich gesagt, war die ganze Situation merkwürdig. Hatte ich in Virginia irgendwas nicht mitbekommen? Oder bezog sich der Streit zwischen ihnen einzig und allein auf die Suspendierung?

»Ich werde dir alles erzählen«, versprach Parker ungewohnt offen und trat von einem Bein aufs andere.

Logan nickte zufrieden und blickte an uns herunter. »Wie seht ihr überhaupt aus?«

Parker hatte immer noch Blätter in den Haaren und ich bemerkte, dass mein Top an manchen Stellen zerrissen war – vom Schlamm und Schmutz an unseren restlichen Körperstellen und Kleidungsstücken ganz zu schweigen. Ich kicherte.

»Auch das war unvermeidlich. Ich erzähle es dir später.«

Logan schüttelte den Kopf. »Ihr habt vielleicht Nerven.« Er wandte sich an mich, und sofort nahm sein Gesicht einen mitleidigen Ausdruck an. »Ich habe das von Holly gehört, Joy. Gina und ich waren fassungslos. Es tut mir unendlich leid um die Kleine. Sie war so mutig und tapfer.«

Schluckend senkte ich den Blick. »Danke.«

»Es muss schwer für dich sein.«

Und wie. »Ich komme schon irgendwie klar«, versicherte ich mit fester Stimme.

Schritte und eine Frauenstimme waren von draußen zu hören. »Liebling? Wo steckst du?«

»Ich bin hier, Gina.« Logan deutete uns mit dem Finger am Mund, still zu sein, und zog für seine Frau die Tür auf. Als sie uns erblickte, trat ein strahlendes Lächeln auf ihr Gesicht. »Chris! Ich habe mir solche Sorgen gemacht.« Es schien ihr egal zu sein, dass er sie schmutzig machte. Sie umarmte ihn überaus herzlich und wandte sich dann an mich. »Du bist bestimmt Joy.«

»Ja, richtig. Hallo, freut mich, dich kennenzulernen.«

Sie lächelte Chris an. »Lisa habe ich gerade ins Bett gebracht, sie schläft schon.«

»Ich habe sie vorhin vom Baumhaus aus kurz gesehen. Groß ist sie geworden.«

»Ja, du hast dich einfach zu lange hier nicht mehr blicken lassen.«

Logan trat von einem Bein aufs andere. »Leute, soll ich Kaffee aufsetzen, oder was? Das ganze Haus ist voller Wanzen. Das FBI hört uns seit Tagen ab.«

Parker schmunzelte. »Dein Haus ist voller Wanzen, und nur hier unten hast du saubergemacht? Will ich wissen, wie oft du mit Gina hier warst?«

Gina errötete und grinste.

»Werd bloß nicht übermütig«, warnte Logan ihn.

Gina schlug ihrem Mann leicht auf den Oberarm. »Jetzt sei nicht so. Seit Tagen hast du schlechte Laune, weil du keine Informationen von ihm hattest. Jetzt ist er hier und du vergraulst ihn gleich wieder.«

»Du hast so ein Glück, dass meine Frau ein Fan von dir ist. Keine Ahnung, was sie an dir findet. In einer halben Stunde gibt es Essen, dann will ich alle Entschuldigungen hören, die du auf Lager hast ... Und ich weiß, du hast tausende.«

Bevor Logan und Gina den Raum verließen, wandte sie sich an mich. »Ich glaube, eine Achtunddreißig passt dir, oder? Ich richte dir ein paar Sachen, dann kannst du selbst entscheiden.«

Kapitel 14

»Was ist das hier?« Ich sah mich um. Den Raum konnte man mit einem Studio vergleichen. Auf der gesamten Fläche befanden sich mehrere offene Bereiche einer komplett eingerichteten Wohnung.

»Das ist ... Logans Männerdomizil und hin und wieder meine Notunterkunft.«

Ich staunte. Eine Küchenzeile mit einem breiten Kühlschrank, ein riesiges Sofa mit vielen kleinen Kissen befanden sich in dem Studio und der größte Flachbildfernseher, den ich je gesehen hatte, hing an der Wand. Darunter mehrere Videokonsolen. Erst jetzt fielen mir die Folien an den Fenstern auf, die zwar Licht hereinließen, uns aber vor fremden Blicken schützten. Alles war hochmodern und wie neu. Wie passte das alles zu einem FBI-Agent?

»Wie kann er sich das leisten?«

»Durch Ginas Familie. Dieser Raum war ein Geschenk ihrer Eltern an ihn.«

»Sehr spendabel.«

»Er hat seinem Schwiegervater vor einigen Jahren das Leben gerettet.«

Neugierig blickte ich zu Parker. Er hatte seinen Kopf in den Kühlschrank gesteckt und nahm sich ein Bier heraus. »Jonathan hatte einen Herzinfarkt und Logan hat ihn wiederbelebt. Das hat ihm letztlich das Leben gerettet.«

»Wow!«

»Ja, das fanden Margret und Jonathan auch, und schenkten ihm dieses Zimmer.«

Ich war wirklich beeindruckt. »Haben Ginas Eltern im Lotto gewonnen? Oder woher kommt dieser Reichtum?«

»Jonathan ist jetzt in Rente, aber bis vor ein paar Jahren war er noch an der Wall Street beschäftigt.«

»Und wieso ist das hin und wieder deine Notunterkunft?«

Er schlenderte mir entgegen und schmunzelte. »Schon vergessen ... Schurke und so? Okay, soll ich dir das Badezimmer zeigen?« Parker lief auf die andere Seite des Raumes und öffnete eine Tür. Das Bad war ebenso beeindruckend wie der restliche untere Bereich. Eine komplett verspiegelte Wand, eine ebenerdige Dusche, in der man locker zwei Elefanten hätte unterstellen können, und zwei runde Waschbecken bildeten das Badezimmer.

Unwillkürlich warf ich einen Blick in den Spiegel und sah das Ausmaß unserer abendlichen Buschaktion. Meine Güte!

Parker schaltete das Wasser ein und begann sich auszuziehen, was mit der Wunde ein wenig umständlich ging. Ich half ihm. Nackt stellte er sich unter den Wasserstrahl. »Worauf wartest du? Komm«, rief er mir zu. Ich zögerte einen Moment, schloss dann aber die Tür und tat es ihm nach.

Gegenseitig seiften wir uns ein, dabei war ich mir seiner Hände an meinem Körper sehr wohl bewusst. Ich spürte seine Erektion im Rücken und drehte mich schmunzelnd zu ihm um. In seinen Augen lag dieses Glitzern, das mich völlig verrückt machte, jenes dunkle Feuer, das jedes Frauenherz erweichen konnte. Ich verlor mich in seinem Blick und sog scharf die Luft ein, als er mich hochnahm. Wie von selbst schlang ich meine Beine um seine Hüften. Bestimmt und voller Lust presste er mich gegen die Kacheln. Ich vergaß alles um mich herum, auch, dass Gina und Logan jederzeit zurückkommen konnten. Er küsste mich wild und leidenschaftlich, bis wir außer Atem und ohne Kontrolle waren. Ohne Vorwarnung drang er hart in mich ein. Vor Überraschung hätte ich schreien können, aber ich genoss das Gefühl, ihn tief in mir zu haben.

»Heilige Scheiße, Baby, es fühlt sich so perfekt an, in dir zu sein.« Er strich mit dem Daumen über meine Lippen, die noch rot und geschwollen von seinem Kuss waren. »Das halte ich nicht lange durch, Pinselchen.« Dann begann er sich hart, aber langsam in mir zu bewegen. Unnachgiebig pumpte er in mich, und ich liebte es, ihm dabei in die Augen zu sehen. Er biss sich auf die Lippen und stöhnte. Seine Begierde wuchs mit jeder Sekunde. Seine Adern am Hals traten hervor und seine Muskeln spannten sich an. Er hielt mich, als wäre ich leicht wie eine Feder, und jagte Wellen durch meinen Körper, die mich fast um den Verstand brachten.

Er stieß härter und hemmungsloser in mich, so dass ich meine Lust laut hinausschrie. Er dämpfte mein Stöhnen mit seiner Hand und grinste schief. »Ganz ruhig, Babe, oder willst du, dass jemand mitbekommt, wie gut dir der Fick gefällt?«

Er bewegte sich weiter und ich hatte alle Mühe, mich zurückzuhalten. Wir spürten die herannahende Erlösung und er erhöhte das Tempo. Nur Sekunden später riss er den Kopf nach hinten und wisperte immer wieder meinen Namen. Das Fegefeuer, in das er mich mitnahm, brach gewaltig über uns herein und katapultierte uns in ein anderes Universum.

Wir waren beide außer Atem und genossen das Gefühl der Verbundenheit. Eine Weile hielt er mich fest umschlungen, als wollte er diesen Moment noch auskosten. Als wir Logan von draußen hörten, landeten wir schneller, als uns lieb war, wieder in der Realität.

»Wir müssen gehen«, flüsterte er mir zu und lehnte seine Stirn an meine.

»Ich weiß, aber ich habe nichts anzuziehen.«

»Ich schau mal, was ich für dich finde.« Er drückte mir einen sanften Kuss auf die Lippen und ging aus der Dusche. Ich sah zu, wie er sich abtrocknete und ein Handtuch um seine Hüften band. »Bin gleich wieder da, Pinselchen«, zwinkerte er und verließ das Badezimmer. Ich wusch meine Haare und blieb noch unter dem Wasserstrahl stehen. Kurze Zeit später kam Parker zurück. »Hier, Gina hat dir ein paar Sachen mitgebracht.« Parker legte mir Kleidung ans Waschbecken und ein frisches Handtuch heraus. »Beeil dich, es gibt Lasagne.«

Schon allein der Gedanke an Essen ließ ganze Sturzbäche in meinem Mund zusammenlaufen. Schnell zog ich mich an. Als ich zu den anderen zurückkam, war Gina gerade dabei, das Essen auf Teller zu schöpfen. »Ah, da ist sie ja«, lächelte sie. »Ich hoffe, du magst Italienisch?«

Ich nickte und nahm neben Parker Platz. »Und wie!«

»Wenigstens kann man euch jetzt wiedererkennen«, witzelte Logan und schenkte mir ein Glas Wasser ein.

»Wie sieht es draußen aus? Im Kastenwagen alles ruhig?«, wollte Chris wissen und nippte an seinem Bier.

»Noch haben sie nicht mitbekommen, dass der Staatsfeind des FBIs in mein Haus geflogen ist.«

»Wen haben sie diesmal zum Abhördienst verdonnert? Etwa Berry?«, grinste Parker.

»Schlimmer. Zachary.« Sie lachten.

Das Ganze musste wohl ein Insider sein, den ich nicht verstand. »Diese Schweine haben doch tatsächlich geglaubt, sie könnten mir ein paar Wanzen unterjubeln, aber ich dachte, ich lass ihnen den Spaß und verhalte mich lieber mal still. Was sie aber nicht wissen, ist, dass wir manchmal ein Tonband mit alltäglichen Geräuschen laufen lassen, damit wir auch unsere Privatsphäre haben.«

»Not macht eben erfinderisch«, zwinkerte Parker und schmunzelte Gina an.

»Ich wusste, du würdest irgendwann herkommen«, verriet Logan wieder ernst.

Gina stellte ein Babyfon auf den Tisch und bedachte mich mit einem Blick. »Manchmal wacht sie noch auf und weint«, entschuldigte sie sich.

»Ich kenne das«, erwiderte ich halb lächelnd und schob die Erinnerungen an Holly, als sie noch klein und mein Vater auf Geschäftsreise war, beiseite. Wie oft hatte das Ding mir mitgeteilt, dass der Keks aufgewacht war und ich meinen Hollywood-Blockbuster nicht zu Ende schauen konnte?

»So, und jetzt erzähl mal: Was hast du dir diesmal geleistet, dass Bennet so fuchsig auf dich ist, und wieso ist Joy bei dir?«

Parker begann in allen Einzelheiten zu berichten. Logan war am Ende so sprachlos, dass er sein Essen völlig vergaß. Selbst Gina schien der Appetit vergangen zu sein und sie hing gebannt an Parkers Lippen. Erst, als das Babyfon leise, jammernde Töne von sich gab, reagierte sie. »Och, immer in den besten Momenten. Das hat die Kleine wirklich drauf. Entschuldigt, die Pflicht ruft.« Gina verließ uns.

Logan konnte es immer noch nicht fassen. »Und den Chip hast du im Safe House gelassen?«

»Natürlich nicht, den hüte ich wie meinen Augapfel.«

Logan lehnte sich zurück und pustete lange und nachdenklich den Atem aus. »Das ist unglaublich. Auf dem Chip sind ohne Scheiß Daten der *grauen Eminenz*, die uns zu Suárez führen? Und das Video mit der Ermordung deines Vaters, ist das ebenfalls drauf?«

Chris nickte. »Bisher konnte ich es mir nicht ansehen; Jim ist noch dabei, es zu entschlüsseln.«

»Das ist ja ... unglaublich!« Logan musste die Ereignisse erst einmal sacken lassen. »Das ist ... schon fast zu schön, um wahr zu sein. Wo ist der Haken?«

»Das Gleiche habe ich mich auch gefragt. Es könnte eine Falle sein, aber einen Teil der Daten habe ich überprüft und sie stimmen. Abgesehen davon sind so viele andere wertvolle Einzelheiten dokumentiert, die sogar das Netzwerk der *Eminenz* ganz klar beschreiben ... Und da ist noch etwas, wovon du bisher noch keine Ahnung hast.«

»Und was?«

Parker warf mir einen Blick zu und griff unterm Tisch nach meiner Hand. »Brown, Joys Vater, ist nicht der, für den er sich ausgibt. ... Er selbst ist die *graue Eminenz*.«

Logan runzelte die Stirn. Wir konnten förmlich hören, wie es in seinem Kopf zu rattern begann. »Was?!«

»Er hat sich nur als zweite Hand der *Eminenz* ausgegeben.«

»Ich kapier das nicht. Warum?«

»So genau wissen wir das auch noch nicht. Fakt ist, die *graue Eminenz* ist schon längst in unserer Gefangenschaft, und keiner hat es bisher gemerkt.«

»Ich finde, diese Nachrichten reichen für ein ganzes Jahr.«

»Und das ist noch nicht alles. Wir haben einen Maulwurf, der in unmittelbarer Nähe von Bennet steht. Und zwar schon sehr lange.«

»Jetzt hör auf!«, lachte Logan ungläubig, doch Parker verzog keine Miene.

Er dachte nach und plötzlich versteinerte sich auch sein Gesicht. »Du denkst doch nicht etwa ... ich ...?«

Chris schüttelte den Kopf. »Bullshit! Ich weiß, dass du damit nichts zu tun hast.«

»Ist es das, was du die ganze Zeit vor mir geheim gehalten hast?« Es klang wie ein Vorwurf und ich hörte aus Logans Stimme, dass er ein wenig eingeschnappt war.

Es war Parker deutlich anzusehen, wie unangenehm ihm das in meinem Beisein war. Kurz warf er einen Blick zu mir. »Zum Teil. Ich ... wir reden später darüber, okay? Aber hey, du kriegst deinen Job wieder. Sobald Bennet die ganze Wahrheit kennt, wird er uns wiederhaben wollen.« Er war der Weltmeister im Ablenken, aber meine Neugier war geweckt. Was hatte er ihm denn verschwiegen? Etwas, das für mich wichtig war? War ich der Grund, warum er nicht davon anfangen wollte?

»Damit könntest du zum Volkshelden werden, Alter. Wer weiß, vielleicht ernennen sie dich sogar zum Polizeichef«, witzelte Logan.

Chris seufzte und nahm einen Schluck von seinem Bier. »Bullshit, Polizeichef! ... Wir haben einen Plan, Bro, und wir brauchen deine Hilfe. Deshalb sind wir hier.«

***

»Du hast Oilily erschossen? ... Und jetzt willst du Suárez kaltmachen? Bist du vollkommen verrückt geworden?! Hast du sie etwa dazu angestiftet?«, funkelte Logan Parker an.

»Ganz sicher nicht«, wehrte sich Chris.

Logan schaute mich an. »Das ist reiner Selbstmord, Joy. Niemand hat das bisher geschafft. Du bist weder trainiert noch verfügst du über irgendwelche Erfahrungen. Oder hast du früher mal Kampfsport oder so ausgeübt?«

»Nein, mein Motto war immer: Sport ist Mord. Damit bin ich ganz gut gefahren.«

»Du hast zwar in dem Bruchteil einer Sekunde, in dem Oilily eine Waffe ziehen wollte, perfekt reagiert und ihn dann ausgeschaltet, aber Suárez ist noch mal eine andere Hausnummer, Joy.«

Oh Mann! Ich wollte das doch nicht im Alleingang wagen. Mir war schon klar, dass diese ganze Sache gefährlich war und dass ich Hilfe brauchte.

»Und was ist mit Lindsey und Mike?«, warf Logan ein.

»Von den beiden haben wir seither nichts mehr gehört. Wer weiß, warum ...«

»Was willst du damit sagen, Chris?«, wandte ich ein. »Weder Mike noch Lindsey haben etwas damit zu tun.« Er verdächtigte Mike.

»Wieso vertraust du ihm so blind? Er ist derjenige, der viele Gründe gehabt hätte.«

»Und die wären?« Jetzt war ich neugierig.

»Eine unerwiderte Liebe kann einen Mann zu grotesken Taten zwingen.«

»Ach, hör doch auf«, winkte ich ab. »Er würde mich nie in Gefahr bringen.«

»Sie hat Recht, Chris. Vielleicht bist du ihm gegenüber ein bisschen unfair.«

Parker zuckte mit den Schultern. »Ich gebe zu, dass es merkwürdig ist, dass er ausgerechnet Oilily informiert haben soll. Irgendwie passt das nicht«, lenkte Parker ein.

»Und was Suárez betrifft, sollten wir nichts überstürzen und genau überlegen, wie wir vorgehen«, meinte Logan zu Parker.

»Und wie willst du das anstellen? Ich meine, du kannst da nicht einfach aufkreuzen. Für so eine Operation benötigst du die halbe US-Army.«

»Das Zauberwort heißt vielleicht Senator Lambert«, warf Parker in die Runde.

»Lambert?« Logan runzelte die Stirn. »Was kann er denn schon tun?«

»Ich hoffe einiges.«

»Du bist echt verrückt, Parker. Und welche Rolle spiele ich in dem Drama?«

»Du bist eine gute Schnüffelnase, außerdem musst du mir Bennet vom Hals halten. Niemand in seinem Umfeld darf davon erfahren.«

»Der wird toben, das ist dir schon klar, oder?«

Parker zuckte mit den Schultern. »Er wird es verstehen, wenn alles vorbei ist.«

Gina kam mit einem Lächeln zurück. »Sie schläft wieder und draußen ist auch alles ruhig.« Logan und Parker waren so in ihrem Gespräch vertieft, dass sie nicht mitbekamen, wie Gina und ich das Geschirr spülten und es uns dann auf dem Sofa gemütlich machten.

Ich bewunderte sie. Sie war die Ruhe selbst. Obwohl unser Auftauchen ein Risiko für sie und ihrer Familie darstellte, hatte sie uns mit offenen Armen empfangen. Ihr Vertrauen in Chris musste sehr groß sein.

»Danke, dass ihr uns aufgenommen und versorgt habt.«

Sie winkte ab. »Nicht der Rede wert. Wir wussten, dass Parker irgendwann bei uns aufkreuzen würde. Logan wurde sogar schon ungeduldig.«

»Hast du keine Angst? Ich meine, das alles ist ...«

»Klar habe ich die, aber ich habe mich schon länger damit abgefunden, dass mein Mann kein Streifenpolizist ist. Er liebt seinen Job, genau wie seinen Partner. Er würde ihn niemals im Stich lassen. Ganz egal, wie groß das Risiko ist, Parker gehört zur Familie.«

»Du bist verliebt in ihn, stimmt´s?«

Shit! Wieso konnte man in meinem Gesicht lesen wie in einem Buch? Oder hatte jemand ›*Verknallt über beide Ohren*‹ auf meine Stirn getackert?

Gina lachte laut auf. »Schau nicht so, das ist doch nichts Schlimmes. Man sieht es dir eben an. Ich könnte mir vorstellen, dass du genau das bist, was Chris braucht.« Sie warf einen Blick zu den Männern und hatte plötzlich einen traurigen Ausdruck in den Augen. »Vielleicht kann er durch dich endlich offener werden.«

Ich warf ebenfalls einen Blick zu ihm. Parker war schon sehr verschlossen. Manchmal hatte auch ich mit ihm zu kämpfen, und hin und wieder musste man ihm alles aus der Nase ziehen. Gerade, was sein Gefühlsleben anging, schien er Probleme zu haben.

»Seit dem Tod seines Vaters hat er sich völlig verändert. Niemand kam an ihn heran, nicht einmal Logan. Dabei sind die beiden wie Brüder.«

»Wie war er denn vorher?«

Sie lächelte, als sie sich erinnerte. »Er war lustig und immer guter Dinge, unkompliziert und voller ... Hoffnung. Eigentlich erstaunlich, wenn man weiß, wie er aufgewachsen ist.«

Wen beschrieb sie da gerade?

»Er hat viel Mist durchgemacht, Joy.«

»Ich weiß«, sagte ich gedankenverloren.

Sie sah auf. »Ja?«

»Ja. Er hat mir seine Geschichte erzählt.«

Sie riss die Augen auf. »Hat er von seinem Vater erzählt?«

»Ja. Warum wundert dich das so?«
Sie rutschte ein wenig näher zu mir. »Ernsthaft jetzt?«
Ich lachte. »Ja.«
»Er redet nie darüber, nicht mal mit Logan. Niemals, nie ...«
Okay, wenn er nie über seine Vergangenheit sprach, warum tat er das dann mit mir? Hieß das, ich war ihm doch näher, als ich glaubte?
»Wow, Joy! Dann kann ich dir nur gratulieren. Du hast die Nuss Parker geknackt.«
Hatte ich das? Ich hatte eher das Gefühl, dass ich gar nicht mehr hinterherkam, seine Panzerschichten zu durchbrechen.
»Jedenfalls bin ich sehr froh, dass ihr euch begegnet seid. Du hast einen guten Einfluss auf ihn.«
So etwas zu hören, war irgendwie merkwürdig. Es hatte mal eine Zeit gegeben, da hatte ich geglaubt, dass Parker nicht der richtige Umgang für Holly wäre. Ständig hatte er in ihrer Gegenwart Schimpfwörter verwendet, die sie nachgeplappert hatte. Wenn ich jetzt darüber nachdachte, war Holly diejenige gewesen, die seine hundert Panzerschichten in Rekordzeit durchbrochen hatte. Von Anfang an hatte sie einen Narren an ihm gefressen. Sie hatte leichtes Spiel bei ihm gehabt.
»Ich glaube, Holly gehört dein Kompliment. Sie hat ihn gleich gemocht und akzeptiert, wie er war.«
Gina sah mich traurig an. »Logan hat mir von ihr erzählt. Es tut mir so leid.« Sie legte mitfühlend ihre Hand auf meine. »Sie war bestimmt ein ganz fantastisches Mädchen.«
»Ja, das war sie ... Natürlich ging sie mir manchmal auch auf die Nerven, das war schließlich ihr Job als Schwester. Aber es stimmt, sie war etwas Besonderes. In ein paar Tagen hätte sie Geburtstag, ich ... « Ich schluckte und konnte nur noch flüstern. Schnell blinzelte ich die Tränen fort.
»Es ist okay, Joy. Es muss die Hölle sein. Wenn ich nur daran denke, dass meiner Lisa etwas ... Ich darf gar nicht darüber ...« Sie umarmte mich kurz.

»Morgen früh werde ich auf unbestimmte Zeit zu meinen Eltern fahren. Logan will mich und unsere Kleine aus der Stadt haben.«

Erstaunt sah ich sie an. »Wieso?«

»Er will uns komplett aus der Schusslinie haben. Wir sind seine Schwachstelle und leichte Beute, falls etwas schiefgeht.«

»Du meinst wegen dieser Schweine?«

Sie nickte. »Ich habe solche Angst um ihn. Versprich mir, dass du ein Auge auf die beiden hast, wenn du kannst.«

Oh Scheiße! Musste sie den Druck noch mehr erhöhen? Außerdem konnte ich mir nicht vorstellen, dass ausgerechnet ich sie beschützen konnte. Logan wie Parker waren beide starke Persönlichkeiten, die sich von mir doch nichts sagen ließen.

»Versuche die zwei einfach von irgendwelchen Dummheiten abzuhalten.«

»Ich gebe mein Bestes«, gab ich kleinlaut bei. »Es tut mir leid. Ich wünschte, wir hätten das alles schon hinter uns.«

»Ja, das wünschte ich mir auch. Es ist ja nicht für immer.« Ermutigend lächelte sie mich an. »Vielleicht nimmt die Sache schneller ein Ende, als wir uns vorstellen können. So, ich muss morgen früh raus. Es war schön, dich kennenzulernen, Joy. Pass auf dich auf.«

Wir umarmten uns. »Danke für alles, Gina.«

***

»Okay, dann gehen wir schlafen und überlegen morgen, wie wir weiter vorgehen«, meinte Logan gähnend. »Gute Nacht, ihr zwei.« Logan ging und Parker räumte die leeren Bierflaschen in die Küche.

Im hinteren Bereich des Studios befand sich das eigentliche Schlafzimmer. Es war ein großes Bett und ich konnte schon hören, wie es nach mir schrie. Ich war so müde, dass ich meine Augen kaum mehr aufhalten konnte.

»Komm, Pinselchen, hauen wir uns ein paar Stunden aufs Ohr.« Parker streckte seine Hand nach mir aus und führte mich ins Schlafzimmer. Aus einer Kommode gab er mir ein T-Shirt von sich. Ich zog es über und versank fast darin. Es war mir natürlich viel zu groß, aber es störte mich überhaupt nicht. Schnell schlüpfte ich unter die Decke und Parker löschte das Licht. Er schmiegte sich an meinen Rücken, seinen Arm legte er besitzergreifend über mich. Er zog mich noch einmal fester an sich und strich eine Haarsträhne aus meinem Gesicht. »Schlaf gut, Pinselchen.«

»Du auch.« Sein Bettzeug raschelte und eine Weile versuchte ich einzuschlafen, aber meine Gedanken wollten keine Ruhe geben. »Chris?«

»Hm?«

»Schläfst du schon?«

»Jetzt nicht mehr«, scherzte er. Wir wussten beide, dass er in so kurzer Zeit niemals hätte einschlafen können.

»Hast du deine Probleme mit Logan eigentlich aus der Welt geschafft?«

»Wie kommst du denn jetzt darauf? ... Lass mich kurz überlegen ... Gina hat mal wieder aus dem Nähkästchen geplaudert«, kombinierte er seufzend. Zum Glück bekam er nicht mit, wie ich mit den Augen rollte. »Nicht direkt. Sie hat mir gegenüber nur ein paar Sachen erwähnt und ich habe eins und eins zusammengezählt.«

»Also, wenn du es genau wissen willst, Logan und ich sind oft anderer Meinung und streiten, aber er ist wie mein Bruder, also ... alles gut.«

Ich schmunzelte leicht, weil Mr. Obercool mir mal wieder auswich. Ein deutliches Anzeichen dafür, dass er eben doch nichts geklärt hatte. »Dann hast du ihm also alles gesagt, was dich betrifft?«

»Was meinst du?«

»Nun ja, Gina hat mir erzählt, dass du dich verändert hast.«

Er schaltete das Licht ein. »Worauf spielst du genau an?«

Ich wandte mich zu ihm um. »Auf gar nichts. Ich ... habe mich nur gefragt, wie es sein kann, dass ich mehr über deine Vergangenheit weiß als Logan ...«

»Ich habe meine Gründe, okay?«, fuhr er mich gereizt an. »Ich kann es nicht leiden, wenn man einfache Hobby-Psychologie benutzt, um mich auszuhorchen.« Er setzte sich verärgert auf.

»Ich horche dich nicht aus, aber ich wundere mich eben darüber. Vertraust du ihm nicht?« Ich richtete mich ebenfalls auf.

»Du weißt nur deshalb manche Dinge, die Logan nicht weiß, weil wir bald getrennte Wege gehen werden und ...« Mitten im Satz brach er ab und sah mich an. Es hörte sich schon ein wenig lahm an, trotzdem tat es weh. »Es tut mir leid, Joy, ich wollte nicht ...«

Er fühlte sich von mir in die Enge getrieben. Reagierte er deshalb so empfindlich auf das Thema? »Schon gut. Aber das ist nicht der Grund, habe ich Recht?«

Er überlegte einen Moment. »Nach dem angeblichen Selbstmord meines Vaters hat sich so viel verändert. Logan heiratete, Gina und er bekamen Lisa. Er gründete eine Familie und hatte ganz andere Sorgen. Als mein Vater offiziell als Verräter abgestempelt wurde und ich versucht habe, das Gegenteil zu beweisen, war es Logan, der mich dazu drängte, nicht weiter nachzubohren. Ich meine, er wollte mir nicht helfen, den Namen meines Vaters reinzuwaschen. Alle haben sich plötzlich gegen mich gewendet. Ich zog eben mein Ding durch, und zwar allein.«

Ich legte meine Hand auf seinen Rücken. »Es tut mir leid, was du damals alles durchmachen musstest.«

»Ich weiß auch nicht, warum ich dir das alles über mich gesagt habe. Ehrlich gesagt, passt das nicht zu mir, aber irgendwie habe ich das Gefühl, dass du mich verstehst. Ich weiß nicht, wie ich es erklären soll, aber als ich dir damals von meiner Mutter erzählt habe, hast du verstanden, warum ich so bin, wie ich bin. Du versuchst nicht, mich zu verändern, und akzeptierst es. Ich habe aufgehört, Logan Details zu erzählen, weil es sinnlos ist. Er hat mir gesagt, ich solle es einfach vergessen, und das kann ich eben nicht.«

Er war verletzt. Das und seine Vergangenheit hatten ihn so hart werden lassen. Obwohl ich glaubte, dass Logan nur einen simplen Weg für sich gesucht hatte, Parkers Probleme zu umgehen, hatte er nicht bemerkt, wie sehr er ihn damit vor den Kopf gestoßen hatte. »Rede mit ihm. Sag ihm, dass dich sein Verhalten enttäuscht hat. Ich glaube, das wünscht er sich.«

»Ich weiß, dass ich das tun sollte, aber ich kann es nicht ... Hin und wieder bin ich mir selbst so fremd. Ich bin eben ein Freak, Joy. Mit einer Flasche Jacky und schnellem Sex kann ich es betäuben.«

»Du bist kein Freak. Okay, manchmal bist du ein Arsch,...«, ich grinste, »aber ein liebenswerter.«

Endlich tauchte sein schiefes Lächeln wieder auf. »Das hat auch noch niemand zu mir gesagt.«

»Ich verspreche dir, bis sich unsere Wege trennen, habe ich so viele Bezeichnungen für dich, dass wir ein ganzes Buch damit füllen könnten.«

»Du kleiner Borstenpinsel! Wieso teile ich mein Bett mit einer Hexe?« Er packte mich und warf sich mit mir auf die Matratze. Er lag auf mir und in seinen Augen glitzerte es verschmitzt auf.

»Weil du den Sex mit mir in vollen Zügen genießt«, antwortete ich und zog ihn näher zu mir. Meine Finger griffen in sein Haar. Ich liebte dieses Gefühl.

»Du kennst mich aber schon ziemlich gut.« Er küsste mich, und innerhalb von Sekunden war ich Feuer und Flamme in seinen Armen.

Kapitel 15

Noch in den frühen Morgenstunden wachte ich durch Taschenlampenlicht am Fenster auf. Nur kurze Zeit später hörte ich Männerstimmen. Im ersten Augenblick war ich verwirrt, bis mir mit einem Mal bewusst wurde, dass man uns entdeckt haben könnte. Mir stockte der Atem.

»Chris, wach auf!«

Er schreckte hoch und griff sofort nach seiner Pistole, die er auf seinen Nachttisch gelegt hatte. »Was ist los?«

»Da! Am Fenster.« Kaum hatte ich ihn darauf aufmerksam gemacht, war das Licht verschwunden. »Jemand ist da draußen. Gerade war da Licht; Stimmen habe ich auch gehört.«

Sofort war Parker wach und sprang aus dem Bett. »Ich bin gleich wieder da.« Er ging hinaus und ließ mich mehrere Minuten allein. Irgendwann hielt ich es im Bett nicht mehr aus und ließ das Fenster nicht aus den Augen. Ein Schauer fuhr mir den Rücken hinunter. Was, wenn sie uns gefunden hatten?

Endlich kam Parker zurück. »Logan kümmert sich darum. Wir müssen trotzdem hier weg.«

»Wer ist das?«

»Unsere Leute vom FBI. Komm!« Chris zog mich an der Hand durch das Studio in den Kellerbereich. In einer Nische blieb er stehen, und da hörte ich auch schon Männerstimmen über uns. Oh Gott, jetzt waren sie schon im Haus.

»Schnell, hier rein!« Parker öffnete eine Geheimtür in der Wand und schob mich hinein. Etwas verwirrt hielt ich den Atem an, als er leise die Tür wieder schloss. Es war stockdunkel und roch muffig in dem kleinen Raum. Ängstlich suchte ich nach ihm und klammerte mich an seinen Arm. Von draußen konnten wir Logan reden hören.

»Kann ich den Durchsuchungsbefehl noch mal sehen oder ist die Tinte noch nass?« Logans Sarkasmus war überdeutlich.

»Hier, alles hieb- und stichfest. Jetzt halt uns nicht auf.« Die Feindseligkeit zwischen Tucker und Logan war bis in unser Versteck zu spüren.

»Wie oft muss ich es noch sagen? Meine Frau fährt mit unserer Tochter heute in den Urlaub, deshalb habe ich Koffer im Auto. Du kannst gern alles durchsuchen, Tucker.«

»Unsere Leute überprüfen bereits den Wagen, und vielen Dank, das werde ich machen. Du weißt, wir machen nur unseren Job, Logan.«

Tucker war also hier! Damals im Safe House hatte er aus dem Nähkästchen geplaudert, und schon da hatte ich das Gefühl gehabt, dass er Parker nicht mochte. Noch mehr Schritte drangen in den Keller. Mein Herz galoppierte und ich zitterte. Parker legte beruhigend seinen Arm um mich.

»Wo führt diese Tür hin?«

»In mein Kellerstudio.« Die Männer entfernten sich. Sekunden wurden zu quälenden Minuten. Schweiß trat auf meine Stirn, als mir unsere schmutzige Kleidung im Badezimmer in den Sinn kam. Shit! Hoffentlich konnte Logan das erklären.

»Kommt schon, Leute. Wenn Special Agent Chris Parker hier wäre, hättet ihr das sicherlich mitbekommen.« Ginas Stimme hallte nun laut durchs Studio. »Außerdem verpassen meine Tochter und ich den Flieger, wenn ihr weiter so ein Theater macht.«

»Wo soll's denn hingehen, Mrs. Smith?«

»Ich fahre zu meinen Eltern.« Ginas Antwort klang mehr als schnippisch. Die Frau wurde mir immer sympathischer.

»Sir? Sehen Sie sich das an«, rief jemand. Mir war sofort klar, dass sie ein Indiz gefunden hatten.

»Ziemlich schmutzige Klamotten, darunter eine Damenjeans und ein Top. Das sieht mir alles nach einem abgekarteten Spiel aus. Wo ist er, Logan?«

»Ich weiß nicht, von wem du sprichst.«

»Und wem gehören die Sachen dann?«

»Na, uns natürlich«, mischte sich Gina ein. »Es war ziemliches Schmuddelwetter für Gartenarbeit, aber unsere Hecke musste dringend geschnitten werden. Ich habe gestern Abend vergessen, die Sachen in die Waschmaschine zu werfen.«

Ein Funkgerät rauschte. »Sir, wir haben das ganze Haus durchsucht und nichts gefunden.«

Schweigen.

»Dann würde ich vorschlagen, ihr verzieht euch jetzt schnellstens aus meinem Haus, bevor ich mich vergesse.« Logan war mehr als gereizt.

Es dauerte einige Augenblicke, bevor der Agent seinen Männern den Befehl gab, sich zurückzuziehen. »Ich habe dich im Auge, Smith. Der kleinste Fehler und ihr seid fällig.« Wortlos verschwand das FBI.

Ich löste mich aus Parkers Armen und wollte hinaus, doch er hielt mich zurück. »Warte noch«, flüsterte er kaum hörbar. Er hatte Recht; es wäre unklug, jetzt aus unserem Versteck zu kommen. Ungeduldig trat ich von einem Bein aufs andere und stieß so leise wie möglich den Atem aus.

Erst einige Minuten später öffnete Logan die Tür und führte uns zurück ins Studio.

»Das war knapp, aber sie sind fort.«

Das grelle Licht tat in den Augen weh und es dauerte eine Weile, bis ich mich an die Helligkeit gewöhnt hatte. Chris schlug mit Logan ein. »Einmal Arschloch, immer Arschloch, oder wie war das?«

Logan lachte. »Stimmt. Trotzdem weiß er, dass ihr hier seid, und wird uns auf den Fersen bleiben.«

»Soll er doch ruhig. Wie willst du uns jetzt unbemerkt hier rausschaffen?«

»Dafür habe ich schon eine Idee. Es wird zwar ein wenig ungemütlich, aber etwas Besseres fällt mir im Moment nicht ein. Ich kann dir gar nicht sagen, wie froh ich bin, dass du mich damals überredet hast, diesen Panikbunker zu bauen. Er hat deinen Arsch jetzt schon zum zweiten Mal gerettet.«

»Du sagst es. Man sollte immer auf seinen Bro hören«, witzelte Chris.

»Zum zweiten Mal?«, fragte ich verwundert.

Parker warf seinem Kumpel einen warnenden Blick zu, doch dieser ließ sich davon nicht beeindrucken. »Na ja, beim ersten Mal brauchte er den Schlupfwinkel für eine liebeskranke Schnitte, die er nicht mehr losbekommen hat.«

»Na komm, Monica war extrem.«

Sieh einer an! Der große Macho nutzte einen Panikraum, um sich vor seinen Bettgespielinnen zu verstecken. Ich kicherte.

»Sag mal, wie hat Tucker herausgefunden, dass wir hier sind?«, lenkte Chris vom Thema ab.

»Keine Ahnung. Seit heute Nacht steht ein zweiter Wagen nicht weit vom Haus entfernt. Vielleicht sind sie endlich dahintergekommen, dass ich ihre Spielsachen manipuliert habe.«

Parker kratzte sich nachdenklich am Kopf. »Schon möglich! Wir müssen vorsichtig sein und sollten verschwinden, bevor wir in der Falle sitzen.«

»Ich habe Decken auf die Ladefläche des Pick-ups geworfen. Es wird etwas ungemütlich, aber für die kurze Fahrt wird es schon gehen. Okay, ich sehe mal nach Gina und der Kleinen, dann kann es losgehen.«

Logan wollte gerade die Tür öffnen, als Parker innehielt. »Meinst du, ich könnte Lisa noch einmal sehen und Gina Auf Wiedersehen sagen?« Das überraschte mich und zeigte mir deutlich, wie sehr Parker an den beiden hing. Mein Herz zog sich zusammen.

Logan nickte. »Ich sag es ihnen, aber beeil dich.« Er verschwand und Parker klemmte die Hände in den Nacken. Er pustete einen langen Atemzug aus. »Ich hasse es, morgens voller Adrenalin zu sein.«

Das konnte er laut sagen. So wach war ich schon lange nicht mehr gewesen.

»Komm, ziehen wir uns an, Pinselchen.«

Ich ging ins Badezimmer und zog die Sachen an, die mir Logan gegeben hatte. Sie passten wie angegossen, nur das T-Shirt war ein wenig zu eng, aber nicht sehr dramatisch. Eilig putzte ich mir die Zähne und kämmte mein Haar.

Wer hätte gedacht, dass ausgerechnet Agent Tucker nach uns suchen würde? Vielleicht war er mehr, als wir alle glaubten. Einige Indizien würden sogar passen. Er stand definitiv nicht auf Parkers Seite, hatte damals im Safe House schon fast neidisch von der Beziehung zwischen Director Bennet und Chris gesprochen. War er etwa der Maulwurf?

Ich verließ gerade das Badezimmer, als ich eine kindliche Stimme hörte. Langsam trat ich näher. Parker hielt die kleine Lisa im Arm. Sie hatte ihre Ärmchen fest um seinen Hals geschlungen und redete mit ihm. Gina wischte sich mit einem Taschentuch die Tränen fort, während Logan sie tröstete.

»Kannst du nicht mitkommen zu Grandma? Du kannst auf dem Sofa schlafen.«

»Das würde ich wirklich sehr gern, aber leider geht das nicht, Lisa.«

»Schade, dann kannst du auch das neue Fohlen nicht sehen. Es heißt Juca. Ich werde dich vermissen, Chris.«

»Ich vermisse dich immer, Kleines. Gib mir einen Kuss und versprich mir felsenfest, dass du auf deine Mama aufpasst.«

Sie nickte artig.

Ich hatte einen so dicken Kloß im Hals, dass ich mitten im Raum stehen blieb. Lisa sah völlig anders aus als Holly, und doch erinnerte sie mich an sie. Nie hätte ich mir vorstellen können, dass ich einmal Beklemmungen bei der Begegnung mit einem anderen Kind haben würde. Hollys Verlust dröhnte so deutlich in meiner Brust, dass sich meine Beine anfühlten wie Blei und ich keinen Schritt mehr gehen konnte.

Das Mädchen in Chris' Armen sah auf und schaute mich neugierig an. In ihrer Hand trug sie ein Puppe. »Wer ist das?«

»Das ist Joy.« Parker kam mit ihr auf dem Arm auf mich zu. »Joy, darf ich dir Lisa vorstellen?« Er ließ sie hinunter und sie musterte mich interessiert mit ihren großen blauen Augen. »Bist du seine Freundin?«

Für einen kurzen Moment erkannte ich Holly in ihrem Gesicht, doch beim nächsten Blinzeln war sie verschwunden. Mein Gott, ich hatte schon Halluzinationen. *Holly* ... Ich vermisste sie so sehr, dass ich den Atem anhielt. Chris warf mir einen fragenden Blick zu. Ich war mir nicht sicher, ob er verstand, was gerade in mir vorging.

»Joy ist so etwas wie eine Arbeitskollegin«, rettete er mich.

»Alles okay?«

»Ja«, log ich und rang mir ein Lächeln ab.

»Leute, wir müssen los«, unterbrach uns Logan.

»Wir fahren zu Grandma in die Ferien, Joy.«

»Das wird bestimmt ganz toll. Ich wünsche dir viel Spaß.« Ein Grinsen erschien auf ihrem zarten Gesicht.

Parker verabschiedete sich von Gina. Sie umarmten sich fest, während Gina leise weinte. Sie löste sich von ihm. »Bring ihn mir wieder, hörst du, Chris?«

Die Szene war so herzergreifend, dass ich selbst mit den Tränen kämpfte. Parker hielt seinen Blick gesenkt. Ihm war bewusst, was er Gina und Lisa damit antun würde, wenn etwas schiefging. Der Druck auf seinen Schultern lastete schwer, und mir wurde klar, wie wichtig es war, dass dieser *Black Summer* einen guten Ausgang fand.

Logan nahm seine Tochter auf den Arm und zog seine Frau schweren Herzens hinaus. Parker rührte sich nicht, verharrte in der Stellung. Er biss die Zähne zusammen und seine Kiefer mahlten. Sein Blick war düster zu Boden gerichtet.

Ich kam mir bei dieser Abschiedszene zunehmend fehl am Platz vor – wie eine Außenseiterin.

Als hätte Parker das gespürt, schaute er plötzlich auf und streckte mir seine Hand entgegen. Ich ergriff sie. Sanft zog er mich an sich. Er sagte kein Wort und sah mir tief in die Augen, dann legte er seine Stirn an meine. Es war ein Moment, in dem wir die Angst und den Schmerz teilten. Er liebte die Smiths. Sie waren das Einzige, was er noch an Familie hatte. Es würde ihn umbringen, einen von ihnen zu verlieren.

»Wir schaffen das«, flüsterte ich ihm zu. »Lassen wir die Schweine endlich bezahlen.«

Er nickte einverstanden und ich folgte ihm festen Schrittes hinaus in die Garage.

***

Ein Pick-up stand mit geöffneter Ladefläche bereit. Wir kletterten hinauf. Wie Logan versprochen hatte, lagen ein paar Decken in einer Ecke. Wir legten uns hin, warfen die Laken über uns und verhielten uns ruhig. Ich lag in Parkers Armen und lauschte nervös seinem Herzschlag. Schritte näherten sich. Jemand schloss die Tür der Ladefläche und klopfte zweimal gegen das Blech. »Es geht los«, flüsterte Parker. Wir hörten Lisa plappern, verstanden aber nicht, was sie sagte. Kurze Zeit später wurden die Türen zugeschlagen und der Motor angelassen. Als der Wagen langsam zu rollen begann, spürte ich eine leichte Übelkeit in mir aufsteigen.

Wir fuhren eine Weile, nur gelegentlich stoppte der Wagen. Der Pick-up hielt und die Smiths stiegen aus. Minuten vergingen und ich widerstand dem Drang, einen kurzen Blick nach draußen zu werfen.

»Festhalten, Leute, es könnte ungemütlich werden«, sagte Logan, als wir hörten, wie er um den Wagen herumging. Der Motor wurde gestartet und die Fahrt ging weiter. Ich hatte keine Ahnung, wie lange wir uns schon durch den Verkehr kämpften, als Logan plötzlich Gas gab. Ich wurde durch sein scharfes Lenken hin und her gerüttelt und war froh, dass Parker mich fest umklammerte. Verdammte Scheiße, was hatte das zu bedeuten? Ich bekam Angst, als die Reifen quietschten und wir noch schneller wurden.

»Logan hängt das FBI ab«, versuchte Parker mir zu erklären. Seine Stimme ging im Fahrtwind und dem lauten Geräusch des Wagens fast unter. »Es dauert bestimmt nicht lange.« Sollte ich mich jetzt besser fühlen? Wir befanden uns mitten in einer Verfolgungsjagd. Was, wenn sie auf uns schossen? Durften sie das überhaupt? Noch während meine Gedanken darum kreisten, fuhren wir mit quietschenden Reifen durch einen Tunnel oder etwas Ähnliches. Genau konnte ich es nicht sagen.

Endlich kam der Wagen zum Stehen. »Endstation, bitte aussteigen, wir satteln um.«

Parker zog die Decke von unseren Körpern und half mir auf. Kurz sah ich mich um. Wir befanden uns in einer Tiefgarage. Was zur Hölle ...?

»Wir haben nicht viel Zeit«, rief Logan und half mir von der Ladefläche. Noch bevor ich fragen konnte, was genau wir hier wollten, zog Parker mich schon mit sich.

»Dort steht er. Diesmal fährst du.« Logan warf Parker Schlüssel zu, die er mit einer Hand auffing. Wir stiegen in einen neuen Wagen mit abgedunkelten Scheiben. Ich nahm auf dem Rücksitz Platz.

»Das hat ja gut funktioniert. Hast du Martha wegen dem Wagen heute Nacht aus dem Bett geklingelt?«

»Sie ist es gewöhnt, Autos für mich zu organisieren, auch nachts«, feixte Logan. »Ich habe ihr gesagt, es würde sich um einen Notfall handeln, und sie wusste sofort, dass du eine Rolle dabei spielst. Komisch, oder?« Er grinste breit, was Chris nur mit dem Kopf schütteln ließ. Er startete den Motor. »Mit Gina und der Kleinen alles okay?« Parker fuhr los und lenkte den Wagen aus der Tiefgarage heraus.

»Ich hoffe es. Sie hat zumindest aufgehört zu weinen. Wir hatten nicht viel Zeit am Flughafen, das war vielleicht gar nicht so schlecht.«

»Und die Affen?«

»Die haben bestimmt blöd aus der Wäsche geschaut. Zu gern hätte ich die dummen Gesichter gesehen, als ich Gas gegeben und sie abgehängt habe«, freute sich Logan.

»Warum hat das eigentlich so lange gedauert?«

»Jetzt hör mal, ich kann vielleicht nicht so gut fahren wie du, aber immerhin habe ich sie abgeschüttelt.«

»Stimmt, aber jetzt wissen sie es, und damit stehst du ganz oben neben mir auf der Liste der Abschusskandidaten.«

»Und wenn schon. Wir können es aufklären, wenn wir alles hinter uns haben.«

Parker warf einen Blick in den Rückspiegel. »Alles klar?«

Abgesehen davon, dass mir leicht schwindlig war und mein Magen rebellierte? »Ja, ich denke schon.«

»Mach es dir bequem, wir werden eine Weile unterwegs sein, Pinselchen.«

Davon war ich weit entfernt. Ich war angespannt und Angst kroch mir in den Nacken. Immer wieder beobachtete ich die Wagen hinter uns und rechnete hinter jedem Auto mit einem Ungeheuer. Nach einer Stunde hielten wir und besorgten uns ein paar Donuts und Kaffee. Erst, als ich etwas in den Magen bekam, fiel noch mehr Anspannung von mir ab.

»Wir fahren nach San Angelo und statten Senator Lambert einen Besuch ab«, informierte mich Parker und drückte mir einen Pappbecher mit dem braunen Gebräu in die Hand. Ich erinnerte mich, dass Logan und er gestern Abend diesen Namen erwähnt hatten.

»Ein Senator?«

»Ja, er kann uns vielleicht helfen.« Ich hatte keine Ahnung, wer dieser Mann war, aber wenn Parker glaubte, dass er uns behilflich sein könnte, wollte ich ihn schnell kennenlernen.

Ein paar Stunden später erreichten wir San Angelo. Wir fuhren an den südlichen Stadtrand und hielten an einem der vielen Salzseen, die es vermehrt in der Gegend gab. ›*Lake Nesworthy*‹ stand auf einem der Schilder.

»Da ist sein Haus.« Parker deutete mit dem Finger auf ein abgelegenes Gebäude direkt am See. Es erinnerte mich an unser Haus in Porth Arthur.

»Lambert verbringt seit Jahren seinen Urlaub hier. Er ist begeisterter Golfspieler, und Rowenta, seine Frau, richtet hin und wieder Wohltätigkeitsveranstaltungen aus. Von dort drüben haben wir einen besseren Blick auf das Grundstück.« Parker ließ den Motor wieder an und fuhr zu der Stelle. Jetzt befand sich das Anwesen gegenüber von uns. Wir konnten dem Senator sogar in den Garten schauen. Wir hatten tatsächlich einen guten Überblick. Logan nahm ein Fernglas aus dem Handschuhfach. »Es sieht so aus, als ob niemand zu Hause ist.«

»Abwarten. Wir haben Zeit.«

»Warum fahren wir nicht gleich hin und klingeln?« Das erschien mir das Einfachste.

»Weil wir nicht riskieren können, dass Leute in seinem Haus sind. Niemand darf wissen, dass wir hier sind. Außerdem müssen wir seine Bodyguards umgehen.« Das hätte ich mir auch denken können.

Es war schon später Nachmittag und die Sonne brutzelte erbarmungslos auf uns herunter. Alle Fenster im Auto waren heruntergelassen, und trotzdem schien keine Abkühlung in Sicht. Nichts hatte sich am Grundstück auf der anderen Seite geregt, alles war still und einsam. Wie gern hätte ich mich jetzt mit einem Glas Eistee auf die Veranda des Hauses gesetzt und den Blick auf Lake Nesworthy genossen. Gelangweilt beobachtete ich die wenigen Schiffe, die vorbeifuhren, und hoffte, dass Parker sich bald dazu entschied, den Beobachtungsposten zumindest für kurze Zeit zu verlassen.

»Ich muss mal.«

»Echt jetzt?«

»Wir sind schon den ganzen Tag unterwegs und hatten nur eine Pause – also ja, ich muss mal«, keifte ich genervt. Parker sah sich um.

»Wir könnten sowieso eine Pause vertragen und einen Happen essen, meinst du nicht?« Logan faltete die Zeitung zusammen, die er sich heute Morgen bei unserem ersten Stopp mitgenommen hatte.

»Ist ja gut, ich hab schon verstanden. Dann kommt. Es gibt einen Supermarkt gleich hier in der Nähe.« Wir stiegen aus, und erst jetzt bemerkte ich, wie steif meine Glieder inzwischen waren. Ich streckte, reckte und beugte mich, um wieder beweglich zu werden. Es tat so gut und ich konnte gar nicht mehr damit aufhören.

»Ihr lauft jetzt da entlang. Bei dem weißen Haus gleich um die Ecke ist der Supermarkt. Dort könnt ihr einkaufen und bestimmt auch pinkeln.«

»Wie? Du kommst nicht mit?«

»Nein, ich beobachte weiter das Haus.«

»Workaholic und so ... hm ...?« Ich zuckte mit den Schultern und lief gemeinsam mit Logan den beschriebenen Weg entlang. Es war nicht viel los auf den Straßen.

»Wieso kennt Parker sich so gut hier aus?«

»Parkers Vater war mit Senator Lambert befreundet. Sie sind vor Jahren ein- oder zweimal hier gewesen.«

»Und wie kann Senator Lambert uns helfen?«

»Er gehört zum Verteidigungsministerium der Vereinigten Staaten und saß im Disziplinarausschuss, der Parkers Vater damals für schuldig befunden hat. Der Mann hat Macht und jede Menge Beziehungen.«

Das ganze wurde immer verzwickter. »Und was tun wir, wenn dieser Senator uns nicht helfen wird?«

»Tja, dann wird Parker sich wohl etwas anderes einfallen lassen müssen.«

Wir erreichten das Lebensmittelgeschäft, von dem Chris geredet hatte. In der Straße befanden sich noch mehr Geschäfte. Gleich ein paar Meter weiter, erkannte ich ein mir vertrautes Eskimozeichen oberhalb einer Eisdiele. Ich kannte diese Marke von zu Hause. Abrupt blieb ich stehen. Mein Herz wurde schwer und Erinnerungen schossen mir ins Gedächtnis, während ich das Eskimomännchen anstarrte. Holly hatte diese Eisdiele geliebt. Jeden Geburtstag war ich mit ihr dort gewesen und hatte an ihrem Tag eine Ausnahme gemacht und sie einen riesigen Eisbecher verschlingen lassen. Ihr süßes Lachen hallte in meinem Kopf nach. Einmal mehr wurde mir bewusst, dass ich es nie wieder hören würde. Der Schmerz traf mich so unvorbereitet, dass ich an meine Brust griff und den Atem anhielt. In ein paar Tagen hätte sie Geburtstag gehabt, und natürlich wären wir auch dieses Jahr zu *Jerry's Eskimo* gegangen, hätten die verrücktesten Eissorten ausprobiert und wären mit kalten Bäuchen wieder nach Hause gekommen.

»Was ist los?« Logan stand plötzlich neben mir.

Ich riss mich aus meinen Erinnerungen. »Nichts, schon gut.« Ich verbarg den Schmerz tief in mir, wandte mich um und ging in den Supermarkt. Wir deckten uns mit Wasserflaschen und Süßigkeiten ein. Als wir fertig waren und uns eigentlich auf den Rückweg machen wollten, entdeckte Logan eine Pizzeria auf der anderen Straßenseite. »Sieh mal, hier gibt es Pizza. Hast du Lust?« Ich blieb stehen und schaute Logan nach, wie er voller Begeisterung über die Straße ging und mir die Tür des Restaurants aufhielt. »Komm schon«, nickte er mir zu. »Hier kannst du bestimmt auch auf die Toilette gehen.«

Seufzend und augenrollend folgte ich ihm. Wenn das so weiterging, würde ich noch auseinandergehen wie ein Hefezopf. Wann würde ich endlich mal wieder einen gesunden Salat essen können? Holly hätte sich über jeden Krümel Pizza gefreut. ... Oh Mann! Irgendwie schien mein Hirn sich nicht daran gewöhnen zu können, dass sie nicht mehr da war.

Während ich auf die Toilette verschwand, bestellte Logan die Pizzen. Der Gedanke an Holly hatte ausgereicht, um mir den Appetit vergehen zu lassen. Ich wusch mir die Hände und ging wieder zu Logan. Er stand am Tresen und wartete auf unser Essen. Sein Handy klingelte. »Ja? ... Ausgerechnet jetzt! Wir kommen.« Er legte auf.

»Wer war das?«

»Parker. Er hat etwas entdeckt, was wir uns unbedingt anschauen sollen. Komm.« Er warf ein paar Scheine auf den Tresen und wir liefen eilig zurück zu Chris. Er saß im Auto und hatte das Fernglas auf der Nase.

»Champ, was gibt's?« Wir stiegen ein.

»Du wirst deinen Augen nicht trauen. Schau dir das mal an.« Er übergab Logan das Fernglas.

»Was?! Aber ...« Er kniff die Augen zusammen und schaute immer wieder völlig verwirrt zu Parker.

»Was ist denn los? Darf ich das auch erfahren?«

Logan reichte mir das Fernglas. »Ich hätte ihn beinahe nicht erkannt mit Hut und Sonnenbrille.«

Kapitel 16

Zuerst hatte ich einige Schwierigkeiten, überhaupt etwas zu erkennen, doch als ich ein wenig an den Rädchen drehte, konnte ich am Haus eine männliche Person mit einem Cowboyhut und einer dunklen Sonnenbrille ausmachen.

Verdutzt nahm ich das Fernglas runter. »Das kann doch nicht wahr sein ... Das ist doch Mike! Was hat er beim Senator zu suchen?«

»Das werden wir in Kürze herausfinden.« Parker zündete den Motor und wir fuhren los. Ich war völlig perplex. Hatte ich mich etwa in Mike getäuscht? Ich war sehr gespannt auf eine Erklärung.

In der Nähe des Hauses parkte Chris den Wagen. »Soweit ich das sehen konnte, hat Lambert außer Rowenta und den beiden Bodyguards niemanden im Haus. Es dürfte kein Problem sein, ins Gebäude zu gelangen. Du kümmerst dich um die Leibwächter. Joy, du wartest hier im Auto.«

»Das kannst du gleich mal vergessen, mein Lieber. Ich komme mit dir«, protestierte ich lautstark. »Ich habe lange genug im Auto gesessen.«

Er verdrehte die Augen und seufzte genervt. »Ist ja schon gut«, wehrte er meinen Protest ab. »Aber du tust genau das, was ich sage.«

Das Grundstück war groß und wurde durch eine Mauer gesichert. Da Chris die Anlage kannte, hatten wir gute Chancen, uns unentdeckt heranzuschleichen. In geduckter Haltung liefen wir zur Seite des Hauses. Klassische Musik drang aus einer Terrassentür im Erdgeschoss, die angelehnt war. »Das ist seine Bibliothek. Ich sehe mich kurz drinnen um, und wenn die Luft rein ist, hole ich dich.«

Nickend bestätigte ich seinen Befehl und ignorierte das Kribbeln, das sich wieder mal durch meinen Bauch schlich. Unser nächster Einbruch. Welche Straftaten würde ich noch begehen? Vorsichtig schob er die Bibliothekstür auf und warf einen Blick hinein, bevor er darin verschwand. Es dauerte nicht lange, bis er zurückkam und mich zu sich winkte.

Der Raum sah genauso aus, wie man sich eine typische Bibliothek vorstellte: große Regale mit Unmengen an alten Büchern, schwere Teppiche, ein gemütlicher Sessel, ein Sofa, eine Bar und ein beladener Schreibtisch. Es roch nach Zigarrenqualm und ein Glas mit einer bernsteinfarbenen Flüssigkeit stand auf dem Tisch.

»Was machen wir jetzt?«

»Es sieht so aus, als ob er gerade aus dem Zimmer gegangen wäre. Er kommt bestimmt gleich wieder.« Parker deutete auf den Drink, der auf dem Schreibtisch stand. Im Glas befanden sich noch Eiswürfel.

Von draußen waren plötzlich Stimmen zu hören und die Tür öffnete sich. Ein älterer Mann mit grauen Haaren und einer Halbglatze blieb überrascht im Türrahmen stehen, als er uns bemerkte. Sofort wurde er beiseitegeschoben und ein ziemlich breitschultriger Typ im Anzug zog eine Waffe und zielte auf uns. »Auf den Boden mit euch!«, brüllte der Kerl. Parker und ich hoben ergebend die Hände.

»Chris?« Der ältere Mann schob sich an seinem breiten Bewacher vorbei.

»Nicht, Sir!«, rief der Bodyguard und hinderte ihn am Näherkommen.

»Hör doch auf mit dem Quatsch, Joe«, fuhr er ihn an.

»Sir?«

»Das ist ein alter Freund von mir.« Der Senator ging auf Parker zu. »Chris, mein Junge. Endlich, wir warten schon auf dich.« Er umarmte ihn herzlich und klopfte ihm freundlich auf die Schulter. Joe ließ die Waffe sinken. »Bitte entschuldigt, aber mein Bodyguard hier nimmt seinen Job sehr ernst.« Er wandte sich an seinen Gorilla. »Geh unsere Gäste holen. Ach, und sag Rowenta Bescheid. Sie wird sich sehr freuen, dich zu sehen, Chris.«

Joe zog sich nickend zurück.

»Dann wusstet ihr, dass wir kommen?« Parker war die Verwunderung deutlich anzusehen.

»Natürlich. Wir haben euch gestern schon erwartet. Willst du mir deine Freundin nicht vorstellen?«

»Entschuldigen Sie. Das ist Joy Brown. Joy, das ist Senator William Lambert.«

Der Senator reichte mir seine Hand. »Ich freue mich, dich kennenzulernen. Ich darf doch ›Du‹ sagen, oder? Ich bin William. Sag einfach Will zu mir.«

Ich war ein wenig überrumpelt von seiner freundschaftlichen Geste, schenkte ihm aber ein Lächeln. »Gern.«

Er machte einen netten Eindruck in seinem Freizeitlook. Er trug ein bunt kariertes Hemd, das am Bauch ein wenig spannte, und kurze Hosen, die tief auf seinen Hüften saßen. »Mein Gott, wie lange haben wir uns nicht mehr gesehen, Chris? Zwei oder drei Jahre?« Er wandte sich an Parker.

»Ist schon 'ne Weile her, Sir.«

»Ich weiß noch, als er uns das erste Mal mit seinem Vater besucht hat. Damals war er ein Teenager. Der Pool war neu und sein Vater brauchte jede Menge Überzeugungskraft, ihn aus dem Wasser zu bekommen. Schwimmst du immer noch so gern?«, lachte Will.

»Hin und wieder.«

Die Tür wurde geöffnet und eine ältere Frau mit blonden Haaren, die sie zu einem einfachen Dutt hochgebunden hatte, betrat das Zimmer. Kaum erblickte sie Chris, strahlte sie. »Chris, wie schön. Ich freue mich.« Sie kam auf ihn zugelaufen und gab ihm jeweils ein Küsschen auf jede Wange. »Joe hat mir gesagt, dass du da bist.«

»Rowenta, es ist schön, dich wiederzusehen. Darf ich dir Joy vorstellen?«

Sie lächelte und schüttelte mir die Hand. »Sehr erfreut.« Ihre blauen Augen ließen ihre helle Haut frisch erscheinen. Ihr Make-up war perfekt, auch wenn man ein paar Falten in ihrem Gesicht sah. Im Gegensatz zu ihrem Mann wirkte sie elegant und genau so, wie man sich die Frau eines Senators vorstellte.

»Na, endlich! Ich dachte schon, mein Instinkt hätte mich im Stich gelassen«, rief jemand von der Türschwelle aus. »Es wurde auch Zeit, dass du endlich hier auftauchst.« Lindsey und Mike betraten das Zimmer. »Gott sei Dank habt ihr es geschafft.« Sie lief direkt in Parkers Arme und Mike kam zu mir. »Joy, ich bin so froh, dass es dir gut geht. Ich habe mir solche Sorgen gemacht.«

»Hi, mir geht es gut. Ich kann gar nicht glauben, dass du hier bist.«

Während Mike mich umarmte, sah ich, wie Lindsey sich an Chris drückte. Dann wandte sie sich an mich, zog es aber vor, mitfühlend ihre Hand auf meine Schulter zu legen. »Ich bin wirklich sehr froh, dass euch nichts passiert ist.«

»Wie kann das sein? Was macht ihr hier, und vor allem, woher wusstet ihr, dass wir nach San Angelo kommen würden?«, wollte Parker wissen.

»Es war die einzige Lösung. Es hat zwar eine Weile gedauert, bis ich kapierte, dass du hierher kommen würdest, aber mein Gefühl war richtig.«

Er runzelte die Stirn. »Wie das?«

»Ich kenne dich eben.« Sie zwinkerte ihm zu. »Nein, im Ernst, ich wusste, dass du keine andere Wahl hast und der Senator der Einzige ist, der uns helfen kann. Wie man sieht, hatte ich Recht«, lachte sie hochmütig.

Innerlich brodelte ich. Sie konnte es einfach nicht sein lassen! Zum Glück reagierte Chris gar nicht darauf, sondern zog sein Handy heraus und tippte etwas hinein.

»Mike und ich wurden in der Stadt beschattet. Ich habe schnell gemerkt, dass etwas nicht stimmt, und als wir uns auf den Rückweg machen wollten, kam es zu einer Verfolgungsjagd. Sie haben auf uns geschossen, aber wir konnten sie zum Glück abschütteln. Wir haben uns in einem Hotel versteckt, bis wir uns sicher fühlten. Dann hatte ich diese Ahnung mit San Angelo, und hier sind wir.« Sie wandte sich an den Senator. »Vielen Dank noch mal, Will, dass Sie uns bereitwillig aufgenommen haben.«

Er lächelte sie freundlich an. »Keine Ursache.«

Es klopfte an der Tür. »Sir? Logan Smith ist hier.«

»Ich habe ihm eine Nachricht geschickt«, erklärte Parker.

Logan wurde von allen begrüßt. Der Senator setzte sich in seinen Schreibtischstuhl, während Rowenta sich mit Parker unterhielt. Irgendwie fand ich die ganze Situation merkwürdig, denn bis auf Will und seine Frau kannten alle den Grund, warum wir hier waren, aber niemand sprach das Thema an. Man hätte fast glauben können, dass wir ein normales Freundschaftstreffen abhielten und nicht eine gefährliche Operation in Mexiko planten.

»Um dich zu informieren, Chris, der Senator kennt nur meinen Teil der Geschichte. Ich dachte, ich überlasse es dir, ihn komplett aufzuklären.«

»Danke.« Parker nippte an seinem Drink. Mike plauderte mit Logan, warf mir aber immer wieder ein Lächeln zu. Ich war froh, dass ihm nichts zugestoßen war.

»Gut, dann würde ich vorschlagen, ich kümmere mich um das Essen. Chris hat bestimmt einiges mit meinem Mann zu besprechen«, meinte Rowenta. »Ich könnte ein paar helfende Hände gebrauchen, Lindsey«.

»Natürlich.« Sie erhob sich.

»Mr. Smith und Mike können im Weinkeller ein paar Flaschen aussuchen«, schlug sie vor. »Ich hoffe, ihr habt alle Hunger mitgebracht.« Rowenta lächelte.

Lindsey zuckte auffordernd mit ihren Augenbrauen. »Kommst du, Joy?«

»Sie bleibt«, beharrte Parker in einem strengen Ton. Lindsey stockte und verzog den Mund. Es passte ihr überhaupt nicht und sie warf ihm einen fragenden Blick zu. Als Parker sie wortlos anstarrte, verließ sie eingeschnappt mit den anderen die Bibliothek.

***

Will nahm eine Zigarre aus einer Schachtel, zündete sie an und lehnte sich in seinem Chefsessel zurück. »Wie ich höre, habt ihr eine verzwickte Geschichte hinter euch.«

»Das kann man wohl so sagen, Sir«, bestätigte Chris.

»Um ehrlich zu sein, bin ich ein wenig ratlos. Wie kann ich euch denn helfen?«

Parker überkreuzte die Beine und begann zu erzählen. Natürlich ließ er auch diesmal die wahre Identität meines Vaters aus. Dennoch zögerte er nicht, vom Maulwurf zu berichten, den er beim FBI vermutete.

Der Senator hörte ihm zu, stellte hin und wieder eine Frage und ließ die ganze Story einen Moment lang auf sich wirken. »Tja«, er pustete den Rauch seiner Zigarre aus, »das ist eine wirklich verrückte Geschichte und ein sehr waghalsiger Plan. Die mexikanischen Behörden haben Juárez schon vor ein paar Jahren aufgegeben. Die Stadt liegt völlig in der Hand der Kartelle. Wie kann ich dir in diesem Chaos helfen, Junge?«

»In dem Sie mir eine Spezialeinheit zur Verfügung stellen.«

Will runzelte die Stirn und dachte einen Moment nach. »Das ist eine illegale, kostspielige und riskante Sache, Chris.«

»Das ist mir bewusst, Sir.«

»Die US-Regierung hat Millionen in die Geheimdienste investiert, um Größen wie die *graue Eminenz* oder Suárez zu schnappen – immer ohne Erfolg, mit vielen Verlusten und darauffolgenden politischen Krisen. Das Suárez-Kartell zu zerschlagen, wäre natürlich ein ganz großer Coup. Suárez und die *graue Eminenz* ... «, meinte Will nachdenklich. »Seit Jahren versuchen die Geheimdienste herauszubekommen, wie diese beiden riesigen Kartelle zusammenarbeiten und den amerikanischen Markt beherrschen. Alle bisherigen Operationen scheiterten und wir haben viele unserer Leute verloren.« Der Senator stand auf und ging in der Bibliothek auf und ab. »Eine geheime Einheit zu gründen und auf mexikanischem Boden operieren zu lassen, noch dazu ohne Genehmigung, hätte in jedem Fall für uns alle Konsequenzen. ... Du weißt, ich habe dich und deinen Vater immer unterstützt, auch wenn ich mir dadurch keine Freunde gemacht habe. Es tat mir sehr leid, als der Ausschuss damals gegen ihn gestimmt und ihn als Verräter abgestempelt hat. Wir wissen beide, dass er niemals für die *graue Eminenz* gearbeitet hätte.«

»Ja, das stimmt. Sie und Bennet waren die Einzigen, die hinter mir standen. Das werde ich Ihnen nie vergessen.«

Will nickte. »Ich schätze dich als herausragenden Agent. Bennet weiß sehr wohl, was er an dir hat, Chris. Ich weiß, dass du immer noch auf der Suche nach der Wahrheit bist, aber vielleicht solltest du die Vergangenheit ruhen lassen.«

»Sie wissen, dass ich das nicht kann, Senator.« Enttäuschung machte sich in Parkers Gesicht breit. Das Gespräch verlief nicht so, wie er es sich vorgestellt hatte.

»Darf ich dazu etwas sagen?«, fragte ich kleinlaut.

»Nur zu.«

Nervös verschränkte ich meine Hände, schaute zu Boden und suchte nach den richtigen Worten. »Ich verstehe Ihre Bedenken, Will. Ich habe keine Vorstellung davon, was so eine Operation kostet oder wie genau die Abkommen der Länder sind, aber ich glaube, dass es unsere Pflicht ist, alles zu tun, um diesen Verbrechern endlich das Handwerk zu legen. Wir sind es den Männern, die in der Vergangenheit ihr Leben bei solchen Einsätzen verloren haben, schuldig. Sie wussten, worauf sie sich einließen, und haben sich trotzdem dafür entschieden. Sie wollten ihren Teil dazu beitragen, dass es mehr Gerechtigkeit und Frieden gibt. Denken Sie an die Opfer, an die Menschen, die viel Leid erleben mussten.« Ich senkte den Blick. »Suárez hat meine Schwester entführt. Er ist skrupellos, ein Mensch ohne Gewissen. Sie starb vor ein paar Tagen, weil sie in der Zeit ihrer Gefangenschaft, ihre Medikamente nicht bekommen hat und sich dadurch eine schwere Infektion in ihrem Körper ausbreiten konnte. Sie war unschuldig. Ich will, dass Suárez bestraft wird. Ich weiß, dass sich das viele Menschen wünschen, aber wir haben durch diesen Chip jetzt die Gelegenheit dazu. Verlangen Sie bitte nicht von mir, dass ich hinnehme, dass Leute wie er nie dafür bezahlen müssen.«

Parker und der Senator sahen mich schweigend an. Hatte ich etwa dummes Zeug geredet?

»Deine Freundin ist eine kleine Patriotin, Chris. Sie gefällt mir«, warf Lambert kurz ein, dann wandte er sich an mich. »Ich verstehe dich, Joy, und ich finde deine Einstellung bewundernswert. Es sollte noch mehr junge Menschen wie dich geben.« Er dachte einen Moment nach. »Na gut, ihr habt mich überzeugt. Ich werde versuchen, euch zu helfen und meine Beziehungen spielen lassen, aber versprechen kann ich euch noch nichts. Mein alter Freund Karl West schuldet mir noch einen Gefallen.«

Parkers Augen begannen zu leuchten. »Danke Sir, das ...«

»Schon gut«, winkte er ab. »Geht, ich muss telefonieren.«

Parker und ich verließen die Bibliothek. In der Eingangshalle duftete es bereits nach Essen. Chris sah sich um und zog mich in eine Nische. »Pinselchen, du bist ja wirklich eine kleine Patriotin. Wer hätte das gedacht?« Er drückte mich sanft gegen die Wand. »Ich würde dich am liebsten hier sofort nehmen, aber das muss leider noch warten«, flüsterte er mit einem schiefen Lächeln. Mein Körper vibrierte bei dem Gedanken. Mit den Fingern fuhr er über mein Gesicht. »Ich weiß nicht, ob ich dich übers Knie legen oder belohnen soll. Mit der Zusage des Senators gibt es kein Zurück mehr.«

»Dann solltest du mich belohnen«, überlegte ich kurz.

»Die Sache mit dem ›übers Knie legen‹ kann auch ganz nett sein, Babe«, raunte er und drückte seine Hand gegen meinen Schritt, genau an die Stelle, die sich nach seiner Aufmerksamkeit sehnte. Scharf sog ich die Luft ein und genoss das süße Ziehen, das durch meinen Unterleib pochte. Ich stöhnte.

»Hör damit auf, Mia«, seufzte er. »Sonst ficke ich dich gleich hier.«

Seine schmutzigen Worte heizten mich nur noch mehr an und ich biss mir genüsslich auf die Lippen, als er den Druck seiner Finger erhöhte und zu reiben begann. Er küsste mich gierig, seine Zunge stieß fordernd in meinen Mund. Ich spürte regelrecht, wie ich schwach wurde. Ich schmeckte einen Hauch Whiskey in seinem Atem – süß, würzig und mit einem kleinen bisschen Vanille. Sein Kuss nahm mich ein und eroberte mich im Sturm.

Ohne Probleme könnte er mich gleich hier zum Orgasmus bringen. Es fehlte nicht viel. Das blieb ihm natürlich nicht verborgen und er intensivierte sein Spiel, indem er eilig meine Hose öffnete, in meinen Slip fuhr und frech in mich eindrang. Ich musste einen Schrei unterdrücken. »Chris, was ... tust du?«, fragte ich beschämt, weil er wieder in aller Öffentlichkeit solche Dinge mit mir anstellte. Verdammt! Es gefiel mir auch noch, ich konnte nicht genug davon bekommen. Gezielt spielte er mit mir, trieb mich immer weiter, brachte mich an den Rand des Wahnsinns! Ich spürte deutlich, wie sich die Wellen mächtig in mir aufbauten und immer stärker wurden.

»Komm für mich, Mia«, keuchte er erregt und stieß einen zweiten Finger in mich. Das war zu viel. Dem Gipfel so nahe, zündete er damit eine unfassbar gewaltige Rakete in mir. Ich schrie auf und flog zu den Sternen.

Jemand räusperte sich. »Entschuldigt, ich wollte euch nicht stören, aber ... das Essen ist fertig.«

Oh Gott! Ich erstarrte zur Salzsäule. Hart landete ich wieder auf der Erde, lief knallrot an und wäre am liebsten im Erdboden versunken. Chris' Hand steckte immer noch völlig ungerührt in meiner Hose. »Wir kommen gleich«, knurrte er Mike über die Schulter an.

Mike entfernte sich. »Das war nicht zu überhören«, sagte er beim Weggehen. Mit jedem Schritt wusste ich, wie angewidert und entsetzt er war.

Erschöpft sank mein Kopf auf Parkers Schulter. »Nicht schon wieder!«

»Was ist los, Pinselchen? Alles halb so schlimm.« Er zog seine Hand zurück und grinste.

Geknickt blickte ich ihn an. »Mir ist das peinlich, Chris! Dir etwa nicht?«

»Wieso? Du hattest gerade einen gewaltigen Orgasmus. Davon träumen viele Frauen.«

Der Kerl war nicht zu fassen. »Hast du kein Schamgefühl?«

»Pinselchen, Mike weiß jetzt, wie du dich anhörst, wenn du kommst – was übrigens absolut heiß ist – und er weiß, dass *ich* es war, der dir den Höhepunkt geschenkt hat.« Er schmunzelte breit und man sah ihm an, wie zufrieden er war. Ich konnte nur den Kopf schütteln. Mann, Mann, Mann! Parker würde sich wohl nie ändern. Was für ein Neandertaler!

***

Ich glühte immer noch, als wir Richtung Esszimmer liefen. Obwohl Parker und ich uns im Gästebad frischgemacht hatten, fühlte ich mich, als könnte man mir ansehen, was gerade geschehen war. Am liebsten hätte ich das Dinner ausfallen lassen, aber er zwang mich, etwas zu essen, weil er befürchtete, dass ich sonst aus den Latschen kippen könnte.

»Ah, da seid ihr ja«, rief der Senator, der seinen Kopf aus der Bibliothek streckte. »Major Karl West möchte sich mit dir unterhalten, Chris.«

»Geh du schon mal vor, ich komme gleich nach«, meinte Parker und zwinkerte mir zu.

Somit musste ich den Blicken von Mike und den anderen wohl allein standhalten. Mike machte es mir einfach: Er strafte mich mit völliger Ignoranz. Ich akzeptierte es – fürs Erste.

Nach dem Abendessen zogen sich Chris, Logan, Lindsey und der Senator ein weiteres Mal in die Bibliothek zurück. Ich begann mich allmählich zu fragen, was die Geheimniskrämerei sollte. War es nicht wichtig, dass Mike und ich bei den Planungen dabei waren? Schließlich spielten wir eine wichtige Rolle bei der Sache. Ich hatte ein merkwürdiges Gefühl, schlich mich spät abends aus meinem Gästezimmer und horchte an der Bibliothekstür.

»Gut, dann beginnen wir gleich morgen mit dem Training«, hörte ich Logan sagen.

»Was ist mit Joy, Chris? Du musst es ihr sagen.«

»Lass das mal meine Sorge sein, Lin. Ich krieg das schon hin.« Ich hörte, wie sich Schritte näherten. Flink und leise rannte ich die Stufen in mein Zimmer hinauf. Was zum Teufel verschwieg mir Parker? Ich blieb an der Tür stehen und horchte, ob die Besprechung zu Ende war, doch die Tür blieb verschlossen. Ich warf mich voller Fragen aufs Bett und ließ meine Gedanken darum kreisen. Ich musste wohl eingeschlafen sein, denn irgendwann in der Nacht spürte ich, wie sich ein warmer Körper an meinen Rücken schmiegte.

»Chris?«, fragte ich schlaftrunken.

»Schlaf weiter, Babe«, flüsterte er, und das tat ich. Ich war viel zu müde, um richtig wach zu werden.

Gleich am nächsten Morgen begann das Training, von dem sie gestern Abend gesprochen hatten. Die Agents wollten die Zeit sinnvoll nutzen und trainierten hart. Lindsey wies Mike und mich in die Welt der Kartelle ein. Sie zeigte uns Fotos der Mitglieder, zählte dazu die jeweiligen Verbrechen auf, die die Kerle auf dem Kerbholz hatten, während Logan und Chris draußen ihren Trainingsplan für heute abarbeiteten.

Sollten wir nicht endlich Suárez kontaktieren und ihm mitteilen, dass wir etwas gegen ihn in der Hand hatten? Stattdessen wurden wir nur halbherzig ins Schieß- und Kampfsporttraining einbezogen. Trotzdem scheuchte mich Parker an diesem Morgen über das Grundstück. Er konnte wirklich gnadenlos sein! Ich hasste es, dass mein Körper sich anfühlte wie ein Stück totes Fleisch. Für ihn war es lockeres Lauftraining und für mich ein Wüstenmarathon, der mich an meine Grenzen brachte. Meine Lunge brannte wie Feuer und meine Waden fühlten sich an, als würden sie mehr als hundert Tonnen wiegen. Mein Körper rebellierte, kurz nachdem wir losgelaufen waren. Ich konnte nicht mehr, blieb völlig außer Atem stehen, rang nach Luft und versuchte dem Drang zu widerstehen, mich einfach auf den Boden zu werfen.

Parker lief rückwärts und grinste breit, als ich aufgab.

Langsam dämmerte mir, dass die Operation ohne mich stattfinden würde und er mir mit dem Training nur zeigen wollte, wie ungeeignet ich dafür war. Enttäuschung und Wut loderten in mir auf.

»Was ist los? Machst du schon schlapp?« Parker kam höchst amüsiert ein paar Meter zu mir zurückgelaufen und tänzelte fit wie ein Gummiball vor meiner Nase herum.

Immer noch völlig fertig, richtete ich mich auf. Parker hatte nie vorgehabt, mich zu der Operation mitzunehmen. Er hatte von Anfang an einen anderen Plan verfolgt. Wieso redete er nicht mit mir? Wieso, verdammte Scheiße, ließ er mich die ganze Zeit in dem Glauben? Ich ging auf ihn zu und funkelte ihn wütend an. »Du bist so ein mieser Heuchler. Warum sagst du mir nicht einfach die Wahrheit?«

Er unterbrach sein Gehüpfe und sein Grinsen verschwand.

»Ich dachte wirklich, du stehst auf meiner Seite und willst mir helfen.«

»Das tue ich doch, aber ...«

»Hör auf, mir zu erzählen, dass du mich verstehst, denn das tust du offensichtlich nicht. Du hattest nie vor, mich bei der Operation dabei zu haben.«

Er senkte den Blick. »Nein, das hatte ich nicht«, gab er zu. »Das kann ich auch nicht, Pinselchen. Es ist schon schlimm genug für uns Männer, die Suárez' Nachtclub stürmen werden. Wenn du geglaubt hast, dass ich oder der Senator, geschweige denn der Major, so ein Risiko eingehen, dann bist du sehr naiv. Ich bin auf deiner Seite, Joy, aber mit Rache erreichst du gar nichts, außer, dass du Fehler machst und am Ende mit dem Leben bezahlst. Du hast absolut keine Ahnung, worauf du dich da einlässt.«

»Und warum belügst du mich, gaukelst mir vor, dass wir das durchziehen werden? Warum scheuchst du mich stundenlang durch die Gegend?«

»Hätte ein Gespräch gereicht, um dir klarzumachen, dass du niemals nach Juárez mitkommen kannst? Du bist so starrköpfig und uneinsichtig. Ich musste dir zeigen, wie hart die Anforderungen sind, dass du körperlich gar nicht in der Lage bist, so eine schwere Sache durchzuziehen. Ich will dich nur beschützen, Joy.«

Ich schüttelte ungläubig den Kopf. »Und was ist mit Mike?«

»Er weiß es schon. Ihr seid beide Zivilisten, und egal, wie viele Gründe du hast, dich in die Sache einzumischen, weder der Senator noch der Major – nicht einmal der Präsident – würden das genehmigen. Die Sache ist zu wichtig, als dass wir uns Fehler leisten könnten. Das musst du einfach kapieren.«

Ich kämpfte mit den Tränen.

»Soll ich dir sagen, was dich im *Piñata* erwartet? Du würdest Dinge sehen, die dich in deinem Handeln beeinflussen. Dadurch wärst du verletzbar und eine Schwachstelle. Suárez ist für seine ungewöhnlichen Foltermethoden bekannt. Er tötet aus Spaß; ein Menschenleben bedeutet ihm nichts, nur totes Kapital. Ich will einfach nicht, dass du in seiner Nähe bist. Er weiß, wer du bist, und damit machst du es ihm sehr leicht, sich an deinem Vater zu rächen. Juárez ist eine Festung, schwer bewaffnet und kaum einzunehmen. Wir sind zu oft daran gescheitert, als dass wir jetzt ein Risiko eingehen könnten. Wir müssen unseren Trumpf richtig ausspielen.«

Ich dachte nach. Vielleicht hatte er Recht, vielleicht war ich wirklich zu naiv gewesen. Und ich war stur, das stimmte auch. Wenn ich mir etwas in den Kopf gesetzt hatte, war es schwer, mich vom Gegenteil zu überzeugen.

Ungewollte Tränen liefen mir über die Wangen, die ich mit einer kurzen Handbewegung fortwischte. »Okay«, flüsterte ich. »Du hast gewonnen.«

Er zog mich in den Arm. »Ich weiß, dass du es für Holly tun willst, aber sie hätte das niemals gewollt.« Ich kuschelte mein Gesicht an seine Halsbeuge. Das stimmte. Plötzlich kam mir das alles wie eine fixe Idee vor – dumm und naiv. Angestachelt von meinem Hass und Zorn hatte ich mir eingeredet, dass ich auch bereit wäre zu sterben. Große Worte, die man schnell sagte, ohne deren Bedeutung zu verstehen.

Kapitel 17

Niedergeschlagen verbrachte ich den Vormittag im Bett. Ich brauchte Zeit, um mit mir selbst ins Reine zu kommen. Wie immer half mir das Zeichnen. Rowenta war so freundlich gewesen, mir Papier und einen Kohlestift zu besorgen.

Je länger ich über die ganze Sache nachdachte, desto deutlicher erkannte ich, wie naiv und dumm meine Idee gewesen war. Und als noch schlimmer empfand ich es, dass ich es sogar zugelassen hätte, Mike mitzunehmen. Mein schlechtes Gewissen wuchs. Was aber seither meine Gedanken beherrschte, war die Angst um Parker. Ich hatte das Horrorszenario im Kopf, dass er von einer Kugel getroffen werden könnte. Es brachte mich fast um den Verstand. Logan wie auch er waren sich darüber bewusst, dass sie jederzeit dabei sterben könnten. Jetzt konnte ich natürlich auch viel besser Ginas Tränen nachvollziehen. Sie hatte gewusst, wie groß das Risiko war, das die Männer eingingen. Nur ich dumme Gans, hatte meine idiotische Idee im Kopf gehabt.

Um jede freie Minute in seiner Nähe zu sein, begleitete ich Parker, Logan, Lindsey und Mike am Nachmittag in die Wüste von Texas. Mitten in der Prärie gab es nur rote Erde, Felsen und wenige Bäume. Hier verbrachten wir die restlichen Stunden des Tages. In der Luft hing der Geruch von Schießpulver, und ab und zu kreischte ein Geier am Himmel. Die Männer feuerten Kugel um Kugel auf Pappfernziele ab, die Lindsey in der Ferne aufgestellt hatte. Sie probierten mehrere Schusstechniken – und brachten Mike, der mit großem Interesse dabei war, die Grundlagen bei.

»Willst du es auch mal versuchen?«, fragte Parker und schlenderte mit seiner Waffe zu mir rüber. Aus sicherer Entfernung hatte ich ihnen dabei zugesehen, wie sie den Karton mit Kugeln durchsiebten und killten.

»Komm.« Parker nahm das Pappziel und positionierte es ein paar Meter weiter an einem kleinen Felsen. Dann stellte er sich hinter mich und drückte mir die Pistole in die Hand. Seine Hände justierten meine Finger in die richtige Position. »Jetzt ziel mal«, forderte er mich auf. »Ganz ruhig einatmen, dann schau durch dein Visier und ziele.« Wie sollte ich mich konzentrieren, wenn sein Atem mir eine Gänsehaut bescherte? Sekunden vergingen, bis ich mich im Griff hatte. »Wenn du bereit bist und dein Ziel erfasst hast, halte die Arme gestreckt und zieh den Abzug.«

Ich drückte ab. Der Schuss donnerte los und verfehlte den Karton um Längen. »Macht nichts, versuch es weiter.« Ich stellte mich dämlich an und traf nie – es war eine Tortur. Ich hatte das Laden der Waffe schnell drauf, scheiterte aber am Anvisieren und Treffen. Ich bekam es einfach nicht hin. Manchmal blinzelte ich und sah Oilily vor mir. Mit jedem Schuss, den ich daneben traf, fragte ich mich, wie ich ihn hatte erschießen können.

Mike war da völlig anders. Er war richtiggehend talentiert, und einmal bekam ich sogar mit, wie er sich mit Logan über die FBI-Akademie in Quantico unterhielt. Am Ende des dritten Tages lagen mehrere hundert Hülsen am Boden, die wir feinsäuberlich einsammelten und entsorgen mussten. Während Mike und die anderen die Waffen im Wagen verstauten, nutzte ich die Gelegenheit, um meine Probleme mit Mike zu klären.

Er sammelte die Pappziele ein und betrachtete gerade einen davon näher. Langsam schlenderte ich auf ihn zu. »Mike? Können wir reden?«

Er blickte noch nicht einmal auf. »Worüber, Joy?«

Wieso konnten Männer nur so stur sein? Ich trat trotzdem näher und ließ mich nicht abweisen. »Es gibt eine Menge ungeklärter Dinge zwischen uns, findest du nicht?«

Er gab keine Antwort. Kurz vor ihm blieb ich stehen. »Es tut mir leid, dass du das zwischen Chris und mir mitbekommen hast, ich ...«

Ruckartig wandte er sich um. »Du hattest Sex im Eingangsbereich im Hause des Senators, noch dazu mit dem Kerl, der alles flachlegt, was nicht bei drei auf den Bäumen ist!«, fauchte er mich wütend an.

»Warum bist du so? Ist es wegen Parker?«

»Hör endlich auf, ständig von ihm zu reden. Das macht mich krank.«

Ich wusste nicht, was ich sagen sollte. Irgendwie war er verletzter und eifersüchtiger, als ich gedacht hatte. »Ich kann verstehen, dass es für dich hart gewesen sein muss, aber ich kann es nun mal nicht mehr ändern.«

»Nein, Joy, du hast überhaupt keine Ahnung, wie das für mich war. Am schlimmsten ist, dass ich hier festsitze und nicht gehen kann. Aber daran bin ich ja wohl selbst Schuld«, keifte er mich an und wandte mir den Rücken zu.

»Es tut mir leid, Mike.«

Zum ersten Mal schaute er mir in die Augen. Es lag so viel Schmerz und Enttäuschung darin, dass sich mein Herz zusammenzog. Seines war gebrochen und mit der Sache in der Eingangshalle war ich darauf herumgetrampelt. Er hatte mit mir fliehen wollen, war bereit gewesen, alles für mich aufzugeben, und ich hatte ihn verletzt und von mir gestoßen. »Mike, ich mag dich, ich mag dich sogar sehr, aber ...«

»... aber ihn liebst du, das habe ich schon kapiert.« Er klang so verbittert. »Soll ich dir mal was sagen, Joy? An seiner Seite wirkst du wie eine seiner Nutten – billig und schlampig.«

Ich riss die Augen auf. Okay, ganz ruhig bleiben! Er war wütend und wollte mir absichtlich wehtun.

»Hey!«, brüllte Parker wütend. »Was hast du gesagt?«

Wir hatten ihn beide nicht kommen gehört und drehten uns erschrocken zu ihm um.

Mike schnaubte verächtlich. »Ich sagte, sie sieht an deiner Seite aus wie eine deiner Nutten – billig und schlampig«, wiederholte Mike seine Worte, schaute durch winzige Schlitze zu Parker und verschränkte seine Arme.

Chris baute sich vor ihm auf. »Ich kann es nicht leiden, wenn man so mit Frauen spricht. Entschuldige dich bei ihr, sofort«, knurrte Parker warnend.

»Und ich kann es nicht leiden, wenn man unschuldige Mädchen wie Huren behandelt. Du bist der letzte Dreck.« Aggressiv funkelten sich die beiden an.

»Niemand nennt mein Mädchen eine Hure«, presste Parker zwischen zusammengebissenen Zähnen hervor. Schneller, als mein Verstand es erfassen konnte, prügelten sich die beiden. Ich konnte nicht mal sagen, wer von ihnen angefangen hatte.

Parker donnerte seine Fäuste zweimal blitzchnell in Mikes Magen, so dass dieser sich vor Schmerz krümmte. Ein Kinnhaken folgte. Mike geriet ins Straucheln und wäre beinahe in den Staub gefallen.

»Na? Hast du jetzt genug oder brauchst du noch mehr?«

Mike brauchte ein paar Sekunden, bis er wieder Luft hatte und sich langsam aufrappelte. Dann stürmte er fuchsteufelswild auf Chris los, umklammerte seinen Unterleib und krachte mit ihm in den Wüstensand. Sie wälzten sich und es dauerte ganze zwei Fausthiebe, bis Parker wieder die Oberhand hatte.

»Hört auf, alle beide«, schrie ich, doch es war zwecklos. Parker schlug Mike heftig ins Gesicht, und erst Logan, der angerannt kam, konnte ihn von Mike herunterziehen.

»Alter, was soll denn dieser Scheiß?«, brüllte Logan Parker an und ließ ihn erst los, als dieser ihm signalisierte, dass er sich beruhigt hatte. Chris stand als Erster wieder auf den Beinen. Sein Oberkörper hob und senkte sich schnell und er blutete an der Lippe.

Hasserfüllt blickte Mike zu Parker, dann wandte er sich von uns ab und machte sich auf den Weg zum Wagen.

»Was ist in dich gefahren?«, fuhr Logan ihn an.

»Er will nicht akzeptieren, dass manche Dinge mir gehören«, brummte Chris und klopfte sich den Staub von der Hose. Logan und Lindsey warfen mir einen Blick zu.

»Das geht nicht. Du musst dich im Griff haben, Bro.«

»In dieser Sache war das schon mehr als überfällig.«

Wir schlenderten zurück zum Wagen und fuhren stillschweigend zum Grundstück.

***

Mike ließ sich von Rowenta und Lindsey versorgen, während Parker, Logan und der Senator an ihrem Plan arbeiteten. Die Stimmung war angespannt und trug nicht dazu bei, dass ich zur Ruhe kam. Nachdenklich setzte ich mich auf die Veranda und starrte zum Lake Nesworthy. Ich dachte an Holly, an Mum und an mein früheres Zuhause. Der Sommer war vorüber und das Leben meiner damaligen Freunde ging weiter. Ich erinnerte mich, wie aufgeregt sie alle gewesen waren, als sie eine Zusage nach der anderen von den Universitäten bekommen hatten. Parker hatte Recht gehabt, als er einmal zu mir sagte: *Nichts wird mehr so sein, wie es einmal war.*

Alles war anders gekommen. Ich war dazu gezwungen worden, meine Zukunftspläne über den Haufen zu werfen, alles hinter mir zu lassen und mich meinem Schicksal zu stellen. Ich hatte alles verloren, was mir lieb gewesen war. Ein Grund mehr, aufzugeben und sich dem Schmerz hinzugeben. Doch in diesem Schlamassel hatte ich Menschen kennengelernt, die für mich da waren, die sogar bereit waren, viel zu riskieren, um mich zu schützen. All diese Erfahrungen wollte ich nicht missen, auch wenn sie sehr schmerzhaft waren.

Eigentlich konnte ich mich glücklich schätzen. Ich durfte erfahren, wie es sich anfühlte, wirklich verliebt zu sein. Mit Parker fühlte ich für kurze Stunden Glück. Mike zeigte mir, was Freundschaft bedeutete, und Anne war mir näher als jede andere Freundin, die ich früher gehabt hatte. Ich spürte, dass ich mich verändert hatte, und selbst, wenn ich die vergangenen Wochen hätte fortwischen können, würde ich in mein altes Leben nicht mehr hineinpassen.

Die Verandatür öffnete sich quietschend. Mike brachte mir eine Tasse Tee und blieb schweigend vor mir stehen. In seinem Gesicht klebten zwei kleine Pflaster und sein Auge sah schon nicht mehr so geschwollen aus. Ich freute mich über seine Geste und nahm den Tee dankend an.

»Es tut mir leid. Ich hätte das nicht über dich sagen sollen.«

»Vergiss es, nicht der Rede wert.«

»Doch, das ist es. Ich war so rasend eifersüchtig und wütend, dass ich die Beherrschung verloren habe. Ich gebe zu, ich mag Chris nicht besonders und ich bin der Meinung, dass er der Falsche für dich ist, aber ich werde deine Entscheidung akzeptieren.« Sein Blick lag ruhig auf dem See. Durch das Licht der Außenlampe konnte ich seine Traurigkeit sehen. Es tat mir so leid für ihn.

»Ich werde gehen, Joy, sobald das alles vorbei ist. Trotzdem will ich, dass du weißt, dass du immer auf mich zählen kannst. So bin ich einfach erzogen worden. Meine Eltern haben mir von klein auf beigebracht, dass Freundschaft bedeutet, füreinander einzustehen.«

Ich stand auf, schaute ihn sprachlos an und war total gerührt. Mit einem dicken Kloß im Hals warf ich mich in seine Arme und schluchzte. Das war viel mehr, als ich jemals von einem Freund erwarten konnte. Eigentlich müsste ich Pat und Clark danken. Sie hatten Mike zu einem großartigen Menschen erzogen. Die Frau, die er einmal bekommen würde, konnte sich glücklich schätzen.

Eine Weile standen wir schweigend da und hielten uns fest. Es war wie ein Abschied. Uns war beiden klar, dass sich unsere Wege nach der Suárez-Operation trennen würden.

»Deine Geschichte hat etwas in mir ausgelöst, Joy. Seit ich dich kenne, plagt mich der Wunsch, etwas zu ändern. Ich denke schon länger über eine drastische Veränderung nach, und glaube, ich kann es nur herausfinden, wenn ich es versuche.«

Stirnrunzelnd löste ich mich von ihm. »Was meinst du?«

Er kratzte sich nachdenklich an der Stirn. »Na ja, vielleicht werde ich bald etwas völlig anderes machen als bisher. Das wird zwar meinem Dad nicht gefallen, aber ich muss es einfach ausprobieren. Ich möchte Leuten wie dir helfen, Joy. Ich will dazu beitragen, dass die Straßen sauberer werden und die Menschen sich sicherer fühlen können. Ich will Virginia verlassen und mich beim FBI ausbilden lassen.«

Es überraschte mich nicht; ein wenig hatte es sich ja angedeutet. Ich konnte ihn mir gut als Agent vorstellen. »Ist es das, was du wirklich willst?«

»Ja. Durch dich habe ich gemerkt, dass ich mehr möchte, als nur an Autos zu schrauben. Was sagst du dazu?«

Ich nickte langsam. »Ich glaube, du wirst ein sehr guter Agent werden.«

Endlich erschien ein Lächeln auf seinem Gesicht.

»Genau das wollte ich von dir hören.«

Wir lächelten uns an, und mit einem Mal fühlte ich mich gleich viel besser.

***

Ein paar Tage später spürte ich schon an der Türschwelle des Esszimmers die gedrückte und angespannte Stimmung. Alle saßen bereits am Tisch, nur ich kam etwas später, weil ich in Rowentas Küche noch einen Nachtisch zubereitet hatte. Der Aufbruch nach Juárez stand unmittelbar bevor. Ich erwiderte Parkers Blick, als ich das Esszimmer betrat, und wusste sofort Bescheid. Schweigend nahmen wir das Abendessen ein. Alle hingen ihren Gedanken nach.

»Wie wäre es mit Nachtisch? Ich glaube, etwas Süßes können wir nun alle gebrauchen.« Rowenta klatschte in die Hände und versuchte die Stimmung zu heben. Sie lächelte.

Mike räusperte sich und durchbrach die Stille. »Ich möchte etwas sagen.« Er schaute direkt zu Parker, der neben mir saß und unterm Tisch meine kalte Hand hielt. »Wir werden keine Freunde werden, aber ich akzeptiere Joys Entscheidung«, begann er und sicherte sich damit die ungeteilte Aufmerksamkeit. »Um weitere Eskalationen nicht zu provozieren, werde ich morgen nach Virginia zurückfahren und versuchen, die letzten Wochen zu vergessen.«

»Nein, Mike, du kannst noch nicht nach Hause. Es ist noch zu gefährlich für dich. Warte doch wenigstens, bis die Operation vorbei ist«, sagte Lindsey besorgt.

»Ich sehe es genauso«, mischte sich Parker ein. »Wenn die Operation scheitert, wende dich an Bennet, er wird für deine Sicherheit und die deiner Familie sorgen.«

»Nein, ich denke, ich habe lange genug meine Zeit hier verschwendet und die Gastfreundschaft des Senators und seiner Frau in Anspruch genommen. Außerdem sind wir uns ja noch nicht einmal sicher, ob man auch hinter mir her ist.«

»Es ist dein Risiko«, meinte Parker unterkühlt. Die beiden schenkten sich kein Lächeln, keine Mimik, sie sahen sich nur in die Augen. Deutlich war ihre Feindschaft zu spüren.

»Genau, es ist mein Risiko.«

»Sie können so lange hierbleiben, wie Sie möchten, Mike. Uns stört es nicht, wenn Gäste im Haus sind, im Gegenteil. Stimmt´s Rowenta?«

»Oh ja, wir haben keine eigenen Kinder, daher ist es immer sehr still hier.«

Der Senator stand auf, nahm aus einem Schrank eine Flasche Schnaps und schenkte in mehrere Gläser eine klare Flüssigkeit ein. »Trinken wir auf eine erfolgreiche Operation, auf eine gute Heimfahrt und auf unser aller Wohl.« Wir hoben die

Gläser und kippten nacheinander das brennende Zeug hinunter. Der Alkohol tat gut, rann wärmend meine Kehle hinab und vertrieb die eisige Kälte, die sich in mir breitgemacht hatte. »Morgen, Punkt acht Uhr, bringt uns ein Helikopter zum Flughafen. Von dort aus geht es weiter nach El Paso. Der Einsatz ist zwar erst in ein paar Tagen, aber Major West will nichts dem Zufall überlassen. Also seid pünktlich, Jungs.«

Ich erstarrte. Schon morgen früh? Wieso hatte ich die Zeit mit Parker nicht intensiver genutzt? Ich hätte die ganze Flasche gebraucht, um die Eiseskälte in mir zu vertreiben. Gleichzeitig schoss mir das Blut in die Wangen. Ich musste hier raus. »Entschuldigt mich bitte.« Ich spürte die Blicke aller im Rücken, aber ich sah mich nicht mehr um.

»So weit haben wir ja alles geklärt, oder? Falls es Neuigkeiten gibt, lasst es mich wissen. Ich kümmere mich mal um meine Kleine«, rief Parker den anderen über die Schulter zu, bevor er mir hinauf in mein Zimmer folgte.

»Hey, Pinselchen, alles in Ordnung mit dir?« Er warf die Tür hinter uns zu.

»Ja, ich ... Es kommt nur alles so schnell.« Ich setzte mich auf mein Bett.

»Hat Mike etwas zu dir gesagt? Du wirkst so traurig.«

»Nein. Alles gut.«

Parker setzte sich neben mich. »Und was bedrückt dich?«

»Ich dachte einfach, wir hätten noch mehr Zeit, bis es tatsächlich losgeht.«

Mit dem Zeigefinger hob er mein Kinn an. »Ist das alles?«

Eine Weile blickte ich ihn an. »Ich ... habe so eine Scheißangst um dich, Chris«, flüsterte ich schluckend. Er zog mich in seine Arme und hielt mich. Ich hörte seinem Herzschlag zu und sog wie immer seinen Duft ein.

»Hör mir zu, Mia. Ich kann dir nicht sagen, dass du keine Angst haben sollst. Ein wenig gehört immer dazu und ist auch gesund. Manchmal schützt sie dich vor riskanten Entscheidungen.« Er strich mir eine Haarsträhne aus dem Gesicht. »Ich verrate dir ein Geheimnis: Das Zauberwort heißt Adrenalin. Du glaubst nicht, zu welchen Dingen man in der Lage ist, wenn dieser Stoff durch deinen Körper jagt. Denk an Oilily. Genau so geht es mir auch in Extremsituationen.« Er küsste leicht meine Mundwinkel.

»Werden wir uns danach wiedersehen?«, wollte ich unter seinen federleichten Küssen wissen.

»Das wünsche ich mir«, flüsterte er und hauchte weitere Küsse auf meine Nase, Wangen und Kinn. Ich genoss das Kribbeln auf der Haut. Ich legte die Arme um seinen Hals und wir sahen uns einen Moment in die Augen. Seine waren erfüllt mit Wärme und so tiefgründig, dass ich mich darin verlor.

Der Kuss, den er mir daraufhin schenkte, war anders als sonst. Er war nicht gierig oder voller Verlangen, sondern zärtlich und liebevoll. Sein Mund wanderte meinen Hals entlang und er knabberte an meinem Ohr. Sanft drückte er mich rückwärts in die Matratze und strich mit seinem Finger über mein Gesicht. In seinem Blick lag so viel, was ich nicht deuten konnte, aber ich brauchte keine Worte. Wir spürten beide die tiefe, innige Verbundenheit.

Schweigsam zogen wir uns gegenseitig aus und warfen unsere Sachen achtlos beiseite. Meine Hand berührte seine muskulösen Arme, seine Brust. Meine Finger zeichneten seine Tattoos nach.

»Mia, ich ...«, begann er, doch ich zog ihn bereits zu mir und erstickte seine Worte mit einem langen, intensiven Kuss. Seine Zunge schmeckte nach Hoffnung und dem Kampfgeist, den er sich in den vergangenen Tagen einzuhauchen versucht hatte. Ein letztes Mal wollte ich ihn – den verletzlichen Chris, den sanften, den verständnisvollen und den Mann, zu dem er geworden war, den dunklen und den arroganten Parker. Er vereinte sie allesamt in sich und ich liebte sie, jeden einzelnen von ihnen – bedingungslos. Mein Herz war voller Liebe. Ich war bereit, ihn gehen zu lassen, aber dieses eine letzte Mal sollte er mir gehören – mir allein.

Unser Kuss wurde leidenschaftlicher und hemmungsloser. Ich spürte seine Hände auf meinem Körper, überall hinterließ er ein Kribbeln auf meiner Haut. Meine Hand wanderte tiefer, über seine festen Bauchmuskeln hinab zu seinen Hüften und weiter. Er schloss die Augen und warf den Kopf in den Nacken, als ich seine Männlichkeit berührte. Ich umschloss sie. Langsam und zärtlich verwöhnte ich ihn, bis sein Atem schneller ging und er abrupt meine Hand festhielt und mich ansah. Wildes Verlangen flackerte auf, dunkel und gleichzeitig voller Hingabe. Er spreizte meine Beine und küsste eine heiße Straße meinen Bauch hinunter bis zu der Stelle, wo ich mich nach ihm verzehrte.

»Ich will dich schmecken, Babe.« Als ich seine Zunge genau auf meinem pulsierenden Punkt wahrnahm, verabschiedete sich mein Verstand von dieser Welt. Dieses Gefühl war so intensiv, dass ich fest in die Laken griff, um nicht zu schreien. Er leckte mich flink und unerbittlich. Ich war seinem Rausch verfallen, als er immer wieder diese eine Stelle traf. Aber so qualvoll, wie er dieses Spiel begonnen hatte, hörte er auf und legte sich auf mich.

Mit einem einzigen starken Stoß drang er in mich ein. Er keuchte, biss sich auf die Lippen und schloss die Augen. »Scheiße, Mia, das ist echt der Hammer.« Seine Stimme war rau vor Verlangen, und als er anfing, sich in mir zu bewegen, waren seine Stöße zuerst zart und langsam. Sie wurden mit jedem Atemzug härter und schneller. Er nahm mich auf den Wellen mit, und wir beide spürten, wie sich die Erlösung in uns aufbaute. Mein Herz raste und mein Blut peitschte durch meine Adern, trieb mich höher und immer höher, bis wir den Gipfel erreichten.

»Miaaaa! Miaaaa!«, stöhnte er und trieb mir damit die Tränen in die Augen. Er ergoss sich in mehreren Schüben in mir.

Erschöpft und benommen brach er zusammen. Er war mir so nahe wie nie zuvor. Um diesen Augenblick noch auszukosten, legte ich meine Arme um ihn und streichelte über sein Haar. Ich war zu Hause und glücklich ... für diesen letzten Moment.

Kapitel 18

Draußen auf dem Gelände wartete bereits der Helikopter. Der Moment, vor dem ich solche Angst gehabt hatte, war nun gekommen. Ich umarmte Logan, drückte ihn fest an mich und wünschte mir, ihn gesund und munter wiederzusehen. »Pass auf dich auf.«

»Ich werde mein Bestes geben.« Ernst blickte er mich an und wandte sich dann schnell ab. Der Senator verabschiedete sich von seiner Frau, Mike, Lindsey und mir, bevor er ebenfalls im Hubschrauber verschwand. Schweren Herzens drehte ich mich zu Parker. Er zog mich ein paar Meter zur Seite. »Scheiße! Ich ... wollte dir schon die ganze Zeit etwas sagen und wünschte, wir hätten mehr Zeit.«

»Egal, sag es jetzt«, forderte ich ihn mit einem dicken Kloß im Hals auf. Er druckste herum, trat von einem Bein aufs andere und zog mich schließlich an sich.

»Wahrscheinlich tut es jetzt nicht viel zur Sache, aber ...« Seine Stimme klang rau, bescherte mir jedes Mal eine Gänsehaut. Der Propeller des Helikopters wurde angelassen und machte uns klar, wie schnell die Zeit nun ablief.

»Chris, sag es einfach.«

Er schaute mir tief in die Augen und schluckte. »So etwas habe ich noch nie zu jemandem gesagt ... Ich liebe dich, Mia ... so sehr, dass es mich um den Verstand bringt, dich jetzt zurückzulassen.«

Die Zeit blieb stehen, als die Worte seine Lippen verließen. Alle Sorgen, Probleme und Ängste waren wie weggefegt. Ich sah ihn an und nahm nichts anderes mehr wahr. Als die Bedeutung in mein Bewusstsein sickerte, fühlte ich mich angekommen, frei und unbeschwert. Ausgerechnet der harte, raubeinige und megacoole Parker gestand mir seine Liebe? Ich war absolut überwältigt, gerührt und den Tränen nahe. Oh Gott, wie konnte er mir das jetzt antun?!

»Hey, aber verrat mich nicht, Pinselchen. Das könnte meinem Image schaden.« Er grinste schief.

»Romeo, wir müssen los«, rief Logan. Wir hörten ihn zwar, ignorierten ihn aber.

Parkers schiefes Lächeln verschwand augenblicklich und sein Ausdruck wurde ernst. »Ich habe keine Zeit mehr und hätte dir das schon längst sagen sollen, aber ...«

Ich konnte mich nicht mehr zurückhalten, zog ihn zu mir hinunter und küsste ihn, als wäre es unser erster und letzter Kuss als Paar. Fest presste er mich an sich. »Sag mir, dass ich gehen soll«, flüsterte er mir ins Ohr.

»Ich liebe dich, Chris, so sehr, dass es mich fast umbringt, dich jetzt gehen zu lassen.«

»Pinselchen ...«, hauchte er ergriffen. Inbrünstig küsste er mich, bevor er sich eilig von mir losmachte und zum Helikopter rannte. Ich ließ meine Tränen laufen; diesmal war es mir egal. Sollten ruhig alle sehen, wie sehr es mich schmerzte, sollten sie alle wissen, wie sehr ich ihn liebte – ich tat es, mit jeder Faser meines Körpers.

Der Hubschrauber hob ab. Der Wind, den die Rotorblätter aufscheuchten, wirbelte mein Haar wild durcheinander, aber ich blieb regungslos stehen und sah ihnen nach, bis sie nur noch ein kleiner Punkt am Himmel waren. Jetzt begann die Zeit des Bangens und Hoffens.

»Es ist jedes Mal, als würde dir jemand das Herz aus dem Leib reißen.« Lindsey stand neben mir und schaute in die Ferne. »Jedes Mal bete ich inständig dafür, dass er wohlbehalten zurückkommt.«

Ich warf ihr einen Blick zu. »Wird Parker es schaffen?«

»Parker ist einer der Besten, die wir je hatten, Er hat sogar überlegt, eine Ausbildung zum SEAL zu machen, aber dann geschah die Sache mit seinem Vater und Bennet heuerte ihn an. Es wird gutgehen.« Sie lächelte mich kurz an und ging ins Haus zurück.

Am selben Vormittag verabschiedeten wir uns von Mike. Er hatte seinen Entschluss gefasst und wollte sich auf den Heimweg machen. »Willst du nicht lieber noch ein paar Tage warten?«, fragte ich, als ich ihn zum Wagen begleitete. Joe, der Bodyguard, stand neben dem Auto und wartete darauf, dass Mike einstieg. Er würde ihn zum nächsten Bahnhof fahren.

»Nein, es ist Zeit für mich zu gehen.«

Ich nickte. Er hatte seine Entscheidung gefällt. »Dann werden wir uns nicht mehr sehen?«, fragte ich bitter.

»Es ist vielleicht besser so. Ich hoffe, dass sich für dich alles zum Guten wenden wird und du glücklich wirst.«

»Das wünsche ich dir auch. Mike ... danke für alles.«

Er bedachte mich mit einem intensiven Blick und stieg ein. Joe fuhr los. Ich schaute dem Wagen hinterher, bis er aus meinem Sichtfeld verschwunden war. Er würde mir fehlen.

Die Sonne schien heute mild und nur in weiter Entfernung konnte ich dunkle Wolken ausmachen. Heute war ein schrecklicher Tag für mich, an den ich mich mein ganzes weiteres Leben erinnern würde.

Heute wäre Cathrins Geburtstag gewesen und Parker und Logan waren ins Ungewisse geflogen. Ich schlenderte am Ufer des Lake Nesworthy entlang und erinnerte mich an meine kleine Schwester. Sie war beerdigt worden – ohne mich. Ich konnte noch nicht einmal an ihrem Grab um sie weinen. Betrübt setzte ich mich auf die Wiese am Ufer, rupfte Grashalme und warf sie ins Wasser. Ihr Lachen gluckerte durch meine Erinnerung und ihr süßes Gesichtchen tauchte vor meinen Augen auf.

»Hey Keks, du hast bald Geburtstag. Was wünschst du dir?« Sie strahlte. »Ein Pony!«

Ich verdrehte die Augen. »*Na klar, und ein Nilpferd gibt es gratis dazu.*«
Sie streckte mir die Zunge raus. »*Ich will zu* Jerry´s Eskimo *und einen großen Eisbecher essen.*«

Holly war ein fröhliches Kind gewesen und hätte sich gewünscht, dass ich lächelte. Ich sollte heute für sie lächeln. Sofort stand ich auf und ging ins Haus zurück. Lindsey und Rowenta hatten sich zurückgezogen, und so kam mir auch niemand in die Quere. Im oberen Flur in einer Kommode fand ich eine Baseballcap und eine Sonnenbrille. Ich zog beides auf, schlich mich in die Küche und nahm aus einer Keksdose, in der Rowenta Geld sparte, ein paar Dollar heraus. Auf einen Zettel schrieb ich: *Habe mir ein paar Dollar geborgt. Ich schwöre, ich gebe es zurück. Joy.*

Schnell verließ ich die Küche und huschte aus dem Haus, als ich eine Stimme hinter mir hörte. »Wo willst du denn hin?«

Ertappt drehte ich mich um und blickte Lindsey an, die mich mit verschränkten Armen und tadelndem Blick musterte. Sie wusste genau, dass ich mich davonstehlen wollte.

»Ich ... muss dringend was erledigen.« Etwas Blöderes fiel mir nicht ein.

»So, so ... Was hast du denn zu erledigen? Leg lieber das Geld zurück, das du geklaut hast.«

Ich ließ die Schultern hängen. »Ich habe es nicht gestohlen, sondern mir nur geliehen«, verteidigte ich mich schwach und kam mir ziemlich dämlich vor. Es klang natürlich wie eine lahme Ausrede.

Sie zog eine Augenbraue hoch und gab mir das Gefühl, dass ich ihr eine Standardausrede aufgetischt hatte und sie diese schon eine Million Mal gehört hatte. »Du weißt, dass du das Haus nicht verlassen darfst. Also Schluss damit und leg das Geld zurück, sonst rufe ich Joe.«

»Lindsey, bitte ... ich ...«

»Wird's bald?«

Ich lief zur Küche, legte das Geld in die Keksdose zurück und nahm den Zettel heraus.

»Was hattest du vor? Abhauen?« Sie war mir gefolgt und hatte mich mit Argusaugen genau beobachtet. Ihr selbstgefälliges Gehabe ging mir echt auf die Nerven.

»Heute wäre Hollys Geburtstag. Ich habe ihr versprochen, an jedem ihrer Geburtstage mit ihr zu *Jerry's Eskimo* zu gehen, das ist alles«, sagte ich voller Bitterkeit, blickte sie feindselig an und ging an ihr vorbei, hinauf in mein Zimmer. Innerlich verfluchte ich sie, dabei tat sie eigentlich nur ihren Job. Verdammt! Wieso nahm ich sie jetzt auch noch in Schutz?

»Joy? Warte!« Mitten auf der Treppe blieb ich stehen und wandte mich zu ihr um. »Komm«, forderte sie mich auf. Heimlich schlichen wir uns aus dem Haus. Niemand bemerkte, dass wir das Grundstück verließen. Als ich zurückblickte, lag alles ruhig und friedlich in der Sonne. Schnell zog ich mir die Sonnenbrille und die Baseballcap auf.

Schweigend liefen wir nebeneinander her. »Warum tust du das?«, fragte ich sie, als wir schon ein Stück um den See gelaufen waren.

»Weil es mir wirklich leidtut, was mit deiner Schwester passiert ist, und ... weil ich Chris versprochen habe, auf dich aufzupassen, während sie weg sind.«

»Ich brauche keinen Aufpasser«, gab ich zurück.

»Parker lyncht mich, wenn dir etwas zustößt.«

***

Wir erreichten die Kleinstadt. »Zieh dir deine Cap weiter ins Gesicht. Die Leute werden uns für Touristen halten«, sagte sie, als wir die Straße mit den vielen Geschäften entlangliefen. Es war zwar nicht viel los, aber ich tat, was sie verlangte. Ich war dankbar, dass sie überhaupt mit mir ging.

Wir steuerten direkt auf *Jerry's Eskimo* zu und setzten uns draußen an einen Tisch im Schatten. Der Laden war fast leer. Nur ein älterer Mann putzte im typischen *Jerry*-Look die Theke und ein paar Jugendliche saßen an einem der Tische. Lindsey nahm die Eiskarte. »Bestell, was du möchtest. Ich lade dich zur Feier des Tages ein.«

Ich sah auf. »Danke.« Sie hatte ›zur Feier des Tages‹ gesagt. Ich ging die Karte durch. »Holly hätte sich für den *Rosa Traum* entschieden. Bis auf eine Ausnahme hat sie den jedes Jahr genommen. Sie liebte diese Farbe.«

»Das hört sich gut an. Den nehme ich auch.« Wir gaben unsere Bestellung auf, und langsam begann ich mich in Lindseys Gegenwart wohler zu fühlen. Sie erlaubte mir, Hollys Geburtstag zu feiern, und das bedeutete mir sehr viel. Wir beobachteten die Autos, die vorbeifuhren. Mehrmals begegneten sich unsere Blicke und wir lächelten uns vorsichtig zu. Keine wusste, was sie sagen sollte, bis das Schweigen und unsere Blicke so komisch wirkten, dass wir beide loslachten.

Lindsey schüttelte den Kopf. »Ich muss mich bei dir entschuldigen, Joy. Ich war sehr eifersüchtig auf dich und habe manchmal blöd reagiert.«

»Im Gegenteil, mir tut es leid, Lindsey. Ich war auch tierisch eifersüchtig.«

Sie riss die Augen auf. »Du auf mich?«

»Man merkt euch an, dass ihr schon lange ein Team seid und eine spezielle Bindung habt.«

»Parker und ich ... Das war für eine kleine Weile toll, hat aber zu mehr nicht gereicht – im Gegensatz bei dir. Ich habe ihn so noch nie gesehen, und auch, wenn es anfangs ein wenig wehgetan hat, ist es jetzt okay für mich. Ich will, dass er glücklich ist.«

Wow! So hätte ich sie nie eingeschätzt. Kaum hatte sie die Worte ausgesprochen, war die Feindseligkeit, die ich in ihrer Gegenwart immer wahrgenommen hatte, wie weggefegt. Jetzt sah ich sie mit anderen Augen. »Danke. Ich weiß, wie schwierig das für dich sein muss.«

Sie winkte ab. »Ich komme schon darüber hinweg, brauche nur eine Weile. Im Grunde bin ich diejenige, die ihn loslassen sollte. Er hat sich schon lange von mir losgesagt.«

Unsere Bestellung kam. Ein riesengroßer Eisbecher in Rosa, mit Waffel, Glitzerpalme und einer gehörigen Portion rosa Sahne. Jedes Mal war ich überrascht, wie traumhaft der Becher aussah. Hollys Augen hätten wie immer geleuchtet bei dem Anblick.

Lindsey nahm den Löffel in die Hand. »Auf Holly«, sagte sie feierlich und wartete, bis ich meinen Löffel in der Hand hielt und wir damit anstoßen konnten. Ich fand diese Geste sehr rührend. Holly hätte bestimmt Gefallen daran gefunden.

»Unglaublich! Sie hat diese riesige Menge Eis doch nie verputzt, oder?«

Ich lachte. »Und ob! Sie hat nie etwas übriggelassen, dafür durfte sie zu selten Eis essen.«

Wir genossen unser Eis, und langsam füllte sich das *Jerry's*.

»Ich glaube, wir sollten allmählich gehen, Joy«, meinte Lindsey, die sich zunehmend unwohler fühlte, je mehr Gäste kamen. »Ich muss nur eben auf Toilette und zahle, dann können wir zurück.«

»Ist gut.«

Noch einen Löffel Eis und ich würde platzen. Ich legte ihn beiseite und schob den Eisbecher von mir. Gelangweilt ließ ich meinen Blick durch die Straßen schweifen, beobachtete, wie eine ältere Frau ihren schweren Einkauf nach Hause trug und wie eine Gruppe junger Mädchen vor dem Schaufenster einer Boutique die Auslage bestaunte.

Wo blieb Lindsey? Vielleicht sollte ich mir auch die Hände waschen. Seit Holly nicht mehr bei mir war, war ich etwas nachlässiger mit der Hygiene geworden. Als ich die Tür zur Toilette öffnete, stand an einem der vier Waschbecken eine

Frau und wusch sich die Hände, aber von Lindsey war nichts zu sehen. Ich wandte mich den Toiletten zu. »Lindsey? Bist du so weit?« Keine Antwort. Merkwürdig.

Ich drehte das Wasser am Waschtisch auf. Mein Blick wanderte langsam zu meiner Nachbarin, und bevor ich kapierte, wieso ihre Hände voller Blut waren, hielt die Frau inne und grinste. Gleich darauf spürte ich einen stechenden Schmerz am Hals. Erschrocken wich ich zurück. Mein Herz raste und plötzlich verlor ich die Kraft in den Beinen. Ich sackte zu Boden, und erhaschte noch einen Blick unter die Toilettentür, wo ich Lindseys Körper in einer Blutlache liegen sah. Ihr Blick war starr und tot. Beim nächsten Atemzug wurde es dunkel um mich.

Kapitel 19

Mein Körper war schwer wie Blei. Sogar meine Augenlider fühlten sich an, als würden kleine Gewichte daran hängen. Es war mir unmöglich, die Augen zu öffnen. Mein Mund war trocken und mein Schädel brummte. Es stank nach Urin und Fäkalien. Ich lag auf etwas Hartem und meine Glieder schmerzten. Mein Körper fühlte sich heiß und verschwitzt an. Plötzlich blitzten Erinnerungen in mir auf und verursachten starke Kopfschmerzen. Oh Gott ... *Lindsey!* Augenblicklich begann mein Puls zu rasen und alle Alarmglocken schrillten in mir. Ich hatte das Grinsen dieser Frau vor Augen, spürte noch den Stich, mit dem sie mich betäubt hatte. Kurz darauf war ich zusammengebrochen und hatte Lin in der Toilettenzelle am Boden liegen sehen. Sie war tot oder hatte ich das geträumt?

Scharf sog ich den Atem ein und riss mich zusammen, kämpfte mit aller Macht gegen das lähmende und bleierne Gefühl in meinem Körper. Langsam blinzelte ich in die Dunkelheit. Es dauerte ein paar Sekunden, bis sich der Schleier vor meinen Augen klärte. Schwerfällig richtete ich mich auf. Etwas Hartes schnitt in meine Handgelenke. Mit jeder Bewegung hörte ich die dicken, schweren Ketten rasseln, mit denen ich gefesselt war. Sie gruben sich bohrend in mein Fleisch, sobald ich versuchte, mich von ihnen zu befreien. So ein verdammter Mist! Was sollte das hier?

In dem schwachen Licht konnte ich nur schemenhaft Körper ausmachen, die wie ich am Boden kauerten. Ein großer Schatten bewegte sich im stetig gleichen Rhythmus an einem Gitter. Von dort hörte ich ein Schnaufen und Flüstern. Es dauerte eine Weile, bis mein Hirn registrierte, dass dort ein Mann und eine Frau Sex hatten.

Panik kroch in meine Brust und ich riss angsterfüllt an meinen Fesseln. Es war zwecklos. Je mehr ich dagegen ankämpfte, desto heftiger schmerzten die eisernen Ketten.

»Ruhe!«, brüllte der Kerl plötzlich mit einem spanischen Akzent. Ängstlich zuckte ich zusammen und hielt inne. Er setzte seinen Akt fort.

Die Erkenntnis traf mich wie ein Blitz. Das Schlimmste war nun eingetreten – sie hatten mich!

»Pssst! Du bist die Nächste, wenn du nicht still bist«, flüsterte eine Stimme ganz in meiner Nähe. Zitternd rutschte ich an die schützende Wand.

Das Schnaufen des Kerls wurde schneller und lauter, und mit einem kurzen Stöhnen kam er zum Ende. Ich beobachtete, wie er sich von der Frau zurückzog und sie schlaff und matt zu Boden sank. Er schloss mit einem dreckigen Lachen seine Hose und verschwand. Mein Blick haftete gebannt an der Frau, die leblos da lag.

Mein Atem drang durch die Stille. Scheiße! Was war hier los? Mit zunehmender Verzweiflung riss ich erneut an meinen Fesseln – ohne Erfolg.

»Wirst du jetzt endlich Ruhe geben?«, flüsterte die Stimme neben mir wieder.

Ich hielt inne. »Wer bist du?«

»Nummer 234.«

Eine Nummer? Wieso verriet sie mir nicht ihren Namen? Ich schaute zu den anderen, die sich regungslos am Rand zusammengekauert hatten. »Was ist mit ihnen?«

»Sie sind im Paradies, und jetzt sei still, bevor Margez wiederkommt.«

Margez war wohl der Kerl von eben, aber was meinte sie mit Paradies? Ich kapierte überhaupt nichts und wünschte mir, endlich aus diesem Albtraum aufzuwachen.

Die Frau, die mir das Zeug gespritzt hatte, war mir völlig unbekannt gewesen. Sie hatte Lindsey ermordet. Das Bild ihrer blutverschmierten Hände unter dem Wasserhahn wollte mir nicht aus dem Kopf gehen. Verdammt, Lindsey! Es war so schrecklich. Ob Rowenta und Joe uns schon vermissten?

Schritte näherten sich und sofort wich ich ängstlich zurück.

»Das hast du jetzt davon«, flüsterte Nummer 234 mir zu und ihr Schatten verschmolz mit der Dunkelheit. Das Gitter wurde aufgeschlossen und Männer betraten unsere Zelle. Sie gingen reihum und leuchteten den Frauen direkt ins Gesicht.

Sie sahen furchtbar aus. Sie waren halbnackt und ausgemergelt; blaugrüne Hämatome prangten an ihren Körpern.

Als der Strahl der Taschenlampe auf Nummer 234 fiel, konnte ich für einen kurzen Moment ihr blondes Haar erkennen. Dann wandten sich die Kerle in meine Richtung und packten mich. Panisch schrie ich auf und schlug wild um mich, bis ich einen kräftigen Schlag an der Wange spürte. Meine Sicht wankte für einige Sekunden und ein metallischer Geschmack erfüllte meinen Mund. Krampfhaft versuchte ich auf den Beinen zu bleiben. Sie führten mich zu einer Treppe. Wo schleppten sie mich hin?

Oben angekommen, war die Luft frischer und der beißende Gestank ließ nach. Hektisch sah ich mich um. Wir durchquerten ein leeres Restaurant, liefen an Tischen mit hellen Leintüchern, roten Kerzen und Stühlen mit weißen Hussen vorbei. Drei schwere Kronleuchter hingen von der Decke und Glasprismen glitzerten in allen Regenbogenfarben. Verwundert bemerkte ich, dass der Raum keine Fenster hatte. Ich wurde in einen Fahrstuhl gestoßen, der sich auf den Weg nach oben begab. Die Türen öffneten sich und wir standen in einem Vorzimmer. Hier war alles hochmodern, geschmackvoll und hochwertig eingerichtet.

Einer der Männer klopfte an eine große Flügeltür, zerrte mich grob in die Mitte des Raumes und zwang mich mit einem harten Schlag auf die Knie. Ich befand mich in einem luxuriösen Apartment, teuer und edel.

»Señorita Morgan«, säuselte eine Stimme. »Ich bin entzückt, Sie nun endlich kennenlernen zu dürfen. Ich habe schon viel von Ihnen gehört.«

Ich sah auf und blickte in das grinsende Gesicht des Mannes, der Holly auf dem Gewissen hatte: Suárez. Er sah genauso aus wie auf den Fotos. An seinen dünnen Fingern glitzerten reichlich Klunker und sein dunkles Haar glänzte vom Haargel.

Ich erwiderte nichts, empfand nur Hass und Ekel. Seine Augen blitzten dunkel. Er grinste und zwei Goldzähne wurden sichtbar. Als ich nichts antwortete, neigte er den Kopf. »Wie ich sehe, sind Sie nicht gerade erfreut, mich zu sehen. Das tut mir sehr leid.« Er wandte sich an seine Männer. »Paco, Tico, was ist denn das für ein Benehmen? Holt Señorita Morgan gefälligst einen Stuhl. Wir wollen doch, dass sie sich bei uns wohlfühlt.« Gelächter erfüllte den Raum. Sie griffen mir unter die Arme, setzten mich grob auf einen Stuhl und fesselten mich so, dass ich mich kaum rühren konnte. Erst jetzt sah ich auf einem Sofa zwei Frauen. Sie wirkten apathisch und mitgenommen, ähnlich wie die Frauen in der Zelle. Auch sie hatten überall blaue Flecken auf ihren Körpern. Teilnahmslos stierten sie ins Leere. Direkt hinter Suárez entdeckte ich das Bild meiner Mutter. Ein kleiner Trost, hier an diesem schrecklichen Ort. Jetzt war ich mir sicher, dass ich mich im *Piñata* befand.

»Was wollen Sie von mir, Señor Suárez?«

Sein Gesicht erhellte sich, als ich ihn bei seinem Namen nannte. »Es freut mich, dass Sie wissen, wer ich bin.« Er fuhr sich über sein Haar und dachte einen Moment nach, dann klatschte er in die Hände. Sofort sprangen die beiden Frauen vom Sofa auf. »Verschwindet«, befahl er knapp in herrischem Ton. Schnell huschten sie nach draußen und schlossen die Tür. Ich starrte auf das Bild meiner Mum. Es tröstete mich auf eine Art und versprach mir Kraft, das Folgende durchzustehen.

Er wandte sich wieder mir zu und folgte meinem Blick. »Ihre Mutter war sehr talentiert, genau wie Ihr Vater.«

»Halten Sie meine Mutter, meine Schwester und mich da raus. Wir haben nichts mit der Sache meines Vaters zu tun«, funkelte ich ihn hasserfüllt an.

Er grinste dreckig. »Ich bewundere kreative Familien. Ihr seid wahre Künstler.«

»Mein Vater ist kein Künstler. Er ist ein Monster.«

Er lachte schallend. »So? Das sehe ich anders. Durch seine Ideen hat er geholfen, Türen in den USA, die uns Mexikanern immer verschlossen waren, endlich zu öffnen.«

Angewidert senkte ich den Blick. Ich hasste Dad dafür. »Hören Sie, ich habe mit den Geschäften meines Vaters nichts zu tun«, verteidigte ich mich und hob stolz mein Kinn.

»Das werden wir noch sehen, Señorita Morgan. Leider hat sich Ihr Vater nun gegen mich gewendet. Er ist ein Dieb und ein Verräter. Niemand stiehlt einem Suárez sein Eigentum und plaudert mit dem FBI. Seine Taten zeigen, wie schlecht sein Charakter ist.«

Er schlenderte zu seinem Schreibtisch und nahm aus einer Obstschale einen Apfel. »Sie müssen mir helfen, die Wahrheit herauszufinden. Sie wollen mir doch helfen?«

»Ich wüsste nicht, wie«, gab ich tonlos zurück.

Er fing an, den Apfel mit einer Serviette zu polieren. »Sehen Sie, ein Mann wie ich kann nicht jedem Menschen trauen. Ich bin auf gewisse ... Methoden angewiesen, um an Informationen zu gelangen.«

Oh Gott, was hatte dieses Arschloch vor?

Er steckte die Serviette weg, warf den Apfel in die Luft. »Sehen Sie sich diesen herrlichen Apfel an.« Er roch an ihm. »Sein Duft ist unwiderstehlich, er ist kräftig und sein prächtiges Fleisch schmeckt süß und saftig. Man will sofort von ihm kosten. Als er noch wohlbehütet am Baum hing, hatte er Zeit zu reifen. Der Baum gab ihm durch seine Wurzeln alles, was er brauchte, versorgte und schützte ihn, damit er groß und stark werden konnte. Tief in seinem Innern gab er ihm ein

Geheimnis mit. Und genau dieses Geheimnis gilt es zu lüften, Señorita Morgan. Verstehen Sie?«

Mit Leichtigkeit riss er den Apfel in zwei Hälften. Er hielt die beiden Apfelhälften in den Händen, grinste und sah mir in die Augen.

Ich war der Apfel, mein Vater der Baum und die *graue Eminenz* die Wurzeln. Der Kerl war eindeutig total verrückt. Würde er mich auch in Stücke reißen? Zumindest wusste ich nun, dass er die wahre Identität der *grauen Eminenz* nicht kannte, sonst hätte er meinen Vater und die graue Eminenz nicht als zwei Personen benannt.

Ohne den Blick von mir abzuwenden, nahm er ein Messer aus seiner Gürtelschlaufe und stach schlagartig in eine Apfelhälfte. »Also schön, suchen wir nach der Wahrheit. Wo ist Ihr Vater? Wo hält ihn das FBI versteckt?«

»Ich weiß es nicht.«

Er holte aus und schlug mit seinen Goldklunkern in mein Gesicht. Mein Kopf flog mit solcher Wucht zur Seite, dass es in meinem Nacken knackste. Wie eine Rakete breitete sich der Schmerz in meinem Kopf aus.

»Wo hat er mein Geld versteckt? Fünfzig Millionen Dollar!«

Mir klappte der Mund auf. »Fünfzig Millionen? Puh ...! Ich habe keine Ahnung, wo er so viel Geld versteckt«, flüsterte ich und begann zu zittern. Wieder holte er aus und donnerte seine Faust brutal gegen meine Wange. Ich fühlte mich, als würde er mein Gesicht zu Brei schlagen. Meine Lippe platzte auf, und für einen kurzen Moment glaubte ich, das Bewusstsein zu verlieren. Weinend rang ich um Fassung. Er beugte sich zu mir herunter. Ich wich ihm aus und neigte den Kopf zur Seite.

»So bittere Tränen! Dabei müssen Sie mir nur ein paar Informationen geben.« Er strich eine Haarsträhne hinter mein Ohr und richtete sich wieder auf. Bei der Geste fuhr mir ein eiskalter Schauer den Rücken hinunter. »Es tut mir leid, Señorita Morgan. Vielleicht ist Ihr Geheimnis noch tiefer in Ihnen vergraben, als ich dachte. Tico wird uns beiden helfen müssen.« Er gab dem Kerl mit einem Kopfnicken ein Zeichen.

Panisch blickte ich um mich. Was passierte jetzt?

***

Mein Atem ging schneller, als Tico sich vor mich stellte. Er war kräftig gebaut, hatte dunkles, fast schwarzes Haar und sah mit seiner Hakennase und den schmalen Lippen fies aus. Über seine Wange verlief eine große Narbe, die sich durch seine unreine Haut besonders deutlich hervorhob. Seine Augen wanderten über meinen Körper und eine tiefe Furcht machte sich in meiner Brust breit. Ich trug nur ein einfaches Top und kurze Shorts. Er grinste und leckte sich über die Lippen.

Ekel überkam mich. Die Vorstellung, von ihm berührt zu werden, ließ mich fast würgen. »Ich weiß wirklich nichts. Mein Vater hat mir nichts gesagt. Das ist die Wahrheit! Bis vor ein paar Wochen wusste ich noch nicht einmal, was er all die Jahre getrieben hat«, schrie ich in meiner Verzweiflung, aber Suárez und Tico interessierte das nicht.

Tico zog ein Messer und kam mir gefährlich nahe.

»Nein, bitte ... Ich habe ihnen die Wahrheit gesagt, ich weiß von gar nichts! Mein Vater und ich wurden in getrennten Häusern untergebracht.«

Langsam fuhr er mit der Spitze der Klinge über meinen Unterarm, kratzte meine Haut auf. Um mir zu zeigen, dass das nur ein kleiner Vorgeschmack war, drückte er die Messerspitze tiefer in mich, bis Blut aus dem Schnitt rann. Ich biss die Zähne zusammen und schloss fest die Augen. Er setzte an einer neuen Stelle an und wiederholte die Prozedur.

»Wo ist mein Geld, Señorita Morgan?«

»Ich sagte doch bereits, dass ich es nicht weiß!«, schrie ich verzweifelt. Tico setzte erneut an meinem Dekolleté an, wurde aber durch ein Klopfen an der Tür unterbrochen. Die Frau, die mich betäubt hatte, betrat den Raum und redete Spanisch. Sie würdigte mich keines Blickes. Ich verstand kein Wort, hoffte nur, dass Tico endlich aufhören würde. Sie verschwand wieder und Suárez starrte mich nachdenklich an. »Leider, Tico, müssen wir unser nettes Gespräch vorerst beenden. Vielleicht überlegen Sie es sich noch einmal, Señorita. Wir haben reichlich Zeit. Bringt sie nach unten.« Augenblicklich zog sich mein Folterer zurück.

Erleichtert atmete ich auf, wusste aber, dass es nicht vorbei war. Es war ein kleiner Aufschub. Parker hatte mir gesagt, dass Suárez für seine außergewöhnlichen Foltermethoden bekannt war.

»Gebt ihr die Milch«, rief Suárez seinen Männern zu, die sich sofort in Bewegung setzten. Er wandte sich ab, um zu telefonieren.

Ich weinte vor mich hin und wünschte, ich hätte Lindsey nicht auf die Idee gebracht, in die Eisdiele zu gehen. Nie im Leben hätte ich mir vorstellen können, wie grausam diese Männer waren. Ich konnte nicht klar denken; die Angst in meinem Nacken beherrschte meine Gedanken.

Mein Kopf wurde ruckartig nach hinten gerissen und eine Nadel schmerzhaft in meinen Hals gestochen. Langsam spritzte Tico die weiße Flüssigkeit in meinen Blutkreislauf. Nur wenige Sekunden später spürte ich schon die Wirkung. Mir wurde schwindlig und ich sah doppelt. Benommen saß ich auf dem Stuhl und schwankte mit dem Oberkörper. Eine seltsame Kälte breitete sich in mir aus und ich glaubte, gleich einzuschlafen. Grob wurde ich vom Stuhl gehoben und aus dem Raum geschliffen. Ich bekam zwar jedes Wort mit, aber sämtliche Emotionen, die ich eben noch gespürt hatte, waren abgeschwächt. Diese Milch hatte mich stumpf gemacht, willenlos und gefügig. Mir war alles egal.

Sie brachten mich zurück in die Zelle, die mir jetzt wie das Paradies erschien. Der Gestank war erbärmlich und die Luft zum Schneiden dick, aber das war mir gleichgültig. Ich kauerte mich in eine Ecke und wollte nur schlafen. Und das tat ich.

Mein Zeitgefühl hatte ich schon längst verloren. Als ich aufwachte, war die Wirkung der Milch zum Großeil verflogen. Wie viel Zeit war vergangen? War es Tag oder Nacht? Wann würde Parker mit dem Einsatzteam kommen? Es war zum Verrücktwerden. Die Warterei brachte mich um den Verstand.

»Hey, du.« Diesmal war die Stimme von Nummer 234 direkt neben mir. Im fahlen Licht erkannte ich sie an ihrem blonden Haar. »Wieso bist du zurückgekommen?«

»Sie ... mussten los. Keine Ahnung, wohin.«

»Merkwürdig! Sonst kommt niemals ein Mädchen zurück«, meinte sie und klang erstaunt. »Welche Nummer hast du?«

Nummer? »Ich heiße ... Joy. Und du?«

Sie zögerte. »Ich bin Nummer 234.«

»Das ist doch nicht dein Name«, widersprach ich, aber darauf ging sie nicht ein. »Wie lange bist du schon hier?«

»Noch nicht so lange. Dort drüben ist Nummer 242. Sie ist die Älteste, sie darf bald gehen.« Sie deutete auf einen Körper, der im hinteren Teil der Zelle lag. »Nummer 102 und Nummer 103 sind erst seit ein paar Wochen hier.«

Ich runzelte die Stirn. »Sie darf gehen? Ernsthaft?« Das konnte ich mir nicht vorstellen. Vielleicht erzählten sich das die Frauen aber auch nur, um die Hoffnungslosigkeit zu vertreiben. »Bekommt ihr auch diese Drogen?«

»Du meinst die Milch? Ja, sie lässt uns vergessen.«

»Was passiert mit uns? Ich meine, was tun sie hier?«

Sie wandte sich ab und kauerte sich in die Dunkelheit. »Das weißt du.«

»Nein, ich weiß gar nichts! Hilf mir doch und sag mir, was hier vor sich geht.«

»Wir sind allein zum Vergnügen der Caballeros da. Wenn du hübsch genug bist, darfst du oben sein und wirst erst etwas später verkauft.«

»Und wenn nicht?«

»Dann musst du hier unten bleiben und ...« Sie redete nicht weiter. Es fiel ihr schwer, diese Abartigkeit auszusprechen. Was es auch war, es musste unglaublich schrecklich sein. Ich war immer noch geschockt. Es war widerlich, grausam und menschenverachtend. Ich konnte nur beten, dass Parker uns bald hier rausholte.

Nummer 234 schlief ein, ich hörte ihren gleichmäßigen Atem. Es war schwer zu sagen, wie alt sie war. Ihrer Stimme nach zu urteilen, schätzte ich sie kaum älter als sechzehn. Wie viele Mädchen und Frauen hielt Suárez hier gefangen? Hatten sie Holly hier festgehalten? Ich betete zu Gott, dass mein kleiner Keks diese Mauern niemals zu Gesicht bekommen hatte. Das könnte ich nicht ertragen.

Stunden vergingen, vielleicht auch Tage. Ich hatte überhaupt kein Gefühl mehr, wie viel Zeit inzwischen vergangen war. Im ständigen Wechsel zwischen Angst und Dahinsiechen blieb ich mit den anderen in unserer Zelle eingesperrt. Das wenige Essen, das wir bekamen, hielt uns gerade so bei Kräften. Es war die Milch, die die Frauen ihren Hunger vergessen ließ. Ich bekam die Milch nicht mehr und fragte mich, was Suárez damit bezweckte. Wollte er, als eine weitere Grausamkeit, dass ich die schrecklichen Dinge hier unten bei vollem Bewusstsein miterleben musste? Falls das der Fall war, funktionierte sein Plan sehr gut.

Inzwischen zweifelte ich an meiner Befreiung. Chris und die anderen Männer hätten schon längst hier sein müssen. Sie hatten doch bestimmt erfahren, was mit Lindsey und mir geschehen war. Es war so viel Zeit vergangen, dass ich langsam die Hoffnung aufgab.

Jedes Mal, wenn ich ein Geräusch hörte, wusste ich nicht, ob ich in Panik verfallen oder mir die Ohren zuhalten sollte, und mit jedem entsetzlich qualvollen Schrei, der durch die Betonmauern drang, starb in mir jeder Glaube an Rettung.

Die Caballeros öffneten regelmäßig das Gitter und bedienten sich an den Frauen und Mädchen. Ich weinte jedes Mal leise und litt mit ihnen. Sie hielten still. Manchmal versuchten sie sich zu wehren, aber die Wirkung der Droge machte sie schlapp und hilflos. Einige von ihnen wurden geholt und kehrten nicht zurück.

Wieder kamen Schritte näher, und ich spürte instinktiv, dass sie jetzt zu mir wollten. Das Gitter wurde geöffnet und das Taschenlampenlicht begann mit der Suche. Grobe Hände ergriffen mich. Ich war viel zu schwach, um mich dagegen zu wehren. Nicht einmal ein Intensivtraining von Parker hätte mich auf das alles vorbereiten können.

Diesmal waren es andere Männer, die mich aus der Zelle zerrten. Sie brachten mich aber nicht zu Suárez, sondern in ein vollmöbliertes Zimmer.

»Wasch dich und zieh das hier an«, brummte einer der Caballeros und zeigte auf das Bett, auf dem ein auffälliges Kleid bereitlag. Er schloss die Tür ab und ließ mich allein. Sofort ging ich zum Fenster und riss die Vorhänge beiseite. Enttäuscht ließ ich die Schultern hängen. Es fehlte der Griff zum Öffnen und blickdichtes schwarzes Glas verwehrte mir die Aussicht. In meiner Panik nahm ich den Stuhl und warf ihn, so fest ich konnte, gegen das Fenster. In der Hoffnung, die Scheibe würde dadurch zerspringen, wandte ich mich schützend ab. Nichts geschah. Der Stuhl prallte ab und polterte zu Boden. Das Glas blieb unbeschädigt. Nervös lauschte ich, ob jemand den Krach gehört hatte.

Stille.

Ich versuchte es gleich noch mal, und je häufiger ich den Holzstuhl gegen die Scheibe warf, desto verzweifelter wurde ich. Es funktionierte nicht. Beim vierten Mal öffnete sich die Tür und Tico kam herein.

»Was tust du da? Du sollst dich anziehen«, forderte er mit dunklem Ton. Ich wich zurück, als er auf mich zukam. In meiner Verzweiflung hob ich schnell den Stuhl als Waffe auf. Ich bezweifelte, dass ich wirklich eine Chance hatte, aber was hatte ich denn schon zu verlieren?

Tico wusste das und lachte dreckig. Er kam auf mich zu, griff nach den Stuhlbeinen und entriss mir meine Verteidigung. Laut scheppernd krachte der Stuhl auf den Fußboden und brach auseinander. Dann packte mich Tico und warf mich aufs Bett. Mit aller Kraft versuchte ich ihn von mir herunterzudrücken, aber flink hielt er meine Arme mit einer Hand fest. Er war dabei, seine Hose zu öffnen. Panikartige Wellen fegten über mich hinweg. *Nein! Nein!* Ich strampelte, versuchte ihn zu beißen, aber Tico behielt immer die Oberhand und machte sich an meiner Hose zu schaffen.

***

"Lass die Angst niemals dein Schicksal bestimmen", rief mir eine innere Stimme zu. Die Worte sickerten in mein Bewusstsein, gaben mir eine verloren geglaubte Kraft. Schließlich schoss mein Knie reflexartig hoch und traf seine Weichteile. Kurz schrie er auf und fiel dann mit schmerzverzerrtem Gesicht seitlich auf die Matratze. Eilig rappelte ich mich vom Bett auf. Schon griff er wieder nach mir und stand auf, doch diesmal war ich schneller. Ich erwischte eines der kaputten Stuhlbeine und stach den Holzpflock mit dem spitzen Ende in seinen Hals. Blut spritzte und er gab ein gurgelndes und röhrendes Geräusch von sich. Erschrocken und völlig außer Atem ließ ich den Pflock los und hielt inne.

Sein Mund stand offen, Blut strömte ihm aus dem Hals. Seine Augen rollten nach oben und er fiel rückwärts aufs Bett. Das Blut drang ins Laken. War er wirklich tot? Ich musste sichergehen. Zitternd tippte ich sein Bein an. Tatsächlich, er rührte sich nicht. Meine Hände waren blutbesudelt und meine Gedanken überschlugen sich. Keuchend überlegte ich.

Okay, okay. Was jetzt? Bloß nichts überstürzen! Wenn sie das herausfanden, war ich des Todes geweiht. Ich riss mich zusammen und durchsuchte seine Hosentaschen nach einem Schlüsselbund und seiner Waffe. Es klimperte leicht und ich hatte Mühe, die Schlüssel herauszuziehen. Eine Pistole fand ich nicht. Verdammt!

Ich ging zur Tür und spähte hinaus. Als die Luft rein war, eilte ich hinaus und schloss die Tür hinter mir ab. Vielleicht würde mir das einen Zeitvorsprung verschaffen.

Immer auf der Hut huschte ich den Gang entlang. Unermüdlich versuchte ich mich an die Grundrisskarte zu erinnern, die Parker, Logan und der Senator mehrmals offen auf dem Tisch liegen gehabt hatten. Ich wusste nur noch, dass der Tunnelausgang irgendwo im Keller sein musste. Herrgott! Wie sollte ich unbemerkt durchs Haus schleichen? Neben dem Fahrstuhl befand sich die Tür zum Treppenhaus. Als nichts zu hören war, schlich ich hinunter. Musik drang von unten herauf und Geschirr klapperte. Vielleicht war die Küche des Restaurants in der Nähe. Dort gab es sicher einen Lieferanteneingang – allerdings auch Küchenpersonal. Das war zu riskant. Mir blieb also nur der Keller.

Als ich ganz unten ankam, legte ich mein Ohr an die Tür und horchte. Nichts. Vorsichtig öffnete ich sie einen Spaltbreit und blickte mich um. Der Raum war stockdunkel. Meine Pupillen brauchten eine Weile, um sich an die Dunkelheit zu gewöhnen. Ich schlüpfte hinein. Was war das für ein Raum? Mehrere zugezogene Vorhänge und dünne Trennwände teilten den Raum in viele kleine Abteile. Stöhnen drang von einer Seite zu mir. Ich versteckte mich in einer dunklen Nische, als ich zwei Männerstimmen hörte.

»Diesmal habe ich einen ganz speziellen Leckerbissen für Sie, Mr. Kennedy. Sie ist sehr hübsch und von ganz besonderer Herkunft.«

»So? Und woher stammt sie?«

»Sie ist die Tochter des Hurensohns, dem ich seit Wochen hinterherjage.«

»Sie meinen, Sie haben tatsächlich Morgans Tochter?« Verwunderung lag in der fremden Stimme.

»Ganz genau. Wenn ich mit ihr fertig bin, werde ich sie Ihnen überlassen, aber erst brauche ich noch ein paar Informationen von ihr.«

»Was soll sie kosten?«

Suárez lachte. »Gute Ware hat ihren Preis.«

»Der Preis, Suárez«, forderte der Mann namens Kennedy nachdrücklich.

»Sie ist etwas Besonders und bestimmt noch Jungfrau. Sagen wir ... drei Millionen?«

»Drei Millionen US-Dollar? Eine stolze Summe.«

»Okay, ich mache Ihnen einen Vorschlag, Sie können Ihrer Leidenschaft *hier* nachgehen und wir entsorgen die Überreste des Mädchens hinterher für ... drei Millionen Dollar?«

Kennedy überlegte nur kurz. »Nun gut, abgemacht! Wann kann ich sie haben?«

»Tico holt sie gerade. Ich habe zwar noch einen Termin, aber wenn ich mit ihr fertig bin, lasse ich Sie es wissen und Sie können sich an ihr austoben.«

»Dann beeilen Sie sich, Suárez. Mein Chauffeur kommt in einer Stunde.«

Krampfhaft hielt ich meine Hand vor den Mund, hoffte, dass mich mein wilder Herzschlag nicht verriet. Ich schloss die Augen, als Suárez unmittelbar an mir vorbeiging und mich in der Nische nicht bemerkte. Das Stöhnen hatte aufgehört. Ich konnte mich kaum rühren und zitterte vor Angst. Ich musste hier unbedingt raus!

Mein Käufer befand sich bestimmt noch hinter einem der Vorhänge. Auf der anderen Seite wandelten sich die Schreie zu einem leisen Wimmern. Was für ein perverses Schwein war dieser Kennedy? Er bezahlte drei Millionen für seine perfiden

Spiele und Suárez würde hinterher meine Leiche irgendwo verscharren? Das war pervers, krank und widerlich. Wie viele Frauen kamen so zu Tode? Ich durfte nicht darüber nachdenken. Mir blieb nicht mehr viel Zeit, falls Suárez auf dem Weg zum toten Tico war.

Vorsichtig wollte ich aus der Nische treten, als sich plötzlich eine kalte Hand um meinen Hals legte und kräftig zudrückte. Mein Schrei erstarb.

»Wen haben wir denn da?«

Mein Herz hämmerte wie verrückt und ich erstarrte. Den Typen konnte ich kaum erkennen, aber er sprach definitiv nicht mit spanischem Akzent. Ich sah sein Gesicht nur schemenhaft, aber es kam mir bekannt vor. Er war um die fünfzig, hatte eine breite Nase und geschwungene Lippen. Sein Aftershave roch frisch und angenehm.

»Eine kleine Spionin. Wie heißt du?« Er drückte meine Kehle fester zu, als ich nicht antwortete. »Es kribbelt in meinen Fingerspitzen, wenn ich dich ein zweites Mal fragen muss.« Freudige Erregung stand ihm ins Gesicht geschrieben.

»Joy«, presste ich hervor.

Seine Augen weiteten sich. »Hallo Joy«, säuselte er. »Du hast Glück, ich habe noch etwas Zeit für dich.« Er zog mich hinter einen der Vorhänge, fesselte und knebelte mich. Mein Magen zog sich zusammen, als ich den Mann erkannte. Ich war geschockt, als ich registrierte, dass ich vor Innenminister Floyd Kennedy stand. Nie im Leben hätte ich mit so einer Persönlichkeit gerechnet. Verflucht noch mal! Er war der verdammte Innenminister! Ein Mann der Öffentlichkeit!

Hinter dem Vorhang verbarg sich eine Art Kabine, in der sich alle möglichen Utensilien befanden. Auf einem Rollwagen lagen feinsäuberlich Scheren, Zangen, Skalpelle und andere medizinische Instrumente auf einem Tuch. In Kisten lagerten alltägliche Gegenstände, die hier bestimmt für schreckliche Dinge missbraucht wurden. Ich blickte mich nach einem

Ausweg um, doch es sah nicht danach aus, als würde ich das Haus lebend verlassen können. Er kettete mich fest, so dass ich keine Chance hatte zu entkommen. Dabei ging er ungewöhnlich sanft mit mir um. Eine böse Ahnung überkam mich, dass das nur anfangs der Fall sein würde.

Er lächelte mich an, zog seine Anzugjacke aus und hängte sie fein säuberlich über einen Stuhl. Aus einer Kiste nahm er ein Seil. Er bewegte sich sehr langsam und bewusst, als würde er eine exakte Reihenfolge oder Choreographie aus seinem Kopf abspielen. Alles, was er tat, tat er sehr routiniert und mit höchster Sorgfalt. Er band eine Schlinge aus dem Seil und legte sie mir um den Hals. Meine Beine zitterten, Tränen verschleierten mir die Sicht und ich schluchzte auf. Jetzt gab es wohl keinen Ausweg mehr.

»Schsch... süße Joy, nicht weinen. Ich verspreche, es wird wunderbar werden. Wir müssen uns nur ein wenig beeilen, weil mich nach dir noch eine besondere Köstlichkeit erwartet. Ich habe die Tochter des Mannes gekauft, der es mir ermöglicht hat, hier meine Leidenschaft auszuleben. Von ihm habe ich viel gelernt.« Ekel erfasste mich.

Er wandte sich schmunzelnd um und platzierte den Stuhl unterhalb eines Hakens, der an der Decke befestigt war. Jetzt erst entdeckte ich die vielen Vorrichtungen. Er stieg hinauf und hängte das Seil ein. »Ich hebe dich jetzt hoch. Fall mir bloß nicht runter, okay?«

Scheiße! Was jetzt? Ich war an Händen und Füßen gefesselt, ein dicker Knebel dämpfte meine Schreie. Und überhaupt, wer würde mir hier zur Hilfe kommen? Er hob mich hoch und stellte mich auf der Sitzfläche ab. Dann zog er die Schlinge stramm und fixierte das Ende an einem Haken im Fußboden.

Ich schloss die Augen und erwartete meinen Tod. Ich dachte an Mum, Cathrin und Chris; die Menschen, die ich über alles liebte. Bald würde ich frei sein, frei von Schmerz und Qual ... und bei Cathrin. Bald hätten all die Grausamkeiten ein Ende.

Innenminister Kennedy schob den Rollwagen mit den Instrumenten zu sich und zog quälend langsam sein Hemd aus. Ich starrte auf ihn hinab und bekam den Kloß in meinem Hals nicht hinuntergeschluckt. Als er sein Hemd abgestreift hatte und es ordentlich über die Stuhllehne legte, offenbarte er damit das Ausmaß seiner Verrücktheit. Seine Brust war über und über mit alten und neuen Narben sowie langen, entzündeten Striemen übersät. Der Anblick war so fürchterlich, dass der Ekel meine Kehle hinaufkroch.

»Es wird leider ein wenig wehtun, süße Joy. Versuche bitte nicht zu zittern, sonst wackelt der Stuhl und kippt am Ende zu früh. Das wäre sehr schade.« Er streichelte über meine Beine. Wenn ich gekonnt hätte, hätte ich ihm ins Gesicht getreten. Er nahm das Skalpell vom Wagen und hielt es ins Licht. Der Kerl hatte eindeutig einen Dachschaden, aber es nutzte nichts – er würde mir wehtun und mich töten.

Ein Gedanke schlich sich in den Vordergrund. Was würde passieren, wenn ich seine routinierten Abläufe störte? Es gab nur einen Weg, ihm nicht die Befriedigung zu verschaffen, die er sich erhoffte. Es kostete mich viel Überwindung, aber es war einen Versuch wert, den Qualen zu entkommen, die auf mich warteten. Ich schloss die Augen, stellte mir Parkers schiefes Lächeln vor, erinnerte mich an die vielen lustigen Momente, die wir gemeinsam hatten. Ich dachte daran zurück, wie er mich nachts in der Küche beim Cookies Essen erwischt hatte, an seinen witzigen Gesichtsausdruck, als er erkannte hatte, dass ich sein Lieblings-T-Shirt zerschnitten und es zum Minikleid umgenäht hatte. Ich erinnerte mich daran, wie er mich getröstet, genervt und geliebt hatte. Dafür war ich dankbar. Sein Gesicht war das Letzte, was ich vor mir sah, und es machte mich glücklich. Ich hielt die Luft an und stieß den Stuhl mit meinen Füßen einfach um.

Kapitel 20

Ein Ruck durchfuhr meine Halswirbelsäule, mein Kehlkopf quetschte meine Luftröhre ab. Instinktiv versuchte ich Luft zu holen, doch nur ein Röcheln entwich meiner Kehle. Ich zappelte wie ein Fisch. Der umgefallene Stuhl schreckte Kennedy auf. »Nein! Was tust du da?« Aufgescheucht von der Tatsache, dass ich seinen Plan durchkreuzt hatte, starrte er mich mit weitaufgerissenen Augen an. Erschüttert trat er einen Schritt zurück, rempelte den Rollwagen mit den Instrumenten an. Laut scheppernd fielen sie zu Boden.

»Was hast du getan?«, brüllte er mich an.

Der Sauerstoff wurde schnell weniger und meine Lungen schrien nach Luft. Meine Gedanken wurden kleiner, mein Herzschlag verlangsamte sich. Die Energie, die meinen Körper am Leben gehalten hatte, wich ganz allmählich aus mir.

Es war so weit, ich würde ersticken. Beim letzten Blinzeln trafen mich schokoladenbraune Augen. *Parker.* Ihn ein letztes Mal zu sehen, bevor mein Licht für immer erlosch, war das schönste Geschenk.

Mehrere Schüsse fielen. Nur eine Sekunde später ließ der Druck an meinem Hals nach und ich fiel hart zu Boden. Sofort war er bei mir, löste den Strick und nahm mich in den Arm. Meine Lungen brannten wie Feuer, gierig und krächzend sog ich Luft ein. Ich hustete und würgte. Es dauerte eine ganze Weile, bis ich mich einigermaßen regeneriert hatte.

Ich sah mich um. Es wimmelte überall von Soldaten. Es gab Geschrei und von irgendwoher hörte ich Maschinengewehre knattern. Sie waren endlich da!

Innenminister Kennedy lag erschossen neben dem Rollwagen und hatte noch immer das Skalpell in der Hand. Ich wandte angewidert meinen Blick ab, wollte etwas Schönes ansehen und blickte in Parkers Gesicht. Er redete über Funk und gab Informationen weiter.

»Nummer 234, 102 und 103. Sie sind irgendwo hier unten«, krächzte ich schwerfällig und kämpfte gegen die drohende Ohnmacht an.

»Was sind das für Nummern?«

»Mädchen, Chris! Es ... sind Mädchen«, brachte ich schwach über meine Lippen.

»Okay, wir kümmern uns. Keine Sorge, Pinselchen, alles wird gut.« Er küsste meine Stirn, und ich bekam nur noch mit, wie er mich hochhob und aus Suarez' Horrorhaus wegbrachte.

Ich wurde in das Krankenhaus auf dem Militärgelände von Major West gebracht und schlief erstmal zwei Tage durch. Als ich aufwachte, hing ich am Tropf und fühlte mich wie eine ausgepresste Zitrone. Mein Körper sah fürchterlich aus, übersät mit Blutergüssen und kleinen Blessuren, von den blauen und lilafarbenen Abdrücken und Schwellungen an meinem Hals ganz zu schweigen. Ich würde mich erholen, aber die Narben auf meiner Seele waren nicht so leicht zu heilen. Mit Parkers Hilfe würde ich es schaffen. Er war mir nicht von der Seite gewichen, hatte sich sogar die Erlaubnis der verschnupften Stationsschwester ergaunert, über Nacht auf einem Stuhl neben meinem Bett schlafen zu dürfen. Erst, als ich mich einigermaßen erholt hatte, ließ er sich dazu überreden, wieder in einer Truppenunterkunft zu übernachten.

Major West und Senator Lambert beantwortete ich im Beisein von Logan und Parker alle Fragen. Sie waren entsetzt von meinen Schilderungen.

»Sie waren sehr tapfer, Joy, das muss man schon sagen«, meinte der Major und tätschelte meine Schulter.

»Joy, kannst du uns sagen, was du und Lin in der Eisdiele wolltet? Sie wusste doch, dass ihr das Haus des Senators nicht verlassen durftet«, meinte Logan verwirrt.

»Das war alles meine Schuld. Ich habe sie mehr oder weniger dazu gebracht.«

Parker zog die Brauen hoch. »Wieso das?«

Ich erzählte ihnen von Hollys Geburtstag und meiner verrückten Idee. »Es tut mir leid. Es ist alles meine Schuld.«

»Hey! Nichts von alledem ist deine Schuld. Ich will das nicht noch einmal hören, ist das klar?«, sagte er streng. »Niemand konnte ahnen, dass Suárez' Leute uns auf die Schliche gekommen sind.«

»Wie habt ihr davon erfahren?«, wollte ich wissen.

»Rowenta hat mich angerufen und gesagt, dass ihr verschwunden seid«, meinte Will. »Sie war ganz fassungslos, als sie von Lindseys Tod und deiner Entführung gehört hat.«

»Und wieso hat das so lange gedauert?«

»Normalerweise wären wir noch viel später gekommen, aber Parker hatte den richtigen Riecher. Chris hat nicht lockergelassen, bis wir die Operation starteten«, erklärte Logan.

»Dieses nekrophile Schwein Kennedy und Suárez werden nie wieder irgendjemandem etwas antun können. Er und Suárez haben mit dem Tod das bekommen, was sie verdienen.« Parker war immer noch wütend. »Das Kartell in Juárez ist zerschlagen, aber ich denke, es wird nicht lange dauern, bis sich ein neues dort einnisten und die Machtansprüche für sich beanspruchen wird.«

Der Major nickte. »Das stimmt. Hoffen wir, dass die mexikanische Justiz das zu verhindern weiß.«

»Und was ist mit Bennet? Weiß er inzwischen von der Operation?« Sofort brandete eine Erkenntnis in mir auf und ich starrte Chris an. Wenn Suárez erledigt und Oilily tot war, war dann die Gefahr vorbei? Was war mit den anderen Männern? Konnten wir uns endlich wieder frei bewegen? Wahrscheinlich wäre es besser, wir würden noch vorsichtig bleiben.

»Bennet hat, wie erwartet, getobt, freut sich aber über den Erfolg des Einsatzes. Wir hoffen, dass die gute Neuigkeit die

Ermittlungskommission milde stimmen wird«, meinte Logan.
»Wir werden sehen. Jetzt will ich erstmal zu meiner Familie.«

»Ich finde auch, wir sollten uns alle ein paar Tage erholen«, schlug Parker vor und nickte mir zu.

»Erst, wenn alle Berichte und Aussagen protokolliert sind«, wandte der Senator ein und zwinkerte mir zu. Ich war so froh, dass das SEK die Frauen und Mädchen befreien konnte. Vom Krankenwagen aus hatte ich einige von ihnen noch erkennen können. Sie waren unterernährt und schwer traumatisiert. Ihnen stand noch ein langer Weg bevor, mit der Vergangenheit fertig zu werden.

Später erfuhr ich, dass Nummer 234 Nicole Kossman hieß. Sie war siebzehn Jahre alt. Vor einem Dreivierteljahr war sie von einem Clubbesuch mit ihrer Freundin nicht mehr nach Hause gekommen. Als ich sie das letzte Mal gesehen hatte, hatte sie das Horrorhaus verlassen, sich ihre Hand vor die Augen gehalten und lächelnd ins Tageslicht geblinzelt.

Suárez war erschossen worden. Mir wäre es zwar lieber gewesen, wenn man ihn lebend festgenommen hätte, aber so konnte er wenigstens keinen Schaden mehr anrichten. Ich war einfach nur froh, seine Visage und alles, was mit ihm zu tun hatte, nicht mehr sehen zu müssen. Die Presse überschlug sich. Stündlich spekulierten sie in eine andere Richtung. Die Gerüchteküche brodelte. Natürlich, weil auch Innenminister Kennedys wahres Ich ans Licht gekommen war. Die Journalisten schlachteten ihn völlig aus.

Parker saß bei mir auf der Bettkante. »Alles okay?«

»Ja, ich denke schon. Ich dachte wirklich, ich würde sterben, Chris. Ich habe so lange auf dich gewartet und irgendwann die Hoffnung aufgegeben.«

»Du darfst niemals die Hoffnung aufgeben. Niemals ...«

Ich senkte den Blick. »Ich weiß, aber wenn du keine Ahnung hast, ob Tag oder Nacht ist, und du permanent diese schrecklichen Dinge siehst und hörst, bist du schneller bereit aufzugeben, nur, um die Schmerzen und das Leid nicht ertragen zu müssen.«

»Du warst vier Tage in dieser Hölle. Vier Tage, in denen ich Todesangst um dich hatte. Ich wollte dich finden, und wenn es meine letzte Tat gewesen wäre.«

»Du hast mir das Leben gerettet.«

Er schenkte mir sein schiefes Grinsen. »Das ist mein Job.«

»Was ist mit Jim? Konnte er in der Zwischenzeit die restlichen Daten vom Chip öffnen?«

»Nein. Er sagt, dass bei den Ordnern ein so ausgeklügeltes Codesysteme dahintersteckt, dass diese Informationen wahrscheinlich verloren sind.«

Oh nein! »Dann wirst du nie erfahren, wer deinen Vater auf dem Gewissen hat?«

Er senkte seinen Blick. »Nein, das wird wohl leider ein Geheimnis bleiben.«

***

In dieser Nacht träumte ich. Ich träumte von Holly, Lindsey und von Nummer 234. Sie flüsterten mir das Schlaflied zu, in Endlosschleife. Selbst, als ich hochschreckte und die Bilder von Juárez vor mir hatte, plärrte das Einschlaflied immer noch in meinem Ohr.

> Schlaf, Kindlein, schlaf'!
> Der Vater hüt' das Schaf,
> die Mutter pflanzt ein Bäumelein,
> darunter liegt ein Träumelein.

> Schlaf, Kindlein, schlaf'!
> So schenk ich dir das Schaf
> mit einem gold'nen Glöckchen fein,
> das soll dein Spielgeselle sein.

Schlaf', Kindlein, schlaf',
das Kind hüt' das Schaf
Bis sie sind in Sicherheit
und von jeder Angst befreit

Ich dämmerte wieder in den Schlaf.

... die Mutter pflanzt ein Bäumelein, darunter liegt ein Träumelein ... die Mutter pflanzt ein Bäumelein, darunter liegt ein Träumelein ... darunter liegt ein Träumelein ... darunter liegt ein Träumelein ...

Ich riss schlagartig die Augen auf und sah mit einem Mal klar. Die Erkenntnis fuhr durch meinen Körper und ich war hellwach. Ich setzte mich auf. Natürlich! Jetzt ergab das alles einen Sinn. Ganz automatisch griff ich nach meinem Handy. Parker hatte es mir besorgt, damit ich ihn erreichen konnte. Er lag zwar nur zweihundert Meter von mir entfernt, wollte aber auf Nummer sicher gehen.

Er ging schon nach dem ersten Klingeln ran. »Was ist los? Alles gut bei dir?« Er klang verschlafen, und sofort hatte ich sein verwuscheltes Haar vor Augen. Ich rief mich zur Ordnung; dafür hatte ich jetzt keine Zeit. »Chris, ich hab's! Du musst sofort herkommen. Ich glaube, ich habe etwas Wichtiges herausgefunden.«

»Ich bin gleich bei dir.« Er legte auf.

Ich war so aufgeregt und mir meiner Sache so sicher, dass ich nervös mit dem Bein tippte, bis er endlich da war. Lautlos wie eine Katze hatte er sich reingeschlichen und stand plötzlich vor mir. Wie war er nur an dem Drachen vorbeigekommen? Egal. »Du musst mich bitte sofort nach Porth Arthur bringen! Aber vorher möchte ich noch nach Houston zum Grab meiner Schwester.«

»Was? Jetzt?!«

»Ja, warum nicht? Ich denke, ich habe es geknackt, in dem Schlaflied liegt die Lösung.«

»Joy, es ist mitten in der Nacht. Wenn mich der Feuerspucker da draußen erwischt, bin ich des Todes. Hast du eine Ahnung, wie weit es bis dorthin ist? Wie willst du nach Porth Arthur kommen? Und der Besuch beim Grab deiner Schwester muss noch warten. Es ist zu gefährlich.«

Mist! Er hatte Recht. »Dann fliegen wir eben nach Porth Arthur. Bitte ... du musst mir vertrauen. Ich muss da hin.«

»Na gut, ich werde mich morgen um einen Flug kümmern, aber zu Cathrin gehen wir hinterher. Und jetzt rutsch ein Stück. Wenn ich schon mal hier bin, dann können wir mal die Standhaftigkeit der Matratze ausprobieren.«

Das glaubte ich einfach nicht! Wollte er tatsächlich hier im Militärlazarett ...? »Chris!« Ich schlug ihm leicht auf die Brust, als er seine Schuhe auszog und sich zu mir legte.

»War nur Spaß. Ich fasse dich so lange nicht an, bis es dir wieder hundertprozentig gut geht, versprochen.« Liebevoll zog er mich in seine Arme. »Und jetzt schieß mal los. Was glaubst du, herausgefunden zu haben?«

»Ich denke, dass das Geld unter dem Baum in unserem Garten versteckt ist.«

»Wie kommst du darauf?«

»Ganz einfach. Hör mir mal zu:

Schlaf', Kindlein, schlaf'!
Der Vater hüt' das Schaf,
die Mutter pflanzt ein Bäumelein,
darunter liegt ein Träumelein.

Schlaf', Kindlein, schlaf'!
So schenk ich dir das Schaf
mit einem gold'nen Glöckchen fein,
das soll dein Spielgeselle sein.

Schlaf', Kindlein, schlaf',
das Kind hüt' das Schaf
Bis sie sind in Sicherheit
und von jeder Angst befreit

»So, wie das bei Mr. Floppy gestimmt hat, bin ich mir sicher, dass unter dem Bäumelein das Träumelein meines Vaters versteckt liegt.«

»Da könnte was dran sein.«

Wir redeten die halbe Nacht darüber, schließlich schlief ich an seiner Brust ein. Als ich am nächsten Morgen aufwachte, war er fort, dafür stand die Drachenlady an meinem Bett. »Sie werden heute entlassen, Ms. Brown, also kein Grund mehr, im Bett zu bleiben.«

Ich grinste sie an. »Jawohl, Sir.«

Kopfschüttelnd verließ sie das Zimmer, und genau zwei Stunden später befanden sich Parker und ich auf dem Weg nach Porth Arthur. Er hatte einen Sonderflug von Will genehmigt bekommen. Mit einem Mietwagen erreichten wir das Grundstück. Mir war flau im Magen. So viele Erinnerungen stürzten auf mich ein, dass ich immer wieder mit den Tränen kämpfte. Chris parkte den Wagen ein wenig abseits des Geländes, um ganz sicher zu gehen. Niemand war weit und breit zu sehen, nur das gelbe Absperrband wehte uns einsam entgegen. An der Eingangstür klebte das Siegel vom FBI.

»Die Jungs haben alles dichtgemacht. Wir müssen wohl oder übel einbrechen«, meinte Parker und spähte vorsichtig durch das Fenster hinein. Ich hob den Pflanzkübel neben der Eingangstür an und zog den Schlüssel hervor. Triumphierend schwenkte ich ihn vor seiner Nase. »Oder wir nehmen diesen hier.« Ich schloss auf.

Leise und verstohlen traten wir ein. Das Haus war fast so wie immer. Es roch nach einer Mischung aus Bodenreiniger und Sommerblumen. Nichts hatte sich verändert. Eine Staubschicht lag auf den Möbeln und die Pflanzen sahen aus, als könnten sie einen Schluck Wasser gebrauchen. Schon lange war niemand mehr hier gewesen.

Wir gingen durch den Flur ins Wohnzimmer und schauten aus dem Panoramafenster. »Siehst du den Baum da in der Mitte des Gartens? Das ist er.« Schweigend starrten wir auf den kahlen Baum. Er war gewachsen, hatte an Volumen und Größe zugenommen. Vielleicht würde er eines Tages wirklich Früchte tragen. Sofort hatte ich Bilder im Kopf und mein Herz wurde schwer. »Wir hatten eine schöne Zeit hier. Es fällt mir immer noch schwer, zu akzeptieren, dass das alles vorbei ist. Ich habe keine Familie mehr«, sagte ich in Gedanken.

Parker legte seinen Arm um mich. »Das ist hart, ich weiß, aber du hast jetzt mich.«

Ich blickte zu ihm auf. »Darüber bin ich sehr froh.«

Er lächelte und küsste mich leicht auf die Lippen.

»Special Agent Chris Parker, was würde ich nur ohne dich machen? Ich weiß gar nicht, wie ich dir für alles danken soll.«

»Echt nicht? Ich hätte schon ein paar Ideen«, grinste er anzüglich und versuchte so, die Stimmung aufzulockern.

Ich verdrehte die Augen. »Bevor du auf dumme Gedanken kommst, zeige ich dir Mums Zimmer.«

»Was für dumme Gedanken? Ich weiß, dass dir meine Ideen bisher immer gefallen haben, Pinselchen«, sagte er und folgte mir durchs Haus. Sobald ich die Tür zum Atelier aufstieß, drang uns sofort der Geruch von Farbe in die Nase. Gleich ging ich zum Fenster, um frische Luft hereinzulassen. An den Wänden hingen die Bilder, die Mum gemalt hatte, und versetzten mich in Traurigkeit. Nach Mums Tod hatten wir alles so belassen, wie sie es zurückgelassen hatte. Die Staffelei stand direkt neben dem Fenster, selbst die Farbtube, die sie zuletzt benutzt hatte, lag auf dem Fensterbrett.

»Wow! Deine Mum war wirklich gut. Du hast eindeutig ihr Talent geerbt.« Parker ging reihum und sah sich alle Gemälde an. Schließlich blieb er an einer leeren Stelle stehen. »Fehlt hier das Bild aus Suárez' Apartment?«

Ich trat zu ihm und nickte. »Ja. Wahrscheinlich hat mein Vater ihm das geschenkt.« Ich schüttelte den Kopf. »Er schreckt wirklich vor nichts zurück. Und trotzdem ... Irgendwie habe ich das Gefühl, dass Mum immer noch hier ist. Ich meine, es steckt so viel von ihr in diesem Raum. Nicht nur die Bilder, sondern ... alles. Weißt du, was ich meine? Es ist für mich so, als wäre sie nur eben kurz aus dem Zimmer gegangen.«

Er nickte. »Das kommt, weil sie noch so lebendig für dich ist. Mir ergeht es auch so, wenn ich in die Wohnung meines Vaters gehe.« Er griff nach meiner Hand. »Wir müssen uns das bewahren, Pinselchen.«

Holly und Mum hatte ich ganz tief in meinem Herzen. Niemals würde ich sie vergessen können. Der Schmerz brach kurz in mir auf und ich wandte mich ab, um mich abzulenken.

»Hast du was dagegen, wenn ich mich im Haus umsehe?«

»Nein, nur zu.«

»Ich schaue mal, ob ich eine Schaufel finde. Die werden wir brauchen, wenn wir ein Loch buddeln wollen. Wo hat dein Vater Gartenwerkzeug aufbewahrt?«

»Da drüben im Schuppen, gleich um die Ecke am Haus.« Ich deutete ihm die Richtung und er öffnete die Tür, die in den Garten führte.

»Okay, bis gleich. Falls etwas ist, einfach schreien.« Er zwinkerte mir zu und ging hinaus. Langsam schritt ich weiter durch das Atelier. Ich fühlte mich beobachtet, spürte Blicke wie kleine Dolche in meinem Rücken. Ich bekam eine Gänsehaut und drehte mich abrupt um. Mit teuflischen Augen starrte mich mein Vater von einem Porträt aus an. Ein Schauer fuhr mir den Rücken hinunter. Früher wäre ich nie auf den Gedanken gekommen, dass er ein so schlechter Mensch sein könnte. Ich hatte ihn bedingungslos geliebt. Er war jemand gewesen, zu dem ich aufgesehen hatte – mein Held. Selbst, als Mum damals dieses Porträt von ihm gemalt hatte, hatte ich nichts Negatives an ihm entdecken können.

Doch jetzt sah ich das Bild mit ganz anderen Augen. Je länger ich es anstarrte, desto mehr keimte ein total verrückter Gedanke in mir auf.

Hatte Mum das Monster in ihm gesehen? Hatte sie geahnt, dass er ein Doppelleben führte? Wie sonst hätte sie seinen teuflischen Gesichtsausdruck so malen können? Mein Vater war die *graue Eminenz* und meine Mum hatte es gewusst.

Wut stieg in mir auf. Ich spürte diese unbändige Hitze wie eine Welle. Mein Blut fing an zu kochen und ich musste die Energie irgendwie loswerden. Ich riss das Porträt von der Wand und schleuderte es durch das Zimmer. Glas klirrte und der Holzrahmen brach. Mein Atem ging schnell. Ich war immer noch so wütend und hätte am liebsten alle Bilder zerstört.

»Ist was passiert?« Parker kam ins Zimmer gestürzt und schaute von den Scherben am Boden zu mir.

»Sie hat es gewusst, Chris! Sie hat es gewusst!«

»Wer hat was gewusst?«

»Mum. Sie hat die *graue Eminenz* gezeichnet und nicht meinen Dad, verstehst du?« Ich kniete mich zum Rahmen und wollte ihm das Bild zeigen. Da entdeckte ich einen kleinen Zettel, der plötzlich zwischen den Scherben lag. Ungläubig nahm ich ihn an mich und faltete ihn auf. Ich erkannte die Handschrift meiner Mutter. Fassungslos begann ich zu lesen.

***

Mein Mann will mich töten! Ich habe herausgefunden, dass er, Victor Morgan, in Wahrheit die gefürchtete graue Eminenz *ist – der Teufel! Ich habe Angst um meine Tochter Mia und um mein ungeborenes Kind. Sie schweben in Lebensgefahr!*

Bitte, wir brauchen Hilfe!!!

Tränen tropften aufs Papier. »Er hat sie umgebracht. Er hat sie getötet, Chris«, flüsterte ich und gab ihm den Zettel. Wie sollte ich damit umgehen? Wie sollte ich jemals vergessen können? Aufgewühlt dachte ich an den Tag zurück, an dem die Wehen bei Mum eingesetzt hatten. Ich wusste noch, wie mitgenommen sie ausgesehen und dass sie geweint hatte. Damals hatte sie mich beruhigt und es auf die Wehen geschoben, jetzt wusste ich, dass sie Todesangst gehabt hatte.

»Warum kann ich nicht mitkommen, Mum?«
»Kinder dürfen nicht in den Kreissaal, Schatz. Freu dich, in ein paar Stunden bekommst du ein Schwesterchen und darfst sie besuchen. Du wirst eine wundervolle große Schwester sein«, flüsterte sie liebevoll und legte ihre Hand auf meine Wange. »Pass immer auf sie auf, Mia.«
»Wir werden alle auf sie aufpassen, Mum.«
Ihre Augen füllten sich mit Tränen und sie wurde in den Krankenwagen geschoben.

Das war der Tag gewesen, an dem ich sie das letzte Mal gesehen hatte, und plötzlich verstand ich ihre Worte. Mein Gott! Sie hatte weder ein noch aus gewusst, war ihm ausgeliefert gewesen. Ich konnte mich nicht erinnern, dass meine Eltern je gestritten hatten, im Gegenteil, wir waren doch immer die perfekte Familie gewesen – vielleicht *zu* perfekt!

»Die letzten Buchstaben sind eindeutig in Eile geschrieben worden, man sieht es deutlich an der unsauberen Handschrift. Ich weiß nicht, was ich sagen soll, Pinselchen.« Geschockt schaute er mich an.

Ein Gedanke blitzte auf und ich hielt den Atem an. »Er hat mich angelogen, Chris«, flüsterte ich ergriffen. »Er war schon viel früher eine Bestie. Er hat es nicht für Cathrins krankes Herz getan, sondern aus Gier und reiner Perversion.« Ich schloss die Augen für einen Moment und schüttelte den Kopf.

»Quäle dich nicht, wir machen den Wichser fertig«, presste Parker betroffen hervor.

»Wir müssen seine Identität preisgeben«, schluchzte ich. »Wir dürfen nicht länger schweigen und abwarten, bis er einen Fehler macht.«

»Du hast Recht. Wir werden alles klären. Ich rufe nachher Bennet an und bitte ihn um ein geheimes Treffen, allein. Komm, sehen wir nach, was unter dem Baum vergraben ist.«

Ich schnäuzte mir die Nase und folgte ihm hinaus in den Garten. Es war später Nachmittag und die Vögel zwitscherten. Der Himmel war bedeckt. Ich konnte nicht aufhören, an meine arme Mutter zu denken.

Chris zog sein Hemd aus und drückte es mir zusammen mit seiner Waffe in die Hand. »Wir haben Glück. In den letzten Tagen hat es hier geregnet und die Erde ist nicht so hart, wie ich es befürchtet habe«, sagte er und sah sich suchend um. »Wo soll ich anfangen zu schaufeln?«

Ich blickte mich suchend um. An welcher Stelle unter dem Baum könnte Dad etwas versteckt haben? »Versuch es mal genau hier.« Mit dem Finger deutete ich auf die Stelle, wo er graben sollte. »Das war unsere Lieblingsstelle. Oft haben wir hier mit Mum gepicknickt.«

Parker begann mit der Arbeit, und schnell hatte er ein Loch gegraben. Ich war so angespannt, dass ich es nicht erwarten konnte. Sein Oberkörper glänzte vom Schweiß. Nach einiger Zeit und weiteren Grabungen, fing ich an zu Zweifeln. Möglicherweise war meine Vermutung doch falsch und mein Vater hatte einen anderen Ort gewählt. Oder hatte ich mich komplett im Schlaflied geirrt?

Plötzlich stieß Parker mit der Schippe auf etwas Hartes. Er zuckte grinsend mit den Augenbrauen und buddelte mit den Händen weiter. Zum Vorschein kam eine Holzkiste. Sie war mit Erde bedeckt und sah aus wie eine der Kisten, die Dad immer im Keller gehabt hatte. Parker hob sie raus und stellte sie vor mir ab. Mit der Schaufel stemmte er sie auf. Wir waren gespannt, was wir darin vorfinden würden.

»Mach sie auf«, forderte er.

Das Holz knarrte beim Öffnen. Ich zog Fotos von Holly und mir, eine Holzschatulle und eine Pistole heraus. In der Schatulle lag ein Schlüssel.

»Was ist das?«

Parker nahm ihn in die Hand und nickte. »So einen Schlüssel kenne ich. Das ist für ein Bankfach. Ich wette, dort hat er das Geld versteckt.«

Sein Handy klingelte. Er ging ran und schaltete den Lautsprecher ein.

»Ja?«

»Chris? Ich bin's, Jim.« Parker blickte zu mir.

Normalerweise, wenn Jim anrief, hatte er immer einen lustigen Spruch auf Lager. Diesmal klang er bedrückt.

»Hi, was ist los? Du klingst irgendwie gar nicht gut.«

»Ich saß jetzt mehr als zwei Tage dran und konnte endlich diesen Code knacken. Das war vielleicht eine harte Nuss. Ich habe so viel ausprobiert und letztendlich das Programm selbst geschrieben. Was soll ich sagen – es hat funktioniert.«

»Was? Aber das ist doch super!« Parker strahlte mich an.

»An sich schon, aber ...«

Sofort fror seine Freude ein und er wurde wieder ernst. »Was ist los?«

»Es wird dir nicht gefallen, Chris. Es geht um das Video mit deinem Vater.«

»Jetzt sag schon, was hast du herausgefunden?«

»... Es ist Director Bennet.«

Mir klappte der Mund auf. »Was?«

Parker war wie erstarrt. Wir brauchten beide einen Moment, um zu begreifen.

»Die *graue Eminenz* und der Mörder deines Vaters ist Director Bennet. Ich weiß, das ist ein harter Schlag für dich. Ich konnte es selbst nicht glauben. Parker? ... Parker? ... Bist du noch dran?«

»Äh ... ja. Bist du dir vollkommen sicher, dass Bennet meinen Vater getötet hat?«

»Ja, das Video ist eindeutig. Ich schicke es dir gleich zu.«

»Und was meinst du damit, dass er die *graue Eminenz* ist?«

»Alle Daten wurden von seinem Computer erstellt. Sogar von seinem privaten PC konnte ich die Spur verfolgen.«

»Wie kann das sein? Einer der beiden spielt ein falsches Spiel«, überlegte ich laut.

»Okay. Danke, Mann!« Chris ließ fassungslos das Handy sinken. »Ich glaube es einfach nicht! Wie konnte ich ... so blind sein? Los, lass uns die Sachen mitnehmen und abhauen.«

Parker zog sein Hemd an und steckte seine Waffe in den hinteren Hosenbund, als ich im Augenwinkel näherkommende Schatten bemerkte. Ich blickte in Richtung Haus und fuhr zusammen. Zwei Männer kamen über die Wiese gelaufen.

»Da sind mein Vater und Bennet«, flüsterte ich verwirrt zu Chris, der sofort innehielt. Ich war so verblüfft, dass ich sie nicht aus den Augen ließ und beobachtete, wie sie direkt auf uns zukamen.

»Mia? Was machst du hier?«, fragte mein Vater verwundert.

»Was ich hier mache? Was tust *du* hier?«

Nervös und ungehalten warf er Bennet einen Blick zu.

Ich spürte, wie Chris sich zusammenriss und gerade seine Pistole ziehen wollte, als plötzlich Bennet eine Waffe hervorzog und sie auf Parker richtete. »Schön die Hände heben, damit ich sie sehen kann, Chris.«

Kein Zweifel, jetzt zeigte Bennet sein wahres Gesicht.

»Ich nehme doch mal an, ihr seid aus dem gleichen Grund hier wie wir?« Er nickte zur Kiste. »Tut mir leid, aber der Inhalt gehört mir.«

»Du bist so ein verlogener, dreckiger Mistkerl. Du hast meinen Vater auf dem Gewissen«, zischte Parker zornig.

Bennet runzelte die Stirn. »Woher weißt du das?« Er blickte zu Dad. Dieser zuckte mit den Schultern, dabei hätte er es sich denken können.

»Wieso? Für Geld?«, bohrte Parker nach. »Los, sag es! Oder bist du auch dazu zu feige?«

Bennet verzog den Mund. »Er hat seine Nase in Dinge gesteckt, die ihn nichts angingen. Ich hatte keine andere Wahl. Er hätte mich ans Messer geliefert.«

»Was hat er herausgefunden? Sag es!«

Bennet grinste, weil Parker um Fassung rang. »Er hat herausgefunden, dass ich der *grauen Eminenz* und Suárez Informationen vom FBI gegeben habe. Er musste sterben.«

»Du bist so ein mieses Schwein!«

»Du bist sauer, okay, aber ich musste meine Haut retten, verstehst du nicht?«

»Sauer? Du bist ein verdammter Mörder und ein korrupter Bulle. Du hast ihn kaltblütig erschossen. Er hatte noch nicht mal eine Chance!«

»Jetzt mach nicht so ein Drama draus, Chris, es ist Jahre her. Außerdem habe ich keine Zeit. Wenn ich also um den Schlüssel bitten darf?«

Parker schob mich hinter sich. »Den musst du dir schon selbst holen«, forderte er ihn heraus. Ich spürte, wie brenzlig die Situation zunehmend wurde. Meine Nerven waren zum Zerreißen gespannt.

Die Männer blickten sich hasserfüllt an. »Da ich euch sowieso töten muss, kann ich es auch gleich erledigen.«

»Wollen Sie denn nicht wissen, wie der Junge hinter Ihr Geheimnis kam?«, mischte sich Dad plötzlich ein.

Bennet warf ihm verunsichert einen Blick zu. »Dann spuck es schon aus, Morgan. Es spielt sowieso keine Rolle. Ihr seid so gut wie tot.«

»Es gab einen Mikrochip«, erklärte er. »Diesen habe ich im Plüschschaf meiner kleinen Tochter versteckt. Und wollen Sie wissen, was auf dem Chip alles zu finden ist? Er spiegelt sozusagen mein Lebenswerk wider. Vom Aufbau meines Imperiums über alle Strukturen, die ich in den Jahren aufgebaut habe, bis zu jedem korrupten Polizeibeamten sowie jedem Mann, der je für mich gearbeitet und mit mir Geschäfte gemacht hat. Selbst ein Video von Ihnen, wie Sie ihren besten Freund und Kollegen kaltblütig ermordet haben, ist dabei.«

Bennet wurde sichtlich nervös.

»Den Chip habe ich so konzipiert, dass alle Spuren zu Ihnen führen. Die ganze Welt wird glauben, dass Sie, Bennet, in Wahrheit die *graue Eminenz* sind.« Dad grinste diabolisch. Ich konnte sehen, wie sehr es ihn freute, in das verdutzte Gesicht des FBI-Directors zu blicken.

Bennet lachte erst, doch als er merkte, wie siegessicher mein Vater lächelte, begann er zu begreifen. »Sie sind die *graue Eminenz*! Und Sie wollten mich reinlegen ...?«

»So ist es. Ich habe diesen Namen über Jahre hinweg aufgebaut. Für alle war ich Morgan, der Handlanger.«

Während Bennets Hirn ratterte, spürte ich, wie Parker sich anspannte. Er nutzte die Verwirrung, schleuderte Bennet die Waffe aus der Hand und schlug ihn nieder. Noch bevor ich reagieren konnte, nahm Dad die Pistole an sich. Chris und Bennet prügelten sich, und ich wusste nicht, was ich tun sollte.

Mein Vater zielte auf die beiden und schoss. Ich presste die Hand vor den Mund und schrie erschrocken auf. Es war ihm egal, wen er traf. Augenblicklich blieben die Männer getroffen regungslos liegen. Ich zählte zwei Schüsse in Bennets Rücken. Blut durchtränkte sein Hemd. Gebannt haftete mein Blick an ihnen. Ich betete inständig, dass Parker nicht getroffen worden war. Chris stieß den Körper von sich herunter und rappelte sich auf. Sein Bein war verletzt.

Die beiden Männer starrten sich an. »Sie sind krank, Brown, wissen Sie das?«, sagte Parker mit schmerzverzerrtem Gesicht und mein Vater lachte gehässig auf.

Ich war Zeugin geworden, wie er, ohne mit der Wimper zu zucken, einen Mord begangen hatte. Somit brach das letzte Quäntchen Verbindung, der letzte dünne Faden riss und ließ mich nur noch Hass und Verachtung empfinden. Er war eiskalt und berechnend und würde nicht zögern, auch Chris zu töten. Das musste ich verhindern. Während er mit Parker redete, beugte ich mich zur Kiste und nahm die Knarre heraus. Ich verspürte nur noch Abscheu für ihn, nahm vorsichtig die Waffe so in die Hand, wie Parker es mir gezeigt hatte, und zielte direkt auf meinen Vater.

»Damit kommen Sie nicht durch, Morgan.«

»Wieso nicht? Bisher hat alles geklappt. Jetzt erschieße ich Sie, dann schnappe ich meine Kinder und bin weg. Mit fünfzig Millionen kann man ganz gut leben. Bennet wird als *Eminenz* entlarvt und ich kann mich irgendwo zur Ruhe setzen.«

»Falsch«, brach es aus mir heraus. Ich war nicht sicher, was ich da gerade tat – aber hatte ich eine andere Wahl?

Kapitel 21

Für einen kurzen Moment blitzte Verunsicherung in Dads Augen auf. Damit hatte er nicht gerechnet. Zu schnell kehrte seine Selbstsicherheit zurück, als er meine verkrampften Hände an der Waffe erkannte. »Mia, kleine Malerin, mach keinen Blödsinn. Jetzt wird alles gut werden, versprochen.«

»Mia, nicht!« Ich ignorierte Parkers Einwände und konzentrierte mich auf die *graue Eminenz*. »Du hast einen Denkfehler, Dad. Ich werde nämlich nicht mitkommen.«

»Was willst du denn mit der alten Waffe? Sie ist doch noch nicht mal geladen«, meinte mein Vater großspurig. Es schwang ein Hauch Belustigung mit. Wahrscheinlich glaubte er, ich reagierte total hysterisch.

»Sollen wir es herausfinden, Dad? Leg deine Waffe weg.«

Er seufzte, als müsste er mir seinen Plan zum fünfzigsten Mal erklären. »Mia, ich weiß, es ist schwer für dich, zu begreifen, was ich bin und was ich getan habe, aber ich verspreche dir, du wirst es eines Tages verstehen.«

»Ich fasse nicht, wie du nach allem noch glauben kannst, ich würde bei dir bleiben! Du hast Cathrin und Mum auf dem Gewissen.« Er grinste, was mich nur noch wütender werden ließ, gleichzeitig weinte ich, weil mir der Verlust in diesem Augenblick so bewusst wurde, dass ich fast zusammenbrach.

»Denkst du wirklich so? Mia, denk nach, ich liebe dich. Ich würde nie etwas tun, was dir schaden könnte.«

»Ihre Tochter war vier Tage bei diesem Mistkerl Suárez. Sie wurde dort gefangen gehalten, wo Sie und Ihresgleichen sich mit Ihren perversen Spielchen amüsiert haben. Sie wurde gefoltert und wäre dabei beinahe getötet worden«, mischte sich Parker ein.

»Als das FBI mich über die Operation aufklärte, warst du schon in Sicherheit. Ich bin fast gestorben vor Angst um dich«, widersprach er Chris. »Ich gebe zu, manches ist schwer zu verstehen und du wirst Zeit brauchen, aber bitte, mach jetzt keinen Fehler.«

»Warum hast du das alles getan? Hat dir unser Leben nicht gereicht?« Ich ärgerte mich, weil ich schon wieder schluchzte und meine Gefühle nicht im Griff hatte. Das würde ich wohl nie lernen. »Hör auf, den liebevollen Vater zu spielen. Du hast Mum getötet, hast sie umgebracht, weil sie deine Pläne durchkreuzen wollte und dir im Weg war. Sie wusste, wer du in Wahrheit bist.«

Er kniff die Augen zusammen und schwieg einen Moment. »Hat er dir das eingeredet?« Er deutete auf Parker. »Merkst du denn immer noch nicht, dass der Agent nicht gut für dich ist?«

Ich durchschaute sein Spiel. Er wollte mich verwirren, doch das ließ ich nicht zu. »Ich weiß, dass du Mum getötet hast. Ich verstehe nicht, wie du uns das alles antun konntest. Cathrin ist durch dich in Gefahr geraten und letztlich auch durch deine Schuld gestorben. Und weil dir das nicht genug war, beklaust du deine eigenen Geschäftspartner, die mich dann entführen und foltern. Sag mir, Dad, sag mir, was soll noch gut werden? Du hast den Tod verdient, nichts anderes wäre gerecht!«

Ich stand kurz davor auszuflippen. Die Wut in meinem Bauch sammelte sich. Er nahm mich einfach nicht ernst. Plötzlich wurde ich innerlich ruhig. Ich zielte in die Luft und drückte ab. Ein lauter Knall entlud sich und ließ die *graue Eminenz* zusammenzucken. »Wirf deine Pistole weg und nimm die Hände hoch, sonst wird die nächste Kugel nicht in den Himmel abgefeuert«, zischte ich und sah ihn ausdruckslos an, damit er spürte, dass ich keinen Spaß machte.

Er zögerte. »Das traust du dich nicht.«

»Wirf sie endlich weg, *Eminenz*«, forderte ich von ihm. Erst schaute er mich abschätzend an, dann schoss er. Parker brüllte schmerzerfüllt auf und hielt sich die Schulter. In einer Sekundenreaktion zielte ich auf das Bein meines Vaters und feuerte ebenfalls einen Schuss ab. Mein Puls raste, als er getroffen aufschrie und zu Boden fiel. Mit weitaufgerissenen Augen starrte er mich an. »Du hast mich angeschossen!« Deutlich war ihm anzusehen, wie er mit seinem Zorn kämpfte.

Ängstlich blickte ich zu Chris. Blut sickerte aus seiner Wunde. »Chris!« Er schaute mich gequält an, bevor ich mich wieder an Dad wandte. »Jetzt sag, wie du Mum getötet hast!« Unaufhaltsam liefen meine Tränen.

»Sie war die eine große Liebe meines Lebens. Ich hätte ihr nie etwas antun können. Es verletzt mich sehr, dass du mir so etwas zutraust.«

Ich wäre auf sein Theater hereingefallen, wenn ich nicht den Zettel meiner Mutter in der Jeanstasche stecken hätte. Ich hielt die Luft an, zielte und schoss.

»Verdammt!«, herrschte er, riss die Augen auf und hielt sich den Arm. Da war er, dieser Blick, den Mum auf dem Porträt eingefangen hatte und der ihn eindeutig böse aussehen ließ. »Sie hätte alles zerstört!«, platzte es gepresst aus ihm heraus, dabei verzog er sein Gesicht und die wahre Fratze kam zum Vorschein. »Ich habe die verdammte Verräterin vergiftet. Jetzt weißt du es.«

Zitternd zielte ich auf ihn.

»Mia! Er hat genug! Er kann dir nichts mehr tun! Er ist erledigt«, rief Parker mir zu und zog unter Schmerzen sein Handy aus seiner Jeans. Aber in meinem Kopf rauschte das Blut und mein Herz jagte unaufhaltsam das Adrenalin durch meine Adern. Mein Hass wallte auf und brachte mich dazu, zwei weitere Male abzudrücken. Diesmal traf ich seinen Bauch und seine Brust. Er krümmte sich vor Schmerz und schrie. Ich sah auf ihn hinunter. In seinem Blick lagen Unglaube und Zorn. Sein Atem ging schwer und das viele Blut, welches aus den Wunden sickerte, klebte an seinen Händen. Er wurde schwächer, doch er schaffte es, seine Hand zu heben, weil er etwas sagen wollte. »Cathrin ... sie lebt! Sie und ich waren Bennets Geisel, weil er an das Geld wollte.«

Ich grinste müde. »Spar dir deine perversen Lügen. Ich kann sie nicht mehr ertragen.«

»Es ist ... die Wahrheit. Sie lebt«, lächelte er.

»Du bist doch krank«, zischte ich und drückte noch einmal ab, doch leider war das Magazin leer und die Pistole gab nur ein dumpfes Klicken von sich. Erleichtert schloss er für einen Moment die Augen. »Sie ist oben ... in ihrem Zimmer«, krächzte er schwerfällig.

Achtlos warf ich die Waffe ins Gras. »Wieso sollte ich dir glauben? Ich habe Fotos gesehen.«

Er nickte. »Ja, das hast du. Offiziell haben wir sie neben deiner Mutter beerdigt. Wir wollten sie aus der ... Gefahrenzone herausnehmen ... und täuschten ... ihren Tod vor.«

Das war doch eine Lüge. »Nicht mal den Toten schenkst du ihren Frieden«, schrie ich außer mir.

»Geh ins Haus und überzeuge dich.«

Unsicher blickte ich zu Chris, der immer noch verletzt am Boden lag. Ich stützte ihn und er stand vorsichtig auf. »Lass uns gehen, Pinselchen«, raunte er mir zu. »Überlassen wir ihm seinem Schicksal.«

»Mia ... kleine Malerin ...« Mein Vater streckte hilfesuchend seine Hand nach mir aus.

Angewidert spuckte ich. »Schmor in der Hölle, *graue Eminenz*«, brach es gleichgültig aus mir heraus. Ich ließ ihn liegen. Parker stützend, lief ich zum Haus zurück.

Drinnen angekommen, versuchte ich die Blutungen an Bein und Schulter zu stillen. Ich zitterte immer noch.

»Hilfe wird gleich eintreffen«, meinte Parker geschwächt, während ich mich um seine Schulter kümmerte. Genau in dem Augenblick, als ich das saubere Tuch auf die Wunde legen wollte, polterte es im ersten Stock.

Parkers Blick traf mich. Wie erstarrt hielten wir beide inne. *Cathrin!*

Mein Herz wummerte und Schweiß bildete sich auf meiner Stirn. Nervös ging ich den Flur entlang und blieb vor ihrem Zimmer stehen. Meine Hand legte sich ganz langsam auf die Türklinke. Ich atmete tief ein und aus, schloss die Augen und öffnete die Tür.

***

Der Raum war leer. Der Wunschgedanke hatte mich hoffen lassen, und jetzt stand ich da und war enttäuscht und unsagbar traurig. Wehmütig sah ich mich im Raum um. Überall war Cathrin. In ihren gemalten Bildern, die sie fein säuberlich an ihrem Schrank festgeklebt hatte, ihren Puppen, die feinsäuberlich auf einer Kommode saßen, und im Einkaufsladen, den sie einmal zu Weihnachten bekommen hatte. Sie war so lebendig in meinem Kopf, dass ich mich auf ihr Bett setzen musste, um nicht weinend zusammenzubrechen. Ich schlug die Hände vors Gesicht und ließ meinen Tränen freien Lauf. Es war so schlimm, dass ich mir sogar vormachte, sie würde vor mir stehen. In meiner Einbildung spürte ich, wie sie meine Hände nahm und mich anblickte.

»Warum bist du traurig, Mia?«

Oh Gott! Ich drehte gerade durch. Sie redete mit mir! Wahrscheinlich hatte ich einen Nervenzusammenbruch.

»Nicht weinen! Es wird alles gut.« Sie lächelte mich an und umarmte mich innig. Ihr süßer, kindlicher Duft stieg mir in die Nase. Er war mir vertraut, so dass ich anfing, ihr langes braunes Haar zwischen die Finger zu nehmen – es war echt! Ich strich ihr übers Gesicht. Es fühlte sich weich und warm an. Sie war es tatsächlich!

»Was ist denn los? Mia? Geht es dir nicht gut? Du guckst so komisch. Wo warst du überhaupt so lange?«

»Ich ... Oh Gott! Das kann überhaupt nicht sein ... Wie ist das möglich?« Unter Tränen küsste ich sie überall. »Mein kleiner Keks!«

Angewidert von meinen Küssen, wischte sie sich über die Wange. »Wäh ... die sind nass!«

Ich lachte und weinte gleichzeitig, bis sie auch lachte und sich mir in die Arme warf. Es polterte im Flur und kurze Zeit später stand Parker im Türrahmen. Er blieb wie angewurzelt stehen und blickte uns an.

Als Cathrin ihn bemerkte, machte sie sich von mir los. »Chris!«, rief sie aufgeregt und wollte in seine Arme springen. Vor ihm hielt sie inne. »Du hast dir aber dolle wehgetan.« Sie zeigte auf sein Bein.

»Ist nur ein Kratzer«, winkte er lächelnd ab. »Komm her, kleiner Schmetterling.« Sie hüpfte freudestrahlend in seine Arme, und ich glaubte, Tränen in seinen Augen zu sehen. Er blinzelte mehrmals und schluckte. »Ab jetzt passe ich auf dich und deine Schwester auf. Okay?«

Sie nickte einverstanden. Parker streckte seinen Arm nach mir aus. »Wie wäre es mit einem Neuanfang, Pinselchen?«

Ich grinste. »Aber nur, wenn ich so viele Schokoladencookies essen darf, wie ich möchte.«

Sein vertrautes schiefes Lächeln erschien auf seinen Lippen. »Jeden Tag, Pinselchen.« Er küsste mich, und Cathrin rollte mit den Augen. »Iiieeehhhh! Jetzt geht die Knutscherei schon wieder los!«

1 Jahr später ...

Keuchend sanken wir in die Kissen. Mein Körper bebte noch und war erhitzt vom Liebesspiel. Er zog das Laken über uns und ich kuschelte mich an ihn. Unsere Herzschläge normalisierten sich langsam wieder und wir genossen den Frieden, der uns umgab.

»Denk dran, du musst mir neue Schokocookies backen«, erinnerte ich ihn und tippte mit dem Finger vielsagend gegen seine nackte Brust.

»Schon wieder? Pinselchen, du bist wirklich unersättlich.«

»Du hast damals selbst gesagt, ich darf so viele essen, wie ich möchte.«

»Ja, das habe ich. Solange du so heiß auf meine kleinen schokoladigen Freunde reagierst, darfst du das.« Seine Hand wanderte zu meinem Hintern und packte zu. Er grinste schief. Immer noch verzückte mich dieses freche Lächeln wie am ersten Tag.

War jetzt der richtige Zeitpunkt gekommen, es ihm endlich zu sagen? Ich biss mir auf die Lippen und überlegte.

Er zog die Augen fragend zusammen. »Was ist los? Stimmt irgendwas nicht? Du bist so anders.«

Ich seufzte. Man konnte ihm nichts vormachen. Der Kerl wusste immer gleich, wenn ich etwas mit mir herumschleppte. »Ich bin nicht anders«, verteidigte ich mich und senkte den Blick. Er legte sich seitlich hin und musterte mich genau. »Du, kleiner Borstenpinsel, bist zickig. Jetzt sag schon, was du auf dem Herzen hast.«

Shit! Er merkte mir einfach alles an.

Wovor hatte ich eigentlich Angst? Vor einem Jahr waren wir untergetaucht, hatten alle Zelte hinter uns abgebrochen, uns hier in Deutschland am Stadtrand von Berlin niedergelassen und lebten in einem schönen Einfamilienhaus. Katrin – wie meine Schwester jetzt hieß – ging es durch die hervorragende ärztliche Betreuung wunderbar, so dass sie sogar eine Schule besuchen durfte. Parker hatte sich mit einem privaten Detektivbüro selbstständig gemacht und ich half ihm bei der komplizierten Buchhaltung. Vor drei Tagen hatte ich die Zusage für die Kunstakademie erhalten und gestern erfahren, dass ich schwanger war.

Das hatte selbst mich völlig aus der Bahn geworfen. Wie würde dann erst Parker darauf reagieren? Bisher hatten wir nie über Kinder gesprochen. Er liebte Katrin über alles und hatte für uns sein altes Leben komplett aufgegeben. Das war viel mehr, als ich je erwartet hatte.

Jetzt war er Christian Park, der gutaussehende Privatschnüffler, der jede Menge Sexappeal versprühte und meine Nachbarinnen verrückt machte. Mein neuer Name war Mila Metz. Ich fragte mich, ob er seinem alten Leben nachtrauerte, ob er Logan und Gina nicht vermisste, und natürlich seine Waffe, sein Baby, von dem er sich schweren Herzens hatte trennen müssen.

»Hast du manchmal den Wunsch, wieder zurückzugehen?«

»Du stellst komplizierte Fragen, Babe. Nein, ich bereue meine Entscheidung nicht. Ich bin glücklich hier, mit dir, mit euch. Wir können uns vor Aufträgen kaum retten, du bist für mich immer noch die heißeste Frau der Welt, Katrin geht es gut und ich liebe euch, sehr sogar.« Er runzelte die Stirn.

Er war so süß und ich so schwierig, so kompliziert. Keine Ahnung, ob das an den Hormonen lag oder ob ich einfach nur Schiss hatte. Ich legte meine Hand auf seine Wange. »Das hast du schön gesagt.«

»Raus damit, was ist los?«

Ich schluckte schwer, raffte sämtlichen Mut zusammen und setzte mich auf.

Erwartungsvoll richtete er sich ebenfalls auf.

»Ich bin schwanger, Chris.«

Es dauerte, bis bei ihm eine Regung zu sehen war. Er hielt den Atem an. Erst zuckte seine Oberlippe, dann schüttelte er ungläubig den Kopf, und plötzlich fuhr er sich nervös durchs Haar. »Du bist was?«

»Ich bin schwanger. Das bedeutet, wir bekommen ein Kind«, erklärte ich ihm meinen Umstand. »Du wirst Vater.«

Sofort wanderten seine Augen zu meinem Bauch und wieder zu meinem Gesicht. »Ist ... das wahr? Ist das wirklich wahr?« Ein Lächeln zuckte in seinem Mundwinkel.

»Ja. Dr. Müller hat die Schwangerschaft gestern bestätigt.«

»Heilige Scheiße! Ich werd verrückt, ich werde Vater!«, flüsterte er und grub seine Hände ins Haar. »Das ... ist fantastisch! Pinselchen, das ...« Er zog mich auf seinen Schoss und drückte mich fest an sich. Er benetzte mein Gesicht mit vielen federleichten Küssen. »Das ist so abgefahren, Babe. Es wird natürlich ein Junge und er wird nach mir kommen.«

Immer noch der alte Macho. »Pfff...« Ich verdrehte grinsend die Augen. »Und wenn es ein Mädchen wird?«

»Dann wird sie eben meine Tochter sein. Ich werde ein strenger Vater sein. Also, eben wenn sie älter ist und irgendwann Jungs anschleppt.«

Ich schüttelte den Kopf. Typisch! Für Parker war das alles schon beschlossene Sache, selbst das Geschlecht des Babys.

Ich machte mich von seiner Umarmung los. »Der Arzt sagt, wir müssen jetzt am Anfang vorsichtig sein.«

Sofort wurde er wieder ernst. »Ist alles in Ordnung?«

»Ja, nur müssen wir langsam machen.«

»Dann heißt das, vorerst keine Schokocookies mehr?« Irgendwie sah er traurig aus, als hätte ich ihm sein liebstes Spielzeug weggenommen.

Ich lachte. Mr. Unersättlich hatte Angst. »Nein, ich muss jetzt auf meine Ernährung und ein paar andere Dinge achten.«

Sofort verschwand die Sorgenfalte und das Strahlen in seinen Augen kehrte zurück. »Okay, ich bin zu allem bereit. Wenn ich es mir genau überlege, würde ich jetzt schon gerne zurück, aber nur, um Logan von meinem Sohn zu erzählen.«

Ich schlug ihm auf den Oberarm. »Du bist echt unverbesserlich, wirklich!«

Er zwinkerte. »Bist du deshalb so 'ne Zicke?«

»Ich konnte ja nicht wissen, wie du reagieren würdest, und außerdem ist da noch eine andere Sache, über die ich mir Gedanken mache.«

»Und die wäre?«

Wir legten uns hin und sahen uns an.

»Ich habe 'ne Zusage von der Akademie.«

Er bildete eine Siegessfaust. »Ja! Ich wusste, dass sie dich nehmen würden. Die wären auch blöd, wenn sie dich nicht genommen hätten.«

»Ich weiß nicht, was ich tun soll, Chris.«

Er runzelte die Stirn. »Na, zusagen natürlich. Was denn sonst? Das war doch immer dein Traum.«

»Wie soll das gehen? Du bist den ganzen Tag unterwegs, wer passt auf das Baby auf?«

»Das kriegen wir hin«, beruhigte er mich. »Ich will auf keinen Fall, dass du dein Kunststudium sausen lässt. Es gibt Mittel und Wege. Außerdem kann ich mich auch um meinen Sohn kümmern, während du in der Uni bist.«

Ich seufzte grinsend. »Dann meinst du, ich soll es machen?«

»Unbedingt, Pinselchen.«

Mein Herz stolperte vor Glück. »Ich liebe dich, Chris«, flüsterte ich sinnlich und küsste ihn zärtlich. Schnell war mein Körper für mehr bereit.

»Babe, du machst mich so an, aber was ist mit dem Baby?«, fragte er, während er an meinem Ohrläppchen knabberte.

»Mach dir darüber keine Gedanken. Es ist alles gut«, stöhnte ich leise und warf einen kurzen Blick auf die Uhr auf seinem

Nachttisch. »Shit!«, entfuhr es mir. »Ich muss Katrin abholen. Das habe ich ganz vergessen.« Die ganze erotische Stimmung war dahin. Ich sprang aus dem Bett, sammelte meine Klamotten ein, die Chris achtlos durch unser Schlafzimmer geworfen hatte, und zog mich hastig an.

»Ey, das kannst du doch jetzt nicht machen! Was mache ich jetzt damit?« Er zog das Laken beiseite und deutete auf seine riesige Erektion.

»Sorry! Back du erstmal die Cookies. Wenn sie gut sind, kümmere ich mich später um das da.« Ich nickte zu seinem Schwanz und konnte mir ein Kichern nicht verkneifen, als ich aus dem Zimmer eilte.

»Das nennt man Erpressung, Babe«, rief er mir hinterher, aber ich war schon an der Haustür. Mit einem Lächeln machte ich mich auf den Weg zu Katrins Schule. Ich war glücklich.

Vor einem Jahr hätte ich mir nicht vorstellen können, wie schön das Leben sein konnte. Alles hatte sich damals schlagartig geändert. Ich erinnerte mich, wie ich vor noch gar nicht langer Zeit geglaubt hatte, alles verloren zu haben, und sogar bereit gewesen war, zu sterben.

Manchmal dachte ich an meinen Vater zurück. Es war wohl Schicksal, dass er durch meine Schüsse so schwer verletzt worden war, dass er sich nicht mehr rühren konnte. Er war von Hals ab gelähmt und ein Schlaganfall erschwerte ihm zusätzlich das Sprechen. Das zumindest war die letzte Information, die man mir mitgeteilt hatte, bevor Chris, Katrin und ich der USA für immer den Rücken zugekehrt hatten. Ich empfand nichts für ihn, weder Mitleid noch sonst irgendwas. Es war mir vollkommen gleichgültig, ob er atmete oder schon unter der Erde lag. Einzig dafür, dass er damals Katrin offiziell hatte für Tod erklären lassen, um sie vor den Gangstern zu schützen, war ich sehr dankbar. Die ganze Sache hatte ziemlich großes Aufsehen erlangt. Wochenlang waren der Name meines Vaters und der von Bennet in der Presse ausgeschlachtet worden.

Durch den Chip konnten die meisten Personen, die auf den Listen zu finden waren, zur Rechenschaft gezogen werden. Das Blutgeld, das mein Vater Suárez unterschlagen hatte und für ein neues Leben im Ausland hatte nutzen wollen, war natürlich beschlagnahmt worden. In einem Bankfach hatte man die fünfzig Millionen Dollar auf einem Schweizer Nummernkonto gefunden.

Das Kartell in Juárez hatte zwar zerschlagen werden können, doch wie Chris es prophezeit hatte, hatte es nur wenige Wochen gedauert, bis bereits ein neuer Machtkampf um die Vorherrschaft entstanden war. Er verfolgte diese Nachrichten genauer als ich. Ich war einfach nur froh, mit dem Leben davongekommen zu sein und endlich hier in Frieden zu leben. Dass meine Schwester und Chris bei mir waren, empfand ich als unglaubliches Geschenk.

***

Gerade noch rechtzeitig erreichte ich Katrins Schule. Die Schüler strömten mit ihren bunten Tornistern bereits in Scharen aus dem Gebäude, während Katrin am Eingang auf mich wartete. Jedes Mal war es für mich eine Herausforderung, Katrin für ein paar Stunden in die Obhut der Schule zu geben. Ich war immer supernervös.

Sie stand mit einem anderen Mädchen am Eingang und unterhielt sich. Als sie mich entdeckte, verabschiedete sie sich und sprang fröhlich auf mich zu. »Da bist du ja endlich. Warum kommst du so spät?«

»Weil Chris heute frei hat und ... wir die Zeit einfach vergessen haben.« Eine bessere Ausrede fiel mir gerade nicht ein. »Wie war's heute?«

»Gut. Was gibt es zu Mittag? Ich habe Hunger.«

Oh nein! Auch das hatte ich völlig vergessen. »Äh, ich weiß es noch nicht. Mal sehen, was der Kühlschrank hergibt.« Hand in Hand liefen wir nach Hause. Ich war gespannt, wie Katrin auf meine Schwangerschaft reagieren würde.

Der süße Duft von backendem Keksteig stieg uns in die Nase, als wir das Haus betraten.

»Oh! Es duftet nach ... Cookies!«, rief Katrin fröhlich, pfefferte ihren Ranzen und ihre Jacke in die Ecke und rannte in die Küche. Ich schmunzelte. Parker verursachte wie immer ein riesiges Chaos. Immerhin räumte er alles selbst auf. Er sah mit dem Mehl an seiner Wange, dem wilden Haar und der zerrissenen Jeans süß aus.

»Na, du Keks, wie war die Schule?« Während Katrin in aller Ausführlichkeit von ihrem Schultag erzählte, lehnte ich am Türrahmen und beobachtete die beiden. Ich liebte es, sie zusammen zu sehen. Chris' besondere Art mit Kindern fesselte mich immer wieder. Er würde ein großartiger Vater werden, und wahrscheinlich würde ich der strengere Part sein.

Chris schaute auf und lächelte mich an. »Hast du es ihr schon gesagt?«

Ich schüttelte den Kopf und schlenderte zu ihnen.

Katrin runzelte die Stirn und machte ein nachdenkliches Gesicht. »Was gesagt?«

»Wir haben eine Überraschung für dich«, begann er. »Eine ganz besondere Überraschung.«

»Und welche?«

»Erst Händewaschen«, tadelte ich sie, woraufhin sie mit den Augen rollte, aber schließlich gehorchte und ins Badezimmer hüpfte. Parker holte indes das erste Backblech aus dem Ofen und stellte es auf dem Herd ab. Mit einem Messer legte er einen Cookie beiseite, drehte sich zu mir um und zog mich in seine Arme. »Ich habe nachgedacht.«

Ich zog die Augenbrauen hoch. Was kam jetzt? Wenn Parker etwas aushecke, bedeutete das meist Chaos.

Er machte ein ernstes Gesicht, wirkte unruhig und nervös. »Wir haben ziemlich viel Scheiß zusammen durchgemacht.

Manches davon werden wir niemals vergessen, aber ... wir haben das Beste daraus gemacht.«

Ich lächelte. »Ja, das haben wir.«

»Ich bin nicht perfekt, manchmal sogar ein Arsch, wie du sagst ... aber ich liebe dich. Du hast aus mir einen besseren Menschen gemacht und schenkst mir jetzt einen Sohn ... Verdreh nicht die Augen. Ich weiß, dass es ein Junge wird.«

Schmunzelnd schüttelte ich den Kopf.

»Vor einem Jahr hätte ich mir mich nie als Vater vorstellen können. Doch durch dich ist alles ganz anders geworden. Ich rede schon wieder um den heißen Brei herum«, lachte er und senkte den Blick.

»Sag einfach geradeheraus, was du sagen willst.«

Er schaute mich mit seinem Dackelblick an, den er immer auflegte, wenn er mich um etwas bitten wollte. Er wirkte wie ein kleiner Junge, der Angst hatte. Mein Herz wurde sofort weich, und am liebsten hätte ich seine Sorgenfalte auf der Stirn fortgestrichen.

Er nahm den Cookie von der Arbeitsfläche, ging vor mir in die Knie und streckte mir den Keks entgegen. »Ich habe keinen Ring oder so ... Willst du mich heiraten?«

Oh Gott! Mit allem hatte ich gerechnet, aber nicht damit, dass er sich endgültig von seinem Macholeben verabschieden wollte. Ich liebte ihn mit all seinen Ecken und Kanten. Mein Herz flatterte. »Ja«, flüsterte ich mit tränenerstickter Stimme.

Sein liebenswertes schiefes Lächeln erschien auf seinen Lippen und die Unsicherheit, die ich eben noch in seinen Augen gesehen hatte, war verschwunden. Er küsste mich innig und zog mich fest an sich.

»Och! Könnt ihr auch mal was anderes machen, als immer nur zu knutschen?«

Chris und ich fuhren lachend auseinander. »Ich liebe es, mit deiner Schwester zu knutschen«, meinte Chris, hob Katrin hoch und setzte sie auf der Arbeitsfläche ab.

Sie beäugte uns äußerst kritisch. »Und was wolltet ihr mir jetzt sagen?«

Chris bedachte mich mit einem Grinsen. »Was würdest du davon halten, Tante zu werden?«

Katrin zog die Brauen hoch. »Tante? Ich bin doch nicht so alt wie eine Tante.« Wir lachten.

»Ich bekomme ein Baby, Keks.«

Jetzt kapierte sie und begann sofort zu strahlen. »Ein Baby? Ist es da drin?« Sie deutete auf meinen Bauch.

»Ja.«

Sie lächelte und überlegte. Abrupt schlug sie ihre Hand auf den Mund und kicherte. »Bähhhh! Dann habt ihr miteinander ... *BumBum* gemacht?«

»Was ist *BumBum*?«, wollte Parker grinsend wissen.

»Johannes aus meiner Klasse hat gesagt, das heißt so«, verteidigte sie sich.

»So heißt das nicht, mein Keks. Ich sage dir, wie man es richtig nennt.« Warnend warf ich Parker einen Blick zu. Er sagte schon genug Dinge, die nicht für ihre Ohren bestimmt waren. »Deine Schwester und ich haben Liebe gemacht.« Er legte seinen Arm um meine Schulter und küsste meine Stirn.

»Freust du dich auf das Baby?«, wollte ich von ihr wissen. »Du hast gar nichts gesagt.«

»Wenn es nett ist. Ich muss es mir dann erstmal anschauen.«

Chris und ich lachten und zogen sie in unsere Umarmung hinein. Wir waren eine Familie geworden und unser Band war stärker als jemals zu vor. Ich dachte seltener zurück, die Bilder und Erinnerungen verblassten. Am Ende blieb das Gefühl, das wir den *Black Summer* überstanden hatten, und uns an die kommenden Sommer nur voller Wärme, Harmonie und viel Liebe erinnern würden.

ENDE

Was wurde aus ...

Joy/Mia/Mila und Chris/Parker:

Wie Chris es voraussagte, kam unser kleiner Wonneproppen im folgenden Frühling gesund und munter zur Welt. Wir haben ihn Hendrik genannt, als Erinnerung an Chris´ Vater. Unsere Hochzeit fand ein paar Wochen später mit unseren neuen Freunden im engsten Kreis statt. Das schönste Hochzeitsgeschenk waren unsere drei Überraschungsgäste, die ich euch nicht verraten darf. Endlich kann ich Kunst studieren und Chris seinem Talent in seinem eigenen Detektivbüro nachgehen. Wir sind sehr glücklich miteinander, nur manchmal kommen die schrecklichen Erinnerungen in mir hoch. Dann schaue ich in das Gesicht meines Sohnes und kann vergessen.

Holly/Cathrin/Katrin

Das Herz von unserem Keks schlägt kräftig und regelmäßig. Die Entzündungen sind verschwunden, trotzdem wird sie noch engmaschig kontrolliert. Sie liebt den kleinen Hendrik über alles und vergisst manchmal, dass er keine Puppe ist.

Sie vergöttert Chris und versucht jedes von mir aufgestellte Verbot bei ihm durchzusetzen. Meist gibt der harte Ex-FBI-Agent nach.

Hin und wieder spricht sie von ihrem Vater und wünscht sich, dass er zu uns kommt, wenn er nicht mehr böse ist. In letzter Zeit hat sie kaum noch davon gesprochen.

Die graue Eminenz:

Victor Morgan ist durch meine Kugelschüsse vom Hals ab gelähmt. Normalerweise wäre er im Todestrakt verwahrt worden, aber durch seine intensive Pflegebedürftigkeit befindet er sich bis zur Vollstreckung der Todesstrafe in einer gesicherten Einrichtung für Schwerkriminelle. Er trauert Katrin hinterher, und wie ich erfahren habe, plant er, sie zurückzuholen. Seine Pfleger in der Einrichtung belächeln seine Verrücktheiten und halten ihn für total bekloppt.

Mike Miller

Mike hat die erste Aufnahmeprüfung an der Police Academy geschafft. Mit eisernem Willen verfolgt er sein Ziel und trainiert hart. Wie ich höre, hat er sich neu verliebt und ist über mich hinweggekommen.

Logan Smith

Logan wurde befördert und bekam das Angebot, für den Secret Service zu arbeiten. Er und Gina leben mit der kleinen Lisa in Dallas. Der Abschied ist uns allen sehr schwergefallen. Überraschend kamen die drei zu unserer Hochzeit. Zufällig hat der Präsident einen Staatsbesuch geplant und Logan konnte so Chris' Trauzeuge werden. Ups! Jetzt habe ich euch die Überraschungsgäste doch verraten! ;)

Jim

Jim lernte ein Supermodel kennen und hängte seinen Ruf als Nerd an den Nagel. Er veränderte sich, trieb Sport und ernährte sich gesünder. Die NSA kam nie dahinter, dass er ihren Server geknackt hat.

Senator Lambert und Major West

Lambert und West wurden mit der höchsten Verdienstmedaille für außergewöhnliche Taten zum Wohle des Vaterlandes ausgezeichnet.

Pat und Clark Miller

Für Clark ist es schwer, die Entscheidung seines Sohnes zu akzeptieren. Er sucht immer noch einen Mechaniker für seine Werkstatt. Pat hingegen ist stolz auf ihren Sohn. Sie findet es schade, dass aus ihm und mir nie ein Paar wurde.

Sie betreibt noch immer erfolgreich und mit Herzblut das *Philadelphia* mit ihren Töchtern.

Anne Miller

Anne denkt oft an mich, aber das Leben geht weiter. Sie hat ihr Studium beendet, einen Börsenmakler geheiratet und zwei Kinder mit ihm. Anfangs war es eine Bilderbuchehe. Irgendwann langweilten sich die beiden und ließen sich nach sechs Jahren wieder scheiden.

Nummer 234/ Nicole Kossman:

Nicole konnte die Zeit bei Suárez nie bewältigen. In einem Hotelzimmer nahm sie eine Überdosis und starb. Nummer 242, 102 und 103 besuchen regelmäßig Therapiestunden, um das Ganze zu verarbeiten.

Special Agent Steven Tucker:

Steven ist sauer, weil er nicht befördert wurde. Er fand es ungerechtfertigt, dass man ihn für den Tod seiner Kollegen verantwortlich gemacht hat, weil er auf Chris' Warnungen nicht reagiert hat. Wie hätte er ahnen sollen, dass die Informationen dieses arroganten und aufgeblasenen Agents wahr sein könnten?

Clan der Eminenz:

Alle Mitglieder mit dem *Eminenz*-Tattoo müssen einen DNA-Test durchführen, damit weitere Verbrechen aufgeklärt werden können.

Suárez' Kartell:

Nach Suárez' Tod wurde das Kartell zerschlagen und schnell riss ein gewisser Héctor Rios die Macht an sich. Er treibt sein Unwesen in Juárez und versucht in den USA sein Glück. Das FBI hat ihn schon im Visier.

Director Bennet:

Keiner des FBIs erschien zu seiner Beerdigung. Nur seine Frau hielt ihm einsam und allein am Grab die Treue. Monatelang wurde sein Verrat in der Presse diskutiert.

Innenminister Kennedy:

Aus Sicherheitsgründen wurde beschlossen, dass Floyd Kennedy eine anonyme Bestattung bekommt, da seine ekelhaften Taten die Bevölkerung in Aufruhr brachte. Seine Frau und Kinder mussten sogar das Land verlassen.

Parker´s sweet Chocolate Cookies

Besorge dir:

200 g Zartbitter Schokolade
100 g Butter (Raumtemperatur)
150 g Zucker
1 Ei
1 TL Buttervanille-Aroma
180 g Mehl
1 TL Natron oder 2 Tl Backpulver
½ TL Salz
Backpapier

Schmeiß Butter und Zucker zusammen und rühre alles ca. 4 Minuten schaumig. Hau das Ei und das Aroma dazu und rühre weitere 4 Minuten. Vermenge Mehl, Backpulver und Salz und gib es in die schaumige Zucker-Butter-Masse. Zerhacke die Schokolade mit einem scharfen Messer. Kipp sie in den Teig und rühre alles kräftig durch.

Backpapier aufs Backblech legen.
  Klatsch kleine Haufen aufs Blech und drück sie mit dem Löffel ein wenig flach. Bei 175 Grad ca. 8 Minuten backen. Hole sie nicht, wie ich, ohne Topflappen heraus. Warte bis sie abgekühlt sind, dann hau rein und lass sie dir schmecken.

Meine Chocolate Cookies sind ein wahrer Gaumenorgasmus
... frag Joy ;)

Dein Parker

Danksagung

Wieder ist ein Buchprojekt beendet und wieder heißt es für mich, von vielen Protas Abschied nehmen.

Wie oft habe ich beim Schreiben geschmunzelt, mit ihnen gebangt und mitgefiebert. Manchmal weiß man als Autor nicht, wohin die Reise geht, auch wenn man einem roten Faden folgt. Das bedeutet dann für mich, zu improvisieren und das Beste aus dem Eigenleben der Protagonisten herauszuholen. Parker und Joy haben dadurch so einige meiner Nächte zum Tag gemacht. Manche Wendungen waren auch für mich überraschend. Jetzt ist ihre Geschichte zu Ende erzählt und ich arbeite bereits an einer neuen Story.

Mein Dank geht in erster Linie an meine **treuen Leser**, die alle meine Bücher kennen und bewerten. Danke dafür, dass ihr euch die Mühe macht, eure Meinung zu veröffentlichen, egal in welchem Onlineshop. Ich lese jede Bewertung und nehme sie mir zu Herzen.

Eine sehr wichtige Person in meinem Leben ist **Anja Horn**. Ihr verdanke ich Vieles. Sie ist wie eine Schwester für mich, sie versteht mich und weiß genau, wie ich ticke. Black Summer war eine schwere Geburt, aber ich denke, das Ergebnis kann sich sehen lassen. Danke, dass du mich erträgst. ... »Mia wäret sehe ...!«

Ein ultramegahypergalaktischer Dank geht an **Kathrin Wagner von Katis-Buecherwelt**

Sie hat mich auf der Frankfurter Buchmesse mit einem ganz speziellen Geschenk überrascht:

Sie gab der talentierten Sarah Dopatka (von Zeilenzumtee) den Auftrag, die kleine Holly zu zeichnen. In einem wunderschönen Rahmen überreichte sie mir den Keks und übertrug an mich die Bildrechte. Ihr könnt euch vorstellen, wie ich zu Tränen gerührt war.

Da konnte ich nicht anders und wollte das Bild unbedingt im eBook und auch in der Taschenbuchversion haben. Bestimmt habt ihr die Kleine schon entdeckt.

Ich liebe das kleine Mädchen; sie entspricht genau meiner Holly, die ich all die Monate im Kopf hatte.

Danke, liebe **Kati**, du hast keine Ahnung, wie viel mir das bedeutet. Dafür verdienst du einen Orden.

Katis Rezensionen und ihren Blog findet ihr hier: http://katis-buecherwelt.blogspot.de

Danke an mein Bookrix-Team **Lisa Frank** und **Sandra Nyklasz:** Immer wieder macht ihr das Unmögliche wahr und sorgt dafür, dass ich in Ruhe arbeiten kann. Ihr seid die Besten! Danke für alles.

Einen besonderen **Dank** geht an meine Testleser:

Katrin Wagner von Katis-Buecherwelt, die jeden meiner Sätze so liebevoll auseinander nimmt.

Renate Heilemann von Nadys Bücherwelt, die meine Geschichten bedingungslos liebt und mit ihrer Begeisterung ansteckt.

Nadys Blog: https://nadys-buecherwelt.jimdo.com/

Alexandra Bender, die mich immer wieder mit ihrer Treue und Liebe für meine Bücher überrascht. Mit deinen Tattoos trägst du unsere Leidenschaft immer bei dir.

Stephanie Cosack, die so viel um die Ohren hat, sich trotzdem immer Zeit für mein Geschreibsel und Spinnereien nimmt.

Gabi Regenor, die alle Geheimnisse und Lösungen scharfsinnig hinterfragt.
  Gabis Blog: https://gabisbuecherchaos.blogspot.de/

Kerstin Kemnitz, die meine Bücher geradezu verschlingt.

Sonja Netz von Buecherweltundrezirampe, die sich immer Zeit für meine Geschichten nimmt.
  Sonjas Blog: https://buecherweltundrezirampe.de/

Silvia Übelsbacher, die dafür sorgt, dass ich ein schlechtes Gewissen habe, wenn ich ein lieb gewonnener Protagonist sterben lasse.

Katja Koesterke von Netzwerk Agentur Bookmark, mit der die Zusammenarbeit so einfach und unkompliziert ist.
  Katjas Agentur: http://www.netzwerk-agentur-bookmark.de/

Manja Teichner von Manjas Bücherregal, die alles für mein Skript stehen und liegen gelassen hat.
  Manjas Blog: http://www.manjasbuchregal.de/

Mädel´s, ihr seid fantastisch. Was würde ich nur ohne euch machen … ?

DANKE!